有爱的青春陪伴者

图书在版编目（CIP）数据

夏日解意 / 种瓜著. -- 南京：江苏凤凰文艺出版社, 2024.10. -- ISBN 978-7-5594-8766-7

Ⅰ. I247.5

中国国家版本馆CIP数据核字第202443NF12号

夏日解意
种瓜 著

责任编辑	王昕宁
特约编辑	周　贝
出版发行	江苏凤凰文艺出版社
	南京市中央路165号，邮编：210009
网　　址	http://www.jswenyi.com
印　　刷	天津睿和印艺科技有限公司
开　　本	880mm×1230mm　1/32
印　　张	10.5
字　　数	336千字
版　　次	2024年10月第1版
印　　次	2024年10月第1次印刷
书　　号	ISBN 978-7-5594-8766-7
定　　价	42.80元

江苏凤凰文艺版图书凡印刷、装订错误，可向出版社调换，联系电话025-83280257

目 录

第一章
重逢 / 001

第二章
生疏 / 023

第三章
合租 / 052

第四章
破冰 / 079

第五章
回暖 / 110

第六章
升温 / 141

目 录

第七章
心跳 / 168

第八章
流星 / 194

第九章
甜蜜 / 223

第十章
原因 / 251

第十一章
相守 / 290

番外一
关于大学 / 316

番外二
周宜萱 / 326

第 一 章
重逢

八月底,窗外的树叶开始有些泛黄,苏城的夏天也到了末尾。

许意是苏城人,毕业之后就在一家广告公司工作。这会儿,她正穿着身藕粉色的睡衣,一头长鬓发松松绾起,在床前认真地收拾行李箱。

前段时间公司领导和人事找许意沟通,说北阳那边设立了分公司,现在几个岗位还缺人,想调她过去。职位从 AE(客户执行)升成 SAE(资深客户执行),薪水也相应上涨。升职加薪,她自然是答应的。断断续续地打扫了几天卫生,东西也整理得差不多了。

许意合上箱子,去洗了个手,瘫在床上继续刷北阳的租房信息。她已经在租房软件上联系了几个中介,准备到北阳之后抽时间线下实地看房。

刚工作那几年,许意在租房软件上吃过亏。那阵子太忙,她就同意了中介提的视频看房、签电子合同,后来住过去才发现很多视频中无法显示的问题,包括但不限于空调漏水、下水道味儿大、隔音极差、马桶很容易堵,还有安全问题等。

这次搬去北阳,又面临租房这个令人头疼的问题。

许意正刷着手机,妹妹许思玥打语音电话过来:"姐,明早我们是六点整在机场见?"

许意说:"对,六点。你记得定好闹钟,让爸送你过去,别起晚了。"

许思玥在电话里说:"放心啦,肯定不会起晚的,我今晚可能都激动得睡不着觉了!"

许思玥是许意的亲妹妹,刚结束高考,拿到了北阳大学的录取通知书,明后两天报到。也是赶巧,姐妹俩能同时离开苏城去北阳。

许意淡笑了下,想起自己当年去北阳上大学的前一晚,也是对大学生活充满憧憬,激动到有些失眠。

她顺便看了眼天气预报,又叮嘱:"明天有小雨,记得带上伞。录取通知书、身份证什么的都别忘了,睡前再检查一遍。"

许思玥连忙答应:"好。姐,你早点睡,我再去收拾收拾!"

挂了电话,许意洗漱后躺在床上。

临行前的夜晚,她睡得并不安稳。自从五年前从北阳大学毕业,她回到苏城,和谈了三年的初恋周之越分手后,她就一次都没再去过北阳。这次回去,多半也是物是人非。

次日是阴天,许意和许思玥拖着行李箱,准时准点到达机场。

许思玥朝她挥挥手:"姐,这儿呢。"

许意拉着行李箱走过去:"走吧,先去托运。"

"好嘞!"

进到候机厅,不多时便传来广播声:"前往北阳的旅客请注意,您乘坐的CY9987次航班由于航路天气原因不能按时起飞,具体起飞时间待定,对此,我们深表歉意。"

许意拿出手机查了查,看见北阳那边今天有雷暴雨。

旁边的许思玥不由得叹气:"怎么就延误了?希望不要取消啊。"

许意安慰说:"应该不至于。没事,反正你两天都能报到,最坏的结果也就是改签明天的航班。"

许思玥挠挠头:"也是。"

两人从早上一直等到下午,航班还在延误中。许意给大学室友吴乔乔发了条消息,说她可能得晚上才到。

吴乔乔毕业后一直留在北阳,和男朋友合租了套两居室。最近男朋友回老家了,家里就吴乔乔一个人,便邀许意先在她那里住段时间,等租到房子再搬。

过了一会儿,吴乔乔回复消息:没事儿,我本来就是阴间作息,你多晚到都行,一路顺风。

傍晚,苏城天气转晴,停机坪被染上了一片金色,广播里终于传来了可以开始登机的通报。许意舒了口气,背上包,和许思玥一起上飞机。飞行过程中,许意全程都在神游。虽然她明知回北阳也不可能再遇见周之越,但还是莫名紧张。

北阳这座城市,几乎容纳了她和周之越三年来的所有回忆。尤其是北阳大学附近,每条路都有他们的足迹。只是,那样的日子,永远都回不去了。

飞机降落北阳时,夜幕已然降临。雷暴雨结束,空中淅淅沥沥下着小雨。

许意撑起一把伞,叫车先送许思玥去学校。小姑娘是第一次出远门,大晚上的,人生地不熟,许意不放心她一个人过去。

车子停到校门前,下车后,许思玥连伞都没顾上撑,先迫不及待地往学校里张望。

"哇,北阳大学真的好大!"

许意一手撑伞,一手拿后备箱里的行李,随口说:"是啊,我上大学那会儿,每天从宿舍去教学楼最少都得走半个小时。不过现在好像有校园巴士了。"

许思玥拿出手机，查新生指南和新生群里通知的宿舍分配表："完了，校园巴士十点就停运。那我们快进去吧，再晚宿舍就要熄灯了，我还得收拾东西，跟室友打打招呼。"

"好，走吧。"

许意是偏甜美的长相，脸小皮肤白。为了方便，她今天穿着牛仔裤和短袖白T恤，长鬈发扎成马尾，完美融入了青春活力的大学生人群。

一路上，许思玥都兴致勃勃地说着话，一会儿问这栋楼是做什么的，一会儿指着不远处夸赞学校环境。许意心不在焉，偶尔应和两句。两人打着伞走了半个小时，终于到达宿舍门口。

许思玥白天没赶上报到，现在需要先去找宿管验明身份，另外还要办理入住手续。

开学报到季，楼门口挤着一大堆人：有进进出出添置生活用品的新生，有对孩子依依不舍的家长，还有宣传驾校和办理电话卡的高年级学生。

许思玥把行李箱放下："姐，你先帮我看下箱子吧，我看里面好像要排队，等在宿管那儿办好手续了，我再出来找你拿。"

许意点头："行，那我就在这儿等你。"

这宿舍楼大概是后来才改的，许意上学那会儿，这栋好像是男生宿舍。她一只手撑伞，另一只手掏出手机，给吴乔乔发消息说已经到了。

她又等了好半晌，许思玥也没出来。身边经过三个看模样就是新生的女学生，兴奋地聊着天，声音不小。

"天哪，你看见路灯下面那个男生了吗？真的好帅！"

"看见了，看见了！没想到我们学校还有这种品级的帅哥！"

"你觉得他是大一的还是学长啊？会是哪个院的？"

"估计是学长吧，看着不像新生！啊啊啊，学长，我可以！"

许意下意识看向不远处的那盏路灯。灯下站着个一身黑的男人，个子很高，身材笔挺，撑一把黑伞。从她这个角度看，那人被伞遮住大半张脸。

许意忍不住多瞧了一会儿，带着确认的目光。虽然暂时看不清脸，但看身材和气质，这男人真的很像周之越。这念头一出，许意立刻用力晃晃脑袋，大有想把自己脑子里的水晃出来的意味。

她前些年听大学同学说起过，周之越并没有留在北阳继承家里的集团，听说他好像是拿到了MIT的录取通知，后来又被一个很著名的微电子导师带着做项目，打算留在美国发展。所以，周之越这会儿应该是在美国，而且就算他在国内，在北阳，又怎么可能出现在学校里？

许意深吸一口气，强迫自己不要再想这些事，过去的都已经过去了。可夏天的雨夜，空气中有股闷闷的潮气，还混杂着青草的气味，她闻到这种味道，不可避免地忆起一些旧事。

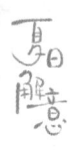

　　大三那年，周之越在学校对面买了一间公寓，许意搬去和他同住。有次逛街时，他们在一家原创品牌店里挑中一款香薰蜡烛。那款蜡烛的名字很文艺，叫"孤岛苔原"，点燃之后，就是清新的青草香味。

　　她和周之越都喜欢在下雨的夜晚窝在房间里做些亲密的事。开始之前，许意会关上所有灯，再划根火柴，把床头的"孤岛苔原"点燃，散发微弱火光的蜡烛带着缕缕青草幽香，伴着雨声。

　　许意正准备移开视线时，路灯下那男人似乎是要接电话，抬起一只手，头顶的黑伞也偏了偏。那一秒，许意看清了他的脸，但她以为自己出现了幻觉。

　　这不就是周之越吗？

　　她心跳快到离谱。

　　五年前许意决绝地跟他提出分手，他们甚至没有一场正式的告别。她原以为，在那之后，他们这辈子大概都没有机会再见面了。

　　不知是不是有所察觉，周之越放下手机，目光越过细密的雨珠，朝许意的方向看了过来。目光即将撞上时，许意下意识先低下头。

　　他们站在宿舍门前十字路口的斜对角，等许意再抬起头时，看见周之越正步伐缓慢地朝她这侧走来。几秒的时间，根本容不下她思考应该作何反应，只能愣愣地站在原地，见周之越离她越来越近。

　　他的脸和五年前相比，几乎没有变化，五官立体，冷感十足，薄薄的内双眼皮，鼻梁高挺，下颌线流畅清晰，肤色冷白。

　　他目光冷漠又疏离，眼底毫无情绪。他走到她的身侧，中间只隔着一人宽的距离，就这么看着她，然后跟她擦身而过，走到她身后那条路上。没有任何言语、任何表情，像是完全不曾有过交集的陌生人。

　　周之越走过那条小路，回头又看了眼，许意却已经不在那儿了。他确定自己没认错人，完全没想到会在这里遇到许意。好半响后，他才想起跟周亦行的通话还没有结束，于是重新举起手机。

　　听筒里，周亦行声音很大："哥，你人呢？你还在吗？喂喂喂？"

　　周之越蹙着眉把手机拿远些："在，你小声点，我又不聋。"

　　周亦行问："那你刚才怎么没声儿了？"

　　周之越语气淡淡的："哦，信号不好。刚说到哪儿来着？对了，你到底是在哪个宿舍？"

　　周亦行："东区二号楼啊。哥，你不会是迷路了吧？"

　　周之越看了眼路边的指示牌。他在这里上大学那会儿，东区就只有一栋男生宿舍楼，自然而然就走到了这里，没想到现在改成了女生宿舍。

　　周亦行没听到回复，催促道："哥，你快点儿，好像马上要熄灯了。"

　　周之越有些不耐烦："楼下等着，十分钟就到。真服了你，身份证都能落我车上。"

给周亦行送完身份证，周之越没着急回去，而是在校园里漫无目地转着。不知为何，他最后又走回了刚才见到许意的那个十字路口。幽黄的灯光下，现在那儿空无一人，雨也快要停了。

许意没想到时隔五年，居然真的又见到了周之越，还是在他们最熟悉的北阳大学里。她望了眼天边那轮残缺的下弦月，在校门口低头叫网约车。

到吴乔乔家时，已经快过零点。吴乔乔拉开门热情招呼："好久不见啊！终于到了，吃夜宵吗？我正准备点。"

两人大学时关系很好，毕业后就没再见过面。

"真的是好久没见！"许意还真有点饿了，把行李箱放门边，"吃，那我点烧烤了？"

吴乔乔给她拿拖鞋："我点我点，你先去洗手换衣服吧，一会儿我们边吃边聊。"

这屋子是小两居，客厅空间很小。吴乔乔睡她男朋友那间，把自己平常住的那间腾出来给许意。

许意拎着行李进屋洗漱。

等外卖的时间，两人就面对面坐在客厅聊起来。

吴乔乔看着许意，笑说："你一点儿都没变啊，就是头发留长了，大学那会儿你是短发来着。"

许意喝了口饮料，点头道："对，短发不好打理。"

例行叙了会儿旧，吴乔乔八卦起来："本来以为你毕业会留在北阳的，你回家这么多年，和周之越没再联系过？"

许意手指僵了一瞬，低下头："没联系。"

吴乔乔叹气："当时你们谈得那么顺，我还以为毕业后你们就会领证结婚呢，结果突然就分手了。对了，你现在都没跟我说，当时你们到底为啥分手啊？"

许意还是不想详细说这些私事，只道："就是不合适……"

"对了，我妹妹今年也考到北阳大学了，我刚去送她，好像在学校里看见周之越了。"

吴乔乔也有些惊讶："啊？学校里？他去学校干吗？"

许意抿了下唇："我也不知道……但我应该没看错人。"

毕竟是朝夕相处过三年的初恋男友。

吴乔乔拿出手机，快速划动微信好友列表："他好像还没删我微信吧，我去看看他朋友圈。"

许意没说话，默默看向别处。跟周之越在一起的时候，他们互相加了对方的所有朋友和室友。分手之后，许意删了他所有的联系方式，也删了他好友圈

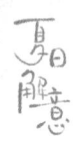

那些人。

吴乔乔把手机亮在许意眼前:"他没删我,但是看不见朋友圈。"

许意扫了一眼。他朋友圈设置了三天可见,头像换过,不是当年许意强迫他用的那个卡通情侣头像,而是一张暗色的风景图。

吴乔乔拿回手机,笑问:"你现在又回北阳了,当时分手是你提的吧?要是还对他余情未了,要不先把他微信加回来试探试探,说不定能复合呢。"

许意不自觉地握拳,沉默几秒后,垂眸道:"算了,没这个必要。"

要求入职的时间是下周一,这几天许意也没闲着,主要任务就是去看房子。她找的都是离工作地点近的,跑起来倒也不费劲。但看了两天,她还是没看到满意的,大部分都是图片与实物严重不符。

这天晚上看房回来,手机里沉寂已久的一个小群突然冒出红点。

是大学时他们青协组织部的部长群,群里本来有五个人,她跟周之越分手后,其他几人怕她尴尬,另拉了一个没有周之越的四人群。

群里,陈楠先说话。

陈楠:我后天去北阳出差!有人吗?约饭啊!

孙浩宇发了个"举手"的表情。

孙浩宇:琳姐在吗?一起啊?

赵晓琳:呜呜,我不在,只能下回有缘再见了。

许意看完消息在群里回复。

许意:我可以去,我回北阳了。

群里三个人纷纷开始发问。许意便解释说她工作调来北阳,不出意外的话,以后就一直在这里了。群里刷了一波庆祝的表情包,开始约吃饭地点。

洗漱过后,许意躺在床上,辗转反侧许久才睡着。梦里,时间回到了她刚上大学的那年,十八岁的年纪,很容易对人产生好奇,似乎也很容易一头热地喜欢上一个人。

大一开学报到那天,许意在人群中一眼看到了周之越,驻足看了很久。他的身高、气质和长相都过于出众,没两天就出名了,几乎在学校表白墙霸屏。许意打听了一番,得知他不仅颜值高,还是微电子科学与工程专业的——北阳大学分数线较高的专业之一。

几天后,学校社团招新,许意又听说周之越被学长学姐"忽悠"着进了青协组织部,她立刻去参加了这个社团的面试。

跟周之越第一次说话,就是在这个社团的迎新会上。她当时选了身亮眼的裙子,还涂了粉底和口红,忐忑不安地迈进那间教室。

周之越坐在后排,桌上架着台笔记本电脑。他穿着件宽松的白衬衫,略带懒散地坐在那里,盯着屏幕的眼神却很专注。许意特意绕到他后面偷瞄一眼他的电脑。屏幕上是一张乌黑的图,有点像是电路图,勾起了她高中时学物理的惨痛回忆。

心理学中有个词叫晕轮效应，意思就是当对另一个人的某种品质有非常好的印象时，看见这个人的其他品质，也会更容易产生好印象。

许意顿时就对周之越又添了几分崇拜。她连高中物理都学不明白，周之越居然能研究看起来这么复杂的电路图！

她大着胆子走到周之越旁边的位子，清了清嗓子，低头问他："同学，请问这里有人吗？"

两秒后，周之越缓缓抬起头，冷淡地瞥她一眼，声音很低："没。"

只一个字，就让许意心跳"扑通扑通"的。她抿了下唇，又问："那我可以坐在这里吗？"

周之越视线回到电脑屏幕上，没再看她，语气平平道："随便。"

许意没多犹豫，把包放在桌上，挨着他的位子坐下。这个距离，她闻到了周之越身上淡淡的香味，不像是香水，也许是洗衣液或沐浴露留下的味道，一种很清爽的木质香，莫名撩人。

梦在这里戛然而止，许意醒了，枕边却不再有他身上的味道。

聚会安排在周日晚上。

许意上午又去看了套房子，不出所料，还是不大满意。快到约定的时间了，她洗澡化妆，在手机上搜去餐厅的地铁路线，是一家串吧。

她一切收拾妥当，临出门，孙浩宇给她发来条私信。

孙浩宇：许老板，有个事得问问你的意见。

许意：什么事？

孙浩宇发来语音："这不是想着要聚餐，我就顺便问了问周之越。他说他前阵子刚回国，今晚也有空过来，你介意吗？"

许意把这段语音播放了两遍，犹豫着打字。

许意：要不然，你问问他介意吗？

孙浩宇：我跟他说了你也在，他说不介意，还说都分手这么久了，有什么可介意的。

不介意，或许也就意味着不再在意。

许意重重地抿了下唇，考虑许久。

许意：那我也没啥介意的。

孙浩宇：行，那一会儿见！

孙浩宇：我就说吧，都成年人了，分手这种事是家常便饭，哪至于老死不相往来，陈楠还非让我问问你。

这话没法回，她随便选了个表情包发过去。

许意路痴不是一天两天了，尤其不擅长乘坐公共交通工具。去餐厅的路上，她心不在焉，换乘地铁时又不小心坐反了几站，最后到达餐厅时，比约定时间迟了十多分钟。

她推开包间门，第一个看见的就是周之越。他坐在角落的位子，穿着黑色的衬衫，眸色幽黑，五官一如既往的精致好看。

周之越很缓慢地抬起头，视线在许意脸上停留一瞬又低头看手机。

许意也下意识看向别处。

孙浩宇站起身开口："哟，许老板，回北阳也不跟我们说一声，果然是感情淡了啊。"

许意忽略周之越，笑着寒暄："我也是前两天刚到，准备收拾好了就联系你们。"

孙浩宇："先坐先坐，别站着说话，又不是没椅子。"

许意环视一圈，这包间面积不大，只有两把椅子空着，一把在周之越旁边，一把在周之越对面。真是无比艰难的选择。

许意更怕一抬头就跟周之越对视，犹豫几秒后，最终走到他旁边。她已经极力在控制情绪，心跳却不会骗人。

她垂眸看着周之越，紧张得几乎是脱口而出："你好，那个……我坐这儿了？"

片刻后，周之越才慢悠悠地掀起眼皮看她。

他嗓音有些哑，语气比大一初见时还要冷淡几分："随便。"

许意扯扯嘴角，迟疑着落座，转头把包斜挂在椅背上。

包间里本就只有四个人。

许意坐下之后，她和周之越这一侧的空气瞬间就像凝固了一样。两人互相不看对方，都把头偏向远离对方的方向。周之越面无表情，许意脸色肉眼可见的不自然。

另一侧，孙浩宇观察几秒，冒出一句毫无情商的话："你俩要不要这么尴尬？不是都说不介意吗？"

周之越咬了咬牙。

许意故作轻松："……嗯，不介意啊。"

孙浩宇秉持尬不死人不罢休的原则，玩笑道："你俩分手后就没再见过面了吧？许老板，那你出门前有没有敷那什么……见前男友面膜？"

许意瞥他一眼："你现在懂得还挺多。敷不起啊，五十多块一片呢。"

孙浩宇笑了两声，还准备说些什么，服务员拿着菜单进来，打断了交谈。

周之越对点菜不太有兴趣，大少爷似的叠着腿坐在那儿，旁人问他就答，不问他便懒得说话。

后来点喝的，孙浩宇随口道："明天是工作日，那咱今天不喝酒了。四瓶冰镇的橘子汽水行吗？"

许意下意识看了眼周之越。

她现在还清楚记得，碳酸类饮料周之越只喝可乐，他忍不了其他汽水里的人工香精味。

周之越也正好抬头，跟她短暂对视不到一秒，看向服务员，淡声说："三瓶就行。"

点完菜，包间里安静了片刻，话题转向许意身上。

陈楠看向她："对了，你以后在哪儿上班啊，还是原来那家公司？"

许意点头："对，是COLY在北阳的分公司。还挺远的，在开发区那边了。"

北阳市前几年刚设立了新的经济技术开发区，对企业有各种税收优惠政策，许意要去的分公司也在那片。

闻言，周之越眉梢微微动了下。

陈楠又道："那挺远的，离市区有几十公里呢。听说有好几家大企业搬到那边去了，打工人一聚集，房租也上来了。"

许意应道："是啊，我本来以为那地方那么偏，房租能便宜点。"

陈楠："你房子都找好了吧？"

许意扯扯嘴角："没呢，看了好多套都不合适，唉，慢慢找吧。"

陈楠笑了下，说："我好多朋友都在那边，你想找个啥样的房子？我也帮你问问。"

许意边想边说："两千出头吧，装修好点，家具和电器齐全，安全系数高一点的。尽量单间，合租也行，但是房门要有密码锁，还要有独立卫浴……"

陈楠点点头："行，但是估计不好找。"

上菜之后，大家还是有一句没一句地聊着，都是想到啥说啥，有时聊几句近况，有时又追忆大学生活，八卦一下哪个老同学现在在干什么。大学四年，其他两人也知道点周之越的性格脾气，没把话题放他身上，只偶尔礼貌性地问他两句。

他的回答也很简单，每次就几个字，像个话题终结者。

比如孙浩宇问他："越哥，你为啥回国了？"

周之越懒散道："想回就回了。"

孙浩宇又问："这样啊，那你回国还做IC吗？工作已经定了？"

周之越："嗯。"

大多时候，周之越都沉默地坐在一边，似乎并不关注他们聊天的内容。许意猜到他会是这样的状态。大学时，周之越就是个界限感很强的人，严格划分"自己人"和"外人"的范围，心里就像是有一堵无形的墙，把这两者分隔开。

曾经，许意好不容易进到他的"墙"内，后来却又主动走出去。没有告别，也没有解释。

一顿饭吃完，天色已经黑了。

地铁站离餐厅还有段距离。

这吃饭的地方是孙浩宇选的,在城中村,周围环境不大好,鱼龙混杂。去往地铁站的路两边都是些小吃店和烧烤店,桌椅摆在街边,有很多光着膀子的小年轻扎堆聊天喝酒。

四人站在门口,孙浩宇问许意:"许老板,你现在住哪儿?顺路我就正好送你。"

许意报了个大致位置。

孙浩宇说:"哟,那不顺路,反方向。越哥跟许老板顺路吗?"

周之越沉默两秒,微微张口:"顺路。"

孙浩宇笑道:"得嘞,那正好,我送陈楠,你送许意,大晚上的,两个姑娘自己回去也不安全。"

待他们离开,门口只剩下许意和周之越两人。

许意抬头看向他,重重咬了下唇,尴尬道:"没事,地铁站也就几百米,我去坐地铁就行……"

话音刚落,对面烧烤店门口传来刺耳的声音。

好像是两拨社会青年发生争执,摔酒瓶掀桌子,大有要干一架的架势。许意心里本就忐忑,被那掀桌的声音吓得一个激灵。

周之越低头看她,眼神沉沉,语气平淡:"确定不用?我正好顺路。"

若是搁平时,许意肯定会说不用,但现在天黑了,又遇上对面打架,她还真不太敢独自去地铁站。两相权衡,命比面子重要。

许意攥了下拳,小声道:"那……麻烦你了。"

周之越的车就停在路边,一辆烟灰色的阿斯顿马丁,在这破巷子里十分扎眼。刚才说话的工夫,许意就看见周围很多人频频扭头看这辆车。

许意知道,周之越对汽车有点兴趣,大学时就经常开各种跑车带她去兜风。

她习惯性地拉开副驾驶的门,坐上去之后,闻到车内淡淡的冷杉香。跟他大学时喜欢的车载香氛已经不是同一种类型,现在这款显得更厚重些。

车辆驶出那条巷子,两人还是一言未发,车内的空气过分安静。

许意总觉得这气氛有些尴尬,挤出一个很不自然的笑容:"你最近……还好吗?"

片刻后,耳边传来周之越低沉的声音:"还好。"

她侧头看过去,车内光线很暗,幽黄的路灯灯光照进车窗,映在他脸上。他薄唇紧抿着,下颌线利落清晰,皮肤很好,跟大学时无异。

许意默默移开目光。过了这么多年,她似乎还是会被他这张脸勾到。在一起那三年,她就经常盯着他看,怎么看都不腻。她正低着头,旁边周之越突然一个急刹车,她身子往前倾了倾。有个骑自行车的小孩儿飞速横穿马路,差点被他们撞到。

周之越眉头蹙起,待那小孩儿过去,重新发动车子。

后半程，两人没再交谈，表情都有细微的变化。

许意看着窗外出神，在想大学时一件颇有戏剧性的事。她进了青协组织部之后，用各种方式在周之越面前刷存在感：比如部门开会时坐他旁边，比如跟他参加相同的志愿活动，比如打探他的课表去蹭课，坐在他附近的位子。

可那时候，周之越的追求者真的很多。许意在不同场合无数次看见不同的漂亮女生问他要联系方式，他都冷着脸拒绝。她想着这样刷存在感不是个办法，就算再刷一学期，周之越也压根不会注意到她。

几天后，终于让她找到了意料之外的机会。那时还没有校园巴士，为了节约时间，很多人都会买辆自行车上下课。

那天许意没课，她例行在周之越的宿舍楼门口晃悠，制造不经意的"偶遇"。等了一会儿，她远远看见周之越骑着一辆自行车。

许意脑子一抽，就打算去碰瓷儿。她冲到那条路上，想着被自行车撞一下应该也没多大事，但人概率能加到周之越的联系方式。不承想，快撞上时，周之越看见她了，他急于躲避，于是连人带车撞在了路边的电线杆上，手机摔碎了，胳膊也摔折了。

许意愣了会儿，跑到周之越身边，把他扶起来："同学，你还能动吗？我扶你去校医院？"

这件事，直到他们后来在一起，许意也没好意思跟他坦白。可能周之越到现在都还以为那是一场意外，怪他自己骑车不看路。

车子停到小区门口，许意解开安全带，转头看周之越，小声说："谢谢啊，那我就先回去了。"

周之越看向她，轻"嗯"了一声，没什么表情。

下车后，许意走进小区，听到身后传来汽车引擎发动的声音，越来越远，直到听不见。

她这才回头去看。周之越的车已经消失在夜色中，跟路上川流不息的车辆混在一起，变成一个很小的点。

许意进门的时候，吴乔乔正在客厅看综艺，听到声响转头看向她："回来了，挺早的啊。"

许意边换鞋边说："都是打工人，明天还要上班。年纪上来了，不如大学那会儿有精力，头天晚上通宵蹦迪，第二天还能早上六点爬起来去占座。"

吴乔乔狠狠点头："太对了。不过我记得你大学那会儿都是让周之越帮你占座吧？"

许意不说话了。

走到卧室门前，她才又开口："对了乔乔，我还没找到房子，你男朋友什么时候回来啊？我尽快找。"

吴乔乔想了想："至少还有两三周吧。没事，其实你一直住我这儿也行啊，

到时候咱俩一间，他一间，他也不会介意的。"

许意说："算了吧，我可不当电灯泡。我先转半个月房租给你啊。"

周之越住在开发区那边，送完许意后，又原路折返回去，多开了十多公里路程才到家。这房子是他回国后买的，高档住宅区的顶层公寓，房子上个月刚装修好，用的都是环保材料，能很快入住。整体是暖色调北欧风装修，跟他的风格和气质格格不入。

他刚换上拖鞋，一只雪白的小奶猫就蹦跶到他脚边。他低头看了眼，一只手把它抱起来，抱猫的姿势很不得要领。大概是把小猫弄难受了，它一爪子伸过来，挣扎着要抓他。

周之越皱起眉训斥："凯撒小帝，你能不能听话点儿？跟你说了多少次，抓人也别抓脸。"

小奶猫骂骂咧咧叫了几嗓子，从他怀里扑腾下去，钻到沙发底下。周之越也懒得搭理它，看了眼猫粮还够，就迈着长腿回卧室。他没先换衣服，走到阳台，脑子里又浮现出许意那张脸。她的长相没什么变化，就是头发长了，性格也不如大学那会儿活泼，现在好像不太爱说话。

想起五年前他们在一起的时候，许意在他面前什么时候都是叽叽喳喳的，只要她醒着，他耳边就没清静过。但刚才二十多分钟的车程，许意全程只讲了两句话，一句礼貌性的问候，一句"谢谢"。

周之越紧抿了下唇，打开手机上的地图 App，一字不差地输入许意在聚餐时提到的公司名字。

地址出现在屏幕下方，周之越黯淡的眼眸中闪过一丝微光。

　　COLY，北阳经济开发区环金大厦，C1901-1920。

跟他的公司在同一栋写字楼。

去新公司上班的第一天，许意起了个大早。从吴乔乔家去开发区要坐一个多小时的地铁，换乘三趟。换了衣服化好妆，许意带齐入职要用的证件材料去了地铁站。

北阳的早高峰比五年前更加拥挤，地铁门一开，乌泱泱的人潮一窝蜂扎进去。地铁里更是摩肩接踵，连个扶手都摸不到。好不容易出了地铁站，许意深吸一口气，决定加快找房的进度。

乘电梯上到第 19 层，许意先去找人事办手续，办好后去客户服务部报到。她的直属领导叫张芸，三十出头的客户经理，涂深色口红、细长黑眼线，看起来很干练的模样。

许意去到张芸的办公室，张芸给她大概介绍："目前我们这组基本只负责北阳和北阳周边的客户。我个人的习惯是,所有工作放在上班时间解决,尽量避免加班,但客户或者创意那边有紧急的事就另说。"

"现在暂时没事儿,你先去收拾吧,有工作我随时通知你。"

许意点头,去到自己的工位。

广告公司的客户部主要负责和客户联络,再把客户的需求整理传达给策略部或创意部,后续随时跟进二者的进度,多数情况下都处于"上下夹击"的位置。过了会儿,张芸把许意拉进了几个工作群,有北阳分公司的几个大群,也有张芸他们组的小群。

许意看了眼,小群里加上她一共五个人,三女两男。同事这会儿都没在公司,估计是出去见客户了。许意便从包里拿出一些小摆件,用空闲时间布置自己的工位。

不论是工作还是生活,她都喜欢把环境布置得舒适些,有利于维持好心情。

直到下午,张芸才发来语音消息:"有家科技公司想找我们做一个秋季的人才招募方案,你过去沟通一下。"

许意回复:"好的,您把公司位置发我吧。"

环金大厦 28 楼,柯越创新。

最近公司正在做一个助听器芯片设计的项目,周之越刚开完内部的工作会,听员工汇报上周的实验结果,制定本周的工作计划。

会后,他刚回到办公室,赵柯宇就推门进来。

赵柯宇是公司的另一位创始人,也是周之越的发小,家庭背景同样显赫。周之越对家里的地产生意没兴趣,半年前回国,和赵柯宇创立了这家 Fabless 模式的芯片公司,每人投资一半,周之越还另有技术股份。

赵柯宇坐在周之越的办公桌前,跷着腿说:"上午急着开会,都没来得及问你。之前我们不是说找美莱做秋招方案吗,你怎么临时又改成找 COLY 了?"

"我朋友公司之前找美莱做过一个营销方案,效果特别好。COLY 是哪来的,我都没听说过这家,能行吗?"

周之越靠在椅背上,看着屏幕上密密麻麻的代码,漫不经心道:"我看过他们以前做过的案例,没什么毛病,就这家吧。"

赵柯宇拿起周之越桌上的烟盒,想起这大厦禁烟,又放下,笑问:"那美莱有什么毛病?"

周之越瞥他一眼,语气淡淡的:"一个秋招方案而已,找谁做都没区别。"

赵柯宇还是觉得这事挺怪。他们一早就商量好,公司成立后,周之越只负责带领团队搞研发,事务类的工作全部由赵柯宇负责。周之越也不是喜欢管这些杂事的人,怎么突然提出要换合作的广告公司?

赵柯宇正欲开口,余光就看见玻璃门外远远走来个小姑娘,长鬈发,皮肤很白,脸小小的,看着还有点眼熟。他看着这姑娘越走越近,突然重重一拍脑袋:"哎,周之越,那是不是你前女友啊?"

许意收到的那家科技公司地址就在同一栋写字楼的楼上,联系人是胡女士。坐电梯到柯越创新门口后,她给这位胡女士打电话。

不多时,就有一位扎着马尾的年轻女孩走出来:"是 COLY 的许意吗?"

许意点头:"对。是我。"

胡女士笑着迎她进门:"我们两位 CEO 刚下会,方案的事您直接跟他们谈吧。我们公司新成立不久,而且 IC 行业,人才招募是头等大事,我们赵总和周总都特别重视。"

许意和她并排走,附和道:"是啊,我明白的。我们前几年也做过很多公司的人才招募方案,其中就有互联网和科技类公司,最终效果都还不错。"

柯越创新基本是开放式的办公区,工位上清一色都是理工男长相的男人。

许意对这画风太熟悉了。大学时,她经常陪周之越上课,还参加过他们院的毕业典礼。周之越的气质和长相都和他们院里其他人完全不同,是理工男中的一股清流。

两人一路聊着,就走到了走廊尽头。胡女士看向一间办公室:"正好,赵总和周总在一块儿,上午就打过招呼了,您直接进去吧。"

说完,她在门口做了个请的手势。

许意往里看了眼,几乎是心脏骤停。好吧,柯越创新……周总……

前男友变甲方,还有比这更惨的事吗?

她缓慢地抬起手,深呼吸,敲了敲门。

里面传出一道声音:"进——"

许意推门进去,六目对视,空气中有股莫名的诡异。

周之越穿着黑衬衫和黑西裤,坐在办公桌后的椅子上,神情冷倦,表情没有丝毫意外。另一个男人坐在办公桌前,一双桃花眼,似笑非笑地看着许意。

许意看着两人开口:"周总、赵总,我是 COLY 客户部的,来跟二位沟通秋招方案的细节。"

周之越眉梢微动。五年前,他听她称呼过自己无数次,正经的不正经的都有,"周总"这称呼,倒是第一次听见。

赵柯宇先站起身,笑着说:"去沙发那儿坐着说吧。"

许意点头:"好。"

赵柯宇一边过去,一边说:"你是叫……许意吧?你不记得我了吗?"

许意有点蒙,抬起头,又看了眼这位赵总:"我跟您……之前见过?"

赵柯宇笑了下说:"见过至少两次吧,我二十岁和二十一岁的生日趴,当时周之越带你一起来参加的。我叫赵柯宇,还有印象吗?"

这么一说，许意有点想起来了……好像还真见过。虽然没见过几次，但周之越朋友不多，带她参加过生日趴的更少。

许意抿了下唇："有印象……"

不过，那是她跟周之越谈恋爱时的事，现在提起，未免有些尴尬和不合时宜。

周之越也走了过来，冷声地打断两人"叙旧"："别浪费时间了，说正事。"

赵柯宇不甚在意地笑笑，身子往后一靠："你俩说吧，我听着。"

诡异的气氛中，许意强迫自己保持一个广告人的专业态度。

她打开笔记本电脑，抬眸看向周之越，露出礼貌性的假笑："我需要先了解一下您这边的具体需求和预算。"

沟通结束前，赵柯宇去了趟洗手间。

办公室只剩下许意和周之越两人，周之越语气中没任何情绪，一副公事公办的态度跟她说着对招募方案的要求。他们已经很久没像这样面对面说这么多话了。

周之越此刻就坐在她的面前，过去和现在的画面重合，许意不由得分神了几秒。

"不好意思周总，能麻烦您重复一下刚才说的最后一点吗？"

周之越看着她，嘲讽般地勾了下唇，慢悠悠地说："可以。不过许小姐，很不巧，我们后续合作中可能还会需要见面沟通。

"我希望这次合作不会被我们过去的私人关系影响，秋招对公司很重要，我们需要专业的合作方。"

这是重逢之后，周之越第一次主动提起他们的过去。

许意压抑住复杂的情绪，故作镇定地说："当然，周总可以放心，COLY是很专业的广告公司。"

她想了想，不太有底气地补充："不过，如果您有顾虑，我可以让其他同事替我跟您对接这个项目。"

言外之意，他也不用再见到她。

周之越视线落在她脸上，表情比刚才又冷了许多。片刻后他才微微张口，无可无不可的态度："没必要换人，麻烦。"

待许意离开之后，赵柯宇才又走进周之越的办公室。他进门时，周之越从沙发上站起身，回到办公桌后面。

赵柯宇刚才憋笑都快憋出内伤了，这会儿终于能笑出声："周之越，你临时换广告公司原来是因为这个啊？真的笑死我了。没看出来，你还是个情种啊，你们都分几年了？五年还是六年吧？"

周之越低头看着屏幕，一个眼神都懒得给他。

赵柯宇继续笑道："你这是赤裸裸的假公济私。做前女友的甲方，哈哈哈，亏你能想出来这种损招！"

周之越被吵得心烦,拧着眉头,抬眼:"我不知道会是她。"

这是实话,毕竟 COLY 那么多人。

赵柯宇不信:"要不是她,这种合作你不会管,肯定是甩给我。

"上次去你家,我看见你书桌上还有她照片呢。我以为你是懒得扔,没想到,哈哈哈,你原来……"

周之越忍无可忍,站起身,指了指门的方向:"能出去吗?没看我忙着?"

赵柯宇看了眼周之越的表情,笑着摇摇头,暂时选择闭嘴:"得。"

许意回去之后,把今天和周之越沟通的内容整理成 Brief(工作需求简报),然后联系策略部的同事。等她回到办公区,组里其他两个同事也回来了,一个叫 Miya 的女生,还有个叫陈句的男生。

大家互相寒暄着做了一番自我介绍。

Miya 说:"总算是人齐了!前段时间太忙,最近我们手里的几个项目都在收尾,等结束之后我们找个周末一起出去聚聚!"

陈句附和道:"是啊,去爬山吧,马上秋天了,能看红叶。"

Miya 白他一眼:"当然是去蹦迪或者音乐节,到时候咱们在群里投票,你看有没有人想去爬山。"

陈句撇撇嘴,看向许意:"新同事说,想去蹦迪还是想去爬山?"

许意笑了下:"我都行的。"

两人斗了会儿嘴,Miya 的客户来电话了,她便先去工作。

许意也打开电脑,看系统里的公共邮件。还好,同事们看起来性格不错的样子,以后也好相处。

到了下班时间,许意开始发愁晚高峰的交通状况,地铁估计跟早上一样挤。她考虑片刻,决定点个外卖,在公司留晚一些,错峰回家。

晚饭后,她就坐在位子上刷附近的租房信息,又新加了五个中介,约好明天下班时间去看房。

等许意背上包下楼,外头天色已经黑了,楼下人也不多。刚一转身,她就看见一个熟悉的颀长身影,不自觉地停住视线。

周之越指尖夹着一支烟,正站在不远处。灰白的烟雾往上飘,模糊了他的面容。

他刚要抬起手,就看见了许意。

对视的一瞬间,周之越几乎是下意识的反应,把大半支烟摁灭在手边的灭烟器上。

许意看见这个动作,心里顿时一阵刺痛。从前,她不喜欢周之越抽烟,怕他得肺癌早死,还因为这事跟他发过火,甩了好几天脸色,他后来就戒烟了。

另一边,周之越低头看了眼那支熄灭的烟,才意识到自己的动作有多可笑。早就没人管他了。他自嘲般地勾了下唇,又从烟盒里拿出一支,点燃,再抬起头,发现许意就在他面前，不由得愣了下。

许意沉默两秒，开口："周总，下午跟策略部那边沟通过，下周一给您方案可以吗？"

周之越眸色黯下去，还是把拿烟的手远离她，沉沉地应了声："行，你直接跟小胡约具体时间。"

许意点点头，犹豫片刻，还是说："周总，还是尽量别抽烟，对身体不好。"

周之越看着她的眼神给她带来一种无形的压迫感。

许意撇开头躲避这目光，就听见他又轻又慢的声音："这算什么？对前男友的关心，还是对甲方的关心？"

听到这话，许意表情就僵住了。半晌后，她才低头随便应了句："也不用理解成关心，可能就只是……客气一下。"这句话越说声音越小，最后四个字她几乎只是动了动嘴唇。

但周之越听见了，顿时脸色更沉。

许意马上又说："那先不打扰你抽烟了，我还要赶地铁。"

她头也不回地快步离开，留给周之越一个渐行渐远的背影。当年提分手，说到底是她对不起他。这个问题再说下去，也许就要撕破他们之间最后的体面。许意怕自己控制不住情绪。

傍晚的地铁总算是没那么拥挤，许意找了个位子坐下，戴上耳机，打开手机上的听歌软件。

今天的日推歌单都是些奇奇怪怪的歌，切了几首她都不满意。她犹豫片刻，在软件里搜索了一个用户名"ZHOU"。从前，她和周之越的听歌品位都是惊人的相似，尤其是她喜欢的湾省乐队的歌，很小众，在软件里的评论都不足99条，周之越居然也喜欢。

他们还约定过，等毕业之后有机会一起去湾省听这些乐队的现场。

地铁里网络信号时断时续，好一会儿，手机上才显示出搜索结果。同名用户很多，许意划着屏幕，一眼就在长串列表中看到了周之越的账号。他居然没有换这个音乐软件里的头像。

许意忍不住点进主页，又点开他头像的大图。这头像还是大学时，她拿着他手机给他换的——她和周之越在摩天轮上的一张合影，是她趁他不注意时拍的。

照片里，她穿着白T恤和牛仔背带裤，发型还是她以前很喜欢的《这个杀手不太冷》里女主的同款短发。她笑看着镜头，周之越则跟她十指相扣，眼神懒懒地看窗外的烟花，五彩斑斓的光映在他精致的侧脸上。

许意盯了这头像半晌，心里一阵酸涩。提出分手一段时间后，她清空了手机里所有跟周之越有关的照片。她已经五年没看见过他们的任何合影了。

许意还能清楚记起那天坐摩天轮时的心情，还记得当摩天轮升到最高点时，

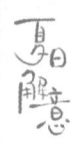

她突然扭过头去偷亲周之越，不想却亲歪了，而且用力过猛，撞得周之越鼻梁生疼。

当时，周之越看着她，明知故问："你刚才是准备亲我？"

他笑了下，又说："不知道的还以为我们有多大仇。"

许意看了眼窗外，摩天轮在缓缓下落。

她一脸懊恼地说："我前几天在小说里看见，说情侣在摩天轮升到最高处的时候亲亲，就可以……"

她还是不擅长说这种腻歪又煽情的话，改口道："总之就是寓意很好！"

周之越轻嗤："哪来的歪理，有调研统计数据吗？"

许意"嘁"了一声，吐槽："你这个人就是对浪漫过敏。"

周之越笑着说："那再坐一次给你亲？"

许意没答应，可下了摩天轮之后，还是牵着他去了售票处。

可是售票处已经关门了，这才知道他们刚才坐的是今天最后一趟。

许意也没觉得可惜，说："下次有空再来吧。"

周之越点头："嗯，好。"

当时他们都觉得未来无限漫长，他们会有无数个"以后"。

地铁运行的轰鸣声很影响听歌体验。许意的耳机里播放着周之越的歌单，音量调到很大。有许多歌她都没听过，但还是一如既往符合她的品位。

不知出于什么心理，她再次点开那张头像，长按，把照片保存了下来。

翌日晚上约了两个中介看房，下班之后，许意急匆匆跟着导航去了附近一个小区。开发区这边都是新房子，许多都是前不久才建好交房的。许意看的第一套房子跟图片严重不符，中介昨天发来的图片是豪华装修，实地看才发现这屋里没有任何家具，连墙都没刷好。

中介说："这些搞起来都快得很，你要是定了，房东那边周末就能把家具添上，把墙也刷了，你下周就能入住。我给你看的图片就是同一个房东装的另一套房子，软装公司也一样的。"

许意拒绝了。

从这个小区出来，她又去看另一套房子。

另一套房子在名叫九里清江的小区，看环境就知道这片房价不低。各种设施齐全，楼间距很大，门口保安的制服都要比其他小区高级一些。这间是合租的房子，100平方米的大两居，装修也很精致，另一间住的也是附近上班的女生。

许意各处都看了圈，难得的满意。可临到最后，中介又说，这房子合租是每人4000元一个月，他在平台上把价格挂错了。

许意一愣。

比预算高出很多，她只能忍痛割爱，顺便把这中介拉黑，在平台上举报。

另一边,柯越创新。

一整个下午,周之越都很心烦,跟团队开会时得知 Verdi 的波形又不对,还莫名发了顿火。

回到办公室,他关上门,打开电脑自己忙。

快下班时,助理拨来电话:"周总,远扬资本那边想跟我们谈合作,您看最近哪天方便?"

周之越蹙了下眉,说:"这种事别问我,去找赵柯宇。"

助理又说:"赵总今天出差了,去锦城考察工厂,要下周才回来。"

周之越揉揉太阳穴,淡声说:"那随便吧,你安排。"

离开公司时,外头天色将黑,电梯一层层往下,经过 19 楼时停了一次,他心中居然莫名有种期待感。电梯门缓缓打开,周之越抬起头,看见进来的是几个陌生人,就又继续低头看手机。

九里清江离他公司很近,开车十分钟就到了。刚进小区不久,周之越目视前方开车,很意外地在路边瞧见一个熟悉身影。女孩穿着浅粉色的裙子,背着白色的小包,边走路边低着头看手机,看起来不太开心的样子。

许意来他家小区做什么?

周之越眼中闪过一丝疑惑,把车停在路边,下车往前走。

距离近到几乎要与人撞上时,许意才终于察觉到前方有人,猛地抬起头,往后退一大步,表情很蒙地看着他:"啊……哎?"

周之越停下脚步,冷着脸低头看她,半晌后才开口,语气不太自然:"你怎么在这儿?"

许意花了几秒时间才反应过来。她依稀感觉这几天遇到周之越的频率好像意外的高。但两人在同一个写字楼工作,附近的小区也就这么几个,仔细想想又觉得也没什么不正常。

她抿唇,说:"我来看房子。"

周之越淡淡地"噢"了声,静默许久才又低声问:"你以后住这儿?"

许意摇摇头,坦言:"应该不住这里……也不确定,还没找好。"

"那,祝你早日找到房子。"周之越眼底情绪不明,语气略有些冰冷,像是对旧识的普通朋友说话。

许意嘴角扯出虚假的笑容:"谢谢,我……"她突然意识到似乎也不需要跟周之越提起一会儿她要做什么,"先走啦。"

周之越的心情无比烦躁,不论是在公司还是回家,都处于一个看什么都不顺眼的状态。乘电梯上到顶层,一开门,家里的小奶猫又迈着小短腿蹦蹦跳跳朝他跑过来。他低头看了会儿,没抱它。小猫就在他脚边一个劲地绕圈圈,用脑袋顶他的脚踝,在他裤脚处蹭来蹭去。直到他换了鞋进屋,打开冰箱拿纯净水,小猫还是跟在他脚边。

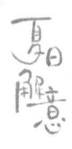

　　周之越无奈，蹲下身把小猫抱起来。结果抱了还没一分钟，小猫就挣扎着用后脚蹬他胸口，然后跳了下去。过了会儿，他换完衣服去书房工作，这小猫又"喵喵喵"地跟进来，也不会离他太近，就在附近一个能看见他的位置趴着，瞪着圆眼睛悄悄地观察他。

　　周之越是第一次养猫，忽然觉得这猫的行为跟许意有点像。不是现在的许意，是很久之前刚上大学的许意。他们还没有真正认识时，她就会频繁出现在他周围。

　　周之越看到过社团登记的社员资料，许意明明是经管学院的，却会出现在他"电路分析基础""大学物理与实验"这些专业课上。除此之外，她还参加了跟他相同的社团活动、志愿活动，以及经常出没在男生宿舍楼下的食堂、离男生宿舍更近的运动场、篮球场外面的小路。

　　后来认识了，周之越大致能猜到她的意思，可她又一直保持着跟他恰到好处的距离，忽远忽近的。

　　这种状态持续了快一年的时间，直到在一起之后，许意才笑着跟他承认："我就是故意的，在你面前刷刷存在感，好让你记住我。"

　　周之越问："那你怎么不明说？其实你可以直接找我，没必要拐弯抹角。"

　　当时，他似乎更喜欢直接点的方式。

　　许意笑的时候有两个可爱的小梨涡，她想了想："因为尼采说过，一切美好的事物，都是曲折地接近自己的目标。"

　　那是他们选修的同一节"西方哲学名著选读"课上讲的，她现学现卖。

　　周之越也弯了下唇，接了后半句："一切笔直都是骗人的，所有真理都是弯曲的。但是，这句话用在这里好像并不合适。"

　　许意不以为然地挑挑眉："哲学的道理，用在哪里都是通的。"

　　想到这里，周之越拉开抽屉，从烟盒里取出一支烟点燃。烟雾很快在书桌旁散开。凯撒小帝打了个小喷嚏，嫌弃地朝他"喵"了一声，从椅子上跳下去，逃出书房。他看着指尖燃烧的烟，似乎又多了一重负罪感。

　　他犹豫许久，打开微信，找到赵柯宇的聊天框。

　　周之越：我现在住的这个小区，租房的价格是多少？

　　这个点，赵柯宇没在忙，很快就回复。

　　赵柯宇：我哪儿知道？我又没租过房子。

　　赵柯宇：你随便下载个租房 App，搜一下呗。

　　赵柯宇：怎么了？你想搬家，然后把在住的这套租出去？你不是才住进去没多久吗？

　　周之越没理他了，径自下载 App 看租房市场价。

　　整租八千以上，合租单间四千以上。

　　周之越身子往后靠了靠，盯着手机屏幕，若有所思。片刻后，他忙活着在

App 上注册认证了房东账号,走出书房,简单给这房子拍了几张照传上去。最后他想来想去,挂了 2500 元每个月的合租价格。

另一边,许意乘地铁回到吴乔乔家,天色已经完全黑了。吴乔乔正坐在餐桌前,桌上堆满了各式各样的月饼。

许意换鞋进屋,盯着餐桌问:"都是你买的?"

吴乔乔摇头笑道:"都不是,品牌方送的推广礼盒。这不,中秋节快到了,我正好拿这些出一期月饼测评的视频。"

毕业后,吴乔乔全职在做零食快消类的 KOL 博主,她跟许意同样是市场营销专业的,做这行倒也算是专业对口。

两人又寒暄几句,许意回屋,刚卸妆换好衣服,许思玥就打语音过来。

报到这么多天,她总算是想起还有这么个姐姐。

不过,许意也能理解,刚入学,宿舍聚会、老乡聚会、周边四处玩,正是瞎忙的时候。

电话里,许思玥问:"姐,你工作还好吗?"

许意应道:"没啥问题。你呢,室友怎么样?"

这会儿,许思玥宿舍应该是没人,她兴致勃勃地说着三个室友分别是哪里人,说话口音怎么有趣,她们这几天去了哪里玩,看到了几个帅哥,大家还怂恿她去要微信,不过她没敢。

聊了好一会儿后,许意说:"那我一会儿再给你转点钱,估计你这几天没少花。"

许思玥不好意思道:"那……你自己还够花吗?"

许意笑了:"够啊,我这不是涨工资了吗?"

现在家里条件虽然不如她毕业那年困难,但到底还是没存款,欠亲戚的债也还没还完。许父一个人赚钱也不容易,又得供许思玥读大学,每月 1500 元的生活费几乎是他从牙缝里抠出来的。

许意上大学时,家里条件还宽裕,也不想轮到妹妹就让她受委屈。

许思玥说:"那谢谢姐,等我毕业之后一定要赚大钱养你!让你住大 house,每天躺平摆烂!"

两人又聊了会儿下周大一新生军训的事,许思玥那边大概是室友回来了,不好大声讲电话,便匆匆挂断。

洗个澡,许意给许思玥转了几千块钱,关灯躺在床上,不由得想起她大学时的生活。可每一个片段似乎都跟周之越有关,她不愿再细想。

黑夜漫长却又短暂,回忆只是一条没有归途的路。

找房的事直到第二周也没着落,许意已经在心里默默把租金预算增加到 3000 元。

　　只是这样一来，再扣除每月生活费用，外加偶尔给许思玥的补贴，她就基本存不下什么钱了。但刚毕业时她在租房上吃过不少亏，当时拿的实习工资太低，只能租很差的房子，安全系数也不高，还被入室偷盗过，加上平时漏水、停电、断网等，生活方方面面都很不方便，所以现在对租房她很上心。

　　其实，前些天她在租房App上刷到过一个标价2500元的合租房，位置还在她之前看过的那个叫九里清江的高档小区，装修也很不错，各种家电设施齐全。但看房这么久，她已经很清楚套路——这种低于市场价太多的房子，99.9%是中介为了引流才挂的，等她真的联系了，中介又会告诉她这房子已经租出去了，平台上没来得及下架，让她看看他手里别的房源。

　　许意看完就退出去，反手点了一个"虚假信息"的举报按钮。

第 二 章
生疏

周一是跟柯越那边约好的提案时间。

许意来到公司,又去策略部和创意部找同事对了一遍提案流程,几人便上了28楼。

上次见过的小胡出来迎接:"我先带你们去会议室吧。我们赵总不在公司,周总那边会议还没结束,可能需要稍等一会儿。"

许意点头说:"没事,正好我们提前把投影设备连上。"

他们去的是一间小会议室,大概能容纳六至八人。把PPT准备好,几人等了没多久,门就被推开。

周之越今天穿了一身白色的衬衫,领口的扣子松了一颗,看起来干净又清爽,衣袖挽起来一截,露出肌肉线条流畅的小臂。

许意抬眼看过去,有一瞬间的恍然。这穿搭风格,像是回到了上大学那会儿。

周之越没什么表情,进门之后,坐在居中的位子上,视线先在许意脸上停留一瞬,然后微扬下巴,示意他们可以开始了。

许意身边的创意部女同事一直在桌下疯狂地捏她的手,怕她没理解到,又给她发微信:啊啊啊,这是他们公司CEO?太帅了吧!

上次周之越去过COLY,但创意部的人没看到。

同事还在一直发消息轰炸,不遗余力地夸周之越的长相。

△提案之后我能不能去加他联系方式啊?

△你说他还是单身吗?

△肯定单身!我要跟他原地结婚!

许意当然承认周之越长得好看,不然大学时她也不会那么努力地追了他一整年。当然,她当时看中的不止周之越的外表,虽然一开始也是被他的外表所吸引。

提案主要是策略部和创意部的两个同事来讲,许意就在旁边听着。

周之越要招的人不多,但要求的是高水平人才,他们做的方案大概就是在北阳和苏城几所微电子专业比较强的高校参加线下双选会,以及在各社交媒体

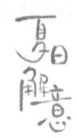

同步发布人才招募令。

提案时间不长,过程中,周之越没打断,只在结束之后看向许意,微微张口,声音低沉好听:"方案可以,具体活动执行的部分呢?你们怎么安排人?"

许意顿了顿,看着他说:"上次跟您沟通,您的意思是只需要我们出方案,没要求做活动执行。"

周之越往后靠了靠,淡声说:"我这边抽不出人去线下的双选会。"

许意说:"如果执行部分需要我们来做,费用可能要相应增加。"

周之越颔首道:"没问题,两天之内把报价、流程和执行人发来确认。"

许意:"可以的。"

周之越端起水杯,喝了口水。

许意想了想,补充道:"但是您公司这边至少也要出一个人,HR去就可以,否则具体的事项我们和学生沟通起来怕有信息差。"

周之越轻"嗯"了一声。

许意回客户部,把这事向张芸汇报了。张芸联系了一圈,说活动日期太近,其他人都有工作安排了,只能让许意和陈旬去执行。

当天下班前,许意就把文件写出来发到小胡那边,晚上收到确认的回复。

双选会在周五,一大早,许意就带上大包小包的材料去到北阳大学。场地在综合楼的大厅,许意和陈旬到了之后,还有学校就业办安排的志愿者过来帮忙。折腾了快一个小时,他们终于把易拉宝、宣传册和各种文件整好。

离双选会开始还有二十分钟,柯越的HR还没到,也没个信。大厅太吵闹,许意拿着手机去楼门口,给小胡打了个电话。

"您好,这边快开始了,你们HR大概还有多久到?"

小胡顿了下,说:"是我们周总亲自过去,应该快到了吧……我帮你问下。"

电话里话音刚落,许意还没反应过来,就远远看见了周之越。

他今天穿得很正式,西装领带,搭配略带攻击性的五官,矜贵的气质在熙熙攘攘的人群中格外突出。

许意捂着电话说:"不用了,我看见你们周总了。"

她在心里感叹,招人的事果然对科技公司很重要,老板居然亲自来校招的双选会。而且,她记得周之越怕吵,不喜欢人多的场合。

不多时,周之越就迈着长腿走到许意面前。两人上学时经常在这栋综合楼一起自习。许意记得,尤其是期末季,两人的微信聊天里出现频率最高的一句话就是"综合楼门口见"。

毕业五年后,他们再次站在这栋楼门口,没想到会是这种情形。

周之越垂眸看她,眼神似乎也略有些复杂。他嗓音沉哑:"进去吧。"

许意重重地抿了下唇,强迫自己不去回忆过去的画面,小声应道:"好,都准备好了,还有十五分钟开始。"

周之越:"嗯。"

许意目视前方往回走,多少还是有点心不在焉。这栋综合楼大概是修建的时候有什么问题,楼门口有一层很不起眼的矮台阶。上大学时,许意好几次走路没注意,都会在这里绊一下,每次都是周之越扶住她。他还因为这事笑她,有一次他问:"这层台阶是不是会对你隐形?绊多少次了,你还不长记性。"

两人并肩走到这层台阶前,许意没低头看路,毫无悬念的,她高跟鞋尖踢到台阶,又是一个趔趄。周之越几乎是形成肌肉记忆的习惯性动作,伸手扶了她一下,握住她细瘦的手腕。

许意借力站稳之后,小声嘀咕:"服了,怎么又是这儿?"

这话一出,许意心跳停了一拍,微微转过头去。周之越也正在看她,低垂着眼,眸色很深。

两人视线相撞,静静对视。大约几秒后,他松开手,转回头。

两人几乎是同时开口。

"抱歉。"

"谢谢。"

双选会还未正式开始,大厅里一片嘈杂。

志愿者、各企业的人、学校行政老师说话的声音,以及桌椅板凳挪来挪去摩擦地板的杂声,听得周之越脑袋"嗡嗡"响。他们来到柯越的位置时,陈句正在最后确认桌上的文件和宣传资料。看见周之越过来,他站起身,笑着伸手。

许意向他介绍:"这是周总,柯越创新的 CEO,也是创始人。"

周之越礼貌性地与陈句握了一下手。

周围很吵,陈句仍要扯着嗓子说些场面话:"周总真是年轻有为,在宣传册上看到您的辉煌履历,我真是自愧不如。没想到校招也是周总亲自过来,看得出来贵公司对人才是相当看重。"

周之越最怕吵,在这种环境下,他连客套话都懒得说,只微微颔了下首,去靠里的位子坐下。

许意也无暇继续缅怀或是回忆什么,比如刚才在门口的插曲,比如这栋熟悉的楼。

有行政老师过来找她确认一些事项,说得差不多了,也到了双选会开始的时间。

门口乌泱泱拥进来一群学生,大厅里很快就挤得人山人海,噪声分贝几乎要爆表。

因为对专业的限制,来柯越这边的人不如别家公司多,基本就是信息学院和微电子科学与工程学院的学生。他们的招牌要求上写了研究生及以上学历,排队递简历沟通的人就更少了。

陈句忙着发宣传册和回应基本的流程性问题,许意就坐在桌前收简历,再

递给身后的周之越看,像个传信筒。

周之越大多是扫一眼项目经历,微蹙着眉,语气冷淡:"不符合要求。"

好在他这位创始人在行业内有些名气,开出的薪资待遇也有其他公司相同岗位的两倍以上,符合基本要求的学生都会来试试看。

一上午过去,他们收了七八份简历,让学生等后续面试通知。双选会要持续一整天,好不容易到了午休时间,学生们陆续散去,大厅内总算是安静一点。

陈句放下手里的宣传册,转头看向周之越:"周总,我联系学校这边借了间休息室,在二楼,外卖也刚送到,烦请您跟我移步上楼?"

经过一上午的观察,陈句推测周之越似乎脾气不大好,至少不是平易近人的类型。他尽量把事情都安排妥当,以免惹到这位爷。

周之越站起身,瞥了眼他拎在手里的外卖纸袋,淡声问:"只有一份?"

陈句的声音不太有底气,如实说:"对,我跟许意打算去吃学校食堂,也正好不打扰您休息。"

周之越面无表情地说:"我去食堂,外卖你自己去楼上吃了吧。"

陈句怎么好意思,马上说:"那我们陪您一起去食堂。"

"行。"周之越盯了他几秒,那眼神让他感觉脊背凉飕飕的。

陈句长舒一口气,趁周之越去洗手间的工夫,凑到许意身边,小声说:"你觉不觉得这老板脾气有点怪啊?他一开口,我就怀疑自己是不是有哪里做错了。"

许意思索片刻,倒是没这种感觉……不过刚认识周之越的时候,她也觉得他气质很好,好到会让人有一种无形的压迫感。她摇摇头,说:"没有吧,而且今天上午一切正常,别担心。"

陈句叹了声气:"那可能是我心理素质不够强大,正好今天多练练。"

北阳大学有很多个食堂,三人去了东区的四食堂。虽然菜色没有其他食堂丰富,但这里是小桌点餐制,相对安静些,也方便说话。

许意和周之越在饮食方面忌口较少,点菜的任务推来推去,最后交到陈句手中。陈句这人带点社牛属性,无法忍受同坐一桌却不聊天的状态,等菜上桌的时间,便开始找话题。

他先看向许意:"好怀念上大学的时候啊,朋友都在身边,除了上课下课就没什么事。对了,你大学是在哪里上的啊?"

许意下意识看了眼周之越,才应道:"就这儿,北阳大学。"

陈句:"原来你是学霸啊!这学校的录取分数线可高了。我高考再多100分也不一定能上。"

为了照顾桌上所有人,他又看向周之越:"我看宣传册上的信息,周总硕士是在 MIT 读的,真的太牛了,我做梦都不敢想……您本科也是在 MIT 吗?"

周之越声音很淡:"不是。"

"哦哦,那周总是……"

"北阳大学。"

陈句顺着话题往下说:"哇,那许意和周总是校友呢!你们大学的时候有见过吗?不对,可能不是同一级的。许意你是哪级的啊?"

许意:"14级。"

陈句:"周总呢?"

周之越静了片刻,很缓慢地说:"我也是14级。"

陈句看向许意,笑着说:"那周总跟你是同级啊!你大学的时候真的没见过周总吗?毕竟周总这么优秀,上学的时候就算没见过,应该也听说过吧?"

许意彻底无语,恨不得拿旁边的抹布堵上他的嘴。

周之越掀起眼皮看许意,悠悠地吐出几个字:"见过吗?"

许意几近崩溃,移开视线,只小声说:"应该……没见过吧。"

"108号好了——108号过来取餐——"

陈句还打算开口问些什么,食堂那边叫号,他回了下头。

"108号是我们吧?我过去拿!"

许意也稍站起身,说:"我也去帮忙。"

陈句忙说:"没事,有托盘,我一个人去就行。"

许意只好重新坐下,一抬头,看见周之越正在看她,眼神很微妙。

他动了动唇,用嘲讽的语气缓慢重复她刚才的话:"应该没见过。"

许意也被吵了一上午,总觉得他今天莫名其妙,突然就有点火,抬眼跟他对视:"不然我怎么说?这种场合,还有同事在,我说我们大学认识,谈过恋爱,后来分手了?有必要吗?"

周之越坐在对面,有一瞬间的恍惚。这是分手之后她第一次用这种语气跟他说话。在此之前,她对他的态度就像对陌生人一样,客气又疏离,很刻意地回避他们的过往。

五年前,许意每次跟他吵架,都是现在这样的语气,或者说,比现在还要更凶一点。

许意看周之越半天不说话,意识到自己语气有点冲,火也下去了。她低下头,重重咬了下唇,轻声说:"对不起。"

周之越下颌线紧绷着,看着她,又似乎在透过她看别的什么。他薄唇微张,自言自语般:"不需要。"

这时,陈句拿着托盘过来了,他走到许意身边的位子,把托盘放桌上,笑说:"看起来不错,不愧是名牌大学的食堂。"

他一坐下,就看见周之越和许意两人都不说话,表情说不出的古怪,目光都看向别处,一个看桌角,一个看窗台。

陈句有点搞不清状况:"刚才……发生什么了吗?"

许意这才回过神,扯出一抹僵硬的笑,若无其事道:"没有啊,刚走神了。"

"噢,那别走神了。"陈句笑着看向周之越,"周总先动筷吧,不然我们也不好意思吃。"

下午，来双选会的学生要少些，各企业来的人吃过饭都困了，大厅里也不像上午那么吵闹。

但许意看得出，周之越的情绪好像比上午更差，阴沉着一张脸，甚至光用表情就吓退了两个来交简历的学生。

陈句及时发现，过去问了声。不过那两个学生的简历没什么亮点，项目经历几乎为零，一看就不符合周之越的要求。

不到五点，双选会就结束了。柯越这边最后收的简历很少，薄薄几张，但胜在质量高。

许意和陈句在忙活收摊，周之越在一旁接工作电话。他们收拾好，他电话也打完了。

陈句和许意手里各拎着几包东西，都是需要带回去的。周之越瞥了眼，很自然地接过许意手中的两个袋子。

陈句的马屁从不迟到："周总真是太有绅士风度了，堪称我辈楷模！我也得向周总多学习。"

周之越凉凉地瞥他一眼。

综合楼离校门口有段距离，这会儿正是下课的点，到处都是学生，一路上都有女生频频盯着周之越的脸看。

陈句问许意："那我们坐地铁回公司？这个点打车肯定会堵，我们报销有限额，估计会超。"

许意点点头："坐地铁吧。"

半晌后，周之越低沉的声音飘过来："顺路，送你们回去。"

陈句惊喜："哇！真的可以吗？周总您真的太好了，不光年轻英俊，事业有成，心地也如此善良，您……"

周之越实在忍无可忍，冷声道："闭嘴。"

陈句被一键闭麦，眼神很是幽怨。

说好的伸手不打笑脸人呢？

周之越的车就在靠近校门的地下停车场，一辆黑色的迈巴赫，司机已经在等了。

许意和陈句坐在后排，周之越去了副驾驶。

路上，周之越收到赵柯宇发来的消息。

赵柯宇：听小胡说，您屈尊亲自去挑选优秀人才了？

周之越甚至懒得回复。

紧接着，赵柯宇又发来消息。

赵柯宇：我刚到公司，这边工厂的情况我们得当面聊聊，我这儿有些材料。

赵柯宇：你什么时候回来？

周之越：一个多小时。

赵柯宇：行，那我在公司等你。

刚把手机熄屏，周之越就听见后座两人的聊天。

陈句问："你现在还住市里吗？"

许意："对啊，房子太难找了，这两周我看了可能得有二十几套。再这么下去，估计能集齐开发区那边所有中介的微信。"

陈句笑了下："确实，当时我看房子也看了好久。我之前在CBD那边上班，比开发区还难找。现在的租房软件也不靠谱，刷到的前几个基本都是中介的引流信息。"

许意狠狠同意："对啊，我已经被这套路欺骗两回了。前几天还看到这种假房源，九里清江的房子，两户合租，豪华北欧风装修，独立卫浴，挂2500元的价。鬼才相信是真的。"

听到这里，周之越眉头微动。他稍抬了抬眼，从车内后视镜里看他们。

陈句的反应很夸张："那太假了！芸姐就租在九里清江，也是合租，我上次听她说要5000元一个月呢。"

许意："对吧，所以我直接就把这个房源举报了！"

陈句竖起大拇指："干得漂亮！"

周之越腹诽：怪不得我的房子信息前两天被App管理员删除，账号也被暂时封禁了。

北阳大学离开发区本就有几十公里，加上晚高峰堵车，这一路格外漫长。周之越一直坐在副驾驶，把座椅调得很低，全程半闭着眼假寐。陈句就是个话痨，全程话没停过，一个多小时的路程，一直在跟许意聊天，两人说得有来有回。

周之越只觉得心烦。大学他们在一起时，许意也很喜欢说话，可那都是对着他说，而现在，只能听她跟另一个男人说。但他没有理由去打断，毕竟现在的许意对着他只会聊工作，不会说起任何日常话题。

他微眯着眼，从车内后视镜打量陈句——像个奶油小生，皮肤白里透红，脸上还有点婴儿肥，戴着圆框小眼镜，倒是挺会聊天，啥都懂点，甚至能跟许意聊些国产品牌新出的彩妆，活脱脱就是个妇女之友。

周之越又瞥了眼许意，看见她上衣面料单薄，便抬起手，默不作声地把车内空调温度调高几度，重新闭上眼。

车快开到开发区时，后座两人的聊天话题有往情感方面转移的倾向。

陈句说："遇到张芸姐这种领导真的很幸福，我这话是发自内心说的！张芸姐工作能力强，效率也高，连带着我们的工作习惯也变了。不像之前在其他公司，明明没多少活，却天天都加班，唉，连谈恋爱的时间都没有。"

他侧过头，一脸八卦地问："哎，对了，许意，你有对象吗？也没听你提过这些。"

许意下意识往前看了眼。她坐在驾驶位斜后方,这个角度正好能看见周之越的侧脸。他这会儿闭着眼,慵懒地靠在座椅上,喉结微微凸起,有几分性感。

许意心跳加速,马上移开视线,不敢继续往下想。

陈句还等着她的回答,开口叫她一声。

许意:"啊……哦,我没对象。"

周之越眼皮微微动了下。

陈句继续八卦:"在苏城也没有吗?不会吧?我猜追你的人应该特别多,你长得好看,性格也这么好。"

许意说:"没有。毕业之后我就只想认真工作,没太考虑找对象的事。"

陈句说得没错,她在广告行业,又是客户岗,能接触到各行各业的人。在苏城时,隔段时间就会有人明示或者暗示想追她,认真的不认真的都有。可就算家里的危机过去,生活步入正轨,她也没考虑过再找男朋友。也许,潜意识里,她觉得不会再有人比得上周之越,各个方面。

陈句笑了声,随口说:"不冲突啊,谈恋爱也能好好工作。我从 AE 升 SAE,就是跟上一任谈的时候,现在分手了,感觉工作状态大不如前。

"要不你跟我说说你喜欢什么样的,我看到合适的介绍给你。"

许意想了想:"……合眼缘的吧。"

陈句笑了:"最怕的就是这种要求,太玄乎了。有具体点的吗?身高、长相、职业、年龄。"

许意并不想聊这个,笑着转移话题:"算了吧,你先解决自己的。对了,你之后一直想做客户岗吗?有没有考虑过创意或者策略?"

之后的十多分钟,后座两人都在聊工作的事。

车子停到环金大厦的地下车库,周之越把座椅调回来,懒洋洋地解开安全带下车。

陈句略微收敛了点,看着他:"太感谢周总了,有机会我们请您吃饭!"

许意刚从车里钻下来,就听见周之越淡淡的声音:"哦,好。什么时候?"

陈句怔了一瞬,随即又露出天真无邪的笑容:"当然是看周总您的时间啊,您是大忙人,有空了随时吩咐,我们按您的口味把餐厅订好,沐浴焚香等您大驾光临!"

许意有些无语。

周之越轻"嗯"一声,迈着长腿往电梯间走:"等我空了让小胡联系你们。"

陈句:"好嘞,我帮您按电梯。"

电梯先到达第 19 层,陈句和许意跟周之越打了声招呼,先下去了。

门关上没多久,陈句就忍不住小声说:"哇,这周总也太奇怪了。我刚就是客套一下,你应该懂吧?虽然请客户吃饭也是常有的事,但第一次遇上这种情况。"

他边走边揣测:"是不是周总想借饭局跟我们压价啊?那是不是应该他来请客?"

许意也有些不明所以,想了想,说:"不知道,说不定他也就是随口一说,也不一定真有时间。"

回办公室收拾了东西,让陈句把多出的宣传册之类的物料送去柯越,许意坐回工位,回复前些天对接的那家食品企业的邮件。

她正准备下班,路过策略部,看见他们正在办公区开方案讨论会。她停住脚步,坐过去旁听。

COLY北阳分公司刚成立,各岗位都缺人,趁现在多学些东西,兴许有转岗机会,她也能及时抓住。

此时,环金大厦28层,柯越创新。

周之越回到办公室,见赵柯宇已经坐在沙发上等。助理给两人各倒了杯水,关门退出去。

赵柯宇跷着腿说:"你最近不是挺忙吗?咋有空去校招了?"

"这种事HR去就行,或者让小王过去。刚毕业的学生,能力再强也就是个新人。有这工夫,你不如去余城见见DEW那几个工程师,争取能把他们挖过来。"

周之越喝了口水,把电脑开机:"不去,没空,你自己去。"

赵柯宇瞅着他:"虽然之前说好了你只管研发,但我又没分身,最近实在忙不过来啊。"

周之越掀起眼皮,看赵柯宇一眼。

赵柯宇表情认真了些:"跟你说正经的,那几个工程师在DEW干好久了,对那公司有点感情,不仅看薪资,我们还得拿出诚意。

"猎头公司那边好不容易把他们约出来,你要是亲自去,成功率更高,不然有可能白跑一趟,现在我们项目正是缺人的时候。"

周之越问:"那你呢?"

赵柯宇说:"这次看的这家不行,我还得去看另一家工厂,约的时间刚好撞。工厂也是大事,别说我了,你也不放心让手底下人去吧?"

沉默几秒,周之越微点头:"行,我过去一趟,日期和具体安排发我。"

赵柯宇笑着说:"一会儿我让助理发你。"

又聊了会儿工作上的事,赵柯宇站起身准备出去。

喝完杯子里最后那点儿水,他随口问:"跑这一趟把我累得够呛。对了,我一会儿去程世嘉的场子玩,全美女局,去吗?"

周之越看都懒得看他:"不去。"

赵柯宇笑了:"猜你也不去。

"都单身五年了,真行。你就孤寡着吧,等老了直接出家,我空了给你看看哪个庙条件好,过去帮你考察考察。"

周之越看着屏幕上的代码,扔给他一个字:"滚。"

白天"浪费"了太多时间,周之越在办公室加班到深夜十点多还没结束。中途休息,他往椅背上靠了靠,拿出手机,打开自家客厅的监控。

画面里,凯撒小帝就趴在门口不远处的位置,大概是听到监控摄像头旋转的声音,睁着大眼睛看过来。它从架子上跳下来,蹦跶到门口,冲着门外"喵喵"叫,看着怪可怜的。

周之越关掉监控,打算把剩下的工作带回家处理。他把西装外套挂胳膊上,缓步走向电梯间。刚上去,就看见电梯里有人带着只黑色的泰迪犬,还没拴绳。

周之越眉头微蹙,瞥向狗的主人:"这楼不让带宠物进来。"

那人赶忙道歉:"我出来遛狗,想起来有东西落办公室了,上来取一趟。保安刚刚没在,把它一个人……哦不,一只狗放门口,我实在是不放心。对不起,对不起。"

周之越移开视线,没再说话。想起从前,许意特别怕狗,说是小时候被野狗追着咬过,所以后来见到狗就毛骨悚然。虽然知道见到狗不能跑,但她就是控制不住地想跑。

记得有一次,他们晚上在学校散步,遇到草丛里窜出来的流浪狗,许意吓得尖叫。前方是条死路,没处跑,她直往他身上蹦。当时,周之越没被那狗吓到,倒是被许意的反应吓了一跳。

他正想着,揉揉眉心,电梯停在 19 楼。

门开的一瞬间,他抬起头,便看见了许意。她正低头看手机,脚刚往前迈一步,听见一声狗叫,嘴里蹦出两个脏字,往后退了一大步。

这狗像是能听懂人话一样,冲着许意"汪汪汪"叫得更欢。

周之越看见许意惊恐的眼神,抬了下手,去按关门键,打算让她乘下一趟电梯。结果,门刚缓缓关上,电梯里的狗就跑了出去,直朝许意奔过去。

许意拔腿就跑。

主人在后面连声叫:"黑蛋!回来,你别追人家!哎,美女,你别跑啊,越跑它越追,它不咬人——"

周之越伸手卡住电梯门,跟了出去。于是,空荡荡的楼道里,许意在前面跑,黑色泰迪犬在后面追,狗主人也挺着啤酒肚追出来。

周之越腿长步子大,跑得比狗快。临近走廊尽头,他已经超过狗,到了许意身边。旁边正好是一扇消防通道门,周之越长臂一伸,拉开门,把许意扯进去,然后迅速关上门。

狗被隔在了门外。

消防通道内,灯光很暗。外头空荡的走廊上回荡着泰迪尖锐的叫声:"汪——汪——汪——"

许意也顾不得衣服被蹭脏，靠在旁边的墙上，弯着腰，喘得上气不接下气。

不多时，狗主人赶过来了，把狗训了一通，又隔着门跟许意连声道歉。

半晌，门外脚步声渐远，终于安静下来。

幽暗的消防通道里散发着一股阴冷的湿气，依稀还能闻见周之越身上淡淡的冷杉香。白光白墙，周之越的肤色被映得更加冷白。他薄唇轻抿着，衬衫扣子松了两颗，隐约看得见锁骨。

"吓死我了，楼里怎么会有狗？"

许意终于缓过神，直起身子，看向眼前的男人："哎……你……怎么也过来了？"

旁边就是几十层楼的楼梯，她说话都有回声。沉默小半晌，回声也渐渐消失，头顶的声控灯又灭了。黑暗又安静的环境，许意仿佛能听见自己的心跳声，也不知是被狗吓的还是别的什么，速度很快，"扑通扑通"，像是心脏在胸腔里待不住了。

周之越声音低沉，语气平静："怕你被狗咬。"

灯再次亮起的瞬间，两人正在对视。

周之越移开视线，轻飘飘地补充："你被狗咬，不小心再咬了我，我会得狂犬病。毕竟在同一栋楼上班，还有业务往来，还是存在这种隐患的。"

许意皱了下眉，忍不住反驳："怎么可能？那又不是野狗。再说，就算真被咬了，我也会去打狂犬疫苗的好吗？"

片刻后，周之越悠悠地开口："凡事就怕万一。"

分手五年，许意已经搞不懂眼前这男人的脑回路了。

她把滑落的包重新提到肩上，绕过周之越往旁边楼梯走。

"随便吧……但还是谢谢你。没啥事的话，我先走了。"

周之越抬起头，目光跟着她移到楼梯口："这是 19 楼。电梯在外面。"

"……噢。"

许意尴尬地停住脚步，又绕回来。

消防通道的门很重，周之越抬抬胳膊，很是顺便地帮她拉开。许意又道了声谢。两人一前一后，隔着半步远的距离，穿过狭长的走廊。

等电梯的工夫，许意点开手机看了眼时间。

糟糕。其实策略部的讨论会还没结束，她急着赶最后一班地铁回家，计算好时间卡点出来的，被这狗一通折腾，地铁肯定是赶不上了。查了下夜班公交，要倒三趟，最后还得步行 1.7 千米。打车得一百多块，最近手头已经很拮据了，过阵子估计还得付房租和押金，又是一大笔钱。

许意犹豫再犹豫，纠结再纠结，直到上电梯，终于下定决心，侧头瞥了眼周之越，不太有底气地问："那个……你顺路吗？"

周之越不明所以地看过来："什么？"

许意破罐子破摔，直接问："地铁停运了，你今天还顺路吗？上回聚餐你送过我一次，就那个位置。"

周之越："不顺路。"

许意在心里叹了声气，想了想，打开拼车软件继续查价格："没事，那当我没问。"

电梯快到一楼时，周之越看着她，声音沉沉地开口："突然想起来要去那边办点事。"

他按下关门键，简短道："走吧，顺路了。"

许意眼睛一亮，露出一个发自内心的笑容："太好了，谢谢，麻烦你了。"

门重新合上，电梯缓缓下降。

走进地下停车场，许意跟在他身后，礼貌性地问了一句："挺远的，要不我来开？"

周之越看她一眼："你有驾照？"

许意垂眸："……嗯，前年考的。"

提到这个话题，他们没再说下去，两人或许想到了同一件事。大学那会儿，许意跟周之越说过，她不学车，以后也不学，反正他喜欢开车，以后想去哪儿都有他载她。

走到车前，周之越还是没让她开，径自坐进了驾驶位。

这一路很漫长，窗外夜色撩人，路边楼宇的灯光随着车子前进频频闪动。两人独处的状态，许意不知能说些什么。旁边，周之越也沉默着开车，目视前方。过了会儿，他伸手点了下触屏的按键，车载音响开始播放一首慢节奏的英文歌，是他们都喜欢的那个湾省乐队的歌。

> Will throw us back to the time.
> Like one of those lovely nights...

直到车子快到许意的小区附近，周之越才淡声说了句话。

"还住这么远？"

许意点点头，应道："等找到房子会搬的，住这边通勤太不方便了，每天都浪费很多时间在路上。"

周之越抿了下唇，闲谈的语气："还没找到合适的？"

许意说："对……不过应该快了，周末又约了几个中介。"

周之越轻"嗯"了声。

下车走进小区，许意情绪很是低落，却说不明原因。她有点后悔让周之越顺路送她回来，分手这么久，她也没想着能跟他再续前缘，那就应该和他保持距离的。

这么想着，许意觉得今天还不如多花一百多块钱打车。

洗漱后躺在床上，许意竟然有些失眠，又开门出去找吴乔乔要了颗褪黑素。

十多分钟后，她脑袋晕乎乎的，困意上头，可这一觉睡得并不安稳，好像整晚都在做梦。

许意梦见大二那年，她第一次跟周之越说自己怕狗的那个晚上。当时两人正在离学校不远的一家五星酒店里，她靠在周之越怀里，躺在床上看一部国产喜剧片。画面里出现一只棕黑色的流浪狗，追着主角满地乱跑，许意就跟周之越说了自己小时候被流浪狗咬的事。

画面一转，又闪到暑假，许意回苏城，遇见一个算命的，得出的结果令人满意——红鸾心动、天作之合、命定的婚运！

许意兴高采烈地把这结果说给周之越听，还说要把算命先生手写的那张纸带回去给他看。

视频画面里，他挑了下眉，一脸不屑："这还用他说？都是封建迷信，骗钱的把戏。"

许意无语："……你爱信不信，不信拉倒！"

返校后就到了大三，他们搬去了学校外的公寓住。许意收拾东西时，随手把写着算命结果的那张纸往哪儿一搁，等她想起来，已经找不到了。

一次偶然的机会，许意惊奇地发现，原来是周之越把它收起来了，就放在床头的抽屉里，跟他的身份证、银行卡、获奖证书等各种重要物品放在一起。

她拿着这张纸去嘲笑他："你不是不信吗？哦，不信还偷偷放起来？"

周之越别开视线，伸手从她手里抽走那张纸，语气别扭地说："放错了而已。"

梦到此处，许意乍然醒过来。

漆黑的房间里，她盯着天花板，好一会儿才从梦境回归现实。

那张纸，她离开北阳时也没带走，不知道还在不在那间公寓里……

也许已经被周之越随手扔了。不过也无所谓了。现在回想起来，周之越说的是对的，那算命的确实就是个骗子。

往后的几天，许意不论是上下班，还是中午晚上下楼拿外卖，都没遇到过周之越。她发现自己好像多了个"疑神疑鬼"的毛病，比如进电梯时、走到楼门口时，或者去附近的便利店买东西时，总会不自觉地四处张望。

许意也不知道自己在找什么东西，或者说，她压根不愿细想自己在找什么。这两天，她还是过得格外忙碌，和没回北阳时的状态差不多，除去在策略部和创意部旁听那些讨论会，回家之后还帮吴乔乔拍摄一个夜晚小吃摊的吃播视频，睡前的时间就留给租房 App 和微信里的十多个中介。让自己忙起来，就不会有精力去想些有的没的，不开心或是没结果的事。

在苏城的五年，她除了 COLY 的工作，还会很刻意地把下班时间也填满。她找过甜品店、瑜伽馆、辅导机构、剧本杀店等一系列兼职，把生活安排得满满当当。

直到周五，周之越这个名字才再次被写入她的日程表。

这天上午，许意外出见完一个客户刚回到公司，陈句就滑着旋转椅来到她旁边。

"许意，刚刚我接到柯越那个小胡的电话，她说给你打电话无人接听。"

许意看了眼通话记录，一拍脑袋："上午我在客户公司开会来着，结束之后忘了关勿扰。小胡着急吗？没耽误事吧？"

陈句笑了下，说："你猜他们什么事？"

许意撇撇嘴："又要改线上招募令的发布时间？"

陈句摇头，伸出一根手指左右摆了摆："No！"

许意想了想，又说："招募令的海报具体要求要改？改主意想去北传的双选会？有新的合作项目要谈？"

陈句摆了三下手指："No,No,No！"

许意："猜不到，你直接说吧，客户的事儿总是令人意想不到。"

陈句笑着说："上次北阳大学双选会见到的那个周总，你还记得吧？就长得挺帅，脾气怪，最后顺路送我们回来，路上堵车堵了两个小时那个。"

许意："……记得。"

陈句："那个小胡说他刚忙完一个项目，今晚有空和我们吃饭。上次我们不是说等他空了要请他吃饭吗？"

许意很想说，那是你说的，不是"我们"说的。

她扯扯嘴角："那你把餐厅选好。"

于是，午休的时间，陈句坐在工位上，开始用手机看之前整理好的餐厅。

他边看边和许意说："这个项目餐费报销限额在 1000 块，我们三个人，可以找人均 300 块左右的餐厅。"

Miya 正好在旁边吃饭，加入聊天："你们今晚请客户吃饭？"

陈句点头："是啊，就楼上柯越，人才招募那个项目。"

Miya 眼睛一亮："柯越，是那个周总吗？前两天熊熊跟我聊天，说那个周总特别帅，惊为天人的帅。那我得见识见识。"

她比了个"4"的手势："四个人，找人均 250 块的餐厅。"

陈句忍不住白她一眼："你不是有对象吗，还见识啥？"

Miya："有对象怎样？公费看帅哥，不去白不去。"

最终，陈句选了个环境还行的中餐厅，打电话订好包间，把地址和包间号发给小胡。

下班之后，三人在办公室结束工作，提前半个小时出发去包间等。四人的包间，一张方桌，陈句和许意坐一边，Miya 坐对面，身边的空位留给未到的周老板。

六点，包间门很准时地被推开。

周之越穿着衬衫和西裤，没打领带，面无表情地出现在门口。他垂眸先瞥了眼许意，眼神难掩疲惫，一看就是刚熬过通宵。

Miya颜控得厉害，眼睛已经钉在了周之越脸上。

三人同时起身，陈句笑着说："周总，好久不见。您能赏脸跟我们吃饭，真是太荣幸了！"

Miya也马上附和，顺带自我介绍。

周之越看向空着的那个座位，目光移到陈句身上，语气冷淡："方便换一下位子吗？"

陈句忙说："周总，我这位子空调对着吹，不利于身体健康，特地给您留的对面的位子。"

周之越看着他，淡声道："不用，我热。"

于是，陈句站起身让位子。

周之越缓步走过去，在许意身边的位子坐下。他看了眼空调，侧过头看她，随口一问的语气："冷吗？"

许意摇头："……不冷。"

周之越轻"嗯"了声，微扬下巴，漫不经心地说："点菜吧，晚点我还有事要忙。"

陈句忙说："好的，好的。"

说实在的，他又搞不懂这位周总了。明明是周总主动要求跟他们吃饭，却一副不情愿、百忙之中抽出时间应酬的态度。不过，他很快就说服自己。有钱人总是奇怪的，要是他能理解，那他也早就是有钱人中的一员了。

吃饭全程，周之越没说过几句话，菜也没吃两口，就冷着一张脸坐在那儿。

陈句几乎把全身的社交细胞都用在这次饭局上，一会儿介绍菜，一会儿绞尽脑汁地找话题。

周之越似乎也有感觉，声音冷倦道："别总是问我，你们说你们的就行。"

陈句哑然，心想自己好像明白了周之越为啥找他们吃饭——为了过来听个声儿。

快结束时，许意站起身去洗手间。

刚从洗手间出来，她就看见周之越正在外面的台子上洗手。镜子前灯光很亮，照得他肤色更加冷白，像是北阳冬天的雪。

许意去到他旁边的水池，打开水龙头，抬眸看了眼镜子里的男人。他眉头微微蹙着，情绪不高的样子。

她洗完手，周之越也关上水，抽两张纸巾擦手。

洗手台前的通道窄，许意随口说："回去吗？"给他让了让路。

两人并肩往外走，周之越转头看她一眼，淡声："我等会儿回。你那两个同事话没停过,吵得我头疼。"

许意实在不明白他的心思,没忍住说:"周总,您是甲方,我们才是乙方。您都头疼了,没必要委屈自己吃这顿饭。"

周之越沉着张脸,片刻后才缓缓地说:"哪看出来的委屈?今晚,我吃得还挺开心。"

许意看他片刻:"……这样啊。那,你开心得还挺不明显。"

周之越不说话了,拿出烟盒和打火机,扬着下巴从她身边走过去。

待他走远,许意擦干手,小声嘀咕:"呵,也不怕抽出肺癌。"

回到包间,陈句和 Miya 正在聊天,听见她进来的声响,声音戛然而止,小声问:"周总呢?"

许意坐回位子,随口说:"不知道,好像出去抽烟了吧。"

陈句"噢"了声,说话音量还是压低的:"他脾气真的太古怪了,我们一致认为,即使有钱长得帅,也让人很难忍受。"

Miya 在一旁附和:"是啊,要是当对象,我宁愿找个长相比他差点,但脾气性格正常的。"

说着,她看向许意,问:"你觉得呢?你会更看脸还是更看性格?"

许意拿起水杯,坦言道:"我……好像更看脸。"

Miya 扬了下眉毛,睁大眼说:"那这个周总就很适合,他那张脸堪称完美了。要不等会儿试探一下,问问他有没有女朋友?"

"原来许意是颜控,之前没看出来啊。"陈句举起一只手,"那我一会儿可以帮忙试探!"

许意一口水差点喷出来:"不用不用,我真没有找对象的计划,放过我。"

话音刚落,门被推开。

周之越身上有淡淡的烟味,不难闻,但许意还是不喜欢。她眉头微微皱了下,又吃了一会儿,这顿饭也就差不多该结束了。

陈句离席去结账,回来时,看向周之越:"周总,您怎么把账付了?说好我们请客的,您是甲方,这多不好意思。"

周之越语气懒散:"都一样,也没多少钱。"

陈句又道谢说了几句客气话,转移话题:"对了,我好像看见外面下雨了,下得还不小。

"你们带伞了吗?"

许意和 Miya 都摇头。

周之越进来时,身上什么都没带,自然也不用问。

陈句:"那我出去问问服务员。"

一会儿后,他手里拿着两把黑色长柄伞回来:"店里能借,有押金,明天还回来就行,但只剩最后两把了。"

许意站起身:"我回趟公司,你们去哪儿?"

陈句:"我去地铁站。"

Miya:"我也去地铁站。"

闻言,周之越低着头,悄无声息地把刚点开的助理聊天框关掉。

"我回公司。"

陈句笑了下:"那正好,我和Miya一路,许意和周总一路,两把伞够了。"

许意:"……行。"

环金大厦和地铁站是两个方向,一行人出门说了几句话,陈句和Miya就先离开了。

周之越看许意一眼,声音很淡,听不出情绪:"走吧。"

从这里回去也就几百米路程,天色将黑,路灯已经亮起,周之越主动撑伞。这伞不大,许意离他很近,近得能闻到他身上清淡的香味,混杂着还未完全散去的烟草味。

她心跳很快,甚至感觉跟雨打在伞面的声音同频。他们已经很久没有像这样并肩走在路上。无比熟悉的场景,许意很努力地克制,才没有习惯性去挽周之越的胳膊。

路边有条绿化带,雨水浇在草地上,散发出他们熟悉的味道,很像那款香薰蜡烛"孤岛苔原"的味道。

许意控制不住地在想,周之越每次闻见这种味道会不会也想到他们过去那些暧昧的夜晚,想到学校对面那间公寓……

耳边忽然传来他低沉的声音:"许意。"

"……啊?"许意恍惚了一瞬才答应。这还是他们分手之后,他第一次叫她的名字。

周之越声音很低,缓慢地说:"你记不记得……"

许意心跳更快了,没听到下文,开口问:"什么?"

周之越淡声:"没什么。"

接下来,又是沉默。沉默中,只有头顶"啪嗒啪嗒"的雨声和路上来来往往的车辆声。

快到环金大厦时,周之越才又开口:"你为什么回来?"

许意愣了下才回答:"上次跟孙浩宇、陈楠他们聚餐说过来着……就COLY在北阳成立分公司,调过来可以升职加薪。"

半响后,周之越似是冷笑了声:"那五年前,你又为什么回去?该不会是因为苏城公司的薪水开得高?"

许意不说话了。这段时间,即使是和周之越独处,他也没有问过这件事,她原以为他不会再问了,毕竟已经过去五年。

许久,周之越也没等到回答,声音更冷了:"算了。"

话音刚落,他别开头,掩面咳了几声。

许意侧头看他，抿了下唇，还是忍不住问："你是不是被刚才包间的空调吹感冒了？"

周之越皱着眉："没有。"

许意："……那就是抽烟抽的。"

周之越："不是。"

安静没几秒，周之越又开始咳嗽，还很刻意地压着声音。

许意看他一眼，说："前面好像有药店，你要不要去买个含片或者止咳糖浆啥的？"

周之越目视前方，语气笃定："不用，不需要，我没事，很健康。没有吹感冒，更不是抽烟抽的。"

许意真是后悔问这一句。

两人后半程没再交谈，走进公司，上电梯，许意在第19层下去。

周之越回到办公室，感觉嗓子更不舒服，咳了好一会儿才停下来。

他前两天盯项目收尾，在公司熬了快两个通宵。办公室空调温度低，他靠椅子上睡了几个小时，醒来就感觉嗓子有点疼。本以为问题不大，结果刚才在包间又对着空调吹了一个多小时，好像又严重了点。

不过，周之越也没放在心上。但他想起从前，他参加一个高校间的比赛，那阵子忙得饮食极不规律，有时在实验室坐一整天，到晚上才想起吃饭，就随便订个外卖，草草了事。那比赛结束后，他就总会胃痛。他自己没当回事，许意却非拉着他去医院做了一堆检查，甚至还做了胃镜。最后也没查出什么大问题，就是个慢性胃炎。

回家吃了一阵子药还没好，于是，许意不知从哪儿看了什么经验帖，给他整了个养胃食谱。

可许意这人实在没什么做饭天赋，试了两次就撂挑子，让他自己照着食谱学，她在旁边抄着手监督。他学倒是学会了，但天天这粥那粥，小米黑米的，喝得他更觉反胃，但连喝了一段时间之后，他还真就没再胃痛过。

许意站在他面前，仰着脖子，得意扬扬地说："听我的准没错吧？我就是生活小能手，养生小专家！像你这样什么都不当回事，要是没有我，你迟早把自己作死。"

想到这儿，周之越没来由地烦躁，抬手揉揉眉心，又拿起杯子喝了一整杯热水。紧接着，他打开那个租房 App 看了眼，账号解封申诉到现在也没人处理，不由得更加心烦。

他正想叫助理帮他打电话找 App 客服解决，就看见玻璃门外有个员工经过，叫王志刚还是王志强。他依稀记得这人好像也是北阳大学微电子学院的，比他低一两级，还加入过青协组织部。

像是突然想到什么，周之越摁灭手机屏幕，开门把这员工叫进来。

王志强一脸憨厚，问："周总，您有事找我？"

周之越"嗯"了声，先看了眼他胸前工牌上的名字，说话的嗓音有些沙哑："你是北阳大学毕业的？"

王志强笑了起来："原来周总记得我！我大一的时候还加过青协组织部，那会儿您大二，您是部长！

"周总，我真的特别崇拜您，当时来柯越工作就是想有机会跟您多学习，您在Dr.Jaycox团队做的那个项目真的太强了！关于那个项目……我还特别想找机会跟您请教些问题，但看您一直都太忙了。"

周之越抬手让他坐沙发那儿，语气平静道："那项目签过保密协议，大部分细节都不能透露，我只能回答少数理论方面的。"

王志强马上说："那也行那也行，您现在有空吗？"

周之越点了下头："问吧。"

这个问答环节进行了快一个小时，结束时，王志强连声道谢。

周之越看向他，眉梢微动："正好，我也问你一件事。"

王志强："您问，您问！"

周之越又犹豫片刻，还是开口："你记得许意这个人吗？"

王志强回忆了一会儿才点了点头："想起来了！我记得，也是组织部的部长吧。"

周之越问："有她微信吗？"

王志强掏出手机，搜索名字，点头说："有有有，我就记得，当时部长的微信我都加了。"

周之越稍仰起头，盯他片刻，轻飘飘地说："帮个忙。"

今晚，许意赶最后一班地铁回到家，看见吴乔乔正靠在客厅沙发上刷短视频。这几周，许意和吴乔乔相处得很愉快。都空闲时，两人就躺在沙发上一起看搞笑视频、吃烧烤，像是回到了大学住宿舍的那两年。

吴乔乔听见开门声，转回头："你回来啦，吃杧果布丁吗？我买了好多。"

许意换了鞋，坐过去："好呀。"

两人一边聊天一边吃零食。

过了会儿，吴乔乔说："对了，我想起有件事得跟你说。"

许意问："怎么了？"

吴乔乔把一个布丁盒扔进垃圾桶，说："我男朋友可能要提前回来，不过没关系，你不着急搬，安心住这里，我让他跟我睡一个房间。"

闻言，许意马上说："不不不，那我抓紧点找房子，当电灯泡可不行。他什么时候回来？"

吴乔乔："下周一还是周二吧，真没事，他回来你就当他是透明人。"

许意笑着说："其实我这周末也能找到房子搬家了。下周等你男朋友回来，

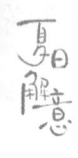

我请你们吃饭。"

两人又聊了会儿，来来回回客气几次，吴乔乔终于没再劝，说许意搬走了以后也得常聚，最好有空就来这儿住几天。

回到房间后，许意洗漱完，躺在床上确认周末约好去看的那几套房。其实，光看网上的信息，这些房子就没有完全达到她的要求。条件好的价格高，价格低一点的，又总有这样那样的小问题。

许意暗自叹了声气。人生不如意之事十有八九，她也只能凑合着从中选一套出来。

这时，许思玥打来电话："姐，你在干吗？"

许意说："我准备睡觉，怎么了？"

许思玥问："我终于军训完了，今天刚回学校。下周就要开始上课了，明后天还能休息两天。周末你有事吗，我去找你吃饭吧？"

许意："不一定有空，我明后天都要去看房子。"

"在开发区吗？"

"对。"

电话里，许思玥笑着说："那我明天去找你，然后陪你一块儿看吧。我种草了开发区那边的一家网红餐厅，看起来特别好吃！等看完房子咱俩去吃。"

许意："行啊，那你明天快到了给我发消息。

"对了，你怎么突然想起我，不和室友一起玩？"

许思玥笑了："想你了呗，这么久没见，对你日思夜想。"

许意："……我才不信。"

至少她刚上大一那会儿，快半个学期都没想起来给许思玥打电话。

许思玥这才说实话："她们要去北郊看演唱会，我本来想去的，但是她们买的票一千多，太贵了……"

"没事儿，本来我也不喜欢那个歌手，正好过去找你玩。"

挂断电话后，许意躺在床上，还是有点睡不着，焦虑租房的事。她翻了个身，再次拿起手机。刷完租房软件，她又打着哈欠刷朋友圈，然后……忽然看见一条九宫格。

王志强-15级-青协组织部：#帮转。坐标开发区九里清江，急急急招合租室友！150平方米平层公寓，豪华装修，家具家电齐全，拎包入住，均摊只需2100元每个月。

许意眼睛一亮，不自觉地把手机屏幕凑近。但她想了好久，都没想起王志强这个人是谁，准确来说，是没把名字跟脸对上。根据备注，她只知道这人是她大学在青协组织部当部长时的部员学弟。当时部门里大概有三十多号人，其中很多都没什么存在感，部门例会经常不来，志愿活动和部门工作也不怎么参加。

她点开九宫格的图片，仔细看了看，对各方面都十分满意。但总觉得这些图片有些似曾相识，很像前段时间她在租房App上举报的那套房源。

许意没犹豫多久，点开王志强的聊天框，把朋友圈的转租文案复制过去。

许意：学弟，我想问问这套房。

过了大概十多分钟，王志强才回复消息。

王志强：可以啊，学姐，你尽管问！

许意：要不然你把发租房信息这人的微信给我呗，我直接问对方，也不用麻烦你传话。

又过了一会儿。

王志强：他最近特别忙，让我全权负责帮他招室友这件事。

王志强：学姐你问我就行，不麻烦。

许意想了想。

许意：是男生还是女生啊，我们学校的？

王志强：我们学校毕业的，是男生，但是学姐你放心，人品有保障。

许意：哦哦，那这套房子为什么租金低于市价这么多啊？冒昧问一下，是房子有什么问题吗？

比如死过人、隔壁在装修、天花板漏水之类的。

王志强：是这样的学姐，这套房子的房主平时工作特别忙，但是家里新养了只小猫，希望合租室友能顺便帮他照顾猫。也没什么特别麻烦的，就加加猫粮，有空逗猫玩一会儿。

王志强：就当是照顾费用折抵一部分租金了。

听说有猫，许意眼睛更亮了！她一直很想养猫，但是小时候父母不让。

之前跟周之越没分手时，她还跟他说过，等以后他们毕业结婚了，家里一定要养只小猫。

周之越当时就提出反对意见，嫌弃猫会掉毛，他衣服又大都是深色的，到时候衣服上全是猫毛。

关于未来是否养猫这件事，他们吵了好几个来回，一直没吵出结果。

于是现在，这套房子对她的吸引力直线上升。不光装修和地段好、租金便宜，她还能白捡一只猫的抚养权。

许意又想了想。

许意：对了，方便问一下，他是单身还是有对象？会不会经常把女朋友带回家？

王志强：单身，也保证不会带异性回家过夜。学姐你放心。

许意：卧室有单独的门锁吗？

王志强：出租那间是有的，密码锁，还刚装了防盗链。

许意：他作息规律吗？有没有什么可能影响室友的不良嗜好？

这次，王志强隔了几分钟才回复。

王志强：偶尔熬夜加班，但是保证不会吵到室友。

王志强：偶尔抽烟，但是不会在公共区域。

许意想了会儿，又问了水电、物业、暖气的均摊、快递配送、电梯数量等一系列问题。

许意：真是麻烦你了！

许意：我这边还挺着急搬家的，所以明后天看房的话，方便吗？

王志强：明天上午不行，下午或者后天都可以。

王志强：不过他这周末出差，不在家，我直接把地址和门锁密码发你，你自己进去看就行。

许意有点蒙，难以置信。

许意：这么放心我吗？

而且房子在九里清江，这房主应该挺有钱，家里说不定还有贵重物品。

王志强发了个握手的表情。

王志强：当然放心，学姐。

王志强：我跟他打过招呼了，你直接过去就行。就是开门的时候注意点，别让小猫窜出去。

许意发了个"OK"的表情包，随后就收到王志强发来的地址和门锁密码。

翌日，许意起了个大早，换好衣服就乘地铁去了开发区。

上午本就约了两个中介，她把期待值高的几套房都放在了周六看，想着敲定了就能抓紧搬过去。

第一套房子是单间，去看了才发现位置临街，对面有个商场在装修，周末都"叮叮咣咣"个不停。

第二套房子是合租的两居室，室友也是异性。

许意去问了问，得知这人是附近一家夜店的销售，每天都是天黑出门上班，凌晨才回家。

正准备去看第三套，许意电话响了，是上周沟通过的一个客户打来的。

她接起来，对面语气抱歉地说："上次你们出的那个宣传海报，本来是没什么问题的，但大老板今天回来了，看过之后说不满意，想再把画风和文案改得活泼一点。"

许意："那我跟创意部的同事说一下。"

客户又问："好，实在麻烦了。我们明天下午就有线下的宣传活动，要用到这张海报，方便今晚之前把改好的发我邮箱吗？"

许意无语了，但她也不是第一次遇到这种临时有修改要求，又很着急的客户，便好脾气地说："这个时间确实有点紧张了，而且今天是周末，我尽量帮您沟通吧。"

她站在路边，打电话给创意部的同事。

然后，同事崩溃地喊道："天哪！怎么老是有这种客户？我手里的活儿还没干完呢，这也要得太着急了，真以为我眼睛一眨就能给他改出来吗？"

许意安抚了半天,又听同事说:"熊熊也正在忙,许意你现在空吗?不然过来帮忙想文案吧,我们真的赶不出来了。"

许意想了想,第三套房子的装修她本来也不太喜欢,外加有九里清江那套兜底,就答应过去帮忙加班。发消息拒绝了中介,她快步走去环金大厦,在楼下买了杯咖啡。

到电梯门口时,手机开始频繁地弹消息,许意点开,发现是同事拉了个小群,群名是"海报文案紧急修改小组"。

一边看消息,听见电梯"叮"了一声,许意一边低头走进去。

脑袋突然一痛,她意识到自己撞到人了。而且咖啡也泼出来,洒在这人的裤脚上。

"不好意思,实在不好意思,我……"

一抬头,许意看见周之越那张冷峻的脸。

他正低垂着眼眸,面无表情地看着她,手里还拉着一个银色的小行李箱。

呃……这就是冤家路窄吗?

许意脑袋空了一瞬,脱口而出:"我不知道是你。"

周之越缓缓扫了眼自己被咖啡浸湿的裤脚,语气凉凉:"哦,知道是我就不泼了?还是,连衣服也一起泼?"

许意看着他,小声说:"对不起,我不小心的。"

她礼貌性地问:"要不然……我帮你把裤子送去干洗?"

也真就是礼貌性地一说,料想周之越总不可能当场把裤子脱下来给她。

电梯门合上,缓缓上升。周之越挑了下眉,很是漫不经心地说:"行。跟我上楼。"

许意愣了下:"上楼干吗?"

耳边传来周之越嘲讽般的声音:"不然,你觉得我应该怎么给你裤子?"

许意无话可说,只好摁了28层电梯,跟着周之越一路去柯越。

周之越进了办公室,把门关上。

透过办公室的玻璃门,许意看见他往里走,又打开一扇像是休息室的小门。

不多时,他重新拉着行李箱出来,胳膊上挂着刚才那条黑色西裤。

周之越伸了伸手,许意把西裤接过来。

"干洗对吗?那我洗好之后……"她顿了顿,"送上来给小胡。"

周之越没什么情绪地"嗯"了一声。

又往外走了几步,他微微转了下头,随口一问的语气:"周末也来公司?"

许意点头应道:"过来加班。"

她看了眼他手里的行李箱,礼尚往来地问:"周总要出差?"

周之越淡声道:"嗯,出差。"

许意没再问什么,说:"一路顺风。"

周之越:"哦。"

电梯到19层,许意朝他点点头,拿着他的裤子下去。

她想了想,总觉得自己手里拿条男士西裤的画面有种说不出的怪异,于是把裤子又折了两折,塞进包里。

在公司待了几个小时,一直到文案修改好,发给客户确认,许意才准备离开。她不是学美术的,海报的设计工作就帮不上忙了。期间,许思玥发来消息,说已经到开发区了。许意就让她先来公司,坐在休息区那边等一会儿。

快到饭点,两人先去那家网红餐厅吃饭。

过去的路上,许思玥问:"姐,你看房约的几点啊?听说那个餐厅要等位。"

许意说:"几点都行,房主不在家,把地址和密码发我了。"

许思玥有点震惊:"原来看房都这么随意的吗?我还以为起码会有中介之类的人带着。"

许意笑了下:"我也是第一次遇到这种。不过这个不是从中介那里租的,是同学的同学,估计是信任校友吧。"

许思玥又问:"是整租还是合租啊?整租的话,我以后没课就可以过来找你住。"

许意:"合租,而且室友是男生。"

许思玥又一次震惊:"姐,你跟男生合租?胆子好大。"

许意叹气道:"最佳选择当然是整租或者找女合租室友啊,但现在房子太难找了,条件不可能完全满足。

"其实问题也不大,那套房子的卧室有密码锁和防盗链,而且室友就是北阳大学毕业的,我也信任一下校友吧。"

许思玥挽过她的胳膊:"等我毕业有了工作,我们一起攒钱买房!"

许意笑了声:"你打算毕业之后留在北阳?"

许思玥反问:"你还想回苏城吗?我感觉北阳挺好的,在苏城待了十几年,早就腻了。"

许意抿了下唇:"我也没想好,看工作情况吧……如果以后我俩都在北阳,最好能把爸也接过来。"

许思玥笑了笑:"他才不会过来呢,他一群朋友都在苏城,而且……"她敛了笑意,声音小了些,"妈也在苏城。"

提到这里,两人都不说话了,大概是想到五年前的伤心事。

这网红餐厅排队排到一百多号,许意看着门口乌泱泱的人,甚至想换地方。

许思玥坚持要吃,说她要拍照打卡。

等了快一个小时,许思玥手机都快玩没电了:"我去借个充电宝。"

许意拉住她:"我带了。"

包里乱七八糟的东西特别多,许意先把周之越那条裤子拿出来,放膝盖上,脑袋埋进包里找充电宝。

许思玥扯过那条裤子,正反看了看,一脸惊奇:"姐,这是男人的裤子!你谈恋爱不告诉我!"

许意白她一眼:"客户的裤子啦,我今天没注意,把咖啡泼人家裤子上了,拿回去给他送干洗。"

许思玥听得直笑:"他还真让你洗啊?你这客户可太没绅士风度了。"

许意点头附和:"我也这么想。"

终于把这顿饭吃完,许意觉得这网红餐厅味道也就那样,尤其她是做广告的,一猜就知道这都是营销出来的名气。

饭后,两人以散步的速度去了九里清江。在保安室做过登记,许意按着王志强发来的地址找到一号楼,输密码上电梯。

电梯停到顶层,出去之后,确认门牌号,许意输入门锁的密码。

门锁发出确认的声响,她拧动把手,推开门。

玄关处的架子上,一只白色的小猫正歪着脑袋看她。这猫估计也就两三个月大,腿短脑袋小,一脸呆萌。

迈进门的一瞬间,许意忽然觉得室内空气里的味道似乎有些熟悉。

回忆片刻,许意就想起来了,这屋子里的味道跟周之越身上的香味有点相似。

大概是这位未来的室友跟周之越用了同款沐浴露或者洗衣液。

两人进屋后,许意怕小猫窜出去,先把门关上。

许思玥笑了声:"哇,还有猫啊,这也太好了。"

门口鞋柜上有一次性拖鞋,换上之后,许意进屋,先没着急进去看,把手伸向那只猫。

小猫闻了闻她的手,"喵喵"叫两声,朝她眨了一下眼,脑袋往她怀里拱。

许思玥说:"姐,这猫好像很喜欢你呢。"

许意试探性地伸出手,看小猫没抗拒,就把它抱了起来。

她一只手抱猫,另一只手去摸它的后颈和下巴。小猫喉咙里发出"呼噜呼噜"的声音,眼睛也舒服地眯了起来。许意低头看着,瞬间感觉心都要化了。她当即决定,这房子只要没什么致命性的大问题,就租它了。

好一会儿后,两人放下猫,趿拉着拖鞋进屋。

许意先在客厅和厨房看了圈,各种家具和家电都很新,厨房里各种调料齐全,但都没拆封,整体装修是暖色调的北欧风,也是她喜欢的风格。

记得大四那年拿到保研名额后,许意闲得无聊,但周之越早早跟着当时定好的导师去做项目,每天都是早出晚归。闲着的那段时间,她就窝在他们当时住的那套公寓里看装修。看来看去,她最喜欢的就是这种暖色调的北欧风,很温馨,很有家的感觉。待周之越回家,她兴致勃勃地拿给他看。

周之越当时眉头一皱，嫌弃这种风格显旧，他更倾向于把以后的房子装修成那种黑灰色调的现代简约风。

许意赏给他一个白眼："什么现代简约风？那明明就是性冷淡风，看着一点生活气息都没有，冷冰冰的。"

周之越倒也没坚持，笑着揽过她，说："行，你喜欢什么样就装成什么样。等毕业典礼办了，我们就先去领证，然后去看房子，等装修好了就搬过去。"

许意压住嘴角的笑容，板起一张脸把他推开："想得还挺好，你都没跟我求婚呢，谁要跟你领证？"

周之越一副气定神闲的姿态，看着她慢悠悠地说："哦，不跟我领证，你就开始琢磨结婚以后房子该怎么装修了？"

许意"哼"一声，故意矫情："我看的是我结婚以后房子的装修，又不一定是跟你结婚！反正，如果求婚不合格，你就完蛋了！"

周之越笑意更甚，把她的头扳过来，唇轻轻碰在她唇上，鼻息可闻的距离，声音很低："不跟我，还想跟谁结婚？"

"说来听听？"

许意没往下想，深呼吸两次，继续往前走。这套房是大三居的，两间卧室，一间书房。门都关着，只有其中一间有密码锁，就是打算出租的那间。

许意更加觉得这房主心大，给租客的房子装密码锁，自己的卧室和书房反而不装。她进了那间卧室，看见里面有独立卫浴、阳台、洗衣机，床单被褥都是铺好的，还是她最喜欢的暖黄色四件套。

许思玥也正好巡视完公共区域，走进卧室，感叹道："姐，这房子也太棒了，我以后买房也要买这样的，离商圈近，大小刚刚好，小区环境也好。"

许意看她一眼："那你得努力了，知道这小区的房子多少钱一平方米吗？"

许思玥好奇道："多少钱？"

许意前两天还真顺便查了下，语气沉重地说："十万多一平方米，还不算车位和装修啥的。"

许思玥倒吸一口凉气："那这套有一百多平方米……好家伙，上千万了。算了，当我没说，估计工作十年也买不起一间厕所。"

紧接着，许意又去检查了卫生间的自动马桶、淋浴、下水道等一系列设施，没发现一点问题，对这套房的满意度无限接近于100%。

临出门前，小猫蹦着小短腿蹭到她脚边绕来绕去，"喵喵"叫着，一副不准她走的架势。

许意心都快被萌化了，蹲下身，软软地说："我马上就搬过来啦，到时候天天陪你玩好不好？

"你主人真狠心，家里有这么可爱的小猫咪，还舍得加班出差不回家。

"不过没关系，以后我就是你的二主人了！"

她一边逗猫,一边拿出手机拍了段小视频。

好一会儿后,小猫终于愿意放她走。

离开前,许意还看了一眼旁边的宠物用品,自动喂食器、装了台阶的自动猫砂盆,倒也省事。

许思玥也差不多该回学校了,两人一路聊天去了地铁站,在中途分别。

回到吴乔乔家,许意没顾上换衣服,就坐在床角给王志强发消息。

许意:学弟,房子我看过了,特别满意!

许意:房主他什么时候回来?我随时可以签合同搬家入住。

过了大概半个小时,她澡都洗好了,王志强才回复消息。

王志强:太好了,学姐。

王志强:他大概下周回来,具体时间还没定。

许意表情垮了一瞬,纠结着措辞。

许意:情况是这样的,我着急搬家……下周可能有点迟。

王志强:学姐,你想什么时候住过去?

许意:明天……实在不行,周一周二也行。

就是得多打扰吴乔乔和她男朋友两天,或者她查查公司附近有没有打折的酒店。

大概五分钟之后。

王志强:可以的学姐,你先搬过去吧。合同什么的,等他回来再补就行。

王志强:反正都是同学,看你怎么方便怎么来。

许意也是真着急搬家,没犹豫多久。

许意:好!那真是太太太感谢了。

许意:麻烦你把房主的微信或者电话给我吧,我加他说一声。

王志强:不用,等他回来你们当面说吧。

王志强:他这几天出差挺忙的,没空加好友。

许意有点纳闷,这得有多忙,才能忙到连加好友的几秒时间都抽不出来?

不过,问题倒也不大,反正搬过去之后迟早会见到,等到时候她签合同付房租时再当面道谢。

次日是周日,许意起床之后,给原本约好的几个中介发了消息,然后在卧室收拾行李箱。她带来北阳的东西并不多,只有少量的衣服和必要的生活用品。

原想着在吴乔乔这里就是暂住,大部分行李她都打包装箱放在苏城,计划找到长住的房子之后,再让家里人帮忙邮寄过来。

行李箱收好之后,许意给父亲打了个电话。也没聊什么,许父这些年在开出租,这个点正忙着。说了几句近况,许意就让他抽空把她的行李寄过来,到时她约个快递员上门取件,寄到付就行。

电话挂断后不久，隔壁吴乔乔也醒了。许意过去问了一声，把多出来的一周房租转给她，又主动请了顿不便宜的外卖，感谢她这段时间的收留，然后拖着行李箱出门。吴乔乔一直跟着，把她送到了小区门口。

"说好了啊，有空就常聚。大学宿舍一共四个人，现在就我们俩还在北阳，你别像毕业回苏城那会儿一样，私聊、群消息都不回，跟断联了似的。"

许意笑着说："当然，开发区那边也比不上这边繁华，我周末一闲就回来找你玩。"

又依依不舍地说了几句，许意便乘地铁去了九里清江。

一打开门，房里的小猫瞬间从客厅窜到门前，吓得她赶紧把门关上。

陪猫玩了一会儿，许意就拎起箱子回自己那间卧室，把东西一件一件拿出来，分门别类地整理好。收到中途，想起周之越那条裤子还在包里，许意又下了趟楼，导航去附近的一家干洗店。

晚上躺在床上，陌生的环境，她又毫无悬念地失眠了。

那只小奶猫一直在外面"喵喵"叫，拿头撞她房间的门。许意无奈，只能开门把它放进来。小猫三两步冲过来，跳上她的床。踩了一圈之后，在她枕头旁边找了个舒服的位置窝着。

许意觉得近几年她的运气都很好，工作顺利、和同事关系融洽、妹妹顺利考上北阳大学、她升职加薪、捡漏找到了低于市价一半的房子，还有一只梦中情猫陪睡。

其实，随着年岁增长，她越发相信"运气守恒定律"。现在的好运，或许是五年前家里接二连三的霉运换来的，或许还有她和周之越的爱情……

但是，人贵在知足。许意心里知道，时间会改变一切，也会冲淡一切。她和周之越不可能再回到过去，她也无法挽回。以后，偶尔见面，只当是曾经认识过的普通朋友……也没什么不好。或者说，似乎也只能这样。

周一上班，许意终于不用再赶早高峰的地铁，能晚起一个小时。去到公司，她都感觉精神百倍，神清气爽。

下午，许意接到干洗店发来的短信通知。距离不远，她午休时去便利店买便当，顺道就把裤子取了，送上28层。

她这次没见到周之越，小胡出来把装裤子的手提袋接过去，寒暄几句，她就下楼了。

一直到周四，许意都没见到九里清江这套房的房主。其间，她给王志强发过一次消息，他回复说让她安心住着就行。

许意就没再问。

周四这天，许意准点下班，因为手机上收到了快递即将送达的通知，是许父寄过来的行李。

许意有点收集癖，乱七八糟的东西特别多：枕头、玩偶、各种书籍、衣服、锅碗瓢盆……足足七个超大号纸箱，运费都花了六百多块。

她到家之后不久，两个快递员就拉着小推车上楼，把七个纸箱给她放到玄关处。

许意并不想占用公共空间，但奈何箱子太多太重，她实在是没法整个搬进卧室，只能在玄关处拆了，化整为零，一件件往卧室里搬。她回房间换了身睡衣，鹅黄色的短袖短裤，卸了妆，又把头发用发带绾起来，准备开始漫长的收拾整理工作。

拆箱子跟拆盲盒似的，第一个箱子里装的是她的玩偶和冬天的衣服。许意先把衣服从箱子里拿出来，一摞摞抱回卧室。她来回跑了十几趟，累得额头都冒汗。

箱子里剩下的东西就全是她的玩偶，她打算一次性多搬运一些，于是捞起一大堆小兔子、小熊、小猪等玩偶抱在怀里。一把没抱住，还掉下去两个小兔子。

正准备往卧室走，许意突然听见门口好像有脚步声，越来越近，随后是输门锁密码的声音。

许意哑然。不会这么巧吧？这房主什么时候回来不好，非要在她的箱子把门口堵死，地上一团乱的时候回来。

门打开，许意抬起头，正准备道歉道谢说明情况，就看见一张做梦也想不到的脸。

周之越穿着白衣黑裤，手里拎着一个小行李箱，清峻的面容略显疲惫。他微蹙了下眉，缓缓看过来。空气就这么凝固了将近半分钟……

许意先回过神，确认自己不是在梦里，也没有出现什么幻觉。

她抿了下唇：“那个……嗯……这房子该不会是你的吧？”

门口被一个纸箱堵住，周之越低头扫了眼，艰难地迈进来。

"砰"的一声，门合上。

他缓缓开口，声音低沉，语气慢悠悠的："所以，你就是王志强帮我找的租客？"

第 三 章
合租

　　许意心里真是一万个无语。她怎么就没想到呢？和王志强的共同好友、北阳大学毕业的校友、在附近上班、挺有钱、最近几天出差，甚至屋子里还有周之越身上的同款香味！这么多线索，她怎么就没把这房主和周之越联想到一起？

　　许意仔细想了想，忍不住给自己找补——王志强是青协组织部的，当时她和周之越都是部长，一场恋爱也谈得全部门都知道。这种情况下，究竟是什么奇葩的脑回路，才让王志强没直接告诉她房主就是周之越？而她，下意识也觉得王志强既然没提过名字，那大概率就是她不认识的人。毕竟北阳大学一届那么多人，她也就没主动问，想着反正过几天等人回来就知道了。

　　另外，她太熟悉周之越。这套房子的装修压根不是他喜欢的风格，他以前也很抗拒养猫，现在居然会主动养一只。这么一连串想来，许意觉得她没把房主和周之越联系起来，也是情有可原。

　　道理是想通了，但许意还是觉得脑袋"嗡嗡"作响。她把怀里抱着的一捧毛绒玩偶丢到箱子里，又把地上的两个小兔子捡起来。

　　家里的小白猫小跑着从她卧室出来，绕到周之越脚边，闻了又闻，最终还是朝着许意"喵喵"叫求抱抱。

　　许意现在也没什么心思理它，抬眸看了眼周之越，神情认真地说："王志强没跟我说这房子是你的，我也不知道。"

　　她尽量捋清思路，边想边说："那这样吧，我重新找房子。但是你看到……行李已经寄过来了，这么多东西，我没法随身带。这几天我先去朋友家，行李得暂时放在你这里，我付你寄存费。"

　　闻言，周之越的脸色比刚才又沉了两分。片刻后，他换了拖鞋，走进屋看着许意，语气懒倦地问："为什么要重新找？"

　　许意深吸一口气，反问："你觉得，我跟你住一起，合适吗？"

　　周之越缓步走到沙发旁，坐下，从烟盒里拿出一支烟点燃，很轻松地问："为什么会不合适？"

　　淡淡的烟味飘过来，许意感觉更头疼了。说好的不在公共区域抽烟呢？

　　不过她都没打算住在这里了，现在自然也没必要讨论这个问题。

许意看着他:"我们的关系,前任,同住一个屋檐下,每天低头不见抬头见……算了,反正我还是重新找房子吧。"

周之越盯了她好一会儿后,语气很淡地开口:"所以,你是不想看见我,还是怕每天见面,我们之间会再发生点什么?"

许意还真想了想,发现两者都不是。不想见到周之越?不至于。会再发生点什么?先不说她,单以周之越的性格就不可能。

她思绪很乱,一时词穷。

周之越见她不说话,低头定定地站在那儿,像个数学题做不出来的小学生。他弹了弹烟灰,语气冷淡:"虽然你是我前女友,但是基于现实情况,我这边呢,也可以勉为其难地接受跟你合租。因为,我只需要一个能帮我照顾这只猫的租客,而且很着急。

"哦,最重要的是,你不用担心我们住一起就会发生什么。"

他顿了顿,声音冷了几度:"毕竟,人不会在同一棵树上吊死两次。"

许意站在原地沉默了好一会儿:"……那我考虑一下。"

周之越看着她,眼神中没什么情绪:"行。"

许意在想,她考虑的这段时间,是继续待在周之越这套房子里,还是先出去找个地方住。

她思来想去,决定还是就待在这儿吧……都已经住了四天,现在急死忙活出去,似乎显得过分矫情。

她转身准备回屋,小猫蹦蹦跳跳地跟了进来。

她把门关上。小猫跳上了床,又蹦到她怀里,在她胸口拱来拱去,一会儿又把脑袋伸过来,用鼻尖蹭蹭她的鼻尖。

许意无奈地笑了下,小声跟它说:"你跟着我做什么?你主人刚出差回来,你怎么不去找他?"

猫也没法回答,在她腿上舒舒服服地趴了下去。

许意认认真真地在屋里想了快一个小时,倒还是没什么清晰的思路,想到哪儿算哪儿。

快到傍晚,金灿灿的夕阳从落地窗照进来。小猫的尾巴尖左右摇摆,小爪子按在许意的手背上,反复向她证明"猫爪在上定律"是真的。

她长长叹了口气,差不多也做出决定。

周之越都说不介意,甚至把话说得这么明白了,如果她还坚持,岂不是反而显得她在刻意躲避什么吗?而且她不可能以相同的价格找到比这套更好的房子。前阵子找房已经很头疼,她打心底有点抗拒继续找房这件事了。就室友来说,周之越虽然是个男生,但人品、生活习惯各方面她都相对了解,比跟其他异性合租要安全得多。其次,他们也的确没什么再续前缘的可能性。

许意站起身,推门出去。

周之越还坐在沙发上,指间夹着一支烟,神情寡淡地看着手机。听见声音,他缓缓抬起头。

许意站在他对面远些的位置,清清嗓子:"我想好了,那就租你的房子吧。合租之后,我们就当是普通室友,互不打扰各自的生活。"

周之越弹弹烟灰,表情比刚才缓和了些:"嗯,我也这么想。"

许意看着他:"但既然是合租……有些事我们得提前商量好,免得以后发生什么不必要的矛盾或者冲突。"

周之越手中的烟已经燃尽,他把烟头摁灭在烟灰缸里,站起身,懒洋洋地说:"不急。我要回屋洗澡,一会儿慢慢说。"

说完,他就真进了卧室。

空荡荡的客厅里,剩下许意一个人,还有跟着她从卧室出来此刻正跑来跑去、心情好得不得了的一只猫。她揉揉太阳穴,打算继续收拾东西。

在搬运箱子里的玩偶时,许意脑袋飞速运转着。虽然决定跟周之越合租,但她大概还需要花一段时间来接受这个情况。

上大学的时候,他们同居了两年,睡一张床,盖同一张被子。分手五年后,居然又要住在一起,虽然关系从同居的男女朋友变成了合租室友,睡两间房,但怎么想都还是觉得离谱。

许意在苏城工作的第二年,也住过一个合租的房子。她那时工资不高,家里的经济情况差,只拿得出几百块钱的租金。三户合租,其中一间房的室友是男生。住了半年,她跟那男生连招呼都没打过几次,名字也不知道。许意心想,以后跟周之越合租住在一起,大概也会是这么个状态。

许意将半箱子玩偶收拾好,开始拆第二个箱子。周之越房间的门响了一声,他慢悠悠地走出房间,坐去沙发上。他头发没完全干,额前的碎发还滴着水,肤色冷白,换了领口稍低的棉质短袖和短裤当作睡衣,清晰的锁骨上还有小水珠,小腿和手臂肌肉线条流畅。

客厅里顿时弥漫着他身上沐浴露的香味。五年过去,他还是习惯用以前那种沐浴露。

这味道许意十分熟悉,让她下意识想到以前某些限制级的画面。现在光闻到,就觉得有些莫名的性感和暧昧。

周之越身子往后靠,神情和语气都很懒散:"长话短说。"

许意把手里的一摞书先放回箱子里,站在原地,按刚才打好的腹稿开始一条条地说:"最重要的就是——抽烟的问题。"

周之越微抬了下眉。

许意补充说:"之前我也跟王志强确认过,说你不会在公共区域抽烟,比如客厅、厨房、餐厅这些地方。"

周之越情绪不高地"嗯"了声:"没问题。还有呢?"

许意继续道:"租房合同你准备好了就给我签一下,房租……我可以押一付三或者押一付一,你想怎么收?"

周之越沉默几秒,一副根本没考虑过这个问题的样子。

他不甚在意道:"随便,等最后一起结算也行。"

许意愣了愣。

虽然知道周之越不差这点钱,招合租室友的唯一目的大概就是帮他养猫,但秉持不占人便宜的原则,她还是说:"那押一付一吧,月付。"

周之越眼也没抬,随口道:"行。"

许意:"还有水电、暖气、物业费,我跟你平摊,你可以每个月或者每个季度把账单发我一次。"

周之越:"嗯,还有吗?"

许意想了想,说:"打扫卫生……"

周之越掀起眼皮:"这个你不用管,每周有阿姨上门打扫,清洁费也不需要你付。"

许意:"……好。"

想起他们以前同居的时候,他也是请家政定期上门打扫。

最后,许意犹豫了很久,还是决定说一下。

"平时进进出出,你最好把门关好,以防我不小心……看见什么不该看的。就……虽然这是你家,但你既然要找合租室友了,还是互相尊重一下。"

虽然,五年前,该看的不该看的,她全都看过了。

周之越瞧她一眼:"行。"

许意觉得该说的都已经说了,礼貌性地问了一句:"你觉得还有什么需要补充的吗?"

周之越真摆出一副认真思考的状态,半晌后,轻飘飘地说:"你应该也看见了,我那间卧室门上没锁。

"书房你需要的话可以随时用,但是别随便进我卧室。"

许意只觉荒谬:"我进你卧室干吗?肯定不会的,你放心。"

"那没别的事了,先这样吧。其他的等想起来再说。"

周之越也没打算进房间,从茶几上捞起遥控器按了一下,把电视打开。他懒洋洋地往沙发上一靠,调了个台,坐在那儿开始看电视。

许意也没管他,自顾自地继续收拾东西。她从门口到卧室,一趟又一趟,把第三个箱子里的东西收拾完时,天已经全黑了。十一点多,她收得有些累了,打算明天或者周末再收剩下几个箱子。

周之越还坐在客厅沙发上。他这会儿倒没在看电视,拿着一台笔记本电脑敲敲打打。

许意又纠结要不要打声招呼。她轻咳一声,朝着沙发方向扬声:"那个……我差不多要睡了,你看电视的话小点儿声。"

周之越没说话，抬手把电视直接关了。

许意又说："谢谢……对了，我一会儿就把这个月房租先转给你。"

这回，周之越掀起眼皮看她，嘴角带着嘲讽的笑容，语气凉飕飕的："哦，你打算怎么转？"

许意这才想起来，周之越的微信早在五年前就被她删了。尴尬的空气中，许意硬着头皮调出自己的微信二维码，走到周之越身边，把手机亮在他面前。

周之越面无表情地拿起手机，对着二维码扫了一下。

许意眼睁睁地看见扫完码之后，他的手机界面就直接跳转到给她发消息的界面，上面连个添加好友的选项都没有。

她脑袋空白了一瞬，也不知道这是什么情况，毕竟之前也没有重新添加删除过的微信好友的经历，以为这就算是加上了。

许意把手机熄屏，转身回了屋。

此时，沙发上，周之越低头看着他和许意的微信聊天框。

最后一条记录还停留在五年前，他发的问号，旁边有个红色感叹号。

半天没收到许意的消息，他犹豫几秒，发了个"1"过去。

结果，这"1"也没发出去，旁边还是有红色感叹号。

下面还有几行灰色小字：对方开启了朋友验证，你还不是他（她）朋友。请先发送朋友验证请求，对方验证通过后，才能聊天。

周之越看到红色感叹号和下面这几行小字就气不打一处来，心烦地揉揉眉心，还是发了条验证消息过去。

许意还没通过，周之越就收到一条新消息。

王志强：周总，情况怎么样？还有需要我帮忙的吗？

周之越：不用，谢了。

王志强：学姐怀疑了吗？

周之越：你不用管了。

王志强：好的！周总，以后有什么帮得上的您马上找我，我绝对不会跟任何人说！

他十分上道。

周之越扯扯嘴角，回了个"OK"。

卧室里，许意最后整理了几件衣服，拿起手机，看见通讯录上有个新的小红点。暗色的风景图头像，昵称就是一个大写的"Z"。通过之后，她把备注改成周之越的名字，转过去 4200 块钱，扣除一个月房租，剩下的是押金。

很快，周之越就点了收款，随后又发来一笔 2100 元的转账。

许意有些不明所以。

许意：怎么了？押一付一，4200 元没错。

周之越：押金没必要给。

许意想了想，也是，都这么熟了，她也不至于损坏什么东西欠钱跑路。没多客气，她把2100元的转账收了，回复一个"谢谢"的表情包。

对面没再发消息过来。

洗过澡之后，许意躺在床上，听到门外有很轻微的动静。她知道这动静是周之越发出的，心里有一种难以言喻的异样感觉，既熟悉，又陌生。大概半个小时后，门缝处的光灭了，她又听见一阵轻缓的脚步声，随后是开门关门的声音，大概是周之越回卧室了。

许意定好闹钟，关了手机，仰面躺在床上，却翻来覆去都睡不着。前两天明明已经基本适应了这个新环境，但今天反而失眠更加严重，没有半点睡意。

她先是在想王志强为什么没告诉她房主是周之越，但想来想去也没个结果。现在住都住进来了，再问也是没必要，左不过就是忘了、太忙之类的理由。

后来，她又想到大学和周之越同居的那两年，每次他有事晚回家，她都不太能睡得着，总觉得身边空落落的。听到外头一点动静，她就马上放下手机，闭上眼，假装自己睡着，不让周之越发现她在等他。每次周之越都会轻手轻脚地去浴室洗个澡，然后带着沐浴露的冷杉香味躺进被子里，再把她抱进怀里。

许意现在还记得那种感觉。他的体温略高一些，被暖烘烘的温度环绕，顿时就让她感到心安。

许久之后，她听见外头一点动静都没有了。窗帘拉着，屋内一片空荡荡的黑，空调温度不算低，但莫名就感觉很冷。

许意下床，把空调调成暖风。

翌日是周五，工作日。

许意昨夜失眠得厉害，早上听到闹钟响时还困得不行，但难得没在床上赖多久。倒不是多着急去公司，主要是屋里太热了，她热出了一身汗。看了眼天气预报，今天近30℃的高温，秋老虎。也是没谁了，30℃的天气，她开暖风空调。

许意起床把空调关了，迅速去浴室冲了个澡，打算去厨房弄点早饭。住吴乔乔那里时，起得太早没胃口，她都是坐地铁到公司楼下再买早餐。搬过来之后，早上时间宽裕了，她前天刚去超市采购了一些烧卖、红糖包、饭团之类的速冻或者微波即食食品，可以在家吃完早饭再出发。

她穿着睡衣打开门，正好周之越也刚从卧室出来。经过她卧室门口，周之越就感受到扑面而来的一股热气，不由得皱了下眉。

他瞥过来，语气难以置信："你在蒸桑拿吗？"

许意小声解释："不是，就……昨晚开错空调模式了。"

周之越发出一声冷笑，许意懒得搭理。

她踩着拖鞋走去厨房，打开冰箱，看到周之越在不远处，礼貌性地问一句："我准备热烧卖当早餐，你要吗？"

周之越扫了一眼她手里的包装袋，问："什么馅？"

许意："……香菇鲜肉糯米。"

"哦。"周之越停下脚步，懒洋洋地坐在餐椅上，"我要两个。"

许意只能点点头："好。"

热好烧卖，她又倒了两杯牛奶，将一杯推到周之越面前，她这才想起周之越好像不爱喝牛奶，尤其早上。

她抬起手，准备把牛奶拿回来："你不喝的话，两杯都给我吧。"

周之越眉梢微抬，抓住那只杯子，懒散道："我为什么不喝？"

许意收回手，脱口而出："你说早上喝牛奶很腻。"

周之越手指一顿，抬起眼，意味深长地看着她，用冷淡的语气说："记这么清楚？"

许意感觉脸有点热，慌忙低头，小声嘟囔："我又没失忆，这点事还是能记得的。"

周之越抿了下唇，没再说话，默不作声地喝了半杯牛奶。

两人面对面坐着，安静地吃早餐，许意只觉得这气氛温馨得有点诡异。上一次他们像这样坐在家里的餐桌边吃饭，还是五年前没分手的时候。

不知周之越是否也想到同样的事，没动筷子，低垂着眼眸出神。

饭后，两人各自回屋换衣服，又是几乎同时从房间里出来。一路出门去电梯间，他们都毫无交流。

进电梯后，许意看见周之越摁了负二层，地下停车场。她觉得不解，从九里清江到环金大厦，步行十五分钟的距离，他非要开个车。这个点挺堵车，他开车过去，门口那条是单行道还要绕一圈，说不定不止十五分钟。但想到周之越对车的喜好，大学时他一有空就要开车带她出去兜风，许意还是表示尊重。

这天上午，许意见了两个客户。

其中一个有些难搞，刚一坐下，就对之前合作过的广告公司一通乱批，说人家这里做得不好，那里做得不好，收费那么高，最后给出的提案他们也只能勉强用。许意陪聊了大半个上午，总算是在铺天盖地的吐槽中把此次项目的需求整理出来。

下午，她去了趟策略部，把资料给到同事。

恰好有一场讨论会，许意估摸着时间差不多，留下来听了会儿。

中途休息时，一个叫姜凌的同事看到许意包上的熊猫挂件，于是问："许意，这个真的好可爱，我朋友那天看到，也想要一个同款。

"结果她去网上搜，发现这个是熊猫基地出的限定周边，现在二手App上炒到两倍价格了。"

许意愣了下："现在旅游景点的纪念品都出限定款了？"

姜凌笑着说："对啊，现在旅游景点也都想着宣传赚钱。我之前就接过一个景区的 brief，给的广告预算还不低。"

旁边的同事凑过来，也看了看许意包上的挂件："真挺好看的，好精致。你那个客户是跟熊猫基地有关系吗？如果下次有机会，看能不能帮忙再弄两个？"

许意摇头笑了："不是，跟熊猫基地没关系，估计是恰好过去旅游买的吧。"

一会儿后，姜凌突然一拍脑袋："妈呀，我们是不是国庆也要加班？"

"大概率吧。"

"天哪，我抢到两张音乐节的票，2号的，唉，那只能上微博转手了。"

说着，姜凌看向许意："你们部门应该不加班吧？许意，你想去这个音乐节吗？"

许意问："有谁啊？"

姜凌从手机里找出一张图，一边给她看，一边念海报上的歌手和乐队名字，有好多都是最近很火的。

许意对这些倒没什么兴趣，她在海报下方看见一个乐队的名字，是她和周之越都喜欢的那个没什么名气的湾省乐队，居然被请来大陆演出了？

许意问过价格，不贵，小几百块，便说："那我要一张吧，我转你。"

姜凌："两张都要了呗，你叫个朋友啥的，也省得我去微博出票了。"

许意想了想，觉得也行。

她准备叫上许思玥一起去，正好许思玥上回没跟室友一起看成演唱会。

快下班时，许意又被姜凌拉去策略部当壮丁，顺便听说过段时间可能会有转岗的机会。

在公司待到快晚上十点，许意跟几个同事一起下班，出门进电梯。

好巧不巧，这大厦这么多台电梯，周之越又偏偏在里面。

他戴了个防雾霾的口罩，碎发垂在额前，衬衫领口松着，略显得有几分懒散。

两人对视一眼，也没打招呼，许意转过身。

姜凌看了下时间，问她："哎哟，你是不是又快赶不上地铁了？"

许意说："以后不用赶地铁，我搬到附近了。"

姜凌顺便问："哇，你住哪儿？"

"就附近的小区，九里清江。"

"听说那小区租房挺贵的，你是合租还是整租的啊？"

"当然是合租。"

姜凌八卦道："室友是男生女生？帅吗？好看吗？"

室友本人就在后面，许意迟疑一瞬，只能说："男生，就……还凑合吧。"

闻言，周之越瞥她一眼。

跟艺术、创意沾点边的行业，许多同事的思想和说话风格都很开放，许意身边的这位姜凌就是。

姜凌重重地拍了下许意的胳膊："能被你评价凑合，那肯定是巨帅吧？上次我听她们说,有个什么科技公司的老板长得无敌帅,你看了都没啥反应。"

"这多好的机会,我之前遇到的合租男室友都很丑,你这就是天赐良缘!许意!上!"

这时,电梯恰好停到一楼。

许意完全不好意思回头去看周之越,挽着姜凌的胳膊就从电梯出去。两人住的小区不在同一个方向,出门没多久便分头走了。

许意走在路边,脑子里反复回荡着刚才电梯里的对话,也不知道周之越听见没……肯定听见了,姜凌嗓门那么大,周之越耳朵又不聋。但是,听见就听见吧,同事之间的玩笑而已,还能怎么样?

许意一边东想西想,一边慢吞吞地往九里清江走。

天已经黑了,路灯洒下暖黄色的光,旁边一排写字楼仍然亮着耀眼的灯光,另一边车来车往,时不时传来一声刺耳的鸣笛。

大约走到三分之一,马路上一辆拉风的烟灰色阿斯顿马丁缓缓开过。

车窗是完全开着的,许意下意识瞥了眼,和周之越的目光对上,看见他被夜风吹得凌乱的发型。下一个瞬间,他转回头,把车窗摇上去了。

许意忍不住在心里骂了一句。

周五晚上,从公司到九里清江的路还是有些堵。开车的周之越一路走走停停,跟步行的许意几乎是同时到达九里清江的。两人一前一后进家门。许意换了鞋,小猫就扑过来,丝毫没搭理周之越,而是在她脚边蹭来蹭去。

她心情不错地把猫抱起来,这才想起来问:"对了,它叫什么名字啊?"

周之越漫不经心地应道:"凯撒小帝。"

许意以为自己听错了:"什么?"

周之越瞥她一眼,重复一遍。

门口还堆着许意没收拾完的箱子,两人一前一后绕进去。

许意怀里抱着猫,忍不住问:"你为什么给它取这种名字?"

周之越已经走到卧室门口,转回头看她:"有什么问题吗?"

许意抿了下唇:"没什么问题,就感觉这名字跟它不太搭。"

周之越"哦"了声,关上卧室门之前,不甚在意地说:"那你随便改吧,想叫它什么就叫什么。"

"砰"的一声,他卧室的门关上了。

许意实在不明白周之越为什么要养这只猫,平时没空照顾,他看起来跟猫也不太亲,甚至连名字都能随便改。

她摇摇头,抱着小猫回屋换衣服。

许意再出来时,看见周之越已经在沙发上坐着了。他宽松的短袖短裤当睡衣穿,似乎是刚洗了把脸,肤色透白,下颌角边缘挂着几颗水珠。

电视调到一个纪录片的频道,他正抱着笔记本电脑敲键盘,看样子是在加班。

许意又不明白了,昨晚他也是抱着电脑坐在客厅敲键盘,明明不远处就有间书房。再不济,他房间里肯定也有桌子,为什么非得窝在沙发上?

她走到门口的箱子旁边,打算继续收拾东西。拆开一个箱子,发现里面基本全是她的书,有广告学、市场营销的专业书籍,还有各种中外小说。

书这玩意看着不大,却很沉。来回几趟之后,许意就感觉胳膊酸痛。她揉着小臂上那点可怜的肌肉,去冰箱里拿水喝,余光看见沙发上的周之越已经把电脑合上,正悠闲地看那莫名其妙的《植物王国》纪录片。

"对比动物世界的热烈,植物的世界似乎格外安静,而看似平和静态的植物,它们也会思考、会合作……"

许意听得一头雾水,分手五年,她现在已经完全搞不懂周之越的爱好。而且看他此刻的状态,再看看地上几个等着收拾的大箱子,她心理多少有点不平衡。她把瓶子放下,深吸一口气,挽起袖子打算继续搬书。

她刚撂起一摞,耳边飘来周之越的声音:"需要帮忙吗?"

许意瞅他一眼:"还有大半箱呢……你有这么好心?"

之前是男女朋友的时候,这些事理所当然地可以让他帮忙,可现在作为合租室友,许意还真不太好意思麻烦他,也并不觉得他是什么乐于助人的性格。

半响后,周之越站起身,慢悠悠地走到她身边:"可以帮忙。"

许意抬眸看他一眼,这个距离,能闻见他身上淡淡的香味。

周之越接过她手里的一摞书,平静地补充:"不过有条件。"

许意问:"什么条件?"

周之越看着她,一副正在思考的样子,几秒之后,轻飘飘地道:"之后两周,每天的早餐。毕竟,我进你的房间是冒着很大危险的。"

他说完,意味深长地看了许意一眼。

许意的脸很快红了,想到电梯里的对话,他应该是听见了!说不定还真当回事了!

许意低下头,立即转移话题:"你的意思是,之后两周,每天的早餐也给你准备一份?"

"嗯。"周之越抱着书往她房间走,没直接进去,而是在门口停住。

许意心里默默打着小算盘。

她买的那些东西不是速冻就是微波即食,多加热一份倒是不费什么力,就是这个增加的开销问题……

周之越出来,看她一眼:"餐费我一会儿转你,多退少补。"

许意点头:"好。你……也不用进去,放门口那个架子上就行。"

两个人一起收拾,进度就快多了。周之越帮她把比较厚重的书搬进去,她在旁边搬些轻薄的。许意突然没拿稳,一本《商务英语》掉了下来,这书是大二的英语课本。

北阳大学要求大一和大二的学生每学期都选修一节英语课程，具体课程可以自选决定，诸如商务英语、法律英语、工程英语。和许意的市场营销专业最对口的就是商务英语，她要求周之越也跟她选同一节。

周之越从小学起就上的国际学校，全英语教学，倒是无所谓选什么英语课。于是，在这节商务英语课上，他要不就是坐在许意身边睡觉，要不就是玩手机，或者拿电脑看别的课的资料。

许意也不是个节节课认真听讲的性格，大多时间也在开小差，比如在书上画小人，再比如拿手机玩消消乐。老师偶尔会点人回答问题，无论叫到她还是叫到周之越，都是抓瞎被训的命。

地上那本《商务英语》，封皮因为多年的折痕翻了起来，露出扉页。空白的区域，还有许意用黑色中性笔画的周之越Q版小人——大大的脑袋，趴在桌上睡觉，头顶上还有一个表示正在做梦的气泡框，框里画的是一个Q版的许意，旁边有一颗小爱心。

她当时想表达的意思是周之越做梦都喜欢她。十几岁时幼稚的小把戏，当时竟能乐在其中。

许意迅速蹲下身，把掉在地上的书捡起来，下意识去观察周之越的表情。他似乎是没看见，抱着一摞书进屋，目视前方，脸上没任何多余的表情。许意心里暗暗松了口气。

整理工作没有进行到很晚，因为明天就是周末，还有的是时间。

一箱书收得差不多了，许意看向周之越："谢谢啊，那我先睡了，你记得关电视。"

周之越轻"嗯"了声，情绪不高的样子，随手把电视关了。

许意回了屋，洗过澡后，吴乔乔打来一通微信语音电话。

"明天周末休息吧？我们出去玩啊，我男朋友也正好有空。上次不是约好了吗？等他回来之后咱们一起聚聚。"

许意一边护肤一边说："行啊，我明天不上班，你们什么时候有空？"

"晚上吧，吃过晚饭，我们找个酒吧玩会儿再回。"

"行啊，那你们选地方，选好了发给我就行。"

吴乔乔又顺便问："对了，你新找的这个房子怎么样啊？你之前说是合租的，室友人还行吗？"

许意深吸一口气，犹豫片刻，还是选择告诉吴乔乔。

"我跟你说啊……这事真的太巧了，感觉比小行星撞地球的概率还要小。"

吴乔乔马上问道："什么巧啊？快说，别卖关子了。"

"我合租的室友是周之越。"

电话那边安静了好一会儿，吴乔乔才扬声："还能有这种事？

"不是，我记得他家里特别有钱啊，不是开什么地产集团的？也没听说这集团破产啊,他咋就落魄到租房住,还要找合租室友了?"

许意解释说:"也不是落魄……就是他自己的房子,他养了只猫,想找个室友,顺便帮他养猫。他平时工作比较忙,没空自己养。"

吴乔乔听笑了:"那他直接找个住家阿姨不就行了?"

许意又说:"他好像不是很喜欢让阿姨一起住在家里。"

记得大学的时候,他好像提过。

吴乔乔说:"我觉得他就是落魄了,不然根本没必要把自己的房子租出去一间。"

许意觉得说不通,于是放弃说这件事。

"算了,管他因为什么,反正我租到房子住就行。"

吴乔乔笑着说:"天哪,跟前男友合租这种事我真的是第一次听说。那你们相处得怎么样?尴尬吗?刺激吗?"

"尴尬倒是没我想象中的尴尬。刺激?你脑子里都装了些什么黄色废料?"

吴乔乔笑得更大声了:"我就提了'刺激'这两个字,你怎么知道就跟黄色有关?所以谁脑子里才装的是黄色废料?"

许意无语凝噎:"服了。你男朋友不是回来了?赶紧去过夜生活吧。"

吴乔乔:"好嘞,这就去。"

许意坐在床上看手机,看到快零点了,困意上头。

她关了灯,准备睡觉前,收到吴乔乔发来的一个餐厅和酒吧地址,时间是傍晚六点半。

她躺在床上,快睡着时,门外传来凯撒小帝"喵喵"的叫声和小爪子拍门的声音。前两天,许意都是让它跟自己一起睡的,但它的猫砂盆、饮水机和猫粮都在客厅,关上门,又总会担心它半夜渴了饿了没法出去。

许意决心不能让它养成坏习惯,要让它自己在客厅睡猫窝。令她没想到的是,凯撒小帝意志十分坚定,在她卧室门口"喵喵"叫了快半个小时还没消停,而且越叫越凄惨。

许意正纠结着要不要起床把它放进来,黑暗中,听到隔壁房间的开门声。

隔着一道门,周之越的声音闷闷的:"你要找她吗?"

"喵——"

周之越:"不行,别吵别人睡觉。"

"喵——喵呜——"

"跟你说了多少次了,抓人也别抓脸。"

听到这儿,许意下床,踩着拖鞋走到门口。一打开门,她就看见周之越和凯撒小帝一人一猫正在她门口大眼瞪小眼。

看见许意出来,周之越站起身,眉眼间带着被吵醒的疲惫,眼睛微眯着,没开灯,手里拿着开着手电筒的手机。光线很暗,照得他精致的面容多了几分朦胧的感觉,衣服领口松松垮垮,很不整齐,一看就是刚从床上起来。

他指指地上的猫，又看向许意，嗓音又沉又哑，语气困倦："怎么办？"

周之越掩面打了个哈欠，又说："你把这猫惯坏了。以前它都是自己睡猫窝，不会缠着人睡床。"

许意那间卧室的门开了条小缝，凯撒小帝瞅准机会，"嗖"一下就冲了进去。

许意挠挠头，看了眼周之越，小声说："有没有一种可能……它以前睡猫窝，是因为不想跟你睡？反正我来了之后，它每天都主动跟着我一起睡床。"

卧室里开着一盏小灯，周之越余光往里瞥了眼，看见某只没良心的小白猫舒舒服服地躺在许意枕头旁边的位置，整个猫身圈成一个小团。

周之越轻嗤了声："那它以后就跟你睡吧。"

说完，就准备转身回屋。

"哎——"许意叫住他。

周之越一副"又怎么了"的表情，低头看向她。

许意想了想，说："就是……它的猫砂、猫粮和水不是都在客厅吗？我晚上睡觉肯定会关着门，它万一想喝水、吃东西、上厕所什么的，好像自己也出不来。"

周之越看起来很困，听完后许久才出声，语气懒懒的："哦，那怎么办？"

许意耐着性子，尽量冷静地说："我这不是在跟你商量吗？"

空气安静了几秒，他们也没开灯，只有许意卧室里一点幽黄的光和周之越手中手机手电筒的光。

周之越冷倦的声音飘过来："三个办法。一、你还是让它睡客厅；二、让它睡你卧室，把猫粮什么的都搬进去；三、你晚上睡觉开着门。"

许意一手撑着下巴，认真思考之后说："那我把猫粮那些都搬进来吧。"

她看向周之越："你能帮忙搬吗？"

周之越抬了下手，"啪嗒"一声，走廊的灯被打开。两人都没适应这突然亮起的灯光，半眯着眼往客厅走。

周之越搬着巨大的自动猫砂盆，在门口犹豫一瞬才进了她卧室。房间里有一股清甜的味道，像她大学时就常用的那款浆果味沐浴露气味。床上的四件套还是她住进来之前，他特意买的那套暖黄色的。床边亮着一盏小夜灯，柔柔的光照在枕头上，小猫躺在旁边，看起来舒服极了。他找了个空地放猫砂盆，放好后，又出去搬自动喂食器。

待搬完宠物用品，周之越缓步走出去，语气懒散地叮嘱："那个猫饮水机声音可能有点儿大，你晚上嫌吵就直接关掉。"

许意点点头，随口道："好。那快睡吧，不早了……晚安。"

周之越盯她一会儿，转身回屋前低声回了句："嗯。晚安。"

许意躺回床上，有一下没一下地摸着旁边小猫圆圆的脑袋。

刚关掉床边的夜灯，手机突然振动一下，她拿起来看，发现是周之越发来的消息。

周之越转账过来1000元。

许意：这是什么钱？

周之越：两周的早餐钱。

许意：好像有点太多了。

周之越：多退少补。

许意没再说什么，放下手机，没多久就沉沉睡去。

翌日是周六，许意没定闹钟，过了上午九点才醒。

她洗漱之后出门，看见周之越正在餐厅坐着，穿了身睡衣，桌上架了台笔记本电脑，手指飞速地敲着键盘，空气里回荡着"嗒嗒嗒"的响声。

许意又是一瞬恍惚，总觉得这种场景应该出现在五年前没分手的时候，或者出现在她的梦里。

周之越听见声音，指尖动作停了一瞬，抬起眼皮，似是礼貌性地说："早。"

许意这才回过神，点了下头："早……"

她走到冰箱旁边，准备取点东西热了吃。

想起周之越还在，并且昨天答应了负责他未来两周的早餐，她便问："你吃东西了吗？"

周之越手指仍在敲键盘，轻飘飘地说："没有。"

许意拉开冰箱门，往里瞅了几眼："只剩红糖包了，你能吃吗？"

她记得周之越不爱吃甜食，更别提这种全是红糖馅的。

话说出口，她才反应过来似乎不该这么问，显得关于他的什么事，她都记得很清楚一样。

这次，周之越倒没说什么，也许是因为注意力在电脑屏幕上，他只是闲闲地应了句："不吃。"

许意无奈："可是只剩这个了，要不然你先点个外卖？等下回去我买点你能吃的。"

周之越没说话，飞速地在键盘上敲完最后几个字，关上电脑，缓缓站起身。

"出去吃吧，顺便去趟超市，把下周的早餐买回来。"

许意一愣："啊？现在？"

周之越侧头看她一眼："不然呢？"

许意思忖片刻，反正现在也没什么事，便应道："好，那等下，我换个衣服。"

周之越："嗯。"

不多时，她从卧室出来，看见周之越也换好了衣服。休闲的浅色宽松衬衫和短袖，显得整个人清爽又干净。

两人开门出去，进电梯。许意没动，周之越抬了下手，按了负二层地下车库的按键。

一切画面都很像是五年前两人同居的那些日子。大概也是像这样的一个周末，他们都没课，在床上睡到自然醒，然后一起出门找东西吃，再转到超市采购下个礼拜的零食和日用品。就连进超市后两人习惯的采购顺序，许意都记得很清楚——先去零食区，然后是速冻食品、奶制品、水果、蔬菜，最后是日用品。

周之越停在一辆黑色的迈巴赫前，径自上了驾驶座。许意还是习惯性地、几乎是下意识动作，拉开副驾驶的门坐进去。

九里清江小区里就有家超市，但面积不大，商品品类也不多，大多卖些高价的进口食品。周之越查了下导航，先在附近的早餐店随便吃了些，随即载许意去了三千米外的一家大型超市。吃饭和开车去超市的过程中，两人几乎毫无交流。

这家超市总共有三层，一层卖生鲜、厨房用品之类的，二层主要卖各种零食，三层大多是衣服和生活用品。速冻品大多在一楼，周之越推了辆车，许意在冰柜前拿起一袋蒸饺，凑近看封缝处的生产日期。

她正看着，不远处传来一道声音："许意学姐？"

许意抬起头，看向声源处——一个穿碎花裙的同龄女生，挽着一个戴眼镜的矮个子男生。

好半晌的工夫，许意都没想起来这女生是谁，只好笑了笑，说："学妹，你也来逛超市啊？"

碎花裙女生说："是啊！好多年没见了，没想到能在超市遇见！"

"哎，这不是周之越学长吗？你也在啊！"

周之越就完全懒得装了，看她两秒，面无表情地问："你是？"

女生尴尬道："我是北阳大学15级的胡诗荔，当时加过青协组织部，你和许意学姐都是部长。"

周之越一副仍没想起来的样子，拖长音"哦"了声。

胡诗荔看向许意，憋了又憋，还是忍不住八卦："学姐，之前我听说你和学长分手了，没想到是谣言啊。

"这么多年了，原来你们还在一起。好久没见你发过和学长有关的朋友圈了，我之前也以为你俩分手了呢。"

许意满脸尴尬，轻咳一声："其实……我们确实是分手了。"

胡诗荔震惊了，沉默好半晌才问："那你们现在这是……又和好了？"

许意："没有，我们现在就……"

周之越接过她手里那包蒸饺扔进购物车里，语气冷淡地打断："我一会儿还有事，抓紧点时间。"

许意看他一眼，跟胡诗荔说："学妹，我们赶时间，下回有空再聊。"

胡诗荔忙点头："啊，好的好好，你们先忙！"

等他们走远后，胡诗荔扯扯男友的袖子："你看到了吗？他们就是我之前跟你说的，我们大学社团那对顶顶好看的情侣部长！

"不过这是什么情况啊？已经分手了，又没和好，居然一起逛超市？"

她身边的男朋友笑了下："还能什么情况？要不就是快和好了，要不就是前任转'炮友'呗。"

胡诗荔回头看了眼，看见许意和周之越还在速冻食品区。两人脸上都没什么表情，中间隔着很宽的距离，很是疏离客气的样子，根本不像是快要和好，更不像是什么"炮友"。

另一边，许意加快了速度。

"芝麻汤圆？"

"不吃。"

"鲜肉灌汤包？"

"可以。"

逛完第一层之后，许意也没什么心思逛第二层了，直接上电梯去了三层收银台。现在两人这种关系她和周之越一起逛超市，她总觉得很诡异。而且刚才遇见那学妹之后，周之越的情绪好像比出门时更差了些，冷着一张脸走在她身边，不知道的还以为她欠了身边这男人八百万。

回到家，许意在餐桌旁收拾刚买回来的东西。周之越也不来帮忙，大爷似的从桌边径直走过去，换了衣服就进书房，"砰"的一声把门关上。许意暗叹了声气。这也就是现在，她没立场说他什么，要是搁五年前，她肯定得把他揪出来骂几句。

东西都收好，许意回屋按小票上的价格算了笔账，AA之后，把多出的901.4元给周之越转回去。结果，等了一个小时，对面都没收，许意也懒得催他。

很快到了下午，和吴乔乔约好聚会时间，许意提前洗澡、换衣服、化妆。

许意出门时，周之越没像前两天一样在沙发上坐着。看见书房的门关着，许意猜他大概在里面加班或者看书之类的。她在原地站了两秒，犹豫要不要跟他说一声自己出门了，晚上可能会晚些回家。后来又觉得没必要，毕竟两人只是合租室友，不吵到对方的情况下，早回晚回也没太大区别。

约好的餐厅离开发区较远，在市中心，乘地铁还需转线要近两个小时。到了之后，天已经黑了。许意发现来的人不止吴乔乔和她男朋友，还有她男朋友带来的几个朋友，有男有女。

吴乔乔的男朋友也是个自媒体博主，游戏区的，长得挺帅，但不是许意喜欢的类型。

他头发烫成锡纸烫，穿搭风格也偏嘻哈，花花绿绿的，说话嗓门大，有点江湖气。一群人都有点自来熟，吃过饭之后，约着转场去附近一家酒吧。

许意已经想不起上一次参加这种陌生人很多的酒局是什么时候了，也许是大一，刚上大学精力充沛且没谈恋爱的时候。

灯红酒绿中，吴乔乔凑到她耳边说："你对面那个戴黑色帽子的，长得是你喜欢的类型吧？内双眼皮、皮肤白、高个子，跟周之越是同一个风格。"

许意抬头瞟了眼，长相风格倒是相似，但相比周之越还是差远了。两相对比，对面这男生就像是一个低配的山寨版。

许意摇了摇头："算了吧，你别瞎撮合了。出来玩就是开心，我也没想找对象。"

吴乔乔笑道："行啊，那我们喝酒。干喝没意思，摇骰子吧。"

翌日不用上班，许意酒量还不错，喝起来也没太控制。

差不多喝到凌晨一点，吴乔乔已经接近断片，周围的人也都神志不太清醒，许意只是将将有点头晕。

去了趟厕所回来，她就感觉包里好像一直有什么动静。

她摸了半天才摸出手机。

许意看到锁屏界面的消息提醒，瞬间就有点蒙。周之越在晚上十一点到现在的这段时间内，断断续续地给她打了十八通语音电话。

许意吓了一跳，以为是出了什么大事。她拿起手机，走到酒吧门口。

她刚点开聊天框，还没回拨电话，对面就先打过来。

她接起来，听见周之越沉沉的声音："你在哪儿？"

许意不明所以地报了个大概地址，说："我在跟朋友聚会，出什么事了吗？"

电话那边，周之越沉默了好半晌才再次出声，似是随意的语气："哦，也没什么事。

"就是，凯撒小帝刚才一直在你房间门口叫。"

他顿了顿，又说："已经叫了快两个小时了，你看应该怎么处理？"

酒吧门口人很多，微凉的夜风吹过，许意喝得有点头晕，但神志尚算清醒。她捂着电话听了一会儿，不解道："我好像……没听到它叫啊？"

片刻后，周之越悠悠地说："可能叫累了吧，一会儿就就继续了。"

许意挠挠头，思忖着问："那怎么办？我现在回去？可是我这里离九里清江挺远的，可能打车回去也得一个多小时才到。"

电话里，周之越淡淡地说："那就现在回吧，它再叫一个多小时问题应该也不大。不过，再久就不一定了。"

许意："……行，那我现在打车回去。它是不是饿了或者想上厕所啊？要不你直接把我卧室门打开，让它想进去就进去。"

周之越淡声说："你们门上不是有锁吗？"

许意："我没锁，你直接拧把手就开了。"

电话那边沉默了，许意也没等他说话，继续道："那我先打车，挂了。"

周之越这才"嗯"了声，声音低沉好听："打到车告诉我。"

"好。"

许意正准备挂电话，又听见他问："你喝酒了吗？"

她说:"喝了,但是没喝多。"

周之越催促:"嗯,那快打车。"

挂断电话,许意一边低头点开打车软件,一边进酒吧去拿包。

吴乔乔和其他几人都喝得醉醺醺的:"哎,你刚干吗去了?"

许意说:"我出去接了个电话。那个……家里有点事,我可能得先回去了。"

吴乔乔拉住她:"什么事啊?哪个家?说好的今晚一起通宵的,你怎么说走就走!"

许意解释说:"……就我和周之越合租的那个房子,家里不是有只小猫吗?今晚它找不到我,一直在叫。我说好了要帮他照顾猫的,不回去好像不大合适。"

吴乔乔撇撇嘴:"这都什么乱七八糟的?你这才几个小时没在,养孩子都不带这么黏人的。我看是你前男友想催你回家,这什么猫猫狗狗都是借口!"

许意看吴乔乔实在喝得有点多,一时半会儿也说不清,说清了她也听不进去,便拿包站起身,笑着说:"改天跟你说,今天我真得走了。"

吴乔乔站起来送她:"行吧,知道你重色轻友,大学的时候就这样,习惯了。路上当心点,到了发个消息。"

许意没来得及思考自己大学的时候有没有重色轻友这个问题,就看见手机上的打车软件界面。

前方排队150人,预计等待1小时40分钟……

今天是周末,附近全是酒吧,凌晨打车的人就尤其多。

许意深吸一口气,揉揉眉心,给周之越发消息。

许意:我可能还得晚点儿,凯撒小帝还在叫吗?

周之越:在叫,而且叫得很惨。

许意:这边打车要排队1小时40分钟……我想早回也没办法。

许意:不然你陪它玩会儿逗猫棒,分散一下注意力?

大概一分钟,周之越发来语音:"玩过了,没用。那我现在开车去接你,正好出去吹吹风。

"等着,四十多分钟到。"

许意咬了下唇,想到上大学时,周之越晚上开车那个车速,还是忍不住叮嘱一句。

许意:你开慢点,不着急。

周之越:嗯。

夜晚的酒吧门口非常热闹,有刚遇到的男女青年黏黏糊糊商量一会儿去哪里的、有刚被叫来的帅哥在门口等朋友接应的,还有开一辆扎眼艳色跑车的富二代倚在车门前抽烟。

许意也没进去,就在门口找了个台阶坐着,吹吹风,看看周围的人。期间有三四个男人过来要微信或是约她进去喝酒,她都笑笑拒绝。

没到五十分钟,一辆黑色的世爵停到路边,吸引了不少目光。片刻后,车窗缓缓摇下来,露出周之越精致冷峻的侧脸。他看了眼许意,没说话,用眼神示意她上车。

许意拎着包起身,快步过去,拉开副驾驶的门上车。

她礼貌地先开口:"谢谢啊……大半夜的,还麻烦你跑一趟。"

周之越发动车子,骨节分明的手指搭在方向盘上,他穿着件短袖,手腕上的表在路灯下有些反光。他声音很淡,不甚在意道:"没事,正好开车出来转一圈。"

许意提醒道:"那你开慢点,这条路上挺多喝醉的人,小心撞到。"

周之越:"嗯。"

车窗和敞篷都没开,车内的空间是密闭的。周之越闻到许意身上很重的酒气,混杂着她平时常用的那款葡萄味香水,清清甜甜的,整个人像是刚酿好的葡萄酒成精了。

他明明滴酒未沾,闻到这味道,竟也莫名觉得有些热,脑袋似乎也隐隐发晕。

周之越把他这侧的窗户开了条缝,半响后,目视前方,似是随意地说:"对了,有个事。"

许意侧头:"什么事?"

周之越仍是看着面前的路,悠悠地开口:"之前不是说了,房租减半,是需要你照顾凯撒小帝。"

许意大概猜到他要说什么,抿了下唇,小声回道:"我以后尽量下班之后和周末不出门……"

"那倒也不用。但如果你要晚回家,得跟我报备一下,我也好安排时间,早下班回来陪它。"

周之越停顿几秒,继续说:"但你尽量还是早点回,不然就像今天一样,它看你不在家,就在你门口吵个没完。"

许意觉得合理,便点点头:"好。"

周之越嘴角悄无声息地弯了下,又马上压回去。他伸手打开音响,播放随机歌单里的一首爵士乐。

许意问:"对了,你出门之前它还在叫吗?会不会吵到邻居?"

周之越很快就说:"不会,那套房子隔音很好。"

许意别开头,"哦"了声,思绪已然飘远。

关于"隔音"的问题,让她想到大二时和周之越住过的一家酒店。

那是他们刚谈恋爱没多久,第一次出去开房住,也是唯一一次住到隔音差的酒店。

许意是假借熬夜复习英语准备考试的名号,让他陪她出去复习,其实包里带了其他东西,醉翁之意不在酒。刚住进去,许意从包里拿出英语书,就听见隔壁传来不堪入耳的声音，十分清晰。周之越完全懒得控制表情，肉眼可见对这隔音的嫌弃。

许意当即打消了要在这里跟周之越发生什么的念头。但是难得有整夜时间用来独处，她不想放过这个机会，拉着他一起留在那儿学习。

车上的音响太催眠，许意把座椅调低，窗外灯光昏暗，她躺着躺着就真睡着了。周之越侧头看了眼，把车里的音响声音调小，窗户也关上。

近一个小时的路程，车子停到九里清江的地下车库时，许意还是没醒。

周之越坐在位子上也没动，犹豫很久，决定先帮她解了安全带再说。结果，他刚探了半个身子过去，许意就迷迷糊糊睁开眼。对视一瞬，周之越立刻坐回去。

许意还没太醒过神，解开安全带，困倦地问："哎，到了吗？"

她似乎依稀闻到了他身上的冷杉香味，很近。

周之越别开头，语气不太自然："嗯……到了。"

"那走吧，你怎么没叫我？"

说着，许意拉开车门下车，拖着疲惫的脚步去电梯间按电梯。

周之越跟在她身后，薄唇紧抿着，一言不发地与她一起上楼。

打开门，许意先找凯撒小帝，本以为会听见这只小猫昂着脖子在自己房间门口惨叫，没承想人家正在客厅的猫窝里睡着了，而且睡得四仰八叉，一副了无心事的样子。她房间的门开了条小缝，只供小猫进出的那种。

许意看了一圈，小声嘀咕："感觉也没有很需要我啊，它自己睡得也挺舒服的。"

周之越扫了眼，不咸不淡地说："可能刚才叫太久，它困了吧。"

听见声音，凯撒小帝倒是醒了，伸了个懒腰，"喵喵"两声跑到许意脚边。

她把小猫抱起来，进门之前，转头看了眼周之越："那我们先睡了。晚安。"

周之越："嗯。"

"砰"的一声，许意卧室的门关上。

周之越站在原地，看向那扇紧闭的房门，眼底情绪不明。片刻后，他揉揉眉心，关灯进了自己的房间。

周末很快就结束了，临近国庆小长假，这周有调休，需要连上六天班。周一到公司，所有人都苦大仇深的。

这天早上，难得组里的人都在公司，张芸把大家聚集起来开了个小会。

会议主要内容就是这六天和国庆期间的工作安排，国庆原则上不加班，但如果有临时的紧急事项，还是需要人负责对接。

会后，陈句一边伸着懒腰出门，一边闲聊着问："Miya，你国庆准备去哪儿？"

Miya打了个哈欠："到处都是人挤人，我估计就在北阳周边转一转，约男朋友逛逛街吃吃饭啥的。"

陈句又问:"许意你呢?"

许意说:"我也差不多,在家宅着吧。哦,对了,我要去长湖公园看音乐节,姜凌转给我的票。"

陈句笑了声:"2号好像会下雨呢,我刚看过国庆期间的天气预报。"

许意去接了杯水,随口说:"不知道,等着看通知吧。我也好多年没去看过音乐节了,一般下雨会取消吗?"

Miya 接话:"去年菠萝音乐节下雨就没取消,大家穿着雨衣或者打着伞看。主办方砸了那么多钱,票都卖出去了,大概率不会因为下雨延期或者取消。"

闻言,许意长叹一声气。

没过多久,上次那个事情很多的客户打电话过来,反复给她提各种修改和完善意见。

许意打开电脑,头痛地记着,挂断电话后,她又赶忙去找创意沟通,暂时把音乐节的事抛到了脑后。

与此同时,28层柯越创新。

刚结束周一的内部会议,赵柯宇跟周之越一起进办公室,讨论几个工厂的样品质量问题。

工作的事谈得差不多了,赵柯宇突然想到一件事:"对了,我朋友给了我几张长湖音乐节的票,还有多的,你要吗?要的话,我一会儿把票的二维码发你。"

周之越想也不想就说:"不要,我没空去。"

赵柯宇笑了下:"真不去?好像有你以前经常听的那个乐队,叫什么来着……Chair Garden?"

周之越这才抬头,在手机上搜索确认了演出信息,淡声说:"哦,那给我吧。"

这乐队是他和许意都喜欢的。

他顿了顿,补充说:"两张。"

赵柯宇忍不住问:"两张?"

周之越视线又移回电脑屏幕上:"对,两张。这么近都听不清,你耳背?"

赵柯宇眼睛一亮,八卦地问:"你跟谁去啊?你家猫吗?

"不知道宠物让不让带进去,让的话也不用单独买票吧?"

周之越一个眼神也懒得给他。

赵柯宇一拍脑袋:"你不会是想约你前女友吧?约得动吗?用不用我帮你出主意?"

拒绝的话在嘴角转了一圈,周之越还是打算听听他会说什么,抬了下眼,散漫道:"你能有什么主意?"

赵柯宇往沙发上一坐,跷着腿说:"请女孩儿去看电影或者演唱会这种事,你不能太刻意，也不能显得太随意。

"最好的方式是从内容入手，比如这个音乐节，你看看里面有没有她以前喜欢的歌手或者乐队，如果有，就可以分享一首歌给她，然后假装不经意地提起他们最近有演出的事，问她想不想去。"

周之越轻哂，有些不屑："俗，而且很假。我用得着用这种老土的办法？"

赵柯宇"嘁"了声："招不在新，管用就行。你要是不信，你就自己想别的办法。"

话音刚落，助理敲门进来："赵总，周总，卓洋资本的汪总到了，在会议室。"

赵柯宇站起身笑："行，我们马上就过去，让汪总稍等。"

许意今晚也要去策略部那边与同事一起讨论提案，快到下班时间，她跟几个同事一起下楼简单吃了顿晚餐。

讨论到快晚上十点，她出公司，慢慢溜达回家。

初秋的夜晚不冷不热，北阳的雾霾天还没到，空气尚算清新。

进了小区上电梯，许意打开门，看见周之越在沙发上坐着，他笔记本电脑里传出杂音很大的音乐声，听起来有些耳熟。

许意换鞋的时候顺便扫了眼，发现他正在看 Chair Garden 的演出视频，唱的还是他们大学时循环次数最多的一首歌，声音开得很大。

正好，提醒了她门票的事。

许意趿拉着拖鞋往里走，先去餐厅，打开冰箱拿了瓶饮料喝，一转头，就看见周之越目光没在电脑屏幕上，而是正看着她，一副欲言又止的样子。

许意迟疑道："那个……你有事吗？"

周之越转回头，语气淡淡的."哦，没事，我就是看看冰箱里还有几瓶水。"

许意挠挠头，寻思这距离他也看不清吧？

她又打开冰箱门，认真地数了下："还有六瓶。"

周之越："知道了。"

许意把地上的凯撒小帝抱起来，进屋，关上门，给许思玥打电话。

"姐，怎么了？我刚下晚课。"

许意开门见山："你2号没事吧？我有两张长湖音乐节的票，咱俩一起去？不过那天可能会下雨，我想了想，穿件雨衣应该就没问题，天气预报说是小雨。

"在长湖公园，离北阳大学挺远的，但是坐地铁不到两个小时就能到，公园门口就有地铁站。"

沉默了几秒，许思玥说："呃，姐，我2号约了社团轰趴，在别墅住两天，4号才回来。人数都是定好的，也不好变动。"

许意愣了愣。

许思玥小心翼翼地问："姐，那个票你已经买了？还能退吗？"

许意揉揉脑袋:"没事,你去跟同学玩吧,我找同事去看。"

许思玥笑了:"好,你下次找我记得提前一两周跟我说,最近周末和假期我的档期都是满的。"

挂断电话,许意先问了一圈同事,大家不是要加班就是有别的安排了,没一个能去音乐节的。她又打开微博,想试试看能不能把票出掉一张。结果,打开超话,看见全都是因为天气原因转票的!转手价格甚至已经比原价还低了不少。一排刷下去,没一个人是收票的。

她正发愁该怎么转手,隔着一道门,听见客厅里的声音,似乎还是那个湾省小众乐队 Chair Garden 的歌。她想了想,突然觉得把票卖给周之越似乎也是不错的选择。他也喜欢 Chair Garden,说不定就买了呢?不然,几百块钱打水漂,想想还有点心疼。

许意推门出去,凯撒小帝也跟在脚边窜出去。

周之越还坐在沙发上,听见她开房门的声音,掀起眼皮看过来。

空气安静了半响,两人几乎是同时开口。

周之越:"哦,对了。"

许意:"那个,你想不想……"

周之越靠在沙发上,语气散漫:"你先说。"

许意觉得没必要在谁先说话这种事上谦让,便抿了下唇,开口:"你……想不想去看 Chair Garden 的演出? 2号,长湖音乐节。"

闻言,周之越眸光闪动,眉梢微微抬了下。电脑上还播放着演出视频,是一首慢节奏的英文歌。室内空调温度很低,许意穿着长袖长裤的睡衣,把一头长鬈发绑起来梳成马尾,看起来十分乖巧。

周之越伸手把视频的声音调小,视线停在她脸上,轻飘飘地问:"你想约我去看演出?"

许意手攥了下拳,表情很尴尬,一本正经地解释:"也不能算是'约',就是我有两张票,本来打算跟我妹妹去看的,但是她有事去不了,现在就多出来一张。"

她顿了顿,看着他说:"如果你想去,我可以原价卖给你……或者再便宜点也行。"

许意站在卧室门口,周之越坐在沙发上,空气就这么安静了十几秒。

许意先忍受不了这种安静,轻咳一声,垂眸说:"……没事,你不想去的话,我再想办法把票转出去。"

她正准备转身回屋,耳边飘来周之越低低的声音:"你也去?"

许意点头,抿唇说:"对,有 Chair Garden,我还挺想去看的。"

闻言,周之越掀起眼皮,语气随意:"哦,我正好有空,可以去。"

他问:"票多少钱?我转你。"

许意回忆着说:"三百六十块,啊,那你也不用转我了,上回去超市买早餐多出来的钱你还没收,自动退回两次了。"

"嗯,行。"周之越看着她,不太自然地问,"2号,我们是一起过去?"

许意思忖着这话的含义,试探道:"都可以,如果你不想跟我一起,我们就分开走。Chair Garden 的演出在晚上八点,我可能会晚点过去……"

周之越静了几秒,缓缓地说:"那就一起吧,反正顺便。"

许意点点头:"好。"

许意回到卧室,听见外面的声音停了,周之越没再继续看演出视频。她坐在床上,有些后知后觉地紧张。

大学时,他们曾约定有机会一起去看 Chair Garden 的演出。可等这个机会到来,他们已经分手五年。神奇的是,在这种状态下,两人居然还能阴错阳差一起去看这场约定好,但迟到多年的演出。

客厅,周之越心情不错的样子,嘴角弯着,有一下没一下地摸着凯撒小帝的脑袋。小猫半眯着眼睛,下巴稍稍抬起。一人一猫,难得融洽相处。

他另一只手拿起手机,给赵柯宇发消息。

周之越:那两张票我不需要了。

周之越:你拿回去送给其他人吧。

赵柯宇:被拒绝了?

赵柯宇:看到没,看到没?这就是不用我的方法的后果!

赵柯宇:不过没事啊兄弟,别这么轻易放弃,其实我还有后招。

周之越看着消息,勾唇笑了下。

周之越:谢谢,但是不需要呢。

赵柯宇:什么鬼语气词?看着贱兮兮的。

赵柯宇:所以你前女友答应陪你去看了?

周之越并不想跟别人分享这件好事,神色懒洋洋的。

周之越:你少管。

赵柯宇:行吧。

赵柯宇:对了,4号你有事吗?何睿也回国了,咱们仨约着聚聚?

何睿也是跟周之越从小一起长大的发小之一,前两年被家里派去经营澳大利亚的分公司,两人有几年没见过面了。

周之越:行。

赵柯宇:要不直接约在你家聚吧?

赵柯宇:你新搬的这套房子我都还没去过,正好过去看看你养的那只什么猫。

周之越:不行,不方便。

周之越:你订外面的地方。

赵柯宇发了个疑惑的表情包。

赵柯宇:以前我去你家你可没说过不方便啊。

赵柯宇：这什么情况，家里藏人了？
周之越懒得回他消息了。
赵柯宇还在一边脑补，一边发消息。
赵柯宇：兄弟，这我可就得说你两句。
赵柯宇：你怎么也开始学我，搞吃锅望盆那一套了？
赵柯宇：你又想约你前女友去看演出，家里又藏了别的女人，万一被哪边发现了，可有你折腾的。
周之越拿起手机看了眼，冷笑着把和赵柯宇的聊天模式设置成免打扰。

临睡前，许意没听到凯撒小帝叫她，犹豫片刻，还是推门出去找。她看见周之越坐在客厅阳台边的椅子上，好像正在接一个工作电话。通话内容都是什么程序什么代码，又是英文又是数字的，总之就是她听不懂的东西。

小猫趴在周之越腿上，闭着眼，周之越的手轻轻搭在猫的后背。阳台边上有一盏暖黄的小灯，照在他侧脸上，给整个人的轮廓打上一圈光晕，冷峻的脸也添了几分温度。

看见许意出来，周之越抬了下头，用眼神问她有什么事。

许意微摇摇头，指了指他腿上的猫。

周之越抬起一只手，示意她稍等。

许意站在原地，等了大概三分钟，看到周之越挂断电话。

她问："我要把猫抱进去吗？"

"哦。"周之越低头瞧了眼在自己腿上睡得正香的小猫，丝毫没犹豫，单手把猫拎起来，递给许意，"给你吧。"

凯撒小帝身体悬在半空，龇牙咧嘴，气鼓鼓地冲着他叫。

许意愣了下才接过："……好。"

这天睡前，她戴着耳机，躺在床上看手机，顺便复习 Chair Garden 的歌单。其中有一首歌跟他们日常的曲风不同，是偏轻松愉快的，也是许意最喜欢的歌之一，叫 *Mushroom girl*。大学的时候第一次听见，她还单曲循环了很久。

歌词有点搞怪，讲的是一个小女孩住在森林里，有天出门遇到蘑菇成了精，顶着红底白点的帽子向她问路。听着听着，许意便睡着了，梦见大学时循环播放这首歌时的一件糗事。

那时是大一下学期，她和周之越还没有真正认识，处于她在他面前频繁刷脸的阶段。

北阳大学很多专业都安排有期中考试，包括许意和周之越的专业。

通过半个学期的观察，她已经基本摸清了周之越的行动路线和常出没的地方，其中就包括他常去的自习教室——综合楼208。

学校里，喜欢周之越的女生很多，明恋暗恋者都不在少数，所以，不仅许意发现了这间教室，还有许多女同学也会有意无意来这间教室自习。

有些人也并不是真的多喜欢周之越，只是慕名来偶遇帅哥。

许意一早就过去，抢占了周之越同桌的空位。

她大概等了一个多小时，周之越才慢悠悠地走进教室。他径直走到他平时习惯坐的位子，目光没在任何人身上停留。

许意就坐在他旁边，能清晰闻见他身上的冷杉香味，不由得心跳加快。

她平复心情，戴上耳机，努力让自己进入学习状态。

当时，耳机里播放的就是 *Mushroom girl*。

她把声音开得很大，不自觉地跟随音乐晃着脑袋摇摆。

没几分钟，许意抬了下头，就发现教室里的人频频转头看着她这边。她在心里感慨，今天来围观周之越的人真的好多，而且丝毫不加掩饰。

她正准备低下头继续看书，周之越骨节分明的手伸过来，在她桌上轻敲了两下。许意顿时感觉自己魂都快丢了，心脏也像是要跳出胸腔。

然而下一秒，他声音低沉地说："你耳机没插好。"

"……你也能听见？"

"对。"

许意赶忙检查了下，发现耳机果然没插好！刚才竟然都是外放的！

她恨不得马上离开这个教室，可又舍不得好不容易占到的位子。

最后，她还是装作若无其事地把耳机插上，清清嗓子，一脸镇定地说："啊，哦，不好意思。"

转回头的一瞬间，她好像看见旁边周之越的嘴角若有似无地弯了一下。

那是周之越第一次"主动"跟她讲话，也是她第一次看见他笑。

午休时，许意打算错峰吃饭，于是在教室里待着，等第一波下课的学生差不多吃完再离开食堂。

周之越也没走，靠在椅子上，专注地看着电脑屏幕上的电路图。

直到中午十二点半，自习教室的人全都走光了，只剩下许意和周之越两人。

她虽然饿，但又没那么想走。

两人难得能在同一个空间里独处，就算不说话、不交流，她莫名想让这段时间久一点。

最后，打破沉寂的是她肚子叫的声音。安静的教室中，那"咕噜咕噜"的声音显得格外突兀。

周之越大概是听见了，微侧过头看她，声音很低："怎么不去吃饭？"

许意也许是饿得神志不清，迟疑了一瞬："你在问我吗？"

周之越笑了下："教室里还有别人吗？"

许意努力控制激动的情绪，轻声说："你不是也没去……"

周之越似是犹豫了片刻，站起身，语气懒散地说："那走吧。"

直到到了食堂，两人面对面坐下吃饭，许意才恍然意识到自己居然跟周之越一起吃饭了！

下午，两人又是坐同样的位子自习。许意鼓起勇气，主动找周之越说话，话题就是从 Chair Garden 的歌展开的。令她意想不到的是，周之越说他也喜欢这个乐队的歌。

他还准确说出了早上她不小心外放的那首歌的名字。这确实是个名气很小的小众乐队，尤其是在五年前，音乐软件上的粉丝数只有小几千。

十八岁的许意，很容易把任何事都跟缘分二字扯上关系。全世界只有小几千的粉丝，而她身边，她喜欢的人，也是这几千分之一的共同爱好者。

乍然惊醒，许意嘴角还带着笑意。她似乎记得，刚才梦的最后一个画面，就是她在自习教室跟周之越聊乐队。初次聊天时小鹿乱撞的心情，竟然从梦境带出来，保留到现在。

耳机里响起一声电量不足的提示音，列表已经循环一整遍，下首歌恰好又是 *Mushroom girl*。

轻快的旋律在漆黑的房间中竟显得有些刺耳，也提醒她，刚才的一切都是梦，是已经过去八年的往事。

许意把耳机摘了，仰躺在床上看着天花板发呆。脑中还是那首歌的曲调，久久不停，扰人心乱。不知过了多久，她正酝酿着睡意，听见隔壁房间清脆的开门声，随即是朝着厨房那边去的、刻意压低的脚步声。

大概是周之越去冰箱拿水。许意听到这动静，莫名觉得安心了些，至少不像刚从梦里醒来那样失落。

第 四 章
破冰

国庆节前的一周格外忙碌,许意每天都要见两三个客户,遇到事情多的,方案改来改去,得在客户的公司耗好几个小时。

另外,柯越的线上人才招募令发布的效果还不错,据小胡反馈,最近有不少优质人才在网上看到消息后,投简历到他们公司。

下一场校招是在北阳科技大学,这所学校的微电子科学与工程专业在国内的排名很靠前,校方也很重视,约好了给柯越安排一小时的专场宣讲会,时间在国庆节后的第二周。

北阳科技大学那边安排了许多行政老师和学生组织帮忙,柯越只需要派出宣讲的人和一个工作人员。

许意接完学校的电话,便把消息告诉了小胡。小胡回复时间没问题,具体人选等安排好后给许意答复。

连上六天班,许意本打算1号在家窝着看剧,躺尸一整天。

结果放假前一天下班,她在电梯门口遇到姜凌。

"许意,你明天是不是休假啊?"

许意点头:"对啊,明天1号,我们部门不用来公司。"

姜凌挽住她的胳膊,可怜巴巴地说:"那你明天过来一起加班好不好?有个项目着急,我们头都快想秃了,需要一些新鲜的思路。全天奶茶、零食供应,包一日三餐,来吧来吧。"

许意犹豫着问:"什么类型的项目啊?"

姜凌说:"一个奶茶和潮玩品牌的联名营销方案,其实挺有意思的!"

许意最终还是答应了,因为那个奶茶和潮玩都是她喜欢的牌子,其次,她之前没有接触过联名营销的项目。

于是,1号早上,她打着哈欠出房间,小猫也跟出来,跑到客厅阳台的架子上晒太阳。周之越房间的门关着,他大概还没睡醒。许意简单去热了点东西吃,出发去公司加班。

一直忙到晚上天黑,她犹豫之后,还是给周之越发了条消息。

许意:我来公司加班,可能稍微晚点回去,大概十点多吧。

过了会儿。

周之越：行。

下班之后，天已经完全黑了。许意到家时，推开门，看见客厅的灯只开了几盏最暗的，玄关处的灯开着。凯撒小帝趴在门口的架子上，正懒洋洋地舔毛。

屋里空调温度很低，周之越侧躺在沙发上，闭着眼，像是睡着了。

许意换了鞋，轻手轻脚地走过去。他身上只穿了短袖短裤，正对着空调，光看着都觉得冷。

许意在沙发旁站了一会儿，想到这人买走了她卖不出去的票，上周末还大半夜接她回家。她深呼吸两次，决定也当一回好心人。

许意轻轻拿起旁边的毛毯，抿着唇，弯腰把毛毯轻轻盖在周之越身上。这个距离，能看到他薄薄眼皮下的血管、精致的五官，还有纤长的睫毛……

许意正准备直起身子离开，周之越眼皮动了动，睁开眼微眯着，眼神中略有些迷茫。他看向头顶的许意，又看了看身上盖着的薄毯，眉梢微动，声音带着刚睡醒的沉哑："嗯？"

看见周之越醒了，许意飞速后退两步，和他拉开一小段距离。她来不及控制表情，眼神中难掩尴尬和紧张。

周之越半靠着沙发坐起来，把盖在身上的毯子往上扯了扯，声音又低又慢："这是什么意思？"

许意抿了下唇，故作淡定地说："哦，就举手之劳，对合租室友的一点关心。没别的意思，你别多想。"

她并不想给周之越造成什么余情未了之类的误会。

周之越盯着她看了一会儿，站起身，语气冷倦道："能多想到哪儿去？"

许意小声回道："那我就不知道了。"

她一时不知还能说些什么，扯扯嘴角，转身准备回屋。

她正要关门，身后的周之越叫住她："喂。"

许意深吸一口气，忍住不想纠正他这种"喂喂喂"的叫人方式，回头问："怎么了？"

周之越朝着门边的架子扬了扬下巴，淡声道："你忘拿猫了。"

许意转道去门口的猫爬架，把凯撒小帝抱进了屋。

时间已经不早了，但她没着急去浴室洗漱，而是抱着猫坐在床边，捏着它的小爪子发呆。

她想到跟周之越还没分手的时候，两人经常吵吵闹闹，每次都不是因为什么大事，也就是吵着玩。某种程度上，她觉得跟周之越吵架还挺有意思。但有一次，好像是因为约好看电影，他实验室临时有事放了她鸽子，那部电影是许意期待了很久的。

等周之越实验室的工作结束之后，他们因为这事吵了起来。许意最后吵不过他，加上那段时间她本就心情不太好，把旧账也翻出来，吵着吵着，就心烦意乱地提分手。她倒也没真想分，就是一句气话。

周之越听见，脸色很快就变了，不再是平时吵架时那种半开玩笑半纵容的表情。两人冷战了几天，也忘了是谁先低头，反正就稀里糊涂又和好了。

等这事过去，周之越难得严肃地跟许意说，以后吵归吵，但是别随便提分手。下次如果再提分手，他就要当真了，他这人喜欢往前看，做什么事都不会回头。所以，如果他们有一天真的分手了，那就是永远结束。

当时，许意抱着他胳膊晃了晃，说几句软话就过去了，但是心里记下了他说的这些话。

所以，毕业后，她跟周之越分手，也就再没想过他们会有任何复合的可能性。不只是因为他说过的那些话，还因为许意了解他，知道他骨子里是一个极其骄傲的人，不可能会重新喜欢上一个抛弃过、伤害过他的人。而她，随着年龄的增长，也不再如十几岁时那样拥有不计后果喜欢一个人的勇气和时间。

许意收回思绪，见凯撒小帝正在用脑袋顶她的手，想让她摸摸头。许意低头瞧了眼，轻叹一声气，继续薅它的小脑袋。

许意翌日醒来，就看见外面天色黑沉沉的。

她迷迷糊糊地下床，拉开窗帘，发现正在下雨，下得还不小。

洗漱之后，手机上收到周之越发来的消息。

周之越：准备几点出发？

许意：下午三点吧。

下着雨，上午演出的几个乐队和歌手她都不太感兴趣，没必要冒着雨看，能赶上晚上八点的 Chair Garden 就行。

过了几分钟。

周之越：行。我三点回去，你到时间直接下楼去车库。

许意输入"你出门了吗"，打完之后想了想，又删除，只回复了一个"好"。

她上午在家回了几个客户的电话，看了会儿视频，点个外卖，时间很快就过去了。

许意很久没去过音乐节这种活动了，大学的时候还热衷于此，毕业之后，头几年是没钱没时间，后两年主要是没时间，也没那个精力。

她拉开衣柜，看着清一色的纯色职场风衣服发愁。大学时，她喜欢网购各种"奇装异服"，尤其喜爱朋克或者甜辣风格的穿搭。而现在，喜好也许没变，但习惯已经变了。

许意拿出衣柜底层的一些衣服，挑来挑去，选出一件黑色的吊带和小皮裙，搭配夸张的银色挂坠。

她又打开手机看了眼天气预报，虽然下雨，但气温也有 20℃ 出头，应该也不会冷。

等换好衣服化好妆，也差不多到三点了。

许意走到门口，忽然想起外头下着雨，于是给周之越发消息。

许意：你有伞或者雨衣吗？

周之越：没有。

许意进屋，多拿了一把伞，乘电梯下到地下车库。

有一辆车窗户开了一半，露出周之越轮廓精致的侧脸。

许意拉开副驾驶的车门坐进去，听见车载音响里正在播放 Chair Garden 的歌。

周之越扫了眼她今天的穿搭，恍惚感觉穿越到了大学的时候。

他转回头，用随意的语气问："你不冷吗？"

许意摇摇头："还好吧，气温有二十多度。"

周之越没再说什么，径直发动了车子。

九里清江离长湖公园有六十多公里，他中途还去加了趟油。两人基本没什么交流，偶尔说上一句话，一问一答也就没了下文。

下午五点多，天色很阴，乌云压顶，雨也下得更大了。

他们还没下车，就有人过来敲着车窗问要不要买雨衣，五十元一件，还说进了公园里更贵。

许意摆摆手拒绝。

她和周之越各自打了一把伞进去，中间隔着老远的距离，像两个陌生人恰巧同路。

里头人也不多，大概是因为下雨，每个舞台前都只站了一小撮人。

离 Chair Garden 的演出还有两个多小时，许意侧头，随口问："你现在想去看哪个？我们各看各的，还是……"

周之越有点嫌弃附近嘈杂的环境，雨声、人声，夹杂着舞台上的歌声，闹哄哄的，他语气不太耐烦："随便。"

附近都是草地，被雨水一浇，到处都是泥。

许意今天还穿了双白色的鞋，一路走进来，鞋已经脏得不能看。

她拿出手机查今天的演出安排图，边看边告诉周之越现在哪个舞台有什么演出，等一会儿哪个舞台又有什么演出。

周之越蹙眉听着，等她说完，不甚在意地开口："都行。"

许意也放弃了，随便选了个人少的舞台，和他并肩走过去。

台上正好是"死亡金属"的演出，声音极大。他们靠近之后，有工作人员过来提醒不能打伞过去，如果需要遮雨，可以去附近的售卖点购买雨衣。

许意心里一百个无语。

周之越倒是无所谓的态度，撑着伞走去售卖点，花两百块买了两件雨衣，递了一件给许意。

许意看着那一百块钱一件的劣质塑料雨衣，咬咬牙，还是有点心疼钱。

早知道刚才就买门口五十元一件的了。

许意正准备套上雨衣,一阵狂风刮过。

中午出发时气温还有二十多度,现在最多十几度,加上小腿被溅上水,体感更冷了。

她只穿了吊带和短裙,被吹得一个冷战。

周之越瞥了眼,漫不经心地脱下身上的黑色运动外套:"你拿去穿。"

许意下意识想接过,手伸到一半,迟疑了下:"……不太好吧?"

周之越看着她已经伸在半空的手,眼底情绪不明,语气散漫道:"给你穿你就穿,回头冻感冒了,说不定还传染给我。"

许意确实挺冷,也不跟他假客气了,接过他的外套穿上。

周之越的外套对许意来说过于大,衣服上有他身上很淡的冷杉香,还有残余的体温。

被他的体温包裹,许意霎时觉得有些脸热,心跳似乎也快了些。

两人套上雨衣,戴上帽子,重新回到舞台前。

晃荡了快两个小时,终于快等到 Chair Garden 的演出。许意准备早点去他们演出的舞台前等着,可以占到一个好位置。

周围人声嘈杂,她转头看了眼周之越,扬声:"我们先过去吧,还有半个多小时就开始了。"

周之越无可无不可的态度:"哦,行。"

两人并肩走过去。到了之后,上一场乐队演出刚刚结束,观众散场,最后几乎不剩几个人。

许意这才意识到,这乐队实在太小众,虽然近几年粉丝多了些,但估计还是没什么人特地来看,他们很轻易就占到了离舞台最近的位置。

演出开始,第一首就是这乐队最火的歌,是首温柔的英文情歌。台下的人还是不多,松松散散地站着,也不像其他有名气的歌手和乐队有应援的粉丝举着旗帜或者横幅支持。

键盘手弹出第一个音时,周之越抬起头,神情比刚才认真了不少。许意听到这旋律,想起过去无数次他们分享同一副耳机听这首歌的场景——在教室、在去食堂的路上、在夜晚的床头、在校门口……

一首歌唱完,许意低着头发呆。

耳边飘来周之越低沉的声音:"在想什么?"

许意攥了下拳:"啊……我在想这个乐队的现场还挺稳的,跟手机里听的没什么差别。"

片刻,周之越"嗯"了声,神情寡淡:"确实。"

演出半个小时就结束,天已经完全黑了,雨也小了些。

许意身边站着两个女孩,大概也是 Chair Garden 的真粉丝,首首都跟着一起唱。

最后结束时,两个女孩冲着台上的主唱大喊:"老公别走!再来一首!"

她们嗓门很大,且有穿透力。这乐队主唱确实挺帅,两个人一起哄,周围的男男女女也开始朝着台上喊老公。

气氛使然,许意也跟着大家吼了一嗓子:"老公——再唱一首!"

声音刚落,她就看见周之越看她的目光凉飕飕的,像冰冻过的刀子一样。明明她和周之越现在没什么关系,她还是被这眼神看得心虚,下意识觉得自己真的做错了什么。

她挠挠头,开口解释:"……大家都这么叫的,还有男生也叫他'老公',都是开玩笑。"

周之越缓缓扯了下嘴角,淡声说:"我又没说什么。"

许意这才意识到她根本没必要解释,真就是之前在一起太久,被这人谈恋爱时的醋王属性逼出了什么后遗症。

乐队最后的返场曲目是 Mushroom girl,大概是为了掩饰自己的不自然,许意跟着音乐节奏疯狂地摇头晃脑。最后结束时,她举起手机,"唰唰唰"对着舞台十连拍。

雨已经停了,等会儿还有演出,部分观众已经离开,部分人还在原地等下场演出。

塑料雨衣穿在身上不舒服,而且太丑,许意三两下把雨衣脱了,想到一坨塑料值一百块,扔了有点舍不得,拿着又觉得没用。

周之越也把雨衣脱了,顺手把她手里的接过来,一起丢到了旁边的垃圾桶里。

许意抿唇:"啊……谢谢。"

周之越看她一眼,没说话。

许意想了想,又问:"一会儿还有几场演出。"她照着手机读出乐队的名字,"你有想看的吗?"

周之越反问:"你有吗?"

许意摇摇头:"好像没有。"

"哦。"周之越抬抬下巴,随意道,"那回去吧。"

往门口走的某个瞬间,许意突然有种错觉,就好像这场演出是周之越特地过来陪她看的一样,跟她同一时间出发,她想走时就载她一起回去。

但很快,许意就否认了这个想法。

周之越恰好跟她一样,只想看 Chair Garden 的演出,所以行动跟她一致也是很正常的事。

走到停车场,他们同时拉开车门。周之越坐进去,打开雨刮器擦玻璃,同时扫了眼许意的短裙,把空调暖风打开。

天黑加上路程远,许意有点困,但没敢在车上睡觉,害怕她睡着了周之越开车也困,一会儿疲劳驾驶出什么交通事故。于是,车子发动,许意开始想有什么话题能跟周之越聊的。

片刻后,她想到一个日常话题。

"你国庆休息几天啊?"

周之越慢悠悠道:"公司就是我的,休几天都行,怎么了?"

许意想了想,又问:"你回国之后就和赵总开了这家公司吗?"

周之越似是没想到她会找他闲聊,沉默几秒才说:"嗯,回来之前他就在安排人做前期的筹备工作了。"

许意点点头,随口评价:"赵总这人看着还挺靠谱的。"

"是吗?"周之越冷笑一声,"我没觉得。"

许意愣了愣。

一路上,有一句没一句的聊天艰难进行着。

一个多小时后,到了九里清江的地下车库。

已经快深夜十一点了,许意打了个哈欠,突然想到今晚拍的照片。

她一边上电梯,一边挑出九张照片,发了条九宫格的朋友圈,配上文案:喜欢9年,终于听到了现场!耶!

电梯到了顶层,周之越先一步下电梯,输密码开门。凯撒小帝骂骂咧咧地从客厅走到玄关,用脑袋顶了顶周之越的脚踝,又去许意脚边转圈圈。

许意换了鞋,把猫抱起来带进卧室。下了大半天雨,身上头发多少被淋到些,她打算先去洗个澡。推开浴室的门,小猫也一下就窜进去。抓出来,它又窜进去。抓出来,它还是窜进去。反复几次之后,许意拿出逗猫棒,虚晃两下,趁其不备,迅速冲进浴室,关门,凯撒小帝终于被成功隔在了浴室外面。许意听着门外不甘心的"喵喵"声,得意地弯了下唇。

她准备脱衣服,才发现周之越的外套还在自己身上。可她不想再跟小猫斗智斗勇,决定还是洗完澡再出去还给他。

许意快速冲了个澡,把头发吹干,换上干净的睡衣套装,然后先拿手机给周之越发了条消息。等了几分钟也没收到回复,她便把外套挂在胳膊上,推门出了卧室。

刚一开门,她脚步就停住,呼吸一滞!

周之越也正好从卧室出来,他也是刚洗过澡,头发还湿漉漉地垂在额前,发梢滴着水。他只有下身穿了条运动短裤,上半身什么都没穿,头发上的水珠滴到胸口,在客厅的灯光下隐隐发光。再往下,是块状分明的腹肌和清晰的人鱼线。

许意一时没反应过来,愣愣地没移开眼。都说男人上了年纪就容易发福,可周之越这身材,看着好像比五年前更好了……他身上的沐浴露香味很浓,在这一小片空气中弥漫开,和她身上浆果味的甜香迅速混在一起,既暧昧又诱人。

周之越一副完全没觉得有什么不妥的样子，侧头看过来，好半晌后，他嗓音慵懒地问："你还打算盯着我看多久？"

听见他这么问，许意才意识到自己盯着他看得好像确实有点久。不过这也不能怪她！是周之越先在客厅穿着暴露在先，被她看见也是很正常的事。再说，五年前谈恋爱的时候，她哪儿没看过……

许意感觉喉咙有些干，轻咳两声，抬起手把外套递给他："谢谢啊。我不知道你这衣服能不能机洗，还是直接还给你。"

周之越接过，把外套挂手上，去门口玄关处的架子上拿手机，又打开冰箱拿矿泉水。这么晃悠一圈，客厅里各处都飘着他身上幽幽的冷杉香味。

许意还是忍不住抬头多看了一眼。他正站在冰箱门口喝水，脖子微微仰起，喉结上下滑动，嘴角还溢出几颗水珠，看起来非常性感……

见周之越喝完水拧上瓶盖，许意迅速转身，回屋。刚才她做贼似的偷看了两眼，这会儿一闭上眼睛，居然脑子里全是周之越的画面。

许意深呼吸，正准备出去也拿瓶冰水进来，突然感觉鼻孔凉飕飕的。心里有不好的预感，她抽了纸巾一蹭，居然真的流鼻血了。

许意心里第一个想法是还好不是进屋前就流鼻血，不然被周之越看见，也太丢人了！她捏了个小纸团塞进鼻子里，安慰自己是因为北方秋天天气干燥，加上她刚洗完澡，身体水分蒸发太厉害，才会恰好流鼻血。

但这种安慰效果并不佳，许意想了想，还是打开周之越的聊天框，一本正经地打字。

许意：我们之前好像说过，不能在公共区域穿着太暴露。

许意：麻烦你以后还是注意点，穿好衣服再出卧室。

过了几分钟，周之越还是没回复。

许意盯着这聊天界面，忽然觉得自己有点欲盖弥彰，或者说是得了便宜还卖乖。

刚才她明明盯着看了那么久，后来还又偷看了一会儿。

可消息已经不能撤回。

她切出微信界面，躺在床上刷几个公告行业的自媒体账号。

又过了很久，她才收到周之越的消息，言简意赅，只有一个"OK"。

许意心里悬着的一颗石头落下。还好，他没说什么让她尴尬的话。

紧接着，收到下一条。

周之越：以后我会很注意的。

这话表面看着没什么问题，但许意盯着看了会儿，又脑补周之越说这句话的语气，硬是被她看出了"男孩子出门在外要保护好自己"的那个意思。

她正发着呆，凯撒小帝蹦跶到床上，睁着两只大眼睛看她。

许意伸手戳戳它的小肚子，抿了下唇："要不要给你也穿件衣服？"

"喵——呜呜——"一声明显的拒绝。

第二天早上，周之越起床时，许意房间的门还是关着的。他早上要去趟公司，也没吃早餐，换好衣服就过去了。

午饭后，手机响个不停。

他拿起来看，是赵柯宇、何睿和他的三人小群。

何睿：我已经到了，你俩人呢？

赵柯宇：我在家，现在出发。

何睿：不是约好三点吗？

赵柯宇：这不还有半个小时吗？

赵柯宇：没事，放心，我肯定比周之越早到。

周之越看见消息，这才想起今天有跟何睿和赵柯宇的局。

他处理完最后一点工作，关掉电脑，开车去市区的一家会所。

三个男人聚在一起，除了喝酒就是打牌。从赵柯宇订的地方来推断，今天应该是牌局。

这个时间不怎么堵车，周之越一路开车过去，到的时候是三点半。

他推开包间的门，赵柯宇的声音就传了过来："看见没，我就说肯定是我先到。"

周之越瞥赵柯宇一眼，懒得搭理。

何睿拍了下周之越的肩膀，笑着说："我们有三年没见了吧？上次还是在美国见的，还以为你不会回国来着。"

赵柯宇抢话："我原先也这么以为，没想到还是被我的人格魅力深深吸引，我一说想叫他回国一起创业，他没几天就回来了。"

周之越没出声。

寒暄了几句，三人便坐在桌前开始打牌。

赵柯宇笑着说："叫周之越打牌，就是明摆着给他送钱。"

何睿在一旁附和："对啊，我还记得上学的时候一起打牌，当时也不玩钱，我的各种游戏机、玩具啥的，都被他赢走了。"

周之越懒洋洋地靠在沙发上，毫不谦虚地吐出几个字："那是你菜。"

何睿笑了声："你这记牌的脑子，换谁跟你打都菜。"

周之越眉梢微动。

他一边抽牌，一边想到许意就是个例外。

大学时许意拉着他在家打牌，他必须得让着她，让她赢，不然输多了她会气得耍毛耍赖，跳起来掐他脖子，或者直接给他两拳，总之就是很凶。

周之越不由得拿现在的她与以前的她做对比。

现在的她跟他说话很有礼貌，或者说很客气疏离。

他仔细想了想，发现许意对不熟的人都是这种态度，熟起来之后就越发没收敛，每天叽叽喳喳、活蹦乱跳。那就证明，现在他还在许意的"不熟"名单里。

赵柯宇拿牌的手在周之越眼前晃了晃，打断他的思绪。

"干吗呢？到你了，你是在看牌还是发呆？"

周之越这才掀了下眼皮，瞧一眼桌上的牌，漫不经心地打出去一张。

打了快两个小时，聊天内容也从叙旧转到生意上，再转到感情生活。

赵柯宇先问何睿："你还跟之前那个女朋友谈着呢？"

何睿笑了下："是啊，家里给安排的，这次回国估计就打算结婚了。两年之内的事儿吧，到时候婚礼你俩来给我当伴郎啊。"

周之越懒散道："我不当。"

何睿看他一眼，习惯似的语气："这种露脸走流程的事，就知道你会拒绝。"又看向赵柯宇，"你呢？"

赵柯宇笑了："那我当然得去，不然我俩都不当，岂不是显得你太惨？"

何睿也笑了："还是你靠谱！"

听见"靠谱"两个字，周之越想到昨天在车上，许意对赵柯宇的评价也是"靠谱"。

周之越抬起下巴，多看了赵柯宇两眼。

一局牌结束，赵柯宇和何睿开始讨论晚饭去哪家餐厅吃的问题。

周之越无所谓吃什么，低头看了眼手机，发现半个小时前有一条消息。

许意：家里忽然停电了，是不是没交电费？

许意：还是跳闸了？

许意：电表在哪里？我去看看。

周之越皱了下眉，应该不是没电费，他刚搬来时让助理充了很多，这才没几个月。

周之越：等我回去看看吧。

许意：你大概什么时候回来？

许意：冰箱里有很多速冻食品，太晚的话我怕化了。

许意：而且这房子信号很差，没有Wi-Fi什么都干不了。

他刚看到最后这条消息，就发现许意把消息给撤回了，也不知道为什么。

周之越站起身，扫了眼何睿和赵柯宇，语气随意地说："我不吃了，家里有点事。"

赵柯宇和何睿对视一眼，八卦地问："周叔叔找你？他不是已经懒得管你了吗？"

周之越摁灭烟头："不是。"

赵柯宇笑着说："哦，那就是开发区那边的家。那能有什么事，你家猫没猫粮了吗？"

周之越扯扯嘴角，轻飘飘道："差不多吧。"

话毕，他关门出去。

包间里，何睿看着赵柯宇，问："他养猫了？"

赵柯宇点头："是啊，还挺宝贝的。最近晚上都不在公司加班了，赶着回家去看他家猫。"

何睿觉得有点不可思议："……看不出来啊，这反差也太大了。"

许意手机电量耗尽之前，收到周之越发来的最后一条消息。

周之越：现在回，一个多小时到。

然后，手机就自动关机了。

这会儿不到六点，天色已经有些黑了。

离开电子设备，许意还真不知道要做点什么。

在屋里转悠一圈，她还是拿出笔记本电脑，用仅存的电量看之前保存的几份广告策划。

一个半小时过去，周之越还没到。

两个小时过去，快到八点，天已经黑得差不多了，门外终于传来脚步声。

黑灯瞎火的，许意坐在客厅沙发上，只有电脑屏幕上的文档发出微弱的白光。

周之越开门，没太适应光线，打开了手机上的手电筒，声音低沉道："路上堵车。"

许意把电脑放一边，站起身："你跟我说电闸在哪里就可以的。"

昏暗的光线中，周之越看她一眼，语气散漫道："我也不知道在哪里，刚才打电话问了物业。"

许意也往门口走，准备一起出去，问："所以在哪儿？"

周之越淡声说："四楼。"

"哦。"许意就着他手电筒的光在门口换了双鞋，跟他一起乘电梯下到四楼。

找到他们这一户的电表，周之越盯着看了会儿，把闸拉上去，再拉下来。

"上去看看。"

于是，许意又跟着上楼。

打开门，到处都是一片光明，用电已经恢复。

许意略有些无语，一边换鞋，一边说："早知道我就自己打电话或者下楼去物业问一下电表在哪里。"

周之越发消息让她等他回来，她还真就等着。

不过也不能完全怪她。

之前两人一起住在学校对面那栋公寓时，家里有什么坏了、停电停水都是她等着周之越去处理。

虽然离开北阳回苏城之后，她也一个人在外面住了几年，但有周之越在身边的时候，她似乎下意识就选择依赖他。

许意觉得应该改改这个毛病，毕竟他们现在只是合租关系。不知在未来的哪一天,这种关系就会突然结束。

周之越没说话,进屋之后,径直坐在沙发上,把电视打开。

正好在播放新闻,传来字正腔圆的播音腔。

许意也没着急回卧室,坐在沙发的另一端,把手机充上电,打开了外卖软件。

她正翻着,想到旁边还坐着一个人,礼貌性地问:"对了,你吃晚饭了吗?"

周之越说:"没有。"

许意侧过头:"……我准备点外卖,要帮你一起点吗?"

"哦,好。"周之越看她一眼,懒洋洋地问,"点什么?"

许意一边翻外卖列表,一边问:"煲仔饭?"

"不吃,太干。"

"砂锅粥?"

"不吃,太淡,没味道。"

"辣螺炒粉?"

"太辣,对胃不好。"

问了十多个之后,许意忍无可忍,看着他,扯出一个"温和"的笑容:"要不然,您直接说想吃什么?"

周之越看到她的表情,站起身,清清嗓子,淡声说道:"还早,去超市买点东西,回来做吧?"

咦?

许意不太确定地问:"你做还是我做?"

周之越嘲讽般地勾了下唇,慢悠悠地问:"你做的,那能吃吗?"

许意想起五年前,她在那栋公寓的厨房试验过的多次黑暗料理,忍不住抿唇解释:"其实我也有进步……现在会炒那么一两个菜。"

当年家里出事,许父每天早出晚归开出租车还亲戚的债,许思玥正在上初中。最困难的那一年,点外卖和去外面的餐馆吃都觉得有点浪费钱,于是许意不得已多次尝试做菜,在许思玥的不断嫌弃中,终于做出了还算能吃的番茄炒蛋和清炒菜心。

周之越很轻地笑了声:"行。如果你实在想展示的话,就你来做。"

许意撇撇嘴:"那还是你做吧。"

就会番茄炒蛋和清炒菜心,倒也没到"实在想展示"的程度。

两人去了小区里的超市,一路没什么交谈。快速买完需要的东西,周之越拎着购物袋和许意一前一后回来。

周之越直接去了厨房,许意习惯性去了沙发上瘫着玩手机,等他做菜。几分钟后,她才意识到现在两人又不是男女朋友关系,她光吃什么都不做,好像不大合适。

于是,许意放下手机去厨房,站在水池旁边,看着周之越挽着衣袖洗菜。

"那个,有什么需要我帮忙的吗?"

周之越转了下头,眼神里透出几分稀奇,就好像在说:你还知道帮忙?

许意没等他说话,思忖着说:"切菜我可能不太行,不过我可以帮忙洗菜,或者择菜。"

不远处还放着一袋鱼,整条的,应该需要腌制,但许意觉得自己并不具有这个能力。

片刻后,周之越把水关上,擦干手,散漫道:"那你洗菜吧。"

许意点点头:"行。"

她挽了下袖子,接着他刚才的进度洗剩下的半篮生菜。

听见身后传来塑料袋稀里哗啦的响声,许意猜想大概是周之越在处理那条鱼。

刚洗到一半,忽然,屋里的所有灯再次熄灭。

又停电了。

外头天色已经漆黑,许意眼睛没适应突如其来的黑暗,一时间什么都看不见。

她轻声说:"好像又停电了?"

周之越回道:"嗯,下去看看吧,不行就叫物业找人来看。"

许意先把水龙头关上,在水池里甩干手,准备摸黑出去。手机刚才放在客厅的沙发上,也没法开手电,到处都黑黢黢的,一点光都没有。

开放式的厨房,水池在最里端的位置,身后就是岛台和灶台,都是有棱有角的,许意害怕撞上什么尖角,便伸开双臂,一手摸着灶台,一手摸着岛台往前走。走到一半,她右手再次离开灶台,往前挪了一段距离。

可是,这次的触感不是冰凉的台面,而是……她马上弹开手,心跳停了一拍。这个位置、这个触感、这个高度……她好像抓到了什么隐私部位。

许意愣愣地停住脚步,那一秒,语言已经快于大脑:"那个……我摸到你哪里了?"

眼睛已经有些适应黑暗,沉默的空气中,她能依稀看见周之越模糊的轮廓他就在离自己不远的地方。

半晌后,耳边传来周之越低沉又稍有些沙哑的声音:"你觉得呢?"

许意瞬间感觉脸和耳朵都很热,刚才触碰的那只手掌心也在发烫。她急忙道歉:"对不起!周围太黑了,我完全看不清,不是故意的!"

好半晌后,听见周之越沉哑的嗓音,语气中情绪不明,慢悠悠的:"这屋里不止你一个人,我也不是那么随便的人,所以,麻烦你注意一下自己的行为。"

"嗯……我会的。"

黑暗中,听见周之越的脚步声,还模糊看见他在往玄关走,许意咬咬牙,也摸黑过去,换鞋,推门出去。楼道和电梯间的灯光十分明亮,许意咬着唇跟在周之越身后。她偷偷抬头看了眼,感觉周之越的表情好像也不太自然。

电梯很快就到了，进去之后，密闭空间，静得仿佛能听见彼此的呼吸和心跳声。

周之越偏了下头，视线停在许意的脸上。电梯一层层下降，片刻后，周之越动了动唇："你的脸特别红。"

许意抬起手，用手背碰了碰，感觉确实烫得厉害："啊，可能刚才厨房那边太热了，或者什么东西过敏了，没事，一会儿就好，嗯对。"

周之越转回头，没对她这解释做任何评价。

许意也觉得自己的反应太不淡定。被摸的人又不是她，她慌什么？而且，明明隔着一条裤子……

电梯已经到了第四层，两人一前一后下去。周之越打开电表箱，发现又跳闸了。他把电闸推上去，这次没着急回去，在原地等了会儿。几分钟过去，电闸果然又跳了。

周之越给物业打了个电话，联系师傅尽快过来检查。

等他挂断电话，许意看着他问："有说维修师傅什么时候能过来吗？"

周之越淡声回道："半个小时之内。"

许意点点头："还挺快的。那我们是在这里等他过来，还是先上去？"

周之越看她一眼："上楼，他到了会联系我。"

"好。"

上楼之后，推开门，周之越把手电筒打开。

一束光照进去，许意就看见凯撒小帝蹦到了厨房的灶台上，脑袋正凑在那袋鱼旁边闻来闻去。她赶忙换鞋冲过去，把小猫抱走，弹弹它的脑门："不能乱吃东西！"

身后，周之越看着她，悄无声息地弯了下嘴角。

饭还没做好，怕一会儿凯撒小帝又趁他们不注意跳上灶台，许意先把它抱去了卧室，顺便喂一根三文鱼猫条以表安慰。

出卧室，看到周之越也没开手电，靠在沙发上看手机，许意想了想，坐在远离他的位置。手机还没充多少电，她划拉了两下就放下。呆坐着无聊，她看了眼周之越，随口问："你为什么养猫啊？"

周之越掀了下眼皮，懒散道："正巧看见宠物店，随手就买了一只。"

跟许意猜测的理由差不多。

她抱着胳膊坐了会儿，又说："感觉你工作不是特别忙，晚上下班也都不算晚，完全可以自己照顾。"

周之越静了片刻，才淡声说："有时候很忙，还会出差。"

许意点点头："这样啊。"

维修师傅来得比两人想象中要快，一番检查后，发现是电闸本身的故障，更换了新的电闸，重新接线。

再次上楼，屋里灯火通明，已经是晚上九点多。

他们还没吃晚饭，灶台上还摆着各种没处理的肉和菜。周之越洗了手，回到厨房继续处理那条鱼。许意则去水池前继续帮忙洗菜。

折腾了快一个小时，终于，晚上十点整，总算是做好了三盘菜——清蒸鲈鱼、蒜蓉生菜、小炒肉。

两人相对坐在餐桌前，顶灯光线很好，把本就不错的菜照得更加诱人。

许意眨眨眼，看向周之越："我能拍张照吗？"

周之越微扬起下巴："拍。"

拍了几张之后，正式开始这顿晚饭。

许意先尝了一口，发自内心地评价道："很好吃呢，感觉你做饭的水平有进步。"

话说完，两人都沉默一瞬。

"进步"是比较而言的，而上次她吃周之越做的菜，是五年前，他们还没分手的时候。

好半晌后，周之越淡淡地"嗯"了一声："凑合吧。"

家里装了洗碗机，吃完之后，也不用纠结谁去洗碗的问题。许意帮忙把碗收去厨房，又看着周之越收拾了灶台，便打着哈欠回了屋。坐在床上，怀里抱着凯撒小帝，她拿出手机，打开相册，看今晚周之越做的三个菜。老实说，许意已经有很多年没吃过这种品质的家常菜了。

自打五年前妈妈去世后，她好像就再没吃过。

许父做菜的水平比许意好不了多少，而且他很少会做，春节除夕都是在外面忙。

许思玥就更不用说，一中学生，升学压力大，也根本没时间给她学。

许意感觉跟周之越合租的生活其实还挺愉快的。即使他们什么关系都没有，就这么当室友住着，好像也挺不错。她看着手机上的照片，突然就想发一条朋友圈记录一下。可朋友圈好友太多，发这种一看就是在家做的两人餐，又怕别人误会，尤其怕周之越看到，误会她对他还有非分之想。

思来想去，许意还是发了张朋友圈，一张图片，配文只有一个十杯的表情包。

设置仅她自己可见。

晚上洗漱过后，正准备睡觉，许意想起一件拖了挺久的事——和周之越的租房合同到现在都没签。上周有提醒过他两次，他都是一副"有空再说"的态度。现在国庆长假，他总该有空了吧？

许意翻了个身，打开手机给他发消息。

许意：那个租房合同，我们这几天签一下吧。

周之越：哦，你想签多长时间？

许意：我都行，看你怎么方便。

反正到期了还能续签，没到期时哪方不想继续租了，一般也就是一个月房租当违约金。

周之越：查了下法律规定，最长可以签二十年。

许意看到消息愣了一瞬。

许意：那我们签几年？

周之越：二十年内都可以。

许意有点蒙，都不确定自己能不能在这儿工作二十年，不由得思忖片刻。

许意：一般都是一年一年地签，到期了之后再续约。

许意：那我们先签一年的？

周之越：OK！

许意切出聊天框之前，又提醒一遍。

许意：你记得这几天准备好合同，别又忘了，或者我去下载一个模板，改了之后打印也行。

周之越：那你下载吧，书房有打印机。

许意：好。

没想到的是，翌日，许意也并没有时间修改打印租房合同。

一大清早，她还在床上睡着，就接到前不久合作过的一个客户电话。提案已经通过了，钱都结了，她还以为是要找她沟通新的合作项目。结果，接起来之后，客户在电话里一通抱怨："我们用你们做的这个方案宣传，出来效果一点都不好，上周的销量跟没宣传的时候一模一样。我们给你们付了这么多钱，有点说不过去吧？"

许意迷迷糊糊地爬起来，摸过桌上的电脑打开，想起这客户是做扫地机器人的，当时沟通的时候，要求以他们设计的一个控制扫地机器人的 App 为主要卖点。

她也不是没劝过，告诉客户这卖点竞争力其实不强，但客户执意要这么做。

许意在电话里解释半天，对面还是在抱怨他们的 ROI（投资回报率）问题。

掰扯了半个多小时，最终两方各退一步，客户再出一笔钱，许意他们这边重新做方案，但需要尽快。

于是，挂断电话，许意急匆匆地联系策略部和创意部的人，洗漱后跑去公司加班。

出门的时候，她没看见周之越。

到公司之后，开会、重新做数据分析、再开会。

打仗似的忙到晚上十点，做出一个初步的方案，许意把电子版文件整理好，发给客户。

等待的时间，收到一条微信消息。

周之越：今天是不是到了两个快递？一个是猫零食，一个是猫粮。

周之越：你拆了之后放柜子里就行。

许意回复：啊，我今天在公司加班，现在还没回去。

周之越：哦。

许意看见这条消息，深吸一口气。

五年前，她纠正了很多遍，让周之越不要在发微信消息的时候单独发一个"哦"字，或者问号，看着真的很阴阳怪气。

当年好不容易改过来，现在又开始了。

一会儿后。

周之越：我也还在公司。

许意：我可能这几天都要晚一些回，凯撒小帝自己在家可以吗？

周之越：没事。

周之越：家里有可以移动的监控。

许意：在哪儿？怎么用？

周之越：你想看吗？

许意回了个点头的表情包。

没过多久，周之越让她注册下载一个监控品牌的App，登录之后，又跟她共享了设备。

许意点进去，启动监控，看见下方有一个控制台，像遥控小车一样，可以操纵着摄像头跑来跑去，还能控制视角。

监控摄像头在家里转了一圈，最终在沙发底下找到了凯撒小帝。

她正看着，姜凌拎着夜宵走过来，拍她一下："跟谁聊天呢，这么开心？"

许意侧头，笑了下："没有，我在看家里这只猫。"

姜凌也凑过来看了会儿："它好小啊，应该就四五个月大。这是英短银点吗？它也就现在小，等长大之后一般都会吃得很肥。"

许意："那它长大之后得控制一下食量。"

姜凌拿出烧烤跟她分享，又问："这是你家的猫，还是你合租室友的猫啊？"

许意把监控画面切出去，笑着说："合租室友的猫。"

姜凌："哇，你合租那帅哥还养猫呢？那肯定性格很温柔吧？我好喜欢温柔的。"

许意迟疑几秒，觉得周之越哪哪都跟"温柔"这个形容词挂不上号："倒也不太温柔。"

姜凌忍不住八卦："那你那室友是哪种类型啊？"

许意想了好半晌，说："大概就是……比较冷淡、比较酷，话很少，然后，边界感很强那种。"

姜凌："那我大概知道是哪种。这种也挺好的，一般就是看着冷，其实是闷骚。而且这种男生一般都不是'中央空调'，也挺好。"

许意点点头："……是挺好。"

姜凌凑近了些问:"你们住一起真啥都没发生?他是单身吗?"

许意:"是单身。"

姜凌:"那我真不理解了,长得好看的单身男女住在同一间房子里,每天低头不见抬头见,居然会什么都没发生!

"是你不喜欢他这款吗?对了,他身材怎么样?"

许意正准备开口,客户那边打来电话。许意一边听,一边拿来电脑,把修改意见都记下来。

姜凌看到那文档上密密麻麻的字,也没心思八卦了,鬼哭狼嚎地回了工位:"你把这个文件转给我吧,服了,这公司事儿可真多。"

国庆假期之后的几天,许意都在公司忙着赶扫地机器人的方案。直到假期的最后一天,客户才终于满意,没让他们继续改。

加班这些天,周之越都比她要早回家。她每天推开门,就能看见他在沙发上坐着看电视,或者抱着笔记本电脑在看什么数据或者文档。

许意都有点不好意思了,明明是她答应帮忙照顾猫,还因此少付了一半房租,结果现在她回家还更晚。

她跟周之越提了一次,他倒是一副无所谓的态度,靠在沙发上,不甚在意地说:"加班晚回家提前发消息说一声就行,反正它晚上都跟你一起睡,也不差那几个小时。"

于是,许意心理负担小了很多。

这天早上,跟客户开了提案的视频会,中午和同事吃了顿饭,许意就回了九里清江。

原本完完整整的假期,现在只剩下半天。

她推开门,发现周之越今天也在,正在书房坐着看电脑。

书房的门没关,一眼就能看到。

许意进屋换了件睡衣,逗凯撒小帝玩了一会儿,想起合同的事。

她用电脑下载了份模板,又简单改了下价格、付款方式和时间,抱着电脑去到书房,在门口敲了两下门。

周之越回了下头,神情寡淡:"门又没关,你直接进来不就行了?"

许意走进去,扫视一圈,看见书桌上的小型桌面打印机。

"那个租房合同我弄好了,用一下你的打印机。"

周之越头也没抬,看着电脑屏幕,"嗯"了一声。

许意在书柜旁边的另一把椅子上坐下,捣鼓着用电脑连打印机。

蓝牙搜到了,又让她下载什么软件,安装什么程序。

许意觉得浪费时间,看向周之越:"要不我把合同发你微信上,你帮忙打一下?"

周之越:"行,你发我。"

合同打印出来，许意先签上自己的名字，递给周之越。他扫了两眼，完全没认真看，随手翻到最后一页，大笔一挥，潦草地签下他的大名。

刚签完，周之越放在一旁的手机响了。许意余光看了一眼，来电显示的名字是"周亦行"。她对这个名字有点印象，回忆几秒，想起这个周亦行好像是周之越的亲弟弟，比他小七八岁。

许意之前没见过他。她抱着电脑和合同出去，听见周之越接电话的声音。

"说。"

"哦，什么时候？"

"我这儿还住着其他人，我问问。"

许意正准备进房间，听到周之越叫她。

她转回头："怎么了？"

周之越看着她，淡声问："你想吃螃蟹吗？"

许意眨了下眼："哪里有螃蟹？"

周之越漫不经心道："我弟，同学给他送了箱螃蟹，活的。学校也没法煮，那我叫他拿过来。"

许意："啊……他学校多远啊？会不会麻烦？"

周之越转回头，语气懒散："不麻烦，他自己也想吃，顺便的。"他又对着电话，"那你现在过来吧，我把地址发到你微信上。"

一个小时之后，门铃响了。许意正好在冰箱旁边拿水喝，过去开门，看见一个瘦瘦高高，眉眼跟周之越有两三分相似，但气质要比他阳光开朗很多的男生。

周亦行很有礼貌地点了点头："嫂子好，我是周亦行，周之越的弟弟。"

许意："啊？"

嫂子？

周之越正好从身后过来，把一次性拖鞋扔过去，冷声道："别乱叫。"

周亦行压低声音，疑惑地问："不是你女朋友？"

周之越没好气地说："谁告诉你这是我女朋友？"

周亦行把装螃蟹的箱子放地上，一边换鞋，一边说："……行吧，我还小，不懂你们这个年纪的人这种复杂的关系。不过没事，我也大概能理解，都3032年了，正常。"

许意听得一脸尴尬，赶紧解释："那个，其实不复杂，我们只是合租室友。"

周之越拎起地上的一箱螃蟹往厨房走。

周亦行已经穿好鞋，站起身，满脸迷茫地点了下头："这样啊。"

周之越转头看了眼许意："你回屋等着吧，螃蟹蒸好了叫你。"

许意点点头："好。"

厨房里只剩下周之越和周亦行两人。

周亦行实在憋不住了，小声问："啥情况啊，合租？真的假的？"

周之越一脸自然："对，合租，有什么问题吗？"

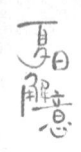

周亦行:"这房子不是你买的吗?"

周之越散漫道:"是,就不能招个合租室友了吗?"

周亦行在原地看着周之越洗了手,把箱子里的螃蟹拎出来,又从柜子里拿出蒸锅,一双双放进去,感觉十分稀奇。

从小到大,他俩明明都一样,在家有各种人伺候,啥活都不会干,没想到周之越的动作还挺熟练。

周亦行安静许久,问:"哥,你是不是开公司把手里的钱都投进去了,所以才招合租室友回血的?"

"也不至于啊,你干点啥来钱不比这个快?而且你不是还有几套房吗?或者你问爸要也行,他总不至于不给你。"

周之越蹙了下眉,有些不耐烦:"你哪来这么多话?我找个室友,还非得跟你汇报理由?"

周亦行一拍脑袋,恍然的表情:"哥,你是不是想追她啊!那你这招有点东西。牛!"

周之越瞥他一眼,不耐烦道:"你闲得没事?去找个地儿坐着,别在这里吵我。"

大概二十分钟后,许意听到敲门声,是周之越叫她去餐厅吃螃蟹。她知道周之越对螃蟹毫无兴趣,她大学时强行让他吃过一次,他又是嫌弃难剥,又是嫌弃有腥味。于是,周亦行和许意在桌边吃,周之越就坐在许意旁边的椅子上,一边喝可乐,一边看手机。

周亦行剥着螃蟹,随口说:"我想今年搬到学校外面住,宿舍太不方便了,晚上还有门禁,地方也太小。"

周之越头也懒得抬:"哦,你搬。"

周亦行撇撇嘴,看着许意说:"你看,我哥一直这样,对我的生活一点都不关心。"

许意笑了下,顺口问:"你还在上大学吗?"

周亦行:"对,今年刚大二。"

许意:"哪个学校?"

周亦行:"北阳大学,跟我哥本科读的学校一样。"

许意点点头:"那你学习还挺好的。"

周亦行笑了:"还行吧,就是比我哥当时差了点儿,不过也还算拿得出手。"

安静了几秒,周亦行又说:"哥,你上大学的时候不是在学校对面买了套公寓吗?要不我直接搬去住那套,位置也挺好。"

闻言,许意看了眼周之越。

北阳大学对面的公寓,又是大学时候买的,那应该就是当时她和周之越一起住过的那套。

那里几乎容纳了她和周之越大学时代的全部回忆。

周之越也正好看向她，又马上移开视线："不行。"

周亦行疑惑道："为什么啊？你那房子空着也是空着。不然，我也给你付房租？"

周之越看他一眼，敷衍地说："那套公寓我早就卖了。"

闻言，许意手指一顿，重重咬了下唇。公寓卖了，那……里面的东西，应该也都扔了吧。倒也没什么奇怪，都已经分手了，他也不可能留着那些他们互送过的礼物、情侣装、情侣杯、情侣牙刷……

紧接着，她又听见周亦行的声音："哥，你骗三岁小孩儿呢？

"我上周回家遇到张姨，她说每周六还去你那套公寓打扫卫生，都打扫五年了，一直空着没人住。"

周之越一愣。

也不知为何，许意听到这话感觉心脏猛然坠了一下，侧头看向周之越。

餐厅的空气凝固了好半晌，周之越才面不改色地说："哦，那我可能记错了。出国之前卖了几套，都是差不多的公寓。"

周亦行挖了一小勺蟹黄，又继续道："好吧，年纪大了记性不好也正常。"他抬头看周之越，"真的不能给我住？我就住三年！"

周之越："不能。你这么大个人了，不会自己找地方？"

周亦行撇撇嘴："行吧。哥，我发现你回国之后好像抠抠搜搜的。"

他看向许意，自来熟地称呼："姐姐，我哥收你房租吗？"

许意点了下头："当然，要不怎么能叫合租？早上刚签的合同。"

周亦行听了直摇头："啧啧，哥，你真的太夸张了，令我刮目相看。"

周之越咬咬牙。

餐桌上，周亦行安静了没几分钟，又开口："对了哥，我突然想起来，学校对面那套房子你是不是住过啊？跟你前……"

"闭嘴。你吃东西能安静点吗？"周之越忍无可忍地打断。

周亦行看了眼低着头默默剥螃蟹的许意，也意识到自己好像说错话了。

许意是周之越现在准备追的妹子，他怎么能在准现任的面前提前任呢？

他这个做弟弟的，非但没助攻，还差点拆别人的台。

但是，周亦行还是先回怼了一句："你不懂，螃蟹这种东西，就是要边聊边吃。"

见周之越没说话，好心的周亦行决定给他浅浅助攻一下。

"姐姐，你觉得我哥这个人怎么样啊？"

许意放下刚剔好的蟹肉，十分迷茫地抬起头，看了周之越一眼："挺好的啊，怎么了？"

周亦行笑了笑："我也觉得我哥特别好。虽然他很不关心我，但是我从小就打从心底崇拜他。如果让我说他的优点，我能说一天一夜不带重样的。"

周之越瞥他一眼:"你出门前吃错药了?"

许意没忍住笑,抿了下唇,问:"那你说说看?不用一天一夜,先说十条试试吧。"

沉默半晌,周亦行脸都憋绿了,艰难地伸出一根手指:"……有钱。"接着伸出第二根手指,"长得还行。"又伸出第三根手指,"智商还行。"

之后,许意等了半分钟也没等到周亦行伸出第四根手指。

他尴尬地笑了下:"我语文不好,不太擅长形容和总结。而且,我哥的大部分优点都是难以言喻的。"

许意抽了张纸巾擦手,掩面笑出声。一转头,看见周之越黑沉着一张脸,她感觉自己的笑似乎有些不合时宜,强行把扬起的嘴角压回去。

许意清清嗓子,强行安慰:"没事,语文不好,能理解。"

周亦行不敢再"助攻"了,生怕又给自己挖坑。而且,他一抬头就对上周之越冷冰冰的眼神,吃螃蟹都少了胃口。

于是,剩下的半个多小时里,餐厅十分安静。

两个人解决掉十只螃蟹,周亦行去厨房洗完手,看了眼手机上的时间:"哥,那我先回去了,学校还约了人。"

周之越淡淡地"嗯"了一声。

走到门口,周亦行又回头,试探地问:"把你那辆 Reventon 借我开两天可以吗?到时候我原封不动给你还回来。"

周之越看他片刻,拉开玄关处的抽屉,拿出一把钥匙扔给他。

"地下车库。"

周亦行拿着钥匙,喜笑颜开:"谢啦,爱你哦哥。"

"……赶紧走。"周之越满脸嫌弃,转身回餐厅收碗。

这顿螃蟹吃完,许意心里一直悬着一件事。她虽然已经大概猜到情况,但还是有点想问。回屋洗完澡,坐在离房门最近的床角,她听见客厅电视的响声。

似乎又是什么纪录片,或者新闻频道。犹豫了一会儿,许意去洗手间照照镜子,保持住一个最自然的表情,拿起手机去客厅。

周之越抬眸看了眼,闻到她身上飘来的甜甜的浆果沐浴露味,随着她距离越近,香味也越浓。

许意坐在了离他不近不远的位置上,看了眼电视,问:"我能换个台吗?"

周之越靠在沙发上,随手把遥控器扔给她:"换。"

许意接过来,象征性地调了几个台,最后停在一个放综艺节目的频道。

这是一档旅游慢综,里面有小猫小狗。凯撒小帝听见声音,从猫爬架下来,跳上沙发,趴在许意腿上,目不转睛地盯着电视屏幕。

许意薅着它背上的毛,看了会儿电视,又微微转了下头,看周之越也没在忙别的,正看着屏幕。

二十分钟过去，插播了一段广告。

趁广告时间，许意拿起手机看了几秒，又放下，装作不经意地提起："对了，学校对面那套房子……"

周之越搭在沙发上的手指一顿，沉默两秒，淡声问："怎么了？"

许意："你还没卖？"

周之越轻"嗯"了一声，别开头，似是随意的语气："应该吧，我不太记得了，今天我弟不是说了吗？"

许意咬了下唇，又顺着话题，小声问："那房子里的东西……"

她不好意思说下去了。毕竟自己理亏在先，她当年先扔下一堆东西，提分手回苏城。

周之越冷淡地说："早都扔了。"

许意垂眸："……哦。"

半分钟的时间，两人都没说话，客厅里只有综艺里的喜剧女演员发出的尖锐笑声，此时显得格外刺耳。

周之越转头看她一眼："是有什么贵重物品？"

许意僵硬地扯扯嘴角："没有，随便问问……没事，看电视吧。"

她转回头，心思更是完全没在电视上。

现在直接回房间又显得太刻意，许意拿起遥控器："那我换个台。"

周之越明显情绪不如刚才："随便。"

许意又象征性地调了几个频道，看见有个台正在播一部五年前的悬疑剧，她停了片刻，继续换台。

大四毕业前，许意拉着周之越一起追过这部剧，讲的是连环杀人案。当时还没更新完，追了一小半，周之越去忙比赛，她接到消息回苏城。之后，他们再没有机会追完这部剧。许意也没自己继续看，直到现在，她都不知道这部剧最后的凶手是谁。

周之越显然也看见了，他揉揉眉心，站起身，语气冷倦："你看吧，声音小点儿，我睡了。"

许意点点头："好。"

过了没多久，她也抱着猫，关了电视和客厅所有的灯，回房间。

这天晚上，许意失眠到很晚都没睡着。可第二天是工作日，还需要早起，她从床头的抽屉里翻出褪黑素，就着水吃了两颗，终于睡着了。

夜深，许意梦到了他们一起追悬疑剧的第一天。

她枕在周之越腿上，茶几上放着她喜欢的零食和饮料，屋里空调温度正好，旁边点着那家小众香薰店的另一款香薰蜡烛，叫"青木迷踪"。

淡淡的檀木夹杂着白茶香。

电视的音效逐渐变得恐怖，投屏的弹幕也开始刷"前方高能"。

许意翻了个身背对电视，晃晃他的手："等血腥的画面过去你叫我，然后给我形容一下。"

"……好。"

过了会儿，许意还没听到周之越叫她，便问："还吓人吗？"

周之越说："不吓人，你看吧。"

许意又在周之越腿上翻了个身，周之越垂下一只胳膊，虚揽住她的腰。

她问："刚才演的什么啊？"

周之越沉默了半天，只说刚才发现了一具尸体。再让他细说是什么样的尸体，他就说不出来了。

许意抬头瞪他："你是不是也没看？"

周之越只好坦言："看了一眼。弹幕说是分尸之后用火烤，刚我们还点了烧烤，我看了还怎么吃？"

许意低声笑，决定放过他："好吧，那这次先算了。"

周之越低头，重重地在她脑袋上揉了一把。

一集看完，烧烤还没送到。许意仰躺在他腿上，发现从这种死亡角度看，周之越的颜值还是很在线。

她眨了下眼："想亲你。"

周之越弯了下唇，声音低沉："那你先坐起来。"

许意笑嘻嘻地坐起来，很缓慢地越凑越近，表情像是调戏村花的恶霸。

周之越等了半天，也没了耐心，抬手直接去按她的后脑勺。刚碰到，家里门铃就响了。

许意这时醒来，也许是吃了褪黑素的原因，头晕得厉害，还有些心悸。

迷迷糊糊间，她还以为家里门铃真的在响。她翻了个身，跟着梦里的时间线，下意识想拍拍身边的周之越。手伸过去，拍了个空，也没听到有门铃响，反而听见枕边两声猫叫。

许意好半晌才缓过神，意识到原来刚才是在做梦。

回北阳之后，或者说住进这套房子之后，她梦到周之越的频率好像比之前要高了许多。

很多在回忆中已经淡去的片段，似乎重新变得清晰起来。

节后上班很忙，这几天，许意和周之越都是早出晚归，只每天早餐时能见一面，基本也不说话。晚上她回家时，周之越还没回，直到她快睡觉了，才听见外面窸窸窣窣有动静。也不知是不是她的错觉，自从假期最后一天晚上提到学校对面那套房子，两人之间的关系又莫名变得有些尴尬。但这周实在太忙，许意没什么精力细想，而且似乎也没什么可想的。

张芸给她安排了几个新的客户，都是琐碎的小项目，预算少，要求多。

近些年，国内广告公司都很不景气，很多大项目的甲方还要求竞标比稿，甚至不给广告公司比稿费。

整个广告行业僧多粥少，又竞争激烈，但许意也并不是很想转行，就兴趣来说，她还挺喜欢广告行业。

在她大学专业能发挥用处的同时，产出还能带点艺术色彩，看到方案效果好，心里也会很有成就感。

薪资方面，虽然都说这行的收入一年不如一年，但许意看得挺开。哪行都有不景气的时候，另外，再不景气的行业也有能赚到钱的人。她就是一打工人，又不是搞投机的资本家，其实也没太多选择。

张芸组里几个人各忙各的，每天工作时间都在东奔西跑，一个也没闲着。

周三晚上，陈句还问："许意都来这么久了，我们不是说给人家办欢迎会吗？现在都混这么熟了，还没欢迎呢。"

许意笑了下："那你给我拉个横幅也行。"

陈句："那我擅长啊，你要这么说就太好办了，我明天就能给你挂上！"

许意赶忙说："别别别，我就开个玩笑，你要真挂就是社死现场了。"

Miya在旁边笑："他还真干得出来。不过，最近确实太忙了，办公室都聚不齐人，再过段时间应该好点吧。反正我们随时准备着，都闲了就马上约！"

周五这天早上，柯越的小胡打来电话，跟许意约时间沟通北阳科技大学、苏城大学和北阳另外几所大学的校招。

苏城那边，倒是不用他们出差跑过去，联系COLY苏城办公室的同事开个视频会，对接安排一下就行。

活动执行的方案已经做好，也没什么复杂的内容，许意跟小胡约了下午在柯越开会，做简单确认。

于是下午，陈句跟许意一起，拿着电脑和材料上楼。

今天赵柯宇没在，他们路过周之越的办公室，去小会议室等。

没多久，周之越就推门进来。

他身高腿长，穿着黑色外套，里面一件深色衬衫，偏休闲的穿搭，显得有几分慵懒。

许意看向他想了想，还是觉得只能装不熟，毕竟陈句这个人型喇叭在旁边。

而且，现在两人本来也没多熟。

她连接好设备，看向周之越，礼貌地微笑："周总，节约您时间，那我们先开始了？"

"嗯。"周之越朝着投屏微扬了扬下巴。

总共没多少内容，她和陈句轮流说，半个小时左右就结束了。

周之越也没问什么，站起身，面无表情地说道："那就这样，有什么问题再跟你们联系。"

话毕，他的视线在许意和陈句脸上分别停留两秒，转身出了会议室。

等下电梯回到 COLY，陈句才长舒一口气，椅子挪到许意旁边："天哪，刚才吓死我了！"

许意喝了口水，不明所以地问："什么吓死你了？"

陈句："那个周总啊，他坐那儿盯着我，我就总觉得他要挑刺，然后劈头盖脸给我一顿骂。该说不说，他这人气场真的太强了，我跟客户提案很少这么紧张。"

许意愣了下："有吗？他刚不是挺正常的，最后也没问啥就走了？"

陈句很夸张地揉着太阳穴："那是最后才知道啊。你看见了吗？我们刚进柯越的时候，路过他办公室，他在里面骂人，我看那男生都快被他骂哭了。"

"骂人？我没注意看呢。"

"也不能算是骂人，就是训斥、批评这种，但超凶，表情就……跟我们刚开会差不多，声音好像也没有很大，但就是感觉很可怕！就是这样。"

说着，陈句板起脸，开始学刚才周之越训人的样子。

许意看了会儿，被他逗得笑出声，摆摆手："你别学了，一点都不像，你演得跟偏瘫一样。"

陈句挑了下眉："哎呀，反正差不多啦。还好我们张芸姐不这样，要不我的工作幸福指数会下降到负数。"

许意笑着转头，继续做昨天没完成的竞品数据分析。

次日是周六，策略部没拉许意去当壮丁，她睡到快中午，点好外卖才下床，洗漱之后，打着哈欠出了卧室。

书房的门没关，周之越正在里面加班。

不多时，门铃响了声，应该是外卖送达，许意过去开门。

周之越这才听见声音，回了下头。

许意拿到外卖，刚走到餐桌前，周之越拿着一个小本子从书房出来。

"凯撒小帝今天该打第三针疫苗了，你有空带它去趟宠物医院，就这个封皮上的地址。"

许意一边拆外卖，一边点头："好啊，我有空，那我吃完早饭就出门。"

早饭？

周之越看了眼时间，十一点。

他没发表什么意见，把疫苗本搁门口，回了书房。

许意吃完外卖，在客厅晃悠一圈，朝着书房扬声问："有装猫的包吗？"

周之越也没回头，漫不经心地应道："门口左边的柜子，有个航空箱。"

"噢，好。"

许意打开柜子，拿出航空箱，把藏在沙发底下的小猫用逗猫棒勾引出来，蹲下身，迅速一抓，顺利将它塞进航空箱。

她回房间，也没准备化妆，换了身舒服的运动装就出去了。

她推开门，看见周之越也已经换了身运动装，站在客厅，手里拎着她刚装好猫的航空箱。

他穿的是纯黑色的运动装，跟她身上的白色运动装款式还挺像，乍一看很像是情侣装。

许意愣了一瞬，看着他问："你也要去吗？"

周之越眉梢微动，很是自然的语气："不然呢？我有说过我不去吗？"

于是，两人并肩下了电梯。

那家宠物医院不远，就在对面小区的门口，几百米距离，也不用开车。

走在路上，许意余光看见周之越和自己的衣服，总觉得有种奇怪的错觉。

过马路等红灯时，身后有一对年轻的小情侣，女生牵着男生的手，兴奋道："你看，有猫！白色的，好小，好可爱！"

男生："等毕业之后我们有家了，我们也养一只，就养这种白色的。"

许意下意识侧头，看了眼周之越。

他目视前方，看着对面的红绿灯，没什么多余的表情。

过了马路，又前行一小段路，就到了宠物店。

跟前台核对了系统里的信息，有医生从里面出来，带着两人去诊疗室。

许意把小猫从航空箱里抱出来，放在诊疗台上。

"乖，你别动哦，就打个疫苗，很快就好。"

凯撒小帝左右看了看，迅速跳了下去，窜到医生的电脑桌上。

医生笑着问："这么不听话啊，那一会儿打针能配合吗？"

周之越："应该是不能。"

果然，把凯撒小帝抓出来之后，它还在疯狂挣扎，明明只有四个月大的一只小猫，医生一个人完全按不住它。

最后，医生无奈，又叫进来一个护士，两个人终于勉强把它控制住。

凯撒小帝水汪汪的眼睛盯着许意，脸上写满了可怜两个字。

许意看得心疼，眉头也拧成了麻花，小声说："这样会不会吓着它啊？要不今天还是别打了，这个疫苗是必须要打的吗？"

周之越语气温和了些，解释说："对，最后一针了。没事，它打前两针也这样，回家之后该怎样怎样。"

医生也劝道："要不猫咪家长出去等吧，一会儿打完了叫你们。"

许意犹豫片刻，还是点点头。

周之越也跟在她身后出去，把诊疗室的门带上。

大厅有个休息区，两人坐在沙发上等。

许意抬眸看周之越，皱着眉问："之后还要给它打针吗？看着真的好可怜。"

周之越轻"嗯"了声，回忆着说："还有一针狂犬疫苗，之后每年还要补加强针。"

许意很惊讶："啊？这么多？"

周之越："不打疫苗，生病了更麻烦。哦，再过两三个月还要给它做绝育。"

许意正准备接着问，忽然听到门口传来一道熟悉的声音。

陈句："兜兜乖，哥哥带你看医生，看完就不难受了。"

许意下意识回头，看见陈句牵着一只白色的、萌萌的小泰迪犬。

但是，她还是被吓得后退两步。

陈句也看见了许意，挥挥手："哎，你怎么也在这儿？"

说着，他就准备牵着狗过来。

许意赶紧说："你别过来啊，离我远点，我怕狗。"

陈句看了眼自家的小泰迪，笑出声："这种狗也怕啊？你不觉得它长得很像毛绒玩具吗？"

许意："可是它会动啊。"

陈句笑着，正准备说些什么，看见许意对面的周之越，笑容逐渐消失。

大约五秒后，他想起还是应该先打招呼，迅速扯出一个假笑来："啊……周总，真巧，在这儿也能见面。"

周之越没什么表情："嗯。"

陈句站在老远的地方，牵着狗等前台登记信息，转头继续跟两人寒暄。

"周总养的什么宠物啊？看不出来，原来周总也会在家养小动物。"

周之越靠在沙发上，一个字也不愿意多说的样子："猫。"

陈句又问："许意，你养的什么啊？你最近才养的吗？"

许意："……差不多吧，养的猫。"

周之越瞥她一眼，嘴角微扬了下。

这时，里面诊疗室的门开了，医生朝着外面扬声说："凯撒小帝的家长还在吗？你们可以进来了。"

周之越和许意同时站起身。

许意："在，来了来了。"

陈句眼睛越睁越大，一脸不敢相信地看着两人前后脚进了同一间诊疗室。

许意进到诊疗室，凯撒小帝已经被装进了航空箱，看见两人进来，在箱子里冲着他们"喵喵"叫，龇牙咧嘴的，好像在对刚才被打了一针这件事表示强烈不满。

医生在疫苗的小本子上贴个标签，又写上下一针狂犬疫苗的注射时间，把本子递给许意："在这儿观察半个小时，猫咪没什么异常情况就可以带它回家了。"

许意接过小本子，问："在哪里观察，在这儿还是去大厅？"

医生说："都行，现在人不多，去外面大厅也可以，在这里也行。你们自便吧，我先去看别的。"

说完，就起身出门。

许意想了想，诊疗室太小了，这么小的空间，跟周之越单独待半个小时，可能会有那么点尴尬。

她便说:"那我们出去吧。"

周之越倒也无所谓:"行。"

他们重新出了大厅,陈句已经不在前台,应该是进了那间诊疗室给他家的泰迪看病。

许意和周之越坐在同一张沙发上,中间隔着装凯撒小帝的航空箱。

许意现在坐的角度,正好能看见前台。

没多久,宠物店的大门又开了,进来一个中年男人,怀里抱着一只灰扑扑的鸭子。

许意觉得稀奇,盯着看了会儿。

男人把鸭子放在前台,这鸭子也不动、不睁眼,侧躺在那儿,看起来应该是晕倒了。

晕倒鸭?

莫名就戳中了许意的笑点,她越看越觉得好笑,最后没忍住笑出声。

周之越听见她笑,抬头看了眼,不是很理解。

"笑什么?"

许意一边压抑着笑声,一边含混不清地低声说:"来、来了只、哈哈哈、晕倒鸭。可能是今天太阳太大,晒中暑了,所以晕倒了'鸭'。"

周之越又仔细看了眼那只躺在前台的动物,听她笑了会儿,缓慢地说:"那可能不是鸭。

"是只黑天鹅。"

许意笑声渐渐止住,又盯着看了几眼,表情转为好奇:"这不就是鸭子吗?"

周之越瞥她一眼:"是天鹅。你没听过丑小鸭的故事吗?"

许意:"听肯定听过,但是没见过。感觉它也不丑啊,还挺可爱的,就是很标准的鸭的长相。"

下一秒,他们听见男人跟前台说话的声音:"你们这里的医生能给天鹅看病吗?它刚晕倒了,还有气。"

许意愣了愣。

她侧了下头,看见周之越的嘴角弯起很浅的弧度,像是那种全班唯一答对问题的得意小学生,还挺幼稚。

"你以前见过?"她心里痒痒的,忍不住想多跟周之越说两句。

周之越嘴角已经绷直,恢复了平时的表情和语气:"嗯,去年还是前年,在动物园见过。"

许意正准备再说点什么,门口进来一只巨大的拉布拉多!

这种体型……她吓得直往后躲。

周之越瞧了一眼,淡声问:"要不还是去里面等?"

好半晌，周之越也没听见回答，催促道："说话。"

许意眼神可怜，很卑微地说："万一我站起来，它看见我就过来了怎么办？"

周之越眉梢微动，站起身，嗓音低沉："不会，拴了绳的。"

他顿了顿，低头睨着她："或者，我帮你挡一下？"

许意猛点头。

诊疗室里，除了医生的位子，就只有一把椅子，她很自然地坐下。周之越靠墙站在一边，把航空箱搁在台子上。空气里有消毒水味，还能闻见他身上淡淡的冷杉香。

两人一猫，逼仄的空间，许意攥了下拳，有些局促。但她隐隐感觉，因为刚才那只"晕倒鹅"，她和周之越之间的状态好像略有些缓和。

安静了会儿，许意想到一个话题。没承想，两人几乎又是同时开口。

许意："怎么会有人养天鹅啊？"

周之越："一会儿去超市买下周的早餐吗？"

许意愣了下："你刚说什么？"

周之越把视线移开，抿了下唇，低声说："……没什么。"

"养天鹅，可能是家里有湖吧。"

许意点点头，好一会儿后，才小声问："你刚才是说，一会儿去超市？"

周之越："……嗯。"

许意："可以啊，正好冰箱里的东西也快吃完了。那先把凯撒小帝送回家，然后我们……"

忽然意识到什么，她停下来，抬头看周之越："不对，之前说好的，你帮我搬书，我顺便帮你准备两周早餐。两周已经结束了。"

周之越沉默两秒，毫无情绪地"哦"了声："那就不去了。"

许意把手指伸进航空箱，去戳小猫的鼻子，一会儿后，她犹豫着说："反正我们都得吃早餐……要不这样吧，以后我做一周，你做一周，我们轮流？"

周之越低头看她，似是随意的语气："也可以。"

许意商量着说："那下周你来？"

周之越："行。"

这半个小时过得比想象中快，走出宠物医院，许意感觉和周之越像今天这样的相处状态有点像大一那会儿，那时他们刚认识，说得上话，但还不熟。

他们把猫放回家，去到地下车库。

周之越载着她去之前逛过的那家大超市。

这次，他们不止在速冻食品和熟食区买了早餐，还去零食区也转了一圈。

周之越看见什么就拿，离开零食区时，购物车里已经堆得满满的都是零食。

许意低头，发现各种类型都有，也包含了她一直爱吃的几样相对比较"离谱"的口味。

她拿起一包，看了眼周之越。

他低头和她对视片刻："有事？"

许意举起那包零食，试探着说："这个黄瓜味薯片……"

周之越别开脸，语气寡淡："顺手拿的，不爱吃你就放回去。"

"……啊没有，我挺爱吃的。"许意摸了下鼻子。

他应该是不记得。

回家之后，许意刚换完衣服，手机就开始疯狂振动弹消息。

一点开，发现消息全都是陈句发来的。

她就猜到会这样。

陈句：我中午是瞎了吗？你和楼上那位周总养的是同一只猫？

陈句：你们是不是还穿了情侣装？

陈句：这到底是什么情况啊？我刚手机没电没法问你，我都快好奇疯了，我现在浑身上下每一个细胞都很难受！

陈句：你俩是CP吗？

陈句：啥时候的事啊？你们不是看起来挺不熟的吗？

陈句：原来你是演的！

陈句：我是不是跟你说过挺多他的坏话？都是开玩笑，不是发自内心的，真的！

许意：你想多了。

许意：不是CP，就只是养了同一只猫。

陈句：这是怎么操作的？

陈句：猫妈妈是你，猫爸爸是他，你们今天带去这只是猫孩子？

陈句：我只能想到这种情况。

许意：我跟他是合租室友。

顶上显示"对方正在输入"。

许意：可以了，你别输入了！

许意：情况就是这么个情况，我告诉你了，你别再往外说。

陈句：这么神秘？

陈句：当然，你放心，我的嘴可严了！

许意不大相信，但也只能暂时选择相信。

再者而言，也不是什么了不起的事，就算他真说了，影响也不大。

第 五 章
回暖

　　已经入秋，北阳近日来空气特别干燥，气温忽高忽低。
　　周之越给家里添了四台立式的加湿器，客厅、书房、两间卧室各放一台。效果还不错，至少早上醒来，许意感觉喉咙和鼻子都没有前段时间那么干。她是个土生土长的南方人，苏城空气湿度很大，每逢六七月还有梅雨季，呼吸时感觉像是在吸水，和北阳的湿度是两个极端。不过，她之前也在北阳上了四年大学，基本适应了这种干燥。
　　许意周一去上班，张芸把她叫去办公室，问她目前手头的工作进度。
　　许意大概汇报了一遍。
　　张芸说："最近公司接了一个挺复杂的项目，想从各部门抽调几个人，成立一个独立的团队来负责。Account 只需要一个，你和创意、策略那边对接一直挺好的，目前手里工作也不多，那就你去吧。"
　　许意点点头："好的好的，是什么项目啊？"
　　张芸："冰激凌，具体的资料一会儿发你邮箱。"
　　回到工位，许意简单收拾了一下东西，抱着常用办公用品去了旁边的一间会议室，未来的半个月，她跟新团队在这里集中办公。
　　打开电脑，她看到了新邮件。
　　是一个国内的冰激凌公司，主打健康、天然、低脂，刚刚完成 B 轮融资，计划在全国一二线城市加大范围铺设门店，同时拟采用各种形式加大宣传力度，包括在门店开业时做事件营销。
　　许意大致浏览一遍 brief，会议室陆续有人进来。
　　几个创意部和策略部的同事都是之前见过的，关系不错，姜凌也在。
　　看见许意，姜凌打了个招呼，几人先闲聊："听我领导说要来个挺牛的美术跟我们一起，刚从美莱跳槽过来的。"
　　"谁啊？"
　　"Alan，去年他做的一个海报还获奖了，我找找啊，你们肯定见过。"
　　图还没找到，会议室的门就被推开了。
　　进来一个紫头发的男人，身材偏瘦，戴了耳骨钉，就是刻板印象中，一看就是搞艺术的那类人。

许意抬头看了眼,依稀觉得这人有点眼熟。

Alan 先跟大家打了个招呼,大家寒暄说:"正在聊你呢,快来快来。"

Alan 笑着看了圈,最后视线落在许意脸上,停顿两秒:"哎,学妹?你也在做广告啊?"

许意:"……学妹?"

她好像还是没想起来。

Alan:"我啊,陈艾文,北阳大学美院的。你读大一,我读大二的时候,你去美术馆做志愿者,当时我在帮院里布展。"

又一会儿,许意终于想起来了。只是,这人那时候好像打扮得还挺朴素,画风没现在这么浮夸。而且,这个陈艾文好像短暂追过她一段时间,但她当时满心满眼都是周之越,也没太把这人当回事。

许意笑了下,礼貌地说:"想起来了,你好像变了点,刚没认出来。"

Alan 说:"那可不是,风格一直在变,说不定下周又不这样了。"

会议室里还有其他人,单聊了这么几句,就开始一起说项目的事。

清单中的工作有很多项,大家计划了一下,不想再分小组,准备整个团队合作,一项一项地来。第一个就是给每种口味的冰激凌重新设计纸杯,包括口味的名字和广告语。正好附近就有这家冰激凌的门店,姜凌叫了个外卖,每种口味都买了几盒,每个人先尝一遍再说。

于是,这一整天,许意断断续续吃了有七八盒冰激凌。到快下班的时候,她感觉小腹隐隐有些坠痛,便觉得不太妙。她生理期一直不太规律,有时隔十多天就来了,有时隔四十天也不来。所以,当年跟周之越谈恋爱的时候,虽然每次都有做措施,但她还是经常会紧张。

同事们都还在忙,许意这会儿也没什么帮得上的,便说:"我肚子不太舒服,要不我先撤了,有什么事你们线上联系我。"

"好的好的,你回吧,明天见。"

"注意身体哈。"

回到家,许意肚子已经疼得很厉害了,痛感从小腹蔓延到腰,还有大腿。其实她痛经的毛病并不算严重,除非是自己作,吃了什么冰的凉的,比如今天。

许意把包扔在玄关的柜子上,艰难地走进卧室,去箱子里翻止痛药。好不容易翻到盒子,一打开,发现里面空了,便拿出手机,在外卖软件上点了份止痛药。为了一会儿外卖能近些,她拖着虚弱的身体走到客厅,瘫在沙发上。

大约十分钟,门口传来脚步声。以为是外卖员,许意挪了下身体,正准备起身,听见输密码的声音,应该是周之越回来了。她又虚弱地躺了回去,也没什么力气玩手机,皱着眉头,看着天花板。

周之越换鞋进来,本打算去书房,半路看见像条搁浅的鱼一样瘫在沙发上的许意，薄唇微张："你在做什么？"

许意也没看他，还是躺着，有气无力地回答："等外卖。"

周之越没再多问，进书房去加班。大概又过去十分钟，门铃终于响了。

许意感觉从沙发到门口这几步路对她来说十分艰难。虚弱的状态下，她没多犹豫，朝着书房喊："周之越。"

喊完，许意才意识到，这好像是很长一段时间以来，她第一次叫他大名。

她声音不算大，但周之越听见了，在书房里应了声："怎么了？"

许意："能麻烦你帮我拿下外卖吗？"

书房里，周之越没说话，关掉电脑显示器，起身出去。到了门口，他开门，看见外卖员手上是送药的纸袋。

他接过来，一边往客厅走，一边问："你买的什么药？"

许意言简意赅："止痛药，来姨妈了，肚子疼。能顺便……帮我拿瓶水吗？常温的。"

周之越倒了杯温水过来。

许意吃了止痛药，还要等一个多小时才能起效。没什么力气回卧室，她继续躺在沙发上。

周之越也没回书房，就在旁边坐着，但也没跟她说话。安静了好半晌，他才开口，语气不太自然："很疼吗？"

"嗯。不过吃了药就好了。"许意弱弱地说，"唉，今天真不应该吃那八盒冰激凌的。"

周之越叹了口气。

等药起效这一个多小时里，周之越也一直在客厅。他先是在看手机，后来把电视打开，调了个唱歌选秀的综艺放着。

两人距离不远，许意有种错觉，有他在身边陪着，好像身体的不适感在慢慢消退。偶尔抬头看一眼，看见旁边一张精致的脸，心情都要好一些。

虽然，她也知道，这其实跟周之越半毛钱关系没有，都是止痛药的作用。

许意肚子不那么疼了，便坐起来："那我回屋躺着了。"

周之越掀起眼皮，淡淡地应了一声。

许意靠在靠枕上看手机，听见外面周之越好像出了趟门，然后又回来了。她看了几段广告视频后，卧室房门被敲了两下。

这屋里没别人，她说："进——"

抬头，看见周之越手里拿着一个陶瓷杯，凯撒小帝跟在他脚边进来，跳到床上。

周之越脸上没什么表情，把水杯放在靠近门的架子上，旁边还放了个什么小东西。

"记得喝。"

说完，他就转身关门出去，一秒都没多留。

许意从床上起来，踩着拖鞋去门口。杯子里是热的红糖水，旁边放着的是两片发热贴。

这会儿止痛药已经完全起效，许意肚子已经基本不疼了。

她端着杯子去桌前，慢慢喝完了一整杯，把两片发热贴先收到抽屉里。

想起之前谈恋爱的时候，每次生理期，都有周之越给她准备的这两件套。大概是习以为常，当时也没觉得有什么，现在看见，感受倒是跟从前不同。

许意想了想，端着空杯子出去。周之越没在客厅，也没在书房，只是他卧室的门是关着的。她把杯子洗了，又回房间。

她拿出手机，点开周之越的聊天框，犹豫着是发个"谢谢"的表情包，还是只发"谢谢"这两个字。不承想，手一抖，右手双击到自己头像。

△我拍了拍自己的头说公主万福金安。

许意一愣。

她正在长按撤回，周之越的消息就进来了。

周之越：？

许意：不小心点错了。

她斟酌了一下。

许意：红糖水，谢谢你啦！

周之越：哦。

周之越：没事。

周之越：一杯水而已。

许意看着他的回复，感觉这天可能聊不下去了。

她想了想，发了两个表情包，一个"谢谢"，一个"晚安"。

第二天早上，许意磨磨蹭蹭洗漱化好妆，从房间出来，看见周之越穿着宽松的短袖和运动短裤在厨房煎鸡蛋。

看样子还没做好，许意便拿着手机，在餐桌前坐下等。

周之越做早餐这两天，她感觉伙食好了很多。昨天有温泉蛋，还有烤过的吐司加火腿片和生菜。

不像前两周，她就是很随意地把那些预制面点热一热，再倒杯牛奶，牛奶甚至都懒得加热。

过了会儿，周之越把热好的灌汤包和煎蛋放在桌上，一人一盘，另外还给她热了杯牛奶。

因为昨晚那杯红糖水，许意现在见到他，总觉得莫名有些紧张。

她咬了一口煎蛋，低着头说："之前你一个人，也会像这样做早餐吗？"

周之越抬眸看她一眼："怎么了？"

许意迟疑着问道："那我前两周做的那种水准……是不是会拉低你的早餐质量？"

如果是的话,她可以去网上看看教程视频,想办法提升一下。
周之越眉梢微抬,语气散漫地问:"所以,你是想以后都让我来做?"
许意愣了下:"我……"
周之越扔给她六个字:"别想了,不可能。
"除非你想出一个我心甘情愿白给你做早餐的理由。"
许意懒得再说话了,在心里翻了一个大大的白眼。
本来还想着提升他的平均早餐质量。
哼,下周给他吃一周的馒头白水就榨菜!

许意去了公司,团队里的同事都还没来。
她坐在位子上,打开电脑,看昨天大家在共享文档里写的几版文案初稿。
大概是昨天其他人都熬夜加了班,许意在空无一人的会议室待了快一个小时,姜凌才打着哈欠进来。
许意:"你们昨天忙到几点啊?"
姜凌:"好像两点多吧,不过这夜也没白熬,把一半的文案弄出来了,几个美术也在做外包装的图了。本来十二点那会儿就准备散了,结果 Alan 弄出来一个贼炸裂的外包装设计稿,大家看完,再一讨论,都精神了。"
说着,姜凌就从电脑里找图给许意看。
确实很不错,颜色搭配很抢眼,整体风格年轻、活泼,图案也都画得挺有艺术感。
快到上午十点半,团队的所有人才聚齐。
COLY 并没有上班打卡的要求,尤其是创意部门,工作时间灵活自由。但大家一般都有干不完的工作,最多早上来晚点,晚上还是默认苦哈哈地加班。
陈艾文顶着一头紫毛,穿着一身很浮夸的艳色衣服,还戴了个很大的黄色闪电形状的耳钉。
许意帮忙去冲了一圈咖啡,回到会议室,跟大家一起继续昨天的工作。
忙到中午,众人传着手机点了一圈外卖。
外卖送到,许意作为一群人中相对清闲的那一个,主动提出下楼去拿。
姜凌说:"还挺多的,除了饭,还有奶茶、蛋糕啥的,要不我跟你一起去吧。"
许意看了眼她电脑屏幕上写到一半的文档,摆摆手:"没事,你忙你的。一趟拿不下我拿两趟。"
正准备出门,陈艾文叫住她:"我跟你一块儿下楼拿,正好歇歇眼睛。"
于是,两人并肩出门,一起去乘电梯。
陈艾文侧头看了许意一眼,笑着说:"昨天忙得都没时间聊。你跟大一的时候一点变化都没有,就是穿衣风格好像成熟了点。我觉得你还是像大学时那么穿更好看,反正在广告公司,穿衣自由。"

许意回道:"也懒得改回去了,就这么穿吧。你这个紫头发……还挺引人注目的,刚旁边经过的人都在看你的头发。"

陈艾文笑了两声:"那证明我染得成功啊。这是我自己染的,颜色也是自己调的,牛吧?"

许意:"……牛。"

陈艾文开玩笑般地说:"你要哪天想染头发就跟我说,我帮你染,按市场价三折收费,不满意全额退款。"

许意瞥他一眼:"那万一真不满意,我头发都毁了,全额退款有什么用?"

陈艾文笑得更大声了:"那我肯定得给你染回来啊。"

几句话的工夫,已经到了一楼。

许意和陈艾文一边闲聊一边往外走,刚到门口,就远远看见周之越和赵柯宇迎面从外边进来。

周之越的视线在许意和陈艾文脸上流转一圈,最后落在陈艾文脸上。

越走越近,许意想了想,朝着周之越点了下头。

周之越没什么表情,擦肩而过时,许意听见他轻"嗯"了声,像是被下属打招呼的领导。

出门,陈艾文问:"刚那个人也是我们公司的吗?好像没见过。"

许意随口道:"不是,他们是楼上的,是我们的甲方。"

陈艾文:"那怪不得。刚那个高个儿的男人看我的眼神就跟我欠了他百八十万一样。哎,不过怎么感觉他看着还有点眼熟?"

许意心道:当然眼熟,大一应该是见过的。当时那个什么美术馆志愿活动,周之越也在,不然她怎么会去。

周之越和赵柯宇刚出门去见了一个合作方,回到公司,赵柯宇进了周之越的办公室。

"刚那是什么情况?你前女友跟那个紫毛跑了?"

周之越瞥他:"你不会说话就别说。"

赵柯宇坐在沙发上,跷着二郎腿:"我说得没毛病啊,你没看见吗?他俩聊得可开心了,有说有笑的。还别说,你前女友笑起来还挺甜,反正她来公司找你的时候,我都没见她笑过。"

通常情况下,周之越懒得解释什么,但今天倒是悠悠开口:"那是因为她来公司找我都是正经谈工作,有笑的必要吗?"

在宠物医院,他还见到许意笑得上气不接下气,比今天跟这紫毛说话的时候可开心得多。

赵柯宇"啧啧啧"地摇头:"一直没发现,原来你这人还挺乐观。不过,你还是别安慰自己了,再乐观几天,你前女友跟那紫毛说不定去扯证了。

"不过这给了你一个很好的提示啊,你前女友现在喜欢这种调调,要不你也去染个头发?"

周之越翻了个白眼:"……滚。"

赵柯宇不理他,看着他的头发,边想边说:"但是粉的、紫的好像不太适合你啊,要不整个绿的吧?"

观察到周之越的表情,赵柯宇终于停止胡说八道,笑了笑:"对了,今晚下班去喝酒。"

周之越半秒都没犹豫:"不去。"

赵柯宇劝道:"别啊,我们多久没一块儿喝酒了?这次是何睿,他之前在北阳投的酒吧今天试营业,都是熟人局。上次打牌你就先走,这次好赖去坐会儿。"

周之越的电脑已经开机,还有一段代码没写完,他敷衍地答应下来,把赵柯宇赶出办公室。

开始工作之前,他思忖片刻,拿出手机。

微信中聊天界面的人本就不多,他很快就找到许意的聊天框。

周之越:我晚上可能会晚一点回。

另一边,许意跟同事一起吃完午饭,打开电脑,发现周之越二十分钟前发来的消息,于是随手回复。

许意:好。

下午,终于有机会发挥她这个客户岗在团队中的本职作用。

许意接到客户那边的电话,想让他们把提案的时间提前十天,或者按阶段给他们汇报进度,否则他们心里总是不踏实。

毕竟他们这种模式主要就是靠营销和广告宣传,否则一杯冰激凌怎么能卖到三四十块。

几个美术和文案的同事听到这个消息,表情痛苦,疯狂拒绝。

许意沟通了几个来回,最后结果还算能接受,提案时间提前三天,因为对方也实在有突发情况,大概是投资方的要求。

于是,众人的加班压力进一步增大,更新了计划表,把每天的工作内容多安排了一些。

许意今天没觉得有不舒服,跟着同事在会议室头脑风暴,讨论到了凌晨一点多。

夜深,大家思路都卡住了,不太有精神,决定先下班回家休息。

大晚上的,一群人顶着黑眼圈,像幽灵一样晃悠着去电梯间。

"明天咱们几点来啊?"

"几点睡醒几点来。"

"可是最后期限提前了呢。"

"管他的,我早起傻一天,来了也是干坐着发呆。"

大家你一句我一句,下了电梯。这一群人里,没人跟许意同路。

离九里清江就几百米的距离,而且一路都有路灯,马路上也还有车,倒也没什么危险的。

几人互相道了再见,许意刚走出几步,身后传来陈艾文的声音:"学妹,等等我。"

许意回头:"怎么了?"

陈艾文走近,笑着说:"我跟你一路,九里清江是吧?正好送你回去。"

中午吃饭时,大家坐在一起聊过家住哪里的问题。

附近小区不算多,听了一遍,就大致都有印象。

许意很疑惑:"你不是住在公司的东边吗?我住在公司西边,好像完全不顺路。"

陈艾文:"我想起来今晚正好要去你附近的小区找一个朋友来着,这不就顺路了。"

许意问:"这么晚?"

陈艾文:"是啊,朋友也是熬夜冠军,晚上不睡觉的那种。"

回九里清江的这条路很宽,人行道挨着灌木丛,一到秋天,全都是发了疯的虫子"嗡嗡嗡"地叫。

许意怕突然有虫子飞出来"碰瓷"她,便在自行车道上走,反正这大半夜的,也见不到几辆自行车。

陈艾文一直在身边找话题跟她聊,没走多远,马路上有一辆行驶缓慢的车引起了他的注意。

他转头看了眼:"哇,这车也太帅了,我第一次看见实物。不过,为啥开这么慢?是没油了吗?"

闻言,许意也回头看了眼。

这辆车,还挺眼熟的……

下一刻,车停到了路边,后座右侧的车窗缓缓降下来,露出周之越精致冷峻的半侧脸。他薄唇抿成一条直线,似乎心情不大好。

许意正疑惑他今天怎么没自己开车,就看见周之越蹙了下眉,声音很沉地问:"大半夜的,出来散步?"

她听到这语气,就下意识反思自己是不是做错了什么,结果还真被她反思出来一条。

今天加班晚回家,忘了提前跟周之越发消息报备。

许意不太有底气地说:"不是,我刚下班。"

果然,周之越语气凉飕飕的:"怎么没跟我说?"

许意咬了下唇:"对不起啊,我忙忘了。"

"上车。"

说完,周之越才想起她身边还跟着个莫名其妙的紫毛,路灯光照在他身上,脖子上的银链子明晃晃的,更像个杀马特。

周之越扫了他一眼，淡声问："这位是？"

陈艾文被这两人一问一答整得很迷茫，看着周之越说："我是许意的同事，你们……"

许意抢答："我们是室友。"

陈艾文笑了下："原来如此，白天好像见过一次，听说您还是我们公司的甲方。您怎么称呼？"

周之越很冷漠地道："姓周。"

陈艾文愣了愣。

许意问："不然也顺路送你一程吧，你朋友家在哪个小区？"

陈艾文很尴尬地笑了下："不用不用，也没多远，就不麻烦了。"

周之越转回头，冷笑一声，把车窗升上去。

许意："那我先走了，你自己路上小心点哈。"

陈艾文："……好，明天见。"

没再多说，许意拉开后座车门，坐在周之越身边的位子。

一上车，她就闻到一股很浓的烟酒味。

许意侧头："你喝酒了吗？"

周之越抿着唇："嗯。"

许意："怪不得说要晚回……"

周之越没说话。

几乎一眨眼的工夫，车子就开进了九里清江的地下车库。

驾驶座上是临时请来的代驾，在 App 结算之后，代驾就从后备箱里取出单车离开。

车里只剩下他们两人，顶上开了盏灯，许意就着灯光看向周之越。

"喝得多吗？"

周之越正准备开口，话在口中转了一圈，改成："挺多的。"

许意很清楚周之越的酒量，算不上差但也算不上好，就普普通通，反正肯定比不过她。

大学社团聚餐时喝过几次酒，每次都是周之越先晕。倒也不至于到断片的程度，就是单纯的晕、走不稳路。

许意便又问："那你现在头晕吗？"

周之越点点头："嗯，晕。"

她小声嘀咕："刚才在路上停车说话的时候，看着还挺正常的啊。"

周之越听清了，语气寡淡地反驳："是喝多了头晕，又不是语言功能出了问题。"

有道理。

许意拉开车门先下车，回头看了眼周之越，想到昨晚那杯"举手之劳"的红糖水，迟疑着问："那……要我扶着你上去吗？"

话一出口，她又想起前几天周之越说他不是随便的人，还让她注意自己的行为。

她马上补了句："如果你不介意的话。"

片刻后，周之越微微张口，语气还挺勉强的："不介意。"

许意："那你先下车……"

等周之越站到自己身边，许意很有礼貌地征求他的意见："我是扶你胳膊，还是让你搭一下肩？"

猜也觉得他不可能选后者，周之越比她高那么多，不然姿势就跟搂着她一样。

果然，如她所料，周之越淡声说："扶着我就行。"

许意缓慢地朝他伸出一只手。

周之越慢悠悠地提意见："是扶着我，不是让你挽着我。"

许意："……我要扶你，肯定得先挽着你啊。"

周之越："哦，那行吧。"

许意突然没那么想对他施以"举手之劳"的帮助，但出于道义，她还是双手扶着周之越的胳膊去电梯间。这短短几步路，许意就确认周之越是真喝多了，他整个人的重量几乎都撑在她手上，直往下坠，感觉快把她拽倒了。

终于，进电梯，上到顶层。

许意艰难地扶着他进屋，抽出一只手去关门。

"啊——"

突然少了一半的支撑力，门刚关上，她就被周之越的重量带得一个趔趄，快站稳，又一脚踩到门口的拖鞋，最终栽倒下去。一瞬间，许意已经做好了屁股着地的准备，突然胳膊反被握住，一股相反的力量把她拉过去。

紧接着，"咚"的一声。不到两秒的时间，还没搞清楚状况，她整个人就摔到了周之越身上。他反而成了那个垫背的。

还没来得及开灯，屋里一片漆黑，放大了其他感官，许意闻到他身上的酒味和熟悉的冷杉香，还听到他略有些沉重的呼吸声。她的手掌似乎就撑在他胸口的位置，能清晰感受到他的心跳。"扑通扑通"的，似乎和她同频，也挺快的。

许意平复了一下心情才轻声问："你没事吧？"

周之越的声音离她很近，嗓音低哑："……你先从我身上起来。"

许意赶忙站起身，感觉自己脸特别烫。门口玄关处一点光都没有，加上紧张，她没太看清，但能感觉到刚才周之越的气息离她很近，似乎是再近几厘米就能亲到的距离。

她刚站稳，准备换拖鞋，就听见了周之越的声音："你不打算把我也扶起来吗？"

她迟疑着伸出一只手，手腕被他握住。几乎是握住的同时，他借力站起来，然后很快松开手。

四周的空气重新陷入安静,黑暗中,只能依稀听见彼此的呼吸声。

片刻后,周之越抬手开了客厅的灯。许意眯了下眼,适应光线,看见他胸口的衣料有些皱,应该是刚才被她压的。

凯撒小帝从沙发上跳下来,迈着小步走到了门口,在许意和周之越脚边各绕了一圈,最后去蹭周之越的脚踝,仰着脖子朝他"喵喵"叫。

周之越低头看了眼,没说话,敷衍地伸手在它小脑袋上薅了一把,换了鞋往厨房走。

许意弯腰去掐了掐小猫的脸,一抬头,看见他四平八稳的步伐,疑惑道:"哎,你不晕了?"

周之越脚步顿了一下,沉默片刻,淡声说:"……现在好点了。"

许意挠挠头:"哦哦,那就好,恢复得蛮快的。"

周之越没说话,打开冰箱去拿水。

似是忽然想到什么,他说:"今天你那个同事,看着还挺叛逆。"

许意:"你是说发型和穿搭吗?他们搞创意的,有些人是打扮得比较有特点,这个还算在大众审美的范围之内,之前……"

她突然意识到自己话有点多,而且也不是什么有营养的内容。周之越正在喝水,背对着她,看起来对她讲的话好像也不是很感兴趣。

许意便改口:"时间不早了,那我先回屋了,你也早点休息。"

周之越拧上矿泉水瓶,转头看她,声音淡淡的:"怎么不说完?"

许意坦言道:"我看你也没在听。"

"你还能看见我的听觉?"周之越手中的水瓶转了一个圈,"话说完再走。"

许意其实也没什么说下去的心情了,语气平平地继续:"就之前在苏城上班的时候,还有个创意部的同事把头发染成一半红一半绿,然后第二个月又染成一半蓝一半黄,比他这个紫毛夸张多了。"

周之越瞥她:"你喜欢这种?"

许意被问得有些不明所以,只说:"也谈不上喜欢讨厌吧,毕竟这也不是什么重点。"

周之越已经走到自己卧室门口,轻"嗯"了一声:"知道了,回去睡吧。"

许意抱着凯撒小帝回房间,还是满脸的莫名其妙。这人果然是喝多了酒,问的什么毫无逻辑的问题。

许意洗漱之后,正准备定闹钟,想到周之越这状态,也不知道他明早能不能准时起床。

毕竟现在都快凌晨两点了,他自己就是老板,不需要按时打卡上班,也没有早起的必要。

于是,她拿出手机,找到周之越的头像。

许意:你明天还会准时起来准备早餐吗?

等了十多分钟，也没等到他的回复。

许意估摸着他大概已经睡了，把闹钟调早了半个小时。

翌日早上醒来，许意习惯性先看一眼微信。

看到周之越早上七点多回了她的消息。

周之越：为什么不会？

与此同时，她还听见了外面有脚步声。

许意打了个哈欠，重新定了二十分钟之后的闹钟，把手机扔一边，心安理得地继续睡觉。

不知过了多久，她睡得迷迷糊糊，突然听见有人敲她房间的门。

许意困倦地揉揉眼睛，还没醒过神，朝着门外哑声喊："怎么了？"

隔着一扇门，周之越的声音闷闷的："你今天不用上班？"

许意翻了个身，眯着眼睛把手机摸过来。

一看吓一跳，都已经八点半了！

印象里，她不是醒来一次，然后定了八点二十分的闹钟？

顾不上检查，她猛地一下坐起来，扬声："啊——上班，我马上起。"然后迅速去浴室洗漱，拿着手机推门出去。

坐在餐桌边，许意才想起组里那些同事到得晚，好像也不用很着急。

周之越神色清淡，坐在对面慢条斯理地吃东西，完全看不出昨晚喝醉过。

一会儿后，他喝了口咖啡，轻飘飘地说："你早上不定闹钟，是等着我叫你起床的意思？"

许意一口牛奶差点喷出来。

"当然不是！我定了闹钟的，但是不知道为啥没响。"

说着，许意把放在桌上的手机解锁，想去看看闹钟是出了什么问题。没想到，看到解锁之后的画面，她震惊住，并觉得自己脑子可能坏了——是计算器的界面，输入框里还有三位数字：8.20。

她准备定的闹钟的时间……

周之越正好在看她，余光就看见桌上手机计算器上的"8.20"，马上明白她的"闹钟"为什么没响。

许意尴尬地把手机熄屏，一抬眼，看见周之越嘴角微勾，颇有嘲笑意味，看她的眼神也像看傻子一样。

她轻咳两声，自行解释找补："嗯……我那会儿就是太困了，所以不小心点错，也挺正常的吧。"

周之越站起身："放你身上，是挺正常。"

话毕，他端着自己的盘子和杯子转身，放进洗碗机。

许意坐在桌前，撇撇嘴。

她想起大学的时候，被周之越见证或听说她干过的诸多"显得智商不太高"

的事。

在周之越面前,她的"光辉"形象早就没得救了。

早餐之后,周之越还是开车去上班。到了环金大厦,他乘电梯从负二层上楼。电梯停到一楼,外面进来几个人。

他抬眸看了眼,发现其中有许意,旁边又跟着那个紫毛,咧着嘴"叭叭叭"地说话。

周之越突然觉得这紫毛好像有点眼熟,但想不起是在哪里见过。

许意也没跟周之越打招呼,装没看见,到19层就跟紫毛有说有笑地出去了。

周之越眉心直跳,还总觉得心里堵得慌。他心不在焉地走进办公室,忽然就想起来,似乎是在北阳大学的时候见过那张脸。

依稀记得是大一时,他为了攒志愿时长,去参加了一个什么美术馆的志愿活动。当时许意也在,但他俩那时还不认识,只是眼熟。

这个紫毛……哦,当时还是黑色短发,在许意身边转来转去,最后还缠着她要微信,说有空要请她吃饭看电影啥的。

志愿活动持续了三天,那人每天都在许意身边晃悠,影响工作,也烦到包括周之越在内的其他志愿者,所以周之越对他有点印象。

周之越正回忆着,助理敲门进来,打断了他的思绪:"周总,您十分钟后有个会别忘了。"

周之越"嗯"了一声。

助理又说:"对了,远扬资本的何总想再跟您约个时间谈一下项目进度,他今天下午就有空,您看方便吗?还有工厂那边昨天晚上打电话找我,说有些问题想跟您确认,让您尽快联系一下他们。"

周之越揉揉眉心:"知道了,你安排吧。"

这一忙,就忙到了下午六点多他才有时间喘口气。

傍晚,金灿灿的夕阳照进28层的办公室。周之越从外面回来,靠在椅子上,手机振动了一下。

许意:我今天也要晚回,公司加班。

看见消息,周之越皱了下眉。

周之越:多晚?

许意:这个不一定。

许意:早的话九点十点,晚的话,凌晨两三点也有可能……

周之越盯着屏幕片刻,想到昨晚的场景。

许意跟紫毛并肩走在空无一人的小路上,有说有笑,跟情侣谈恋爱似的。

这么想着,周之越心里顿时蹿起一股无名火,在聊天框里输入几个字,又删掉,重复几次之后,他烦躁地把微信直接退出。

过了好半响,他思忖着,又打开网页浏览器。

与此同时,楼下,COLY。

许意正在会议室跟大家一起吃晚餐,桌上摆着两个KFC的全家桶,旁边还有其他店的小蛋糕和点心,以及几盒各种口味的冰激凌。

陈艾文这会儿没在,刚被领导叫走了。

姜凌拿着手机:"哇,这个创意短片做得好棒,你们看!"

一群人凑到她旁边。是一个国内芯片的宣传片,兼具艺术感与科技感,刚获得了一个国际上的奖。

姜凌看向许意:"上次你们合作的那家公司,就楼上那家,就是做芯片的吧?我突然觉得这行业好酷,以后如果他们有产品的宣传项目跟我们合作,我一定要接!"

旁边另一个女同事说:"我也要接,楼上柯越的周总长得可帅了。"

许意听着,在旁边默默吃炸鸡。

吃完一对鸡翅,旁边手机响了一声。

她拿湿巾擦干净手,解锁屏幕。

周之越:链接:/21条人命遇害,发生在北阳的无差别杀人案有多可怕?

周之越:链接:/北阳19岁女孩凌晨被害,监控录像触目惊心!

许意挨个点开。

许意:你发错人了?

周之越:没有。

周之越:正好刷到这两条新闻,转发给有需要的人。

许意迷茫地再次点开,确认了一下发布时间。

这也能叫"新"闻?

一条是2013年的,另一条是2015年的,这都过去快十年了。

许意:不是新闻,你是在什么营销号上看到的吧?

周之越没回复了。

又过了十分钟,大家开始忙活着收拾桌子,陈艾文也回来了,许意又收到消息。

周之越:如果你觉得晚上走夜路回家很危险。

周之越:我可以顺便载你回去。

周之越:因为这几天我也忙,大概率会加班到很晚。

许意:没什么危险的。

许意:我走的都是大路,而且北阳现在治安挺好的,昨晚我还看见有警察巡逻来着。

聊天框顶上,断断续续显示"对方正在输入",但最后许意也没收到新消息。

同事已经收拾好桌子,许意也收起手机,准备继续加班工作。

该说不说,五年没见,她觉得周之越这人好像变善良了,很乐于助人。
也许是年纪大了,开始相信多做好事会积德。

这天又忙到晚上一点多,昨天就睡眠不足,大家决定下班回家的时候,许意只觉得筋疲力尽、头重脚轻。
她今天穿的是皮鞋,想到一会儿还要走几百米路,突然有点抗拒。
于是,许意想起了楼上那位帅瞎眼的周总,也就是她乐于助人的好室友。
她像个废物一样瘫在椅子上,点开周之越的聊天框。
许意:你还在公司吗?
周之越:怎么了?
许意:你什么时候下班?
陈艾文坐在她身边,问:"我今天也去朋友家,一会儿跟你一块儿走吧。"
许意把手机熄屏:"今天算了,我室友也在加班,估计能捎我回去。"
陈艾文挑了下眉:"昨天遇到的那个周先生?"
许意:"对的。"
陈艾文表情凝固了下,随后马上扯出笑容,转移话题:"对了,八卦一下,学妹,你现在是单身吗?"
许意:"是啊。"
陈艾文想了想,说:"咱俩认识的时间也挺不巧的。大二那年,刚认识你没多久,我就申请国内的学校交流了,回来之后就搬去西郊校区,跟你没机会再见面。不然,咱俩现在肯定已经特熟了。"
许意心想:他就算没去什么交流,他们也不熟,她那会儿正忙着跟周之越谈恋爱呢,哪有工夫跟他熟。
但她还是礼貌地笑了下:"哦哦,这样啊。"

九里清江。
周之越在卧室,刚洗完澡吹干头发,便看到许意的消息。
他放下吹风筒,打字"要我载你回来",想了想,他又把最后一个字改掉才发送。
周之越:要我载你回去?
许意:嗯……有点不想走路。
许意:看你时间,不方便就算了。
周之越走到衣柜前,嘴角稍弯了弯。
周之越:十五分钟之后下楼吧,门口。
许意回了个"小鸭子点头"和"小鸭子鞠躬说谢谢"的表情包。
周之越很快披了件风衣,去地下车库开车,一路去到环金大厦。
到楼下时,差不多正好十五分钟。

车里有些闷,周之越下车,在路边等了一小会儿,远远看见许意出现在门口。她身边还跟着紫毛。

周之越冷哼一声,目光随着两人移动。

许意刚走出门,突然拍了下脑袋,跟紫毛说了什么,转身回去。

同时,周之越的手机振动了下,收到许意的消息。

许意:我有东西忘了拿,上去取一下。

许意:看见你了,稍等我一会儿,抱歉抱歉!

周之越:嗯。

回了消息,他掀起眼皮,看见紫毛正朝自己走过来,还像个街溜子一样跟他挥了挥手。

"周总,等人呢?"

周之越瞥过去一眼,冷淡道:"接许意回家。"

陈艾文笑着说:"这说法……显得还挺亲密。"

周之越懒得理他,站在车旁点了支烟。

见状,陈艾文也点了一支,看着周之越,说:"要不这样吧,我们还得加班一周多呢,以后也不麻烦你,我送许意回去,反正也没多远,我跟她时间一致,很方便。"

周之越:"不需要。"

他顿了顿,慢悠悠地说:"以后我每天都会接她回家。"

陈艾文笑了声:"实话跟你说吧,我准备追她。大学那会儿我就喜欢过她,现在兜兜转转,缘分还是回来了。兄弟,给个机会?"

周之越看他的眼神很是轻蔑:"别想了。"

他缓慢地说:"她不喜欢你这款。"

许意匆匆取了东西下楼,到大厦门口,看见陈艾文和周之越好像在说话。

她不禁觉得陈艾文这人真有点"社牛"属性,跟周之越这种生人勿近体质的也能聊上闲天。

走近之后,她又隐约发现这两人的表情都有些古怪,但细看又说不出究竟哪里古怪。

周之越抬眼看她,拉开副驾驶的车门:"走了,回家。"

这四个字听得许意一怔。

不知道的,还以为他们是夫妻呢。

陈艾文看着她,笑了下:"明天见啊,早上有想喝的吗?我给你带咖啡。"

许意刚迈上车坐好,正准备回头说些什么。

"砰"的一声,周之越把她这边的车门关上了。

隔着玻璃,她看见陈艾文在风中凌乱的紫色头发,还有一脸呆滞的表情。

出于对同事的尊重,许意降下车窗:"不用了,我不怎么喝咖啡。"

陈艾文扯出一丝勉强的笑容:"啊,行。"

周之越绕到另一边上车,提醒她系安全带,随后发动车子。

狭小的空间,许意闻到他身上有很淡的烟味,似乎还有那款冷杉香的沐浴露味,比平时重一些,像是刚洗过澡的味道。

周之越目视前方,片刻后,语气淡淡地说:"最近都可以顺便接你回。"

许意迟疑着问:"你也加班到这么晚?"

周之越:"嗯。"

许意想了想,说:"其实我也没有固定的加班时间,不一定每天都会到这么晚。"

周之越沉默两秒,缓缓道:"你结束给我发条消息,如果我在,就正好。"

许意抿了下唇。

最近加班工作强度大,能少走几步路确实不错。

再说今天她在微信上似乎拒绝过,现在还是"啪啪"打脸让他来接。有一次就有两次,也不算什么太麻烦他的事。

许意最终点点头:"好啊,那先谢谢你。"

周之越没说话。

几百米的路程,车子很快驶进九里清江。许意想到一个没什么营养,但又有点想问的问题。

她侧头看向周之越,试探着说:"你为什么主动说要送我回来啊?突然这么善良,我还有点不习惯。"

周之越额角连跳了好几下。

好一会儿后,他说:"看见那几条新闻,怕你太晚在外面会出事。"

许意眨了下眼,车已经开到地下车库的入口,她的心好像随着眼前这下坡一起下坠,不敢再盯着他看。

紧接着,周之越悠悠地说:"不然,我这房子可能就成了凶宅,以后转卖都成问题。"

许意好一会儿都没说出话来,等车停好,她扯出一个"礼貌"的微笑:"这你放心,我就算真变成了'阿飘',也不至于在你这房子里游荡。"

周之越解了安全带,推开车门,轻飘飘地说:"哦,但别人又不知道。"

许意觉得自己要被周之越气死了。

一路上电梯,她把头别向另一边,看都不想看他一眼。

真不明白,刚才那瞬间是怎样奇葩的脑回路,才能让她误会周之越好像对她有那么一点点超出室友关系之外的关心。

许意正气着,电梯上到顶层,周之越走去门口输密码。

手机忽然振动,她拿出来看,发现是陈艾文打来的语音通话。

也是奇怪,这么晚了,给她打语音做什么?

许意接起来:"喂,怎么了,Alan?"

周之越回头看了她一眼，目光凉飕飕的。

电话里，陈艾文说："没什么大事，刚才他们在群里说明天上午十点到就行，大家都累了，不想去太早。我看你一直没在群里说话，怕你没看见消息，白白早起。"

许意一边听一边迈进门："……啊，好的好的，谢谢啊。"

陈艾文："客气，那你早点睡哈，等忙过这段时间请你吃饭。晚安。"

许意挂了电话，一回头，看见周之越还没进屋，在玄关的架子前站着，伸出一只手指去戳凯撒小帝的鼻子。

他看向许意，片刻后，似是漫不经心地说："你这个同事好像对你还挺不一般。"

许意说："可能吧，我也不知道。不过他本来就是这种性格，对我们组里其他同事也都挺关心的。"

说完，她才想起刚才在车里说的关于"凶宅"的话，火重新冒上来，没好气地问："怎么了，跟你有关系吗？"

周之越沉默两秒，缓缓地说："没关系。只是想提醒一下，就算你想谈恋爱，至少也该认真挑挑。"

许意莫名更生气了，白他一眼，一边往房间走，一边阴阳怪气道："是哦，至少不能比周总差啊，但是像您这么优秀的人，可能不太容易找到呢。"

身后，周之越"嗯"了一声，低垂着眼睑，犹豫地说："不过，如果你……"

他才说到一半，就听见重重一声门响。

许意已经进了卧室。

周之越盯着紧闭的门看了一会儿，抿了下唇，也回了自己房间。

许意摔了门，把包扔床上，气鼓鼓地去浴室洗澡。

花洒的水"哗啦啦"冲下来，好像把她心里那股火气也浇灭了。她刚才被气得不轻，但现在想想，又觉这气生得有些莫名其妙。

"凶宅"的事倒还好，她也不是第一天知道周之越这人的说话风格——平时不爱说话，偶尔冒出一句能气死人。

也是分开太久没见面，现在许意怼他的功力大不如前，亟待练习和提高。

主要问题在于后半段。

周之越说让她之后谈恋爱要好好挑，她听了就突然特别生气，也不知道为什么。

唉，可能这两天熬夜，情绪不大好。

许意吹干头发出了浴室，想起明天不用早起，给周之越发了条消息。

许意：明早我晚些去公司，早餐不用准备我那份。

很快，收到回复。

周之越：好。

第二天，许意睡到上午九点，洗漱完从屋里出去，打算去冰箱随便找个什么东西热一热。

今天是个大晴天，阳光正好，从阳台的落地窗直直照进来，搭配暖色调的装修风格，显得整间房子都暖洋洋的。

许意走到餐厅，看见桌上放着煎好的鸡蛋和面包，旁边还留了张便利贴。

周之越的字很是龙飞凤舞，连笔连得跟鬼画符似的：不小心忘了，做多了一份，你用微波炉热一下吧。

许意好久没看见周之越写的字了，久到她已经忘了上一次是什么时候。

也许是收集癖发作，她把这张便利贴揭下来，回了趟卧室，随手从书架上抽出一本书，将其夹进中间的一页。

许意加班已经持续了一周，周之越接她下班也持续了一周。

周一这天，柯越开完每周的例会，赵柯宇跟着周之越一起进他办公室。

前两天，赵柯宇听周之越的助理说，周总已经连续好几天在公司待到凌晨。他本来还纳闷，近期公司的项目进度正常，似乎没什么事需要周之越这么加班。

结果，昨天晚上，他回公司取东西，在门口遇到许意上了周之越的车。

赵柯宇坐在沙发上，笑着调侃："可以啊，你这进度比我想象中快太多了，都开始接送人家上下班了？打算什么时候提复合？"

虽然周之越没跟他明说过，但两人从小的交情，不用周之越说，他也猜到周之越对这前女友是什么意思。

周之越看他一眼："你少管。"

赵柯宇："哦，那就是你还没打算提呗。"

赵柯宇喝了口茶，摇摇头："我猜——你是不是怕被拒绝，或者复合之后再被她甩一次？"

周之越看着电脑屏幕，没搭理他。

赵柯宇想了想，又说："我倒是觉得你还是直接提比较好，跟开盲盒似的，多刺激。她答应了，皆大欢喜；她不答应，那也是没办法的事。"

周之越语气不屑："你自己开盲盒去吧，我没这爱好。"

还"开盲盒""刺激"，怪不得他每段恋爱都不超过一个月。

赵柯宇笑了声："得，当我没说。我新谈的这个女朋友正好有个爱好……"

周之越抬起头，面无表情地指了指门的方向。

赵柯宇笑着站起身，临出门前，回头又补了句："好心奉劝你，想点别的招吧！"

正准备继续看邮件，周之越的手机响了下。

许意：今晚我不加班了，同事聚餐，结束了我就回。

周之越：哦。

楼下,COLY。

高强度加班一周多,终于把一整套方案搞定了。约定的提案时间是明天,大家打算今晚去简单吃个饭,然后早点回家洗洗睡觉,养精蓄锐。

一天下来,会议室乱糟糟的,桌上什么东西都有。

最后把提案流程过了一遍,同事们约着下楼去便利店买饮料,顺便活动活动,许意留在会议室收拾桌子。

正整理着,微信上又收到消息。

周之越:别太晚。

周之越:凯撒小帝看着有点抑郁。

周之越:可能是因为快半个月我们都没怎么在家陪它。

许意看到消息,顺手打开家里的监控。

摄像头在家转了一圈,在她房间的衣柜里看到凯撒小帝,趴在她的一件睡衣上,看着确实有点愁眉苦脸。

许意:本来也准备早点回的。

许意:六七点吧,不出意外的话,昨天就是最后一天加班。

周之越:OK!

下午五点左右,许意跟一群同事一起去了附近一家火锅店。

她不太能吃辣,大家为了迁就她,点了鸳鸯锅。

陈艾文也在,坐在她旁边的位子。

他伸了伸懒腰:"总算是忙完了,要是明天顺利通过,我得去跟老秦申请休几天假。"

姜凌笑着说道:"用不着申请,如果你没有其他要紧的事,想休多久休多久。"

陈艾文:"有是有,不过也不着急,活是永远干不完的,能拖一天是一天,最后期限是第一生产力。"

他转头,看向许意:"今晚要不要去看电影?"

许意摇头:"不看了,我回家还有事。"

听到"回家"两个字,陈艾文想起了她那位姓周的室友,挑眉问:"回家有什么意思,看一部电影又花不了多久。"

许意笑了下:"真的有事,你问问他们有没有空。"

陈艾文无声地叹了口气。

身边另一个男同事举手:"我有空啊,要不咱俩去?"

陈艾文:"……行吧。"

这顿火锅吃得挺快,大家前段时间都熬累了,没什么多余的精力闹腾。

许意从火锅店出来,径直回九里清江。

已经是深秋，最近一直在降温。北阳这个季节风很大，尤其是开发区这种比较空旷的地方。

许意把衣服拉紧了些，但脸还是被吹得有点疼。

一段路走得十分艰难，她不禁怀念之前一周，晚上有周之越载她回家的日子。马上就要入冬，许意有点纠结，要不以后早上让周之越顺路送她去公司？

晚上下班时间不一定能撞上，但他们早上出门的时间倒差不多，他车上多一个人也不多费一份油，很顺便的事。

这么想着，许意已经走到楼下，按电梯上去。

到了顶层，她一打开门，发现里面灯是亮着的。周之越正坐在沙发上，电视开着，好像是在放一部电视剧。

凯撒小帝趴在周之越身边，也睁着圆眼睛在看电视。

许意换了鞋进去，随口问："你今天也不加班？"

周之越抬了下眼："嗯。"

他顿了顿，眉头微动："你脸怎么这么红？"

许意用手摸了下脸，果然冷冰冰的。

"外面风特别大，吹的。"

周之越身子稍往前倾了倾："那怎么不叫我去接你？"

许意："那多麻烦你。"

周之越："又没多远。"

许意没着急进屋换衣服，坐在沙发上，两人中间隔着猫。

她伸手，摸了摸凯撒小帝的脑袋，试探着说："那你这么说的话，我有个不情之请。"

周之越微扬起下巴："说。"

许意看着他，说："这不是快冬天了，我在想，早上能不能蹭你的车去上班……你不方便就算了。"

周之越微微勾了下唇，缓慢地说："行，晚上下班也可以，如果时间差不多的话。"

许意睁大眼，受宠若惊："真的？"

她顿了几秒，恍然："哦，你是担心我冬天在路上冻死，你这房子成凶宅？"

周之越微愣："……那倒不是。这样的话，以后车也可以轮流开，你一周我一周。"

许意瞥他一眼："我拿到驾照就没怎么开过，万一撞了、剐了、蹭了，我可没钱赔你。"

周之越心情不错的样子："不用你赔，随便开开，能移动就行。"

许意："那可以，从明天开始？"

周之越："嗯。"

事情商量完，许意转回头，正准备回屋，看见电视上正在播放的那部电视剧，愣了好一会儿。

是那部他们五年前没看完的悬疑片，现在这段他们好像看过，应该是前几集，具体她也记不太清。

下一刻，耳边飘来周之越低沉的声音，语气稍有些不自然："你……想看电视吗？"

许意攥了下拳，心跳不受控制地变快。

她犹豫了好久，低头看着猫，小声回道："看一会儿吧。"

她感觉自己的脸要出问题了，刚才在外面被风吹得冰凉，这会儿又感觉在发烫，尤其还闻到他身上淡淡的香味。

许意站起身，轻咳一声："那个，那我先去换下衣服。"

一会儿后，她卧室的门关上，客厅只剩下周之越一个人。

他侧头看了看她刚才坐的位子。

离他还挺远，中间隔着整整一只猫的距离。

周之越思忖片刻，把凯撒小帝拎起来，给它挪到沙发角落。

许意回到卧室，背靠着门站了许久，才感觉自己的心跳稍稍恢复正常。

她快步走进洗手间，照了下镜子。

看见自己脸颊上红红的两团十分明显，也不知道是冻的还是怎么的，像是化妆时腮红涂翻车了一样。

许意看了眼洗手台上的卸妆膏，拿起来，又放下，最终莫名其妙拿起了粉饼和口红，还又补了点妆。

最后，她换了身淡黄色格纹的长袖长裤睡衣，深呼吸，推门出了卧室。

周之越还坐在沙发上，电视剧已经被暂停。

她走过去，看见凯撒小帝换了个地方趴着。它刚才似乎是在周之越旁边，现在跑去了沙发角落。

许意想了想，在凯撒小帝旁边的位子坐下。前几天忙工作，都没什么时间陪它，今天终于有了点时间。

许意伸手摸了摸它的小脑袋，又挠挠它的下巴。小猫眯着眼，舒服得发出"呼噜呼噜"的声音。

许意一抬眼，看到周之越正看着她，眉头微蹙，眼神中毫无情绪。

许意迟疑着说："可以开始看了。"

周之越沉默了半响，语气淡淡地问："你坐那儿，能看见吗？"

许意不明所以地应道："能啊，又没什么东西挡着。"

周之越转回头，面无表情地按了下遥控器。

许意看了一会儿，发现有点看不懂。

警察在调查连环杀人案，四处走访之后，找出一个嫌疑很大的中年男人，也是其中一个受害者的邻居。

这好像是中间的某一集,她有点印象,但实在不记得在这之前具体发生了什么。

她看向周之越:"这是哪一集啊?能选集吗?从第一集开始看。"

周之越静了两秒,别开头说:"这是接着我们之前看过的。"

话毕,客厅里的空气凝固了十多秒,只有电视里演员说台词的声音。

许意终于回过神,张了张口,声音很小:"你还记得?"

周之越没看她:"嗯。"

他顿了顿,补充道:"我记忆力很好。"

这么说着,他拿起遥控器,还是调到了第一集:"你不记得了,那就从头开始吧。"

第一集,许意还有点印象。

看着看着,她就开始走神,想到了很多年前他们一起看这集时的画面。

也是在沙发上,不过,那是在学校对面的那套公寓里,沙发也要比这间房子的沙发要小一些。

然后,她是躺在周之越腿上看的,不是像现在这样坐着。

过去的画面和现在有些许重叠,但大部分又不一致。

这样想着,许意感觉胸口有点闷闷的,不知道为什么,反正就是堵得慌。

她站起身,去冰箱里拿饮料,顺便问:"你要吗?"

周之越:"嗯,水就行。"

凯撒小帝也跳下沙发,跟在许意的脚边,像个小尾巴似的。

等许意拿了一瓶果汁和一瓶水回去,凯撒小帝走在她前面,先一步跳到了周之越旁边的位子。

许意想了想,也挪去那边坐,离周之越近了一些。

周之越看了她一眼,低下头,颇为温柔地摸了摸小猫的头,却不想被它咬了一口。咬得不算重,但还是挺疼,他的手指上有一个深深的牙印。

许意:"它好像不喜欢你摸它。"

周之越:"……也许吧。"

继续看剧,许意试探着朝凯撒小帝伸手,顺利地摸了好几下,没有被咬。

她没说什么,但嘴角得意地弯了一下。很快,在沙发坐了快两个小时,电视剧已经播放到了第三集。这次是在电视盒子的应用程序里看的,没有弹幕。

第三集看了快一半,许意总觉得对这部分剧情更熟悉。

过了会儿,电视的音量突然增大。

画面里,有几个挖笋的中年大妈,拿着小铁锹,好奇地打开了在山里发现的编织袋,露出一只被烤过的人类胳膊……

视觉冲击力极强,许意拧了下眉,下意识转头看向周之越:"你怎么不提醒我?你不是都记得吗?"

周之越眉梢微扬了下:"你又没说要我提醒你。"

片刻后,他缓慢地问:"需要吗?"

许意转回头,不太有底气地提出要求:"当然需要。"

周之越:"行。不过之后五六集都不会有这种镜头了。"

又看了两集,已经晚上十点多。

电视剧正播放到一个很吊人胃口的情节点,许意有点想再多看一集,但又考虑明天还要早起,很是纠结。

她看着电视,正犹豫着,随手去摸趴在旁边的凯撒小帝。没想到,她没摸到毛茸茸的猫毛,却摸到了周之越的手背,掌心清晰地感受到了他骨节的形状。

许意低头一看,他的手也正放在凯撒小帝的背上。两人都愣了下,只碰到一瞬,同时把手弹开。

这集之后的部分,许意完全没看进去,总觉得四周弥漫着一股诡异的气息。

直到电视上开始播放片尾曲,周之越转过头,表情和语气也不太自然:"还看吗?"

许意摸了下鼻子,站起身,小声说:"先不看了吧。"

周之越:"嗯,下次再看。"

许意:"好。"

她往卧室走了几步,又想起凯撒小帝还在沙发上,转身回去把它抱起来。不知道是不是她看错了,总觉得周之越的耳朵好像有点红。

他也不至于那么纯情,许意还记得第一次干啥的时候,都没见他耳朵红或是脸红。倒是她,本以为自己是调戏帅白兔的小灰狼,结果真到了那地步,自己反而成了那只小白兔,手脚都不敢乱动。

乱七八糟地想着,许意去卸妆、洗澡、刷牙,躺在床上,满脑子都是和周之越以前的事,怎么也睡不着。到了深夜,迷迷糊糊的,也不知道是几点睡着的。

早上闹钟响的时候,许意正在做梦。

梦到她点好了床头"孤岛苔原"的香薰蜡烛,关了灯,正准备和周之越做一些少儿不宜的事。

许意被闹钟吵醒时,睁开眼的第一个想法,居然是这闹钟为什么不再晚点响。随后,她马上意识到这想法很不应该,而且很危险。

这周又轮到周之越做早餐,她从床上爬起来,听到外面有吸油烟机的声音。

她迅速洗漱完,出门,早餐已经摆在餐桌上了。

两个煎包,一个溏心蛋,一碗沙拉。

许意拉开椅子坐下,低头默默拿起筷子,甚至有点不敢看周之越这张脸。

快吃完时,她想起一件事,低着头说:"对了,今天上班先不蹭你的车,我今天不去公司。"

周之越:"嗯。下班呢?"

许意想了想,说:"下班应该也不用,没啥事的话,我可能很早就回来休

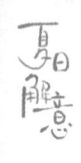

息了。"

周之越淡声道："哦，行吧。"

等一切收拾好，许意查着地铁路线，前往他们甲方那家冰激凌公司。

公司在北阳西边，离北阳大学倒是挺近。路上，许意想起来有阵子没搭理妹妹，于是发了条消息过去。

许意：我今天有事去北阳大学附近，中午一起吃顿饭？

许思玥：好啊，你想去食堂还是去外面？

许意：我不一定几点能结束，看情况吧，等我给你发消息。

许思玥：好呀，我下午第一节没课。

许意坐了一个多小时地铁，终于到了甲方的公司。

群里也收到消息，已经有几个同事到了，正在休息室等着。

许意上楼跟他们会合，等人到齐之后，把流程又过了一遍，有秘书带着他们几人去了会议室。

因为方案内容比较多，提案的时间也长，加上提问和回答，一群人在会议室里待了快两个小时。对方只提出了小部分还需要修改的细节，对其他内容都很满意，总体来说，一切还算顺利。

从公司出去时，所有人都长舒一口气。

陈艾文提议："我们去聚个餐吧，这片靠近大学城，好吃的餐厅还挺多的，而且我很熟，许意应该也熟，我们母校就在这附近。"

姜凌："行啊，讲了一上午，饿死了。"

许意说："我就不去了，我还约了人。"

陈艾文："学妹的档期可真难约，要不你看下次啥时候有空，我也排个队呗。这次约的谁？男生女生啊？"

许意半开玩笑地说："这你就别问了。之后十年的档期都排满了，现在不接受预约。"

又说了几句，几个同事开始刷点评App商量一会儿吃什么。许意打了声招呼，出发去北阳大学找许思玥，边走边发消息。

许意：我准备过去了，你看看想吃什么？

许思玥：这会儿食堂没什么东西了，出去吃吧。

于是，两人约在了学校西门门口的一家小店。许意上学的时候，这家店就开着，她还跟周之越来吃过几次。

许意先到，看到店里的装修还是和五年前一样。她找了靠窗的位子坐着等，不多时，远远看见许思玥过来。

许思玥坐到对面，放下双肩包，笑着问："你怎么有空来找我了？我还想着周末要是没事，去开发区那边找你呢。"

许意无情地拆穿："等着你想起我来，这学期说不定都过去了。"

许思玥笑了："哎呀，我实在是没时间啊。虽然这学期课不多，但是我加了三个社团，真的太忙了。"

许意问："都加了什么社团？"

有服务员拿着菜单过来，两人点完菜，许思玥说："加了话剧团，还有院学生会，还有校篮球队。"

许意蒙了："你什么时候还会打篮球了？我怎么不知道？"

明明她俩都是运动白痴，上中学时体育会考都是勉勉强强才通过的那种。

许思玥笑着解释："我加的是男篮社团，去给他们当经理。正好，姐，你给我出出主意呗，校队有个男生长得可帅了，性格也好，学校里好多女生追，是大二的学长，表白墙常驻选手，我也有点想追他。"

许意挑了下眉："有照片吗？看看。"

许思玥支支吾吾不给她看："他不自拍，都是打篮球的时候别人抓拍的，比真人丑一百倍。

"等我搞定他，我带来给你见真人。"

许意："哦，那你打算怎么搞定？"

许思玥一本正经地说："我觉得吧，他都大二了，听说大一也有好多女生追，跟他表白啥的，但是没一个成功，所以我打算循序渐进，先加了篮球队，然后去蹭他的专业课，经常去看他训练，没事干就去他宿舍楼下溜几圈。主打一个徐徐图之！"

许意抓了抓头发，无话可说。

果然是亲姐妹，追人的方式一模一样！她上大学时追周之越，不也是这个套路？

听着许思玥絮叨半天，许意也没什么可出谋划策的。

她追人的水平也就停留在大学，招数都没什么新的，用过的都已经被许思玥想到了。

一顿饭的时间，基本都听许思玥讲她的追人大计了。

快到三点，许思玥看了眼手机，惊呼："完了，上课快迟到了。"

许思玥背着书包站起身，瞥许意一眼："走了哈，等我追到帅哥叫你一起吃家属饭，你是正儿八经的家属。"

许意摆摆手："……赶紧走。"

听许思玥说了半天话，许意这会儿满脑子都是大学时代的那个自己。

无忧无虑的，做什么都很开心，遇到帅哥就跟打了鸡血似的，脑子里全是怎么追人这件事，和周之越谈恋爱之后也是，恨不得所有空闲时间都与他黏在一起。

许意起身去前台结账，坐地铁回九里清江。

许意下午四点多就到家了，意料之内，周之越还没回家。

她看了眼工作群的消息，大家在群里商量说今天先休息一天，明天就去公司把甲方提的需要修改的部分处理完，省得拖着麻烦。

于是，她趁着今天还有空，回房间去收拾衣服。

今天又降温了，她把冬天的衣服从收纳箱里拿出来，又把夏天的衣服都收回去。

正整理着，张芸打来语音，说她之前负责的项目临时出了点问题，让她回公司一趟。

许意叹了声气，把衣服扔一边，套了件毛呢大衣出门。

到公司之后，她直接去张芸办公室，客户也在。

是一个玩具厂的项目，客户觉得沟通有问题，方案没达到预期，想退钱。

掰扯了好久，终于把客户打发走。

已经六点多，张芸说："没啥事了，下班吧。"

许意如释重负地点点头。

下了电梯，许意刚走到门口，大风扑面而来，差点把她吹到晕厥。

许意没打算跟自己过不去，退回去，拿出手机给周之越发消息。

许意：你什么时候下班？我也在公司。

许意：能蹭车吗？外面风巨大……

大概等了十分钟，她才收到回复。

周之越：在开会，可能还要半个小时结束。

周之越：上楼等我，结束发消息给你。

许意回了个"小鸭子点头说谢谢"的表情包，然后重新乘电梯上楼，回到工位，玩了会儿手机上的小游戏。没到半个小时，就收到周之越的消息。

周之越：走吧。

周之越：地下车库，C018车位。

许意便背上包准备下楼。

她在电梯里就遇到了周之越，还有他公司的人，在旁边聊什么程序什么样品。

周之越没参与话题，看到许意上电梯，往前迈了一步。

他低头，把车钥匙扔她手里，简短道："你开。"

许意一愣。

旁边，他公司的员工听到这两个字，停止交谈，电梯里顿时安静下来。

有个员工大着胆子看向周之越："周总，这位是？"

旁边一个更大胆的员工马上接话："老板娘？"

许意一脸尴尬，正准备否认，周之越先开口了，语气冷冷的："还有精神管闲事，看来是工作不够忙。明晚之前把时序检查报告交给我。"

两个员工瞬间噤声。

到了地下车库，许意和周之越一前一后去到C018停车位。

许意是真没开车上过几次路，更别提开这么贵的车。

临到驾驶位门口，她还是有点发怵："要不以后还是都你来开……我可以给你付拼车费。"

每天一块钱的那种。

周之越看她一眼，声音有些疲惫："我又不是开顺风车的。"

他拉开副驾驶的车门："开一天会，累了，你开。"

许意只好上车，问了他一些基本操作，系上安全带，硬着头皮发动车子，身子挺得老直，眼神中全是紧张。

这个时间有点堵车，没承想，刚开出地下车库，周之越就开始懒洋洋地提意见："你把旁边那辆超了。

"太慢了，你看到了吗，旁边送外卖的都比你速度快。

"准备变道。

"这红灯本来能过去的。

"你松油门就行，不用踩刹车。"

感觉身边坐了个毛病很多的驾校教练，许意感觉脑袋"嗡嗡"的，深吸一口气，终于忍无可忍，叫他的大名："周之越。"

周之越侧头看她，心情不错的语气："嗯？怎么了？"

"闭嘴。"

开了这一小段路，虽然后半段周之越已经消停了，但许意憋的一肚子火还是没消下去。

直到车子停进九里清江的地下车库，许意一边解安全带，一边气鼓鼓地说："以后都你自己开车。如果你一定要跟我轮着来，那我还是走路上下班。"

几百米的路，怎么也冻不死人。人活一口气，这车她大不了就不蹭了！

下车，许意把钥匙扔给周之越，板着一张脸，快步走去电梯间。

等电梯的时候，她听见身后飘来周之越的声音："那就我开。你这驾驶技术确实有点差。"

许意被气笑了："还不是你非让我开？行，那从明天开始我继续走路上班。"

"叮"的一声，电梯到了。

许意先一步上电梯，撇开头不去看周之越。

电梯里很安静，直到停到顶层，周之越才开口："不用你走路。"

他顿了顿，低声继续说："多一个人也不多，又顺路，我载你就好。"

许意这才转过头看他。

周之越正在输密码，薄唇轻抿着，像是从前吵架惹她生气时的表情。

他下颌、鼻梁、眉骨的线条十分精致完美，肤色被楼道的顶灯映得更加冷白。

/ 137 /

许意肚子里的火突然就消了不少。以前谈恋爱的时候也是，每次因为小事吵架，她开始都挺生气，只要后来看见这张脸，就有点气不起来了。

门开了，许意先进门，低着头说："那行，确定哦？"

周之越眉头舒展开："嗯。"

凯撒小帝从猫爬架上跳下来，周之越摸了摸它的头，问："继续看昨天的电视吗？"

许意进屋，想了想，说："等等吧，我先去收拾衣服，等收好了就看。"

周之越点头："好。"

她先回了房间，关上门。床上还堆着她下午收到一半的衣服，乱七八糟的。

衣帽间的空间很足，许意把毛衣、卫衣之类的都拿出来，把短袖短裤和薄些的裙子挂去靠后的位置。

准备再挂冬天的衣服时，她才发现好几件卫衣在箱子里压久了，上面全是折痕，秋衣也都有股存放久了的味道。

许意查了下天气预报，明天最低温度已经是个位数，她便先抱着几件卫衣和秋衣去阳台。

把衣服塞进洗衣机，倒上洗衣液，随后按了好几次启动键，洗衣机都是"嗡嗡"一下就没了动静，电子屏显示一条横线。

许意确认了洗衣机门是好的，后边连的水管也没有松动。

她推门出去。

周之越大概是刚换完衣服，穿着居家的短袖短裤，坐在沙发上看笔记本电脑。电视已经打开，暂停在昨天看的接下来那一集的开头。

听见声音，他抬起头："收完了？"

许意站在房间门口，说："还没。我房间的洗衣机好像坏了，按了启动键也没反应。"

周之越看着她："要我帮你看看？"

许意点点头。

他一迈进门，就闻到了空气中那股甜甜的浆果味，跟她身上的味道一样，只不过房间里的要更浓一些。

周之越目不斜视地走去阳台，也捣鼓了两下，后来又把插座拔了，重新插上，还是没反应。

他也不耐烦自己做修家电这种事，淡淡道："改天有空找人来修吧。"

许意说："……可是我着急穿这些衣服。"

周之越："那先用我房间的洗衣机。"

许意迟疑着问："方便吗？"

周之越："这有什么不方便？"

"那行。"

说完，许意准备去衣帽间拿个脏衣篮，刚走了两步，注意到自己枕头上放着件藕粉色的内衣,刚进门时都没发现!

许意快步走到床头,又突然觉得自己这行为很是欲盖弥彰,说不定周之越本来也没看见。

可是都已经过来了,她只能硬着头皮把被子往上拉了拉,盖住那件内衣。

也不知道周之越看没看见。

许意回了下头,轻咳一声:"那我现在把衣服拿过去吧……"

周之越已经在往门口走,转头看她一眼:"可以,你直接进去就行,洗衣机也在阳台。"

许意稍微观察了一下,他表情没什么异常,那应该是没看见。

等许意抱着脏衣篮出去时,周之越又坐回沙发上看电脑,卧室门是开着的。

她走进去,看见他房间的布局陈设跟自己那间差不多,大小也差不多,只是床上用品是浅灰色的,东西也要少很多,看起来干净整洁。

阳台上晾了几件衣服,都是他平时在家穿的短袖,清一色的黑白灰。

许意没打算多逗留,把洗衣机启动之后,就快步出去,把门也带上了。

客厅里,还是跟昨天相同的画面。

周之越坐在靠里些的位子,凯撒小帝趴在他旁边,满眼好奇地盯着电脑屏幕。

许意走过去,坐在昨天的位子,把凯撒小帝抱起来放在腿上。

"开始吧。"

周之越合上电脑放一边,按了下电视遥控器。

这集的剧情许意也大概有印象,看到一半,她侧头偷偷看了眼周之越。

他靠在沙发上,姿态很是慵懒。

许意突然觉得现在这样的日子特别好,晚上下班看看电视,还有小猫和周之越陪着。

只是不知道这种生活能持续多久。不管多久,反正总有一天会结束,也许是他有了女朋友的时候,也许是哪天他换工作地点的时候。

这么想着,许意莫名感觉有些失落。

她转回头,过了会儿,似是随意地开口:"周之越。"

"嗯?"

许意犹豫着问:"你会在这里住多久啊?"

周之越:"看情况吧,怎么了?"

许意小声道:"没事,就随便问问。"

下一集开始不久,卧室的洗衣机就传来"嘀嘀嘀"的响声。

许意站起身:"衣服洗好了,我去晾。"

进了周之越的房间,走到阳台,她蹲下身,打开洗衣机的门,心不在焉地把衣服一件件拿出来,放进篮子里。

她站起来,一转身,眼前投下一片阴影,一股冷杉香扑面而来。

不知道周之越什么时候进来的,就这么悄无声息地站在她身后。

许意抱着篮子后退一步,心跳比刚才快了些:"你怎么也过来了?"

周之越低头看着她,眉梢微动,淡声问:"要帮忙吗?"

许意:"……不用不用。"

这会儿天已经黑了,阳台有一整面的落地窗,窗外是一轮圆圆的月亮。

阳台没开灯,只有月光斜斜照进来,薄纱似的笼在两人身上。

昏暗的环境中,四目对视,有一种不合时宜的旖旎氛围。

许意正准备转头出去,周之越抬起手,微凉的指尖触碰到她的脖子,然后,很轻地扯了下她颈侧的衣料。

"啊?"

周之越移开视线看窗外,声音低低地说:"领子歪了。"

"哦哦,谢谢。"

许意感觉自己心跳特别重,"扑通扑通"的,像击鼓似的。

她不敢再抬头看周之越,抱着篮子,头也不回地走回自己房间。

等衣服晾完,她还是觉得状态没有恢复,刚才被他碰过的颈侧现在还隐隐有点痒。

许意深呼吸好几次,感觉今晚这电视是看不下去了。

也真是奇怪。

一定是因为周之越这张脸,任谁跟他住在一起,还被近距离碰一下脖子,都会感觉很不对劲吧?

许意纠结了几秒,拿出手机给周之越发了条消息。

许意:今天先不看了,有点困。

很快收到回复。

周之越:行。

第 六 章
升温

许意他们的冰激凌合作项目终于结束,下午跟那家公司开了视频会,把上次提案时的几处修改确认了。

团队所有人长舒一口气,开始约着晚上一起吃个饭,然后找个地方喝两杯,就当是庆功宴。

姜凌提议:"我知道一家酒吧,不远,离这儿好像四五公里吧。地方挺大,环境也好,有卡座可以预约。"

旁边同事打趣:"说到喝酒,你一下就来精神了。"

姜凌笑了:"那可不是,我是酒吧常驻选手,都快两周没去了。"

说着,她看向许意:"你今天能跟我们一起吧?"

庆功宴这种活动,许意觉得还是很有必要参与的,毕竟熬了这么久才做完的项目,总得有个仪式性的收尾。

她笑了下:"当然能。"

陈艾文马上说:"姜凌叫你,你就能!要是今天是我先开口,你肯定又不跟我们一起!"

姜凌抬手搭着许意的肩:"那可不,你算老几?"

陈艾文很是幽怨地说:"行吧,反正都是人家一起。"

到了晚饭时间,几人一起去吃了烧烤,在店里聊了会儿,便转场去酒吧。

许意估计今天可能会玩到很晚,给周之越发了消息。

许意:今天和同事聚会,应该会晚回。

到了酒吧之后,她收到周之越的回复。

周之越:同事?

简单的两个字,让许意有些摸不着头脑,便耐心地解释。

许意:对,挺多同事一起。

周之越:上次那个什么阿兰也在?

许意想了半天都没想到她有哪个同事绰号是叫"阿兰"的。

许意:阿兰是谁?

周之越：就那个紫头发。

什么阿兰，人家中文名叫陈艾文，英文名叫 Alan。许意也懒得纠正。

许意：在啊。

周之越：等你结束了，我去接你。

周之越：正好今天我没什么事，打算开车出去转一圈。

许意纠结了一下，还是把地址发过去了。

许意：可能到凌晨，我结束的时候给你发消息，如果你睡了就算了，我打车回也挺安全的。

周之越没再回消息。

已经坐在卡座的沙发上的姜凌见许意一直低头发消息，八卦地问道："男朋友？"

许意把手机熄屏，笑着说："就普通朋友。"

有服务生拿着酒单过来，姜凌便张罗着点酒。不一会儿，桌上就摆满了各种酒、软饮和冰桶。

大家开始一起玩摇骰子。

许意最不擅长这个游戏，五局里三局都被开，好在她酒量好，喝得多也只是微醺状态。

等大家都喝得有些上头，有人提议说现在这个状态最适合玩真心话大冒险，正好互相熟悉熟悉。

规则就是抽扑克比大小，点数大的赢，输者可以选择真心话还是大冒险，赢者出题，不想回答或者不愿意做，就喝一杯酒。

在座的都是同事，没熟到那个地步，真心话的问题大都就是些关于八卦感情生活的，没什么大尺度的。

也许是刚才玩摇骰子喝了太多，时来运转，许意第一局就抽到了最大的牌，陈艾文抽到最小的。

陈艾文晃晃手里的牌，笑了下："我选真心话。"

许意想了半天，还真没想到什么问题，就把这个权力给了姜凌。

姜凌："刚开始，来个简单的。谈过几个对象？"

陈艾文下意识看了眼许意，回答："五个。"

几局之后，许意就开始倒霉了，总是抽到最小的牌。

一个做文案的男同事也效仿之前的提问方式，问："你谈过几个男朋友？"

许意如实回答："一个。"

姜凌先震惊了："哇，你工作都有五六年了吧？居然才谈过一个男朋友？"

刚才姜凌也被问过这个问题，她谈过十二个，而且只算正式确定过关系的。

这种时候，大家对许意的好奇心就更重了些。

又过了两局，许意再次抽到最小的牌，这次是陈艾文提问。

他想了想，问："你和前男友谈了多长时间？"

许意回道:"三年。"

之后的一个多小时里,一群人就抓着她这一个前男友使劲问。

许意现在透露的信息包括:谈过一个男朋友、谈了三年、大一结束前谈的、前男友跟她同岁、长得很帅、很有钱、职业是公司老板、现在还有联系。

下一局,她又抽到了最小的牌。

有个叫董菁的同事兴致勃勃地问:"那你们为什么分手啊?"

许意淡笑了下:"我喝酒吧。"

她举起酒杯,干了一整杯。

几局之后,她又输了。

遇到陈艾文提问:"你最近一次跟他见面是什么时候?"

许意想了想,是今天早上,所以还是觉得不说比较好。

于是,她又干了一杯酒。

大家开始起哄。

"这种问题喝酒,肯定是最近才见过面!"

"说不定就是昨晚呢?"

再输的时候,许意就不敢再选真心话了,生怕再被问什么刁钻的问题。

刚才也有人选了大冒险,比如陈艾文,其他人给他出的题是去隔壁卡座随便找一个人,问他/她"我的发型帅不帅"。

许意觉得这种程度的大冒险还是能接受的,反正她跟这酒吧里的其他客人都不认识。

许意很自信地说:"我这次选大冒险!"

出题的是董菁,她想了想,扬声说:"那你现在给前男友打个电话,就说,我好像有点想你。"

许意一愣。

陈艾文在旁边听得脸都黑了,他赶忙说:"你这不为难人家许意吗?分都分了,这样很容易给前任造成误会啊,太不懂道上规矩了!"

董菁喝得有点多,扯着嗓子骂:"放屁吧!你有没有情商?你看不出来许意跟她前男友明显就是余情未了快要复合的状态吗?我这是趁机帮她一把!"

陈艾文也提高声音:"你这叫帮?人家要是想复合早复合了,用得着这种老掉牙的助攻方式?"

许意满脸尴尬,抬了抬手,给董菁解围:"没事没事,大冒险嘛,出什么题都正常。不过打电话还是算了,我不敢,我喝酒。"

之后一个小时,许意不论选真心话还是大冒险,都是她回答不了的问题、没法做的事。

比如,"你跟前男友分手之后有没有想他""你最近一次见前男友,跟他做了什么""最后一次跟前男友有身体接触是什么时候""现在给前任发一张自拍""展示一张前男友的照片"……

于是,她一杯接着一杯地喝。

许意虽然酒量好,但也架不住这么个喝法。

她中途去洗手间,在拐角遇到陈艾文。

陈艾文借着酒劲叫住她:"许意,我有话想问你。"

许意停住脚步:"什么?"

陈艾文:"你是不是还喜欢你前男友?"

许意笑了下:"真心话?那你得抽牌。"

陈艾文深吸一口气:"反正这项目结束之后,我们也不会天天一起工作了。许意,不知道你看出来没,我挺喜欢你的,我想追你。"

许意头很晕,听到这话,在原地蒙了有五秒。

她能感觉到陈艾文对她比较殷勤,但他对其他女同事差不多都是这个态度,偶尔也会开些暧昧的玩笑,所以,她没多想过陈艾文会真对她有意思。

许意看着他,终于蹦出一句话:"你是个好人。"

这话都把陈艾文整笑了:"学妹,你就算发好人卡,也发张精致点的行吗?怎么说也是广告人,好人卡都不带好好包装一下的。"

许意揉揉太阳穴,但确实无力思考,只能想到些场面话:"反正就这意思,我现在头晕……就是,你真挺优秀的,嗯,但不是我喜欢的类型。祝你早日找到真爱。"

说完,她实在没精神看陈艾文什么反应,拿着手机晕乎乎地去洗手间。

这会儿洗手间里人不少,排队的时候,许意看了眼时间。

已经凌晨一点多,手机上有周之越五分钟前发来的消息。

周之越:差不多了吧?

周之越:我在这家酒吧门口了。

周之越:结束就出来。

许意:好。

许意:快结束了。

陈艾文没想到"失恋"来得如此突然,回了卡座之后,他坐在位子上喝闷酒,一支接一支地抽烟。

董菁被熏到了,一脸嫌弃地咳嗽:"出去抽。你这烟也抽太多了,我脸都快被你熏黑了。"

陈艾文更郁闷了,拿着烟盒,垂头丧气地走到酒吧门口。

他站在门边,又点了一支烟,寒风瑟瑟中,看着路上来来往往的人和车。

突然,他看见一个眼熟的面孔——停车场停着一辆很拉风的车,车旁站着许意那位姓周的室友,穿了件黑色的长风衣,靠在跑车侧面,看着还挺潇洒。

陈艾文刚被拒绝,而且总觉得今晚这酒局信息量过大,他的伤心不能独自承受，得找个同病相怜的人分担。

他夹着烟走过去，很是自来熟地打了个招呼："兄弟，又来等人？"

周之越瞥他一眼："有事？"

陈艾文从烟盒里抽出一支烟递过去。

周之越没接，冷漠地说："我不抽。"

陈艾文把烟塞回烟盒里，切入正题："今晚我获得了很多关于许意的重要信息，也看明白了一件大事，你想知道吗？"

周之越语气很是不屑："我需要从你这儿知道？"

陈艾文："得了吧，你别装了。我上次就看出来了，你是不是也喜欢许意？

"现在的情况就是，我没机会，你也没机会。别以为住得近就有用，你还是做好准备，等着收好人卡吧。"

周之越有些不解。

陈艾文苦涩地笑了下："还是好心给你透露一下吧，许意有个前男友，大学就开始谈了，谈了三年，差不多毕业前分的手。

"她跟前男友现在还有联系，大概率最近就见面。"

周之越看陈艾文的眼神从不屑转为怜悯。

陈艾文喝多了就话多，也不管周之越理不理他，径自继续说道："她那个前男友，有钱、长得帅、自己当老板的、也是名校毕业……我算是明白了，许意明显就是还喜欢那个前男友，所以才会拒绝我！"

许意从洗手间出来时，感觉头很晕，脑子像是被一团糨糊糊住一样，腿也很软，走路轻飘飘的，深一脚浅一脚。

刚才她连着干了好几杯，这会儿酒劲逐渐上头，实在有点难受。

卡座上其他同事都没她喝得多，状态还算正常。

姜凌看她晃晃悠悠的，扶着旁边的桌子和墙一路走过来，马上起身去扶她："哎呀，你怎么成这样了？刚开始玩摇骰子的时候，你喝那么多都没事，还以为你是千杯不倒呢。"

许意摆摆手："……没事，可能歇会儿就好了。"

姜凌作为酒吧常驻选手，预料到许意再多坐一会儿大概率就会直接睡过去了，于是看着她说："还是把你送回去吧，你住哪儿？我叫个车。"又回头看向其他同事，"我先送许意回去啊。"

许意摇摇头，声音很飘地说："不用不用，有人过来接我。"

姜凌："哦哦，那也行，他还有多久到？"

许意垂着头说："已经在门口了。"

姜凌扶着她往门口走："我送你出门。"

来到门口，迎面吹来一阵风，把许意披垂的长鬈发都吹到了脑后。

迷迷糊糊的，许意好像看见周之越站在车旁，陈艾文也在他旁边，一头紫毛被风吹得很凌乱。

又走近些,周之越也看见了她,他眉头一皱,快步走过去。

周之越很自然地从姜凌手上把许意接过来,扶着她的胳膊,说:"谢谢,我来吧。"

姜凌看到眼前男人的这张脸,愣了一下才说:"啊……你是不是许意的那个合租室友?"

周之越"嗯"了一声,扶着许意走向停车的位置。

陈艾文还站在周之越的车边抽烟。

周之越这会儿更没空搭理他,拉开副驾驶的车门,把许意塞进去,然后关上门。

待周之越绕回驾驶座的时候,陈艾文灭了烟头,在周之越肩膀上拍了下,说:"等你收好人卡的时候,欢迎来找我喝酒。"

周之越没说话,表情很冷淡,径直从陈艾文身边走过去。

上车之后,他先侧头看了眼。

许意安安静静地靠在座椅上,身上酒味很重,眼睛微眯着,脸颊有些红,头发乱乱地垂着,表情呆呆的,看起来还挺可爱。

周之越纠结了两秒,俯身过去,准备帮她扣安全带。

刚靠近,不知道许意哪根筋搭错了,抬起手,手掌隔在两人的嘴唇之间。

"……你干吗?"

周之越愣了一瞬,马上反应过来,笑了声:"帮你系安全带。不然……你以为我要干什么?"

她现在这个状态,确实神志不清,真是尴尬。

许意别开头,小声说:"不用,我自己能系。"

周之越唇边还带着笑意:"行,那你自己来。"

许意把安全带系上,微眯着眼向后靠。

车子刚发动,她就觉得胃里翻江倒海,尤其这辆是跑车,加速的那一下,让她胃里的酒都往上涌。

她这会儿没什么思考能力,唯一的想法就是:忍住,再难受也别吐周之越车上。

一方面是她不舍得付清洁费,另一方面是她丢不起这个人。

许意紧蹙着眉,深呼吸,把窗户开了条缝,尽可能让自己好受些。

半路,周之越声音低沉地问:"你不是酒量挺好吗?怎么你醉得比你同事还厉害?"

许意有气无力地说:"玩游戏输太多了呗。"

周之越:"什么游戏?"

许意忍着难受,简短道:"真心话大冒险。"

周之越很是不解:"这为什么会输?"

许意:"被问的都是不能回答的。"
周之越想到刚才陈艾文的话,又试探着问:"都问了你什么?"
许意晕乎乎地说:"就是关于前男友的一些问题。"
周之越沉默片刻,低声问:"那为什么不能回答?"
许意感觉自己再多说几句话,胃里的酒就要蹿到嗓子眼了,皱着眉反问:"你怎么突然这么多问题?还能因为什么?"
周之越侧头看她,轻抿了下唇,心中微动。
许意也突然觉得自己这么说好像容易造成误会。
她顿了顿,扔下一句补充的话:"我不想回答,那肯定是因为见不得人。"
周之越一头雾水。

车停到地下车库。
许意努力想自己下车走去电梯间,但腿脚实在是不听使唤,整个人软得像没骨头一样。
周之越关上门过来,站在副驾驶门口。
许意抬头看他:"扶我一下。"
周之越也没犹豫,直接搀住她。
许意走了没两步,感觉整个人好像随时都会栽倒,便也紧紧抓住他的胳膊。
电梯间里不透气,加上上升时的失重感,许意胃里的不适感越来越难忍,头也更晕,一点力气都没有。
待下电梯的时候,她整个人几乎都挂在周之越身上,脸也贴着他的手臂,他身上那件黑色长风衣快要被她扯下来。
周之越输了密码,把她拎进门,低头看着她:"先去沙发上坐会儿,还是回房间?"
许意忍得眼睛都红了,声音也带着哭腔:"我想吐,现在……"
周之越的卧室离门口更近,他半扶半揽着她进了他那间卧室的洗手间。
许意已经顾不上是谁的房间,一进门就踉跄地冲向马桶。
等她吐完,抬起头,眼前递过来一包抽纸。
她简单擦了一下,撑在洗手台上漱了口。周之越又扶着她出去,让她坐在他床头的位置。
"你先坐会儿,我去冲杯蜂蜜水给你。"
许意半眯着眼,点点头。
不承想,她靠在床头,坐着坐着就觉得昏昏沉沉,上眼皮和下眼皮打架。
于是,她索性直接闭上眼,身子也往下滑了滑,又过了一会儿,就失去意识。
周之越拿着水杯进来的时候,看见许意睡在他枕头上,眼睛闭着,呼吸很沉。
他眉梢微动,走过去戳了戳她胳膊:"喝水。"
许意没反应。

周之越等了几秒，又戳戳她："你回自己房间睡。"

许意把他的手推开，翻了个身，又没反应了。

周之越轻叹了声气，把水杯放床头，自己进了浴室洗漱。

出来的时候，他看见许意在他床上睡得很香，手里还抱着他的被子。

周之越低头看了会儿，嘴角很浅地弯了下，把被子从她手中扯出来，盖在她身上。

他犹豫片刻，抬起手，靠近她的脑袋。快要碰到时，他又很克制地停住，收回手来。

随后，周之越轻声走出房间，把门也带上。

许意前半夜睡得很沉，后半夜就迷迷糊糊开始做梦。

先是梦到她和周之越在一起大概一个多月时，她第一次在他面前喝多酒的情形。说是喝多，但其实还相对比较清醒。

那是大一结束的时候，青协组织部的散伙饭。

许意跟社团里许多人关系都不错，聚餐时，真情实感地伤心了一波，和经常同组做志愿活动的几个女生喝了很多酒。

周之越那天忙着比赛的事，没来参加聚餐。

饭局结束的时候已经快到宿舍熄灯锁门的时间。

周之越让许意结束时记得发个消息，结果她忘了，手机也没顾上看。

结束前，有人告诉她，周之越在找她，她这才想起看手机。

上面有周之越打的七八个未接来电。

许意给周之越回电话时，周之越的语气有点凶："你怎么回事？电话也不接？"

她可怜兮兮地说："聊开心了，忘了嘛……"

周之越冷冷地问："还没回去？"

许意："现在就回，不知道能不能赶在宿舍关门前。如果赶不上，我打算住外面酒店了。之前好几次回去晚，那个宿管大妈已经记住我了，还说再有下次要把我的名字写在门口的黑板上。"

许意借着酒劲，大着胆子问："要不你也出来，我们一起住酒店？"

电话里，周之越沉默了很久。

许意继续劝说："你放心，我不会对你做什么的，别怕。"

说是这么说，但上次忽悠他出去熬夜复习时已经碰过，这次两人关系应该能更进一步吧？

她听见周之越语气淡淡的："……赶紧回宿舍。"

许意撇撇嘴，出了餐厅。

留到现在的人已经不多了，其他女生跟许意都不是同一栋宿舍，许意住的那栋离校门最远。

她本来就喝多了，慢吞吞地走回去，不出所料，到楼下时，已经超过锁门时间。

手机上收到周之越的消息。

周之越：到了吗？

许意直接打了个语音电话过去："刚到楼下，我看宿管值班室的灯都灭了……我还是出去住酒店吧。"

宿管大妈要是闻到了她身上的酒味，估计骂得更凶，说不定还会跟辅导员告状。

电话里，周之越淡淡地扔下四个字："北门等你。"

许意眼睛一亮："你确定？"

等了好久，没听到周之越再说话。

她把手机拿下来一看，他原来早就挂了。

许意没在意这点小事，心情愉悦地走去校门。快到时，她看见校门外路灯下有一个颀长的黑色身影。

她小跑着过去，扎进周之越怀里："你真的陪我啊？"

周之越没什么表情，抬手揉揉她的脑袋，淡声说："走吧。"

他们去了学校附近最高档的一家酒店，周之越选的。

到了前台，许意正琢磨着应该怎么要求定个大床房，他就先开口要了间四位数的套房。

随着电梯上升，许意的心也在一起上升。

在酒店，即使没什么乱七八糟的布局和设施，也会莫名让人觉得暧昧。

进去之后，看到不止一个房间，每个房间都有床，许意咬了下唇，犹豫着问："你跟我睡一起吗？"

周之越低头看她，片刻后，缓缓地说："你怎么想？"

许意脸颊泛红，小声说："我当然想睡一起……"

周之越："确定？"

许意重重点头。

两人分别去洗了澡，周之越随身还带着笔记本电脑，他从浴室出来，就靠在床头看屏幕上的电路图。

许意扯扯他的胳膊："睡觉啦。"

周之越合上电脑，一言不发地熄灭了房间里所有的灯。

上次在酒店复习时熬了通宵，这次才是两人真正意义上第一次睡一张床。

虽然是同一张床，同一条被子，但两个枕头隔得巨远，许意总觉得还是不太满意。

她闭着眼，"悄无声息"地往旁边挪一点、再挪一点，直到离周之越只有一臂远时，才不好意思继续挪。

许意真的很纠结，既想发生什么，又怕让周之越觉得她对这件事太着急，以为她对他就是见色起意、"图谋不轨"。

她翻了个身侧躺，面对着他。

黑暗中，她还是忍不住轻声开口："周之越。"

周之越声音很低："嗯。"

许意闻到他身上很浓的冷杉香，仿佛还能感受到他的温度就在手边。

她深吸一口气，小声说："抱抱。"

周之越沉默了几秒，才沉声开口："过来。"

许意扬着嘴角，又往旁边挪了挪，伸手环住他的腰。

这个距离，她听到周之越的呼吸很沉。

没过多久，许意感觉眼前投下一片阴影，是周之越倾身过来了。

距离已经很近，两人几乎是鼻尖贴着鼻尖，扑面而来都是他的呼吸和他身上的香味。

他嗓音低哑，语速缓慢地说："许意，我自制力没你想的那么好。"

许意声音小得像蚊子叫："我也没想过能有多好……"

话音刚落，她感觉到唇畔被一片湿热覆上。

周之越落下一个绵长的深吻。

梦境恍惚，时间迅速来到三年后，许意刚回苏城的时候。

那段时间，日子就像是灰色的。

她医院、家里两头跑，妈妈不在了，妹妹还躺在病床上，照顾妹妹的同时，她还要忙着投递简历重新找工作。

每天只有一小段时间是闲着的，基本都是晚上在医院陪床的时候，或是坐车前往另一个地点的路上。

只有这会儿，许意才能想起她和周之越已经分手的事。

手机里的照片几乎全都跟他有关。

她大学时很喜欢拍照记录生活，和他去吃过的餐厅、参加过的活动、短途旅行的风景照，此外还有大量的合照。

她把相册一直翻到三年前，第一次按下删除键就忍不住想哭。但眼泪真的掉下来，她又觉得自己很矫情。

明明是她综合考虑各种情况，深思熟虑之后做的决定，明明分手是她主动提的，而且没有给他们留任何余地。

换位思考，从周之越的角度来看，也许她就是那种谈一场大学时代的短暂恋爱，毕业之后就对他始乱终弃的人。谈恋爱时说过的所有话、所有对未来的憧憬和不负责任的保证，都在分手之后自动失效。

许意看着那些照片，最终还是不忍心直接删除。她把所有照片都备份在网盘里，然后才一键清空相册。

这样，就好像那些过去并没有消失，而只是被永远封存。

回到家，衣柜里是她从北阳带回来的衣服，上面还有和周之越住在一起时用的洗衣液味，和家里的洗衣液味道不同。

那些衣服一件件被重新洗过，味道也一件件改变，直到所有衣服都不再有原来的味道。

后来，虽然那段灰色的日子已经过去，但她的生活中也不再有周之越的影子了。

许意醒来时，眼角还挂着几颗泪珠，心隐隐作痛。

过了好半晌，她才反应过来，原来刚才是在做梦。

一切早就过去了。

她昨天喝了实在太多酒，这会儿头还有点晕，而且口干舌燥。

许意想起床去倒杯水，一睁眼，就看见床头正好有一杯。

她眯着眼，伸手把水杯摸过来。

为了方便喝水，许意单手撑着床垫，坐起来一些。

突然，她感觉好像有哪里不对劲。

这是她的房间吗？

天哪！这是周之越的房间吧？她怎么睡在周之越的床上？

怀着一种无比复杂的心情，许意很缓慢地转头，看向旁边的那半侧床，然后松了一大口气。

还好，没有人。

许意喝了半杯水，发现还是加了蜂蜜的。

手机也在床头，她拿起来看了眼，现在才早上六点多。

即使头很晕，而且很困，许意也没法继续睡下去了。

昨晚的记忆很模糊，她回忆了很久，只想起周之越好像过来接她，路上一直问她问题，然后她很想吐。

完了，之后的就完全想不起来了。

许意低头看了眼，自己衣服都还在。

那还好，应该不至于发生了什么尴尬的事，大概率就是她醉得太厉害，不小心占了他的床。

许意从床上爬起来，轻手轻脚地推开门，看见周之越正侧躺着睡在沙发上，身上只盖了一件黑色的风衣，凯撒小帝趴在他脚边睡。

许意走过去，站在旁边，纠结了很久是否要叫他回床上去睡。

她衣服都没换，要是叫他回去睡，是不是应该帮他把床单被套先换了？

可是床单啥的应该在他衣柜里，未经允许，私自开他衣柜是不是不太好？

她正犹豫着，凯撒小帝就被她这点动静吵醒了，在沙发上伸了个懒腰，然后……在周之越腿上踩了一脚。

周之越先是皱了下眉，随后睁开眼半眯着，眼神很是迷蒙。只一瞬，他就又闭上眼。

许意看他好像是醒了，便拍拍他的肩，轻声叫他："周之越。"

没想到的是，下一刻，周之越闭着眼抬起手，轻握住她的手。

他嗓音很哑，含混不清地说："乖……别吵。让我再睡会儿。"

许意低头看着被他握住的手，十分茫然。

这又是什么情况啊？

她心跳很快，站在原地愣了许久都没把手抽出来。

耳边还回荡着刚才周之越说的那句话，如果她没听错的话，这话说得还挺暧昧。

许意脑子里突然冒出一个想法——他该不会是刚刚做了什么梦，然后以为梦还没醒吧？

那他梦到的会是她吗，还是别的什么人？

许意越想越头晕，面前突然吹来一阵寒风，冷得她一哆嗦。

她转头去看，发现客厅的窗户都没关，也许是半夜什么时候被风吹的，这会儿正大开着，吹来的风直对着沙发。

周之越的手握得还挺紧，而且掌心的温度似乎比她高了很多。

许意尝试着抽了一下手，没抽走。

她深吸一口气，正准备再次尝试的时候，凯撒小帝迈着小猫步踩上了周之越的腿，又一路走到他腰上、胸侧，然后在他耳边尖锐地"喵"了一声。

周之越又皱了下眉，缓慢地睁开眼，神色比刚才要清醒些。

似是恍惚了半晌，他看了看自己放在肩侧的那只手，随后抬眸看向许意，声音很沙哑："你抓着我做什么？"

拜托！是谁抓着谁啊？

周之越先松开手，许意也立刻把手收回来，目光从他脸上移开："是你先抓着我的。"

她顿了下，又犹豫着问："你刚才……是不是在做梦？"

周之越很轻地"嗯"了一声，似是若无其事地把身上的风衣拉下去，缓缓坐起身。

他正准备开口，就咳了好几声。

许意快步走向窗边，把窗户关上，小声嘀咕："也不知道睡前把窗户关了，最近这么冷。"

她转过头："你怎么在这儿睡的？"

周之越又咳了两声，哑着嗓子说："不然呢？你昨晚霸着我的床不走，我还能去哪儿睡？"

许意脱口而出："那你也可以睡我的床啊。"

说完，四目对视，她才意识到自己这话说得不大合适，于是别开头，小声说："对不起啊……我昨晚喝醉了。"

周之越拿起手机看了眼时间，站起身，哑声说："还早，我要再睡会儿。"

话毕，他就一边咳嗽，一边走向他的卧室。

许意叫住他："哎，你是不是冻感冒了？"

周之越头也没回，好不容易止住咳，进门前扔出两个字："没事。"

"砰"的一声，门被关上。

许意听他咳得厉害，声音也哑得跟鸭子似的，在原地纠结了很久。

周之越这明显就是冻感冒了。

虽然是他自己不关窗户在先，但她至少也有一半责任。

许意先回卧室，卸妆洗漱后，决定还是去关心他一下。

她去厨房烧了壶开水，又兑成温热的，端着水杯来到他卧室门口。

刚走近，就听到里面的咳嗽声。

许意敲了敲门。

"进。"

她开门进去，看见周之越裹着被子躺在枕头上，就是她刚才睡过的位置，他的脸微微有些红，看起来还挺虚弱。

许意把水杯端到他身侧："先喝点热水。"

周之越看她一眼："这么好心？"

这话问得，好像她平时有多恶毒冷漠一样。

许意还是一本正经地解释说："毕竟也是因为我，你才成这样的。"

周之越有气无力地朝床头柜扬扬下巴："放那儿就行。

"那顺便再帮我把空调开高几度。"

许意放下杯子，疑惑地望了眼头顶的出风口。

房间里温度已经很高了，体感至少有二十八九度，应该是昨晚起就开的暖风，这会儿热得跟夏天似的。

许意又低头看向周之越拉得严严实实的被子，问："你觉得很冷吗？"

周之越抿着唇："嗯。"

许意试探着朝他的额头伸出一只手，半路被周之越挡住："你干吗？"

许意："……我看下你是不是发烧了。"

周之越把手收回来："哦，可能吧。没事，睡一觉就好了。"

许意："你好歹量一下体温啊。"

周之越正想说"不用"，话到嘴边一转，改成："那你帮我拿体温计，应该在电视左边的柜子里，有个药箱。"

许意又叮嘱一句："那你先喝点热水。"

说完，转身出去拿体温计。

她回来时，周之越还是刚才的姿势躺着，被子盖到下巴，有点惨兮兮的。

旁边杯子里的水没动，倒是另一杯空了。

周之越掀起眼皮看她，沙哑着嗓音说："水是凉的。"

许意摸了摸空的杯子，又摸了一下还装满水的杯子。

病糊涂了吧，他喝的是她早上喝过的那杯蜂蜜水。

说出来怕尴尬，许意把那杯热水端起来，递过去："你喝这个。"

周之越看她几秒，半撑着胳膊坐起来，接过水杯喝了半杯。

许意又把体温计递给他："量一下，我帮你看着时间。"

"哦，好。"周之越又把水杯递给她，接过体温计。

许意环视一周，想了想，坐在了靠近阳台的沙发上。

刚才拿体温计时顺便看了眼，药箱里没有感冒药，她便用手机在外卖软件上下单了一盒感冒冲剂和一瓶止咳糖浆。

大约过了七八分钟，许意起身走去床边，叫他："时间到了。"

周之越从被子里拿出体温计看了眼："38.2℃。"

许意接过来，确认过数字，叹了声气："那你睡一觉吧，我今天正好不上班。刚买了药，等你睡醒之后拿给你。"

周之越缓缓闭上眼："嗯。"

许意看着他身上的被子，似是突然想到什么，又说："要不要换一下床单和被套？我昨晚睡的时候没换睡衣……"

周之越翻了个身背对她，声音很低："别折腾了，好困。"

许意低头看他一会儿，没再说什么，拿着床头的两个杯子出了房间。

她先回房间洗了个澡，感觉胃中空空的，拿手机点了个外卖。外卖和给周之越买的药同时送到，她吃完之后，躺在床上也补了个觉。

可这觉睡得还是不安生，生怕周之越有什么事叫她，她中途醒来好几次。

许意断断续续睡到中午，被手机的消息提示音吵醒，她伸手把手机拿过来。

姜凌：啊啊啊，昨天我看见你那个室友了！

姜凌：真的好帅好帅！我沦陷了，他比我最帅的那一个前任还要帅！

姜凌：对了，你酒醒了吗？

许意坐起来回复消息。

许意：醒了，下次不喝这么多了，到现在都感觉胃不舒服。

姜凌：你这个室友昨天去接你呢，这应该是对你有意思吧？

姜凌：普通合租室友应该不会做接送人这种事。

许意看着消息，也想了想这个问题。

从前在苏城跟人合租的时候，跟住在其他房间的人很不熟，别说同坐一辆车了，有时在门口遇到甚至都不会打招呼。

但周之越毕竟也不是什么普通室友，再怎么说，他们从前也算是认识，并且有过很长时间的"交情"。

而且，他晚上接她的理由也早就说过。

许意还没回复，姜凌就发了新的消息过来。

姜凌：那你昨晚喝多了，你们有发生什么吗？

姜凌：如果有意思，他肯定不会错过这种时候的！我十二个男朋友里有六个都是在喝醉酒的时候搞定的。

许意想了想。

许意：倒是没发生什么。

许意：我回来之后就直接睡了。

姜凌：那我有点搞不懂了。

姜凌：姐妹，要是你对他没兴趣，他对你也没想法的话，就介绍给我吧！

姜凌：我正好空窗期，现在项目也忙完了，就缺一个大帅哥男朋友。

许意低头看着手机，重重抿了下唇。她也不知道自己是出于什么心态，反正就是不想做给周之越介绍对象这件事，于是开始胡编乱造。

许意：之前我们合租的时候他说过，近几年都没有谈恋爱的想法。

许意：可能是还年轻，想先集中精力工作。

姜凌回了个"暴风哭泣"的表情包。

姜凌：果然，星座运势说我这个月没有桃花。

两人又聊了几句，许意切出微信，打开工作日程表。

接下来一段时间，工作也不少，但都是些琐碎的事。

临近年底，有好几个规模不同的活动策划项目，诸如公司年会、圣诞活动、企业周年庆活动策略等。

下周还有帮周之越他们公司做的校招活动，分别是在北阳科技大学和苏城大学。

许意这会儿闲着，便给苏城那边的同事发了消息，约会议时间，安排具体的计划。

随后，她又确认了北阳科技大学双选会的流程。虽然这学校有很多志愿者和老师帮忙，但他们还是得派人过去，否则乱七八糟一堆材料也不好带。

另外，柯越也需要派个人过去。许意上次跟小胡联系过，她没给准确的答复，只说他们那边的时间还不确定，需要等活动开始前两天才能做安排。

现在时间将近，许意便打了个电话过去催。

接通之后，她先说明了情况。

小胡回道："啊对，我也准备这两天联系你来着。但是今天我们周总没来公司，人事休假了，赵总也不在，等晚些我跟他们联系后给你回复。"

许意："好的，你记得这事哈，别忘了。"

挂断电话之后，许意从床上起来，又去洗漱了一番，去了客厅陪凯撒小帝玩。

没过多久，手机又响了一声。

周之越：我醒了。

许意：你有感觉好些吗？

周之越：没有。

周之越：头疼，嗓子疼。

许意：那我给你冲药？

周之越：嗯。

许意把凯撒小帝从腿上抱下去，去到厨房烧水。

等水烧开之后，她把感冒冲剂冲好，端着杯子去到周之越房门口，敲了敲门。

"进……"

她推开门时，周之越正靠在床上看手机，被子滑到腰际，睡衣领子松垮，头发也乱糟糟的，看起来还是很没精神。

他头也没抬，语气平平地说："以后进来别敲门了，直接进就行，我本来就嗓子疼，还得多说一个字。"

光这句都多少字了！

许意走到床边："我这不是怕看到什么不该看的嘛。"

周之越接过她手中的水杯，懒散地说："能有什么不该看的？"

许意没说话，在心里回答：那就不一定了，说不定你正在换衣服，或者换裤子什么的呢？

周之越皱着眉喝了几口药，随手将杯子放在床头柜上。

许意瞄了一眼，看见杯子里还剩大半杯呢。本来就是效果不明显的中成药，他又剩下这么多，那喝了跟没喝还有什么区别？

许意又拿起杯子递过去，命令的口吻："喝完。"

周之越一脸嫌弃，顶着公鸭嗓说："差不多行了，真的很难喝。"

许意没说话，但也没把杯子放回去，就这么执着地递在他眼前。

僵持了几秒，周之越还是不情不愿地接过杯子，仰着脖子喝完，一副视死如归的表情。

许意突然有点想笑，但还是憋住了。这感冒冲剂她以前喝过，明明不算难喝，甚至还有点甜味，怎么就能被他喝出毒药的感觉？

周之越再次把杯子放一边，抬起头："刚才小胡给我发消息，下周有北阳科技大学的校招？"

许意点点头："对，在周三。"

周之越沉默两秒，问："这次也是你去？"

"是啊。"许意顿了顿，"那你去吗，还是让 HR 去？周三，你的病不一定能好。"

周之越随意地说："看情况吧。"

说完，他把被子掀开，拖着沉重的步伐去了洗手间。

许意正准备出去，突然想到他应该再量次体温，万一还烧着怎么办？

于是，她又回来，坐在小沙发上等了会儿。

半天没等到人出来，还听见里面好像有淋浴的声音。

许意有点无语。

都不知道退没退烧，他怎么就开始洗澡了，也不怕又着凉？

但现在水都打开,大概率已经洗上了,她又不能扯着嗓子喊他,或是拉开门把他拎出来。

许意浅浅地叹了声气,坐在沙发上等他出来。等待的时间里,她想起昨晚穿的那身衣服还没洗,然而她房间的洗衣机坏了,还得用周之越房间的。

也是奇怪,明明过了好几天,她还提醒过一次,周之越还是没找师傅来修。

又过了大概十分钟,浴室的门被推开。

周之越身上松松地披了件纯白的浴袍,露出胸口和腹部的肌肉线条,头发湿漉漉地垂在额前。

浴室的水雾散出来,空气里霎时充满那款熟悉的沐浴露香味。

周之越站在门口,似乎愣了一下:"你怎么还在?"

许意脸颊微红,移开视线说:"提醒你再量次体温。"

她还是没忍住,补充一句:"你应该等病好了再洗澡的。"

周之越一边擦头发,一边淡声说:"刚睡出一身汗,不舒服。"

许意:"……那你先把头发吹干,然后量一下体温。"

周之越看她一眼,嘴角浅地扬起,又马上压回去,淡淡道:"行。"

许意站起身走去门口,又说:"我用一下你房间的洗衣机。你快点找师傅来修,不然我总得用你的。"

等她抱着衣服再次进来时,周之越头发已经吹干了。

这会儿,他正斜斜靠在床头看手机,病恹恹的,身上还穿着那件纯白色浴袍。

这个姿势,浴袍更挡不住什么,露出的面积更大,一条带子搭在腰间,总给人一种犹抱琵琶半遮面的感觉。

许意看了一眼,心里莫名发痒,紧紧攥了下拳。

这也太考验她的自控力了!

她深呼吸,快走到阳台时,想起他的床单,转头问:"我衣服不多,要顺便把你的床单被套也洗了吗?"

周之越正在看工作消息,心不在焉地应道:"哦,那帮我拿套新的出来吧,衣柜里,最右边。"

许意先把自己的衣服塞进洗衣机,随后走到他的衣柜前。

她刚拉开那扇门,突然,身后传来沙哑却又响亮的一声。

"等下——"

许意茫然地停住手。

此时,她隐约看到衣柜里好像有只白色的毛绒兔子,头上戴着粉色蝴蝶结,看着非常眼熟。

许意站在原地回忆片刻,想起这只兔子似乎是大三的时候她买回家的,是她"假公济私"买给他的周年礼物,在他们床头放了一整年的时间。

她正想着,那股冷杉香越来越近,一转头,看见周之越已经站在她的身后。

他伸手,迅速把柜门关上。

周之越低头看着她，像是准备说些什么，刚张口发出一个音，就皱起眉，转身咳了起来。

大概是刚才喊的那两个字刺激到喉咙，好一会儿后，他才有气无力地说："记错了，床单不在这儿。"

"我来找就行。你刚说，还买了止咳糖浆？"

许意回过神："啊……对。你现在要喝吗？"

周之越很轻地"嗯"了声："帮我拿进来吧。"

许意点点头，心神恍惚地走出他的房间，顺手把门带了带。

卧室里，周之越看见虚掩的门，松了一口气。

他立刻重新拉开那扇柜门，从毛绒兔子下面那层隔档翻出一套床上用品。

临关上柜门前，周之越抬手捏了捏里面毛绒兔子的耳朵。

他还清楚记得，这玩意儿是许意以前送给他的纪念日礼物。说是礼物，其实就是她自己想买了摆在家里。

那次纪念日，他收到这个礼物，还半开玩笑地说她敷衍。

后来，这毛绒兔子就被她摆在床上。晚上睡觉时挪到床头柜上，早上起床再挪回床上。

分手之后，他没在那套公寓继续住，也一时没什么心情搬家，就回家住了段时间。

结果，在家里更是心烦。

周父满心满眼都是集团里那点生意，劝他毕业赶紧回公司上班，跟几个叔叔伯伯家的堂兄弟争股份和经营权。

后来他出国，公寓里的东西也没去收拾，只是让家里的阿姨每周去打扫，免得积灰。

直到今年回国，他才找了个搬家公司，把公寓里属于他的东西打包回来。

其余的东西搬家公司都没多收，就是不小心多拿了这只毛绒兔子。

一开始，他越看越烦，本想直接扔掉算了，可真抓着毛绒兔子走到垃圾桶边时，他的手又停住了，最后还是把它收回了衣柜里，最不常用的那格。

许意拿着止咳糖浆进来时，周之越正在换床单被罩，动作极其笨拙，尤其是拆被套的时候，那架势就像是在跟什么外星生物打架。

不过想想也正常，换洗床上用品这种事，周大少爷也都是一并交给上门打扫的家政阿姨的，很少亲自动手。

许意盯着看了会儿，直到看见他套被罩时，终于忍不住了："……你先喝药、量体温，我来帮你换吧。"

周之越皱着眉头放下手中的被子，哑声道："谢了。"

他接过许意手里的止咳糖浆，语气不太自然地说："那我请你吃饭。午饭你吃了吗？"

许意回道:"还没。那点个外卖吧。"

周之越站在旁边:"好。"

他刚打开软件,许意又补充说:"点清淡些的,粥或者青菜什么的。"

周之越:"哦。"

换好床单,许意抱着旧床单塞到洗衣机里。

倒洗衣液的时候,她顿时有些恍惚。

当时明明商量好,合租之后互不打扰,现在怎么开始共用一台洗衣机,还一起上下班、一起吃饭,甚至她昨晚还"借用"了周之越房间的床?

唉,真是意料之外。

洗衣机启动,许意退出了阳台,转身看了眼周之越。

"你量体温了吗?"

周之越取出体温计,举起来,敷衍地看了下数字,淡声说:"36.5℃,不发烧了。"

许意:"那就好。"

她这个角度,正好对着刚才那扇衣柜门。

准备出门前,她迟疑着说:"刚才……我好像看到你衣柜里有个玩具。"

周之越手指僵了一瞬,片刻后,才低声说:"好像有。"

"是你的吗?那你拿走吧。"

许意咬了下唇,声音很小地问:"上次你不是说……那边房子里的东西都扔了?"

周之越沉默几秒,径直走向衣柜前,拉开柜门,把毛绒兔子拎出来:"记不清了,东西都是搬家公司整理的。"

闻言,许意本想问问那里还有没有剩下别的,可话到嘴边,她又咽了回去,只觉得不合适,怕周之越觉得她惦记那些东西,误会她还惦记他这个人。

两个人隔得远,周之越把毛绒兔子扔给她:"给。"

白色的毛绒兔子在空中飞了个抛物线,稳稳地落在许意手中。

她捏着这毛绒玩具,觉得心情十分复杂,扔下一句"你记得喝止咳糖浆",转身出了房间,把门关上。

周之越站在床头,侧头看着那处位置空了,烦躁地把柜门关上。

许意回了房间之后,把毛绒兔子放在腿上,坐在床边发了很久的呆。

凯撒小帝听到声音,"喵喵"叫着从床底走出来,先跳到床上,然后走到她旁边,仰起脑袋,眼睛睁得圆溜溜地看着那只兔子。

许意被它的眼神逗笑,把毛绒兔子放一边,拎起小猫抱怀里。

抱了一会儿,她开始对着凯撒小帝说话。

"我怎么感觉这么奇怪呢?

"你的大主人,他应该不会是故意留着这个玩具的吧?

"嗯，肯定不是，当时送过的礼物挺多的，他以前最喜欢的也不是这个兔子……"

凯撒小帝完全没有回应，还伸着猫爪去扯毛绒兔子耳朵上的蝴蝶结。

许意在它爪子上拍了一把："松手，快松手，再扯就坏了。"

好不容易把蝴蝶结从小猫手里解救出来，许意站起身，也拉开衣柜门，找了个空位把毛绒兔子放进去。

大概过了半个小时，听到外面有门铃的声音。

许意出去开门，是外卖送到了。

她把两个保温袋放在餐桌上，走到周之越的房间门口，正准备敲门，想起他不久前让她别敲门，便直接把门推开。

周之越正靠在床头，抱着笔记本电脑敲敲打打，听见声音，掀起眼皮看她："怎么了？"

许意："外卖到了。"

周之越："哦。"

两人一前一后去了餐厅，把外卖袋子打开，将餐盒摆在桌上。

这顿饭吃得极其安静，就像是各怀心事，两人都低着头默默吃东西，全程没几句交流。

之后两天是周末，许意不用上班。

周之越也待在家里，大部分时间都在自己卧室躺着。

许意偶尔出去拿东西，就能听见屋里传来的咳嗽声，每一声都像是在说：都怪你，都怪你，占我的床，把我冻感冒。

于是，她秉持着照顾到底的原则，每天按时给周之越冲感冒药，一天三次送过去。

打开卧室门，她几乎每次都能看见周之越抱着电脑加班。

头几次，他还是很抗拒喝那感冒药，后来也放弃挣扎了，能一口气喝完一整杯。

直到周日晚上，许意感觉周之越看起来气色好些了，咳嗽的频率也降低了，声音听着也比前两天正常不少。

许意盯着他喝完感冒药，随口说："感觉你病好点了。明天周一，你记得自己喝药，我把盒子放餐桌上了。"

"哦，行。"

周之越停顿两秒，又问："那你呢？"

许意有些不明所以："我又没生病。"

周之越掀起眼皮看她："我是问，你不给我冲药了？"

"……早上和晚上还是可以的。"许意眨了下眼，"需要吗？"

周之越身子往后靠，缓慢地说："挺需要。"

许意:"那行,早上和晚上还是我帮你冲。"

"嗯。"

周之越悠悠地补充:"最好中午也提醒我一下,不然我很有可能会忘记。"

许意一脸无语地看着他,忍不住嘀咕:"事可真多啊。"

周之越眉梢微抬,和她对视:"你说什么?"

许意扯出微笑:"我说好的呀,都是小事儿。"

周之越这才满意地应了一声。

许意觉得这可真是稀奇,前几天他喝药跟喝毒药似的,现在却让她帮忙冲,甚至还主动要求提醒他喝,也没听说过这牌子的感冒药能让人喝上瘾啊!

她拿着杯子出去,洗完之后,回了房间。

来北阳也有段时间了,估摸着父亲这会儿可能没在忙,她打了个电话过去。

"嘀"声响了十几秒,许父才接听:"小意,怎么了?"

许意说:"没什么事,就好久没给你打电话了,问问你最近怎么样。"

许父的声音听起来很苍老:"我能有什么事?每天都差不多,日子就一天天将就过呗。"

许意在心里叹了声气,安慰道:"现在这样不挺好,许思玥也上大学了。你自己别太辛苦,多找邻居朋友下下棋啥的。"

许父:"没那个时间。现在家里房子还是租住的,我就想多攒点钱把我们家那套老房子再买回来,也算是能给你姐妹俩留点东西。"

前些年家里困难,卖了房子情况才稍微好转些。

但许意也知道,那套老房子是爸爸妈妈结婚的时候买的,爸爸一直有执念想重新买回来,劝也没法劝。

许意只好说:"反正你注意身体,也注意安全。"

许父:"我知道。对了,你怎么样,那边工作还顺利吗?"

许意:"我挺好的,工作也顺利。"

许父叹声道:"那就行,小意长大了,现在也没什么让我操心的。但你一个人在那边工作,不忙的话还是找个对象。"

许意哄着说:"嗯,我有空就找。"

提到找对象的事,许父难得多说几句:"找个合适的,最重要的是对你好,不过最好家庭条件跟我们差不多,这样以后才好过日子。"

许父向来话少,又聊了两句,就挂断电话。

许意靠在床上,摸着凯撒小帝的脑袋,深深叹了口气。

翌日,周之越照常去上班,开了一上午的会。

赵柯宇听见他开会时说话有鼻音,好像还咳了几声,会后十分关切地问:"哟,感冒了?"

周之越淡淡地"嗯"了一声:"差不多好了。"

赵柯宇:"最近气温忽高忽低的,是得多注意保暖。还好你病得不严重,不然周三出差也麻烦。"

周之越抬眼,疑惑地看向他:"出差?"

赵柯宇睁大眼睛:"你不会是忘了吧?上上周就定好的,去桐市见新项目的合作方。"

周之越从电脑上翻出日程表,这才想起果然有出差这档事。

他抬手揉揉眉心:"周三还有北阳科技大学的校招,要不你替我去桐市出差?"

赵柯宇哭笑不得:"人家指名道姓让你去,而且具体研发上的事我又不太懂。换成我去,这合作八成得黄。校招多大点事啊,我们要招的人本来也不多,让 HR 或者小胡去就行。"

周之越情绪不高:"……行吧。"

赵柯宇正准备站起身,又想起一件事:"对了,你还记得谢楚然吗?"

周之越看着电脑屏幕,不甚在意地问:"谁啊?"

赵柯宇笑着说:"就上次我们跟何睿一块儿喝酒,他未婚妻不是还带了个闺蜜吗?长挺好看的。"

周之越想了想:"没印象,不记得。"

赵柯宇继续道:"那个闺蜜就叫谢楚然。人家对你可有印象呢,昨天我跟何睿出去,又在一个局上遇到了,她还问你是不是单身,拜托我介绍一下,攒个局啥的。"

周之越冷淡地说:"别,我不去。"

赵柯宇站起身:"猜到你不去,我就这么一说,话带到了就行。你也真是,白瞎了这张脸,天天就想着你那回头草怎么吃。"

周之越眼神凉凉地扫过去。

赵柯宇趁他赶人之前,迅速关门出了他办公室。

周之越正准备继续看代码,手机振动了一下。

许意:吃药。

他低头看着那两个字,嘴角缓慢地扬了起来。

楼下,COLY。

许意今早去见了两个客户,回到公司,满脑子都是乱七八糟的活动策划,差点就把提醒周之越吃药这件事给忘了,还好她早上定了个有备注的闹钟。

很快,收到周之越的回复。

周之越:好。

许意看着上面"吃药"那两个字,想到"有病就该吃药",莫名其妙地笑了一声。

切出聊天框,正好外卖员打电话过来,她接了电话,下楼去取外卖。

她在电梯间遇到了姜凌，姜凌挽着她的胳膊，一路闲聊着下楼。

"我今天遇到 Alan，他把头发染成了浅蓝色，你看见了吗？"

许意摇摇头："没有，我一上午都在外面见客户。"

姜凌笑着说："我们还问他为什么换了个发色，你猜他说什么？"

许意象征性地猜了下："扮演什么动漫人物？还是原来的紫色看腻了？"

姜凌边笑边说："不是不是。他说蓝色是忧郁和温柔的颜色，代表他是一个温柔的人，却承受着淡淡的忧伤。哈哈哈，真是笑死我了！"

许意愣了愣。

姜凌："他这人可太逗了，你说他要是哪天被出轨，是不是会染个绿色头发？怎么办，我居然还挺期待看到这一天，我这么想是不是有点恶毒？"

许意大概知道他淡淡忧伤的原因，不好做什么评价。

姜凌又说："我们都猜他大概是失恋了，而且失恋对象说不定就是公司里哪个女生。不过他这种人太典型了，一看就是感情来得快去得也快，所以过段时间应该就会有新目标。我还跟董菁打赌来着，他这情绪持续时间应该不超过两周。"

许意有点好奇："这怎么看出来的？"

姜凌一摆手："太明显啦，你没觉得他对公司所有女生都挺好吗？说话也都挺暧昧，而且看人的眼神老是……怎么说呢，好像含情脉脉的。"她凑到许意耳边，声音压低了些，"一般这种男生大概率是渣男。"

许意笑了下："好像是有点。"

姜凌又八卦地问："对了，你那个大帅哥室友，平时会这样吗？"

许意认真想了想："完全不会。"

别说平时了，就连之前他们谈恋爱的时候，她也没从周之越眼神中看出过"含情脉脉"，也没见他对除她之外的人有过什么暧昧的言语。

姜凌："我猜也不会。唉，真好啊，可惜不是我的。"

这天是正常时间下班，许意提前给周之越发了消息，然后到地下车库等他。

连着蹭了一段时间的车，她现在已经毫无心理负担，甚至觉得等冬天过去，好像也能很自然地继续蹭车。

上车之后，她礼貌性地问一句："你感觉好点了吗？"

周之越静了片刻才说："没有，大概还得吃几天药吧。"

许意点点头："也是，感冒七天好，这才不到四天。"

回到九里清江，两人都没吃晚饭，周之越点了份精致的双人餐外卖。

吃完之后，他先回了卧室，许意去厨房烧水给他冲药。

凯撒小帝今天精力十分充沛，在客厅里疯狂地跑来跑去，上蹿下跳，猫毛飞得满天都是。

等水烧开的时间，许意又拿着逗猫棒陪它玩了会儿，消耗一下它的体力。

厨房传来"嘀嘀"的提示音,许意便又回去。

她冲好药,端着杯子过去,推开周之越房间的门。

他已经换好了睡衣,房间里暖气足,他还是一身清爽的短袖短裤。

此刻,他正抬着胳膊在架子上找什么东西。

许意轻车熟路地进门,把药放在床头柜上:"记得喝。"

"哦,谢谢。"周之越拿了一本书下来,语气随意,"对了,周三我要出差,校招让小胡跟你去。"

"好。"

待许意关门出去,周之越走向床头,端起那杯子,靠近唇边。

闻到这味道,他皱了下眉,顿时又觉得有些反胃。

已经连喝了三天,一天三次,再喝下去,他自己都快变成感冒冲剂了。

周之越想了想,端着满杯的药去了洗手间。

正当他倾斜杯子倒出一点点药时,卧室的门突然开了。

"对了,这个药没了,要不要换……"

卫生间门没关,许意正好能看见他在洗手池前的动作。

她声音沉了些:"你在干吗?"

周之越转头看向她,静了三四秒都没说出话。

然后,他把杯子正回来,薄唇轻抿了抿,不太有底气地说道:"真的太难喝了……"

许意原本还猜测他会不会是喝完药了在冲洗杯子,快步走过去,看见杯子里深褐色的药汤,还有洗手池里同样颜色的水渍。

她盯了周之越一眼,转头,"砰"的一声,重重关门走出他的房间。

许意回到自己卧室,去到阳台,深呼吸,再深呼吸,又把窗户打开,还是气得不行。

这人什么毛病?这不是纯属没事找事吗?

这药又不是她求着他喝的,明明是昨晚他自己要求,让她早晚给他冲药送过去,中午还要提醒一次。

她送得倒是挺殷勤,结果没想到转身就被人家给倒了。

今天被她恰好看到,那前两天呢?肯定也是她一出门,周之越就去把药倒了。

许意在窗边站了一会儿,又怕把自己也吹感冒,关上窗户坐回床上。

她百思不得其解,觉得他这种行为除了故意给她找麻烦,没有别的可能性。

她正气着,听见凯撒小帝在外面用爪子拍门的声音,站起来去开门。

门刚开了一条小缝,小猫就窜了进来,跳到她的床上。

许意去捏捏它的爪子,气鼓鼓地问:"你说,你大主人是不是有毛病?"

凯撒小帝像是能听懂一样,拖着长音朝她"喵"了一声。

许意得到"肯定"答复，心满意足地把它抱起来。

"还好你跟我是站在一边的。"

"还是小猫有良心！"

薅了一会儿猫，许意的手机响了声。

大概能猜到是谁的消息，她解锁屏幕，看见微信有一个小红点。

点开之后，却发现不是周之越发来的消息，而是最近找他们做活动策划的一个客户。

许意还莫名有种期待落空的感觉。

回完客户的消息，她切出聊天框，看到一个熟悉的深色头像被顶了上来。

她撇撇嘴，点开。

八分钟前。

△周之越拍了拍我说公主万福金安。

三分钟前。

△周之越拍了拍我说公主万福金安。

许意看到这两条，学着他平时的微信聊天方式回复消息。

许意：？

许意：有事？

很快，聊天框顶部变成了"对方正在输入"。

周之越：要不然，你再帮我冲一杯好了。

周之越：我重新喝。

许意一口气堵在胸口差点被呛死！她用力敲着屏幕打字。

许意：不可能。药已经没了。

周之越：那我现在下单买一盒吧。

许意深呼吸平复心情。

许意：随便你。

许意：反正我不会再给你冲药了！

聊天框顶上闪了很久的"对方正在输入"，她才又收到两条消息。

周之越：哦。

许意看着这个"哦"字，就像是心里又吹来一阵风，把她此刻正在燃烧的小火苗吹得更旺。

周之越：对了，明天早餐可以吃玉米蒸饺吗？

许意完全没消气，虽然这周确实轮到她准备早餐，但她还是"恶狠狠"地拒绝。

许意：不可以。

许意：明早你自己吃，我要晚点出门直接去见客户，也不跟你一起走了。

许意：后天也是。

聊天框顶部又闪了很久"对方正在输入"，许意把手机亮屏放在一边，时不时看一眼。

结果，十多分钟过去，都没收到周之越的消息。

她索性直接熄屏，去浴室洗澡。

晚上玩了会儿手机上的小游戏，许意好不容易睡着，半夜，凯撒小帝突然开始跑酷，一脚踩到她肚子上把她踩醒。

许意翻了个身，迷迷糊糊间，拿起手机，鬼使神差般点开了周之越的聊天框。

发现还是没有新的消息。

也许是深更半夜神志不清，许意突然觉得自己这气生得是不是有点过。

她跟周之越现在就是室友，又不像从前一样是男女朋友，他还真不一定会主动来哄她。

万一他真就不哄，他们岂不是往后就要陷入类似于"冷战"的状态，谁都不理谁？

如果这样，她以后该怎么给自己找台阶下？

许意本来就只睡了几个小时，越想越觉得头疼，最后破罐子破摔地觉得，合租室友而已，不理就不理了，按期把房租、水电费转给他，日子照样过。

本来就是周之越有错在先，故意耍她，她哪有必要自己找什么台阶？

真是半夜睡糊涂了。

次日早上，许意确实有客户要见，不提前去公司也行。于是，她把闹钟关掉，在床上多睡了一个小时。

待她再次醒来，洗漱完出房间，客厅已经空无一人。

令她意外的是，餐桌上居然摆好了早餐，而且比之前还要丰盛一些。

有芝士蛋饼的三明治、白灼生菜、洗好的小番茄和蓝莓，还有一杯香蕉奶昔，摆盘也相当精致。

和上次一样，旁边也贴了一张便利贴：做多了一份，记得吃。

右下角还画了个简笔画的太阳，中间勾了个笑脸。

许意自己都没意识到，看到那笑脸，她也很浅地弯了下眼。她低头看了几秒，在吃与不吃之间纠结，最终决定，还是吃吧。

没必要跟食物过不去。

坐下吃完之后，许意又歪着脑袋看向那张便利贴。

大概是收集癖再次发作，她揭下来，拿回房间，夹到上次夹便利贴的那本《一个广告人的自白》里。

这天下午就有活动执行的工作，是开发区一家规模不大的装修公司的周年庆。许意需要在会场跟全程，时间比预计的长了些，直到快晚上八点才结束。

天色已黑，她直接打车回家。开门之后，发现玄关和客厅的灯都没开，周之越还没回家。

许意猜测大概是他明天要出差，今天留在公司加班安排工作之类的。

她坐在沙发上看了会儿电视，又回卧室打开电脑，检查之后一个年会活动的策划方案。快到十一点，许意打了个哈欠，终于听到外边传来开门关门的动静，随后听见脚步声。似乎是周之越回家了，然后回了自己卧室。

　　过了会儿，她手机响起一声消息提醒。

　　周之越：我明天上午就去桐市出差。

　　周之越：那边的点心好像还挺出名，给你带两盒回来？

　　许意看到消息，感觉自己的脑袋被分成了两半。

　　左边在想：表现不错，知道汇报，还能想到带好吃的。

　　右边在想：有必要跟我说吗，关我什么事。

　　最终，右边战胜左边。

　　许意：随便。

　　对面又没回复了。

第七章
心跳

　　周三这天，周之越起得很早。

　　他洗漱完出门，看到许意房间的门还关着，凯撒小帝也没出来。

　　周之越照例先去厨房，按昨天的规格准备了一份早餐，放在桌上，又去书房撕了张便利贴，写上跟昨天相同的字。

　　他看着右下角的空位，犹豫片刻，从手机里搜了个教程，画了个歪歪扭扭的小兔子。

　　一切做好之后，他换衣服出门，先去了趟公司。

　　上到环金大厦28层，他在公司门口看到了王志强，也就是之前帮他发消息的"工具人"学弟。

　　王志强身边站着一个短头发的女孩儿，牵着他的手，又捏捏他的脸，跟他腻歪了好一会儿。

　　周之越不知自己是什么心态，居然看得有些不爽，烦躁地移开视线，快步进了公司。

　　他正在办公室处理最后几封邮件，好巧不巧，王志强敲门进来，要跟他汇报工作。

　　工作说完，周之越盯王志强一眼，语气冷冰冰地提醒："以后别在公司门口谈恋爱，会影响其他人工作。"

　　王志强蒙了一瞬，呆呆地说："啊……您看见了啊？周总，我不知道我们公司禁止谈恋爱，可是，我、我……"

　　周之越无语地揉揉眉心，打断他："不是禁止谈恋爱，是让你别在公司门口这样，要谈去别处谈。"

　　王志强长舒了一口气："吓死我了。我好不容易追到的，前段时间还惹她生气了，差点……"

　　意识到自己话有点多，他马上说道："周总您忙，那我先出去了。"

　　周之越似是想到什么，突然叫住他："等一下。"

　　王志强："怎么了，周总？"

　　周之越沉默两秒，缓慢地问道："你刚说，没追到的时候就惹你女朋友生气了？"

王志强点点头："是啊。因为我过生日，她送给我一个很贵的手办，结果我太激动，手一抖给掉地上了，摔断一只胳膊……她当场就跟我翻脸了……"

周之越眉梢微扬了下，问："后来呢，怎么解决的？"

王志强叹声道："那就只能哄，还好哄好了。"

"怎么哄的？"

"她不理我，我就每天发消息，刷刷存在感啥的。当时我朋友告诉我，她不回消息没事，只要没被拉黑或者删好友，就还有机会……哦，对，我还自己给自己赔了一个手办，拍照发给她。后来还买了几个她一直喜欢的东西送过去。大概哄了有一个多星期吧。"

周之越若有所思地点了下头，淡声说："知道了，谢谢，你忙你的去吧。"

王志强看自己老板的表情，忍不住多嘴一句："周总，您是惹许意学姐不高兴了吗？学姐一看就是那种脾气特别好的，不会跟您生气的。"

周之越微蹙眉，缓慢地问："你之前不是答应会把这事忘了？"

王志强猛拍了下脑袋："对对对，忘了，忘了。周总，您当我啥都没说。"

许意今天上午的工作就是去北阳科技大学做校招，早上醒了，吃完饭，又收集到一张画着丑兔子的便利贴。

她把陈句和小胡拉了个三人小群，约定好时间在北阳科技大学见面。乘地铁一路过去后，三人开始忙着去校招的场地。

小胡性格很好，几人全程相处得都很愉快。

结束之后，陈句还主动提议一起去附近吃个午饭。

到了餐厅，陈句随口说："上次是你们周总过来的，我还以为这次也是他亲自过来。"

小胡回道："一开始周总是准备自己来的，但是他还要出差去谈合作，两边时间正好撞了。"

陈句在心里说：还好撞了，不然我又要胆战心惊一上午，而且许意还是姓周的的室友，这人际关系处理起来，简直地狱难度！

可陈句的表情管理实在不合格，小胡看见他的表情，半开玩笑地问："你是不想跟周总一块儿？"

陈句赶忙说："那怎么会？跟周总一起工作是我的荣幸啊，他可是杰出科技人才，年轻有为，而且英俊帅气，让见者自惭形秽，无地自容！"

小胡笑了下："周总确实看起来不太好相处，但一起工作久了，就觉得他这样的老板也挺好，工作能力很强，而且对大家态度都一致，严厉也是对事不对人。"

陈句表面点头附和。

话题转向别处，正聊着，许意手机响了一声，她点开来看。

是周之越发来一张照片。

周之越：正在跟合作方吃午饭。

许意一脸蒙。

许意：你发错人了？

周之越发了串省略号，许意没看懂，于是理解成他就是发错人了。

于是她没再回复，切出微信。

吃完午饭，她和小胡、陈句拼车回了开发区。下午还要见一个客户，许意在公司准备好资料，出发去另一个区。

临近11月，北阳天黑得很早，下午五六点外面就已经很暗了。这个时间，正好又赶上晚高峰。

许意一路挤地铁回九里清江，感觉自己要被挤成一张饼了。出地铁站时，她拖着沉重的步伐、顶着瑟瑟的寒风走回家。

点了份外卖，她边吃边看电视，快到九点，手机在旁边"叮叮叮"连响了好几声。

这种连串的消息，十有八九是客户来找麻烦或者提新的要求。

许意一脸抗拒地点开微信，却发现这十多个小红点都在周之越的头像上。全都是莫名其妙的文件，后缀没见过，手机都打不开的那种。

许意发过去几个问号，大约五分钟后，周之越才回复。

周之越：哦，抱歉，发错人了。

她都怀疑是不是周之越的助理还是什么与他经常联系的人，把头像换成了跟她差不多的，不然怎么总是发错人，这一天都两次了。

周之越：对了，你回家了？

许意：回了。

周之越：那有空给我打个视频电话吗？我想看一下凯撒小帝。

许意看了眼停在角落的可移动监控摄像头，以及就在摄像头旁边的小猫。

许意：家里不是有监控？

周之越：嗯。

周之越：可是我手机突然连不上了。

许意不理解他手机怎么就连不上摄像头了。

她自己打开那款查看监控的App，看到共享设备一共有两台手机，上面还清楚标注了她和周之越的手机型号。

许意自己试了试，发现连得好好的。

她切到微信，正准备打字回复让他重连试试，像是突然想到什么，又切回监控App，操纵着遥感把摄像头移到自己附近的位置。

许意看着屏幕上的自己，表情凝滞了一会儿。

她脸挺小，但脸型还是偏圆，从这么低的位置往上拍，简直就是死亡角度，加上已经卸了妆，拍出来像个长着鼻子眼睛的包子似的。

许意犹豫片刻,决定还是给他打视频。

许意:现在可以吗?

周之越:可以。

许意拨了个视频过去,迅速把摄像头切成后置。

对面很快就接起来。

视频画面里是酒店的背景,周之越大概是坐在沙发或者桌子的位置,面前就是一张大床和一整面的落地窗,窗外夜景很好看,灯光璀璨的。

随后,听到他低沉的声音:"你在客厅?"

许意:"是啊。"

视频画面里也看不见周之越的脸,只有一道声音。

听起来,他的嗓音已经恢复正常,没有咳嗽,也没有鼻音。

周之越又问:"在做什么?"

许意随口说:"刚回来没多久,吃了外卖,看了会儿电视。"

周之越:"我也是刚回酒店。"

许意突然有点不适应这种闲聊,尤其是在视频通话的状态下。

让她不由得想到大学的时候,每年寒暑假都要经历两次"异地恋"。那时他们几乎每天晚上都会打视频,开场白就是类似于这种模式的闲聊。后续也不一定有什么有营养的话题,有时就只是把视频这么挂着,各做各的事,想到什么就说一句。

空气安静了一会儿,许意说:"对了,你不是要看猫吗?"

周之越:"哦,对,它在哪儿?"

许意站起身,走到阳台附近,把摄像头对准猫。

凯撒小帝这会儿正睡得香,许意去戳戳它的爪子,它回头瞅了她一眼,满眼写着不耐烦。

周之越:"看到了,让它睡吧。"

许意"嗯"了一声,又回到沙发上坐着。

她正纠结要不要挂断,周之越那边的画面移动了一下。

她看见一张圆桌,上面放着一盒感冒冲剂,旁边还有个热水壶和玻璃杯,看外观不像是酒店里的。

周之越大概是把手机架在了什么地方固定住,他往杯子里倒了一袋药,然后用开水冲开,又兑了些瓶装水进去。随后,摄像头被切成前置,但由于角度问题,许意看不见他的全脸,只能看到鼻子以下的部分、脖子以及衬衫领口。

周之越端起杯子,喉结随着吞咽的动作上下滚动,居然莫名还有些性感。等一整杯喝完,他把杯子放下,抽了张纸巾擦了擦嘴角的水渍。

许意有些不明所以地问:"你感冒还没好?"

周之越把摄像头切回去,沉默几秒,嗓音低沉地说:"……昨天就好了。"

许意愣了一会儿,反应过来,突然就很想笑。

她声音里有压抑的笑意:"你不会是专门喝给我看的吧?"
对面没说话了。
许意终于忍不住,前两天的火气散尽,笑得很小声:"周之越。"
"嗯?"
"你现在好幼稚哦。"许意憋住笑,咬了下唇,继续说,"你还是别喝了,没病还吃药,对身体不好。"
周之越的语气听起来也松快了些:"好,那就不喝了。"
两人同时沉默下来,但谁都没有挂断视频。
大概这么安静了有半分钟,许意咬了下唇,犹豫着开口:"你……好像还挺在意我会不会生气的?"
说完,她又很快转移话题:"那个、你去忙你的吧,我接着看电视了。"
周之越那边的摄像头已经切到了后置,他没马上说话。四五秒的时间,画面就无声地固定在那儿。
许意听不到他的声音,也看不到他的表情,脸都急红了,感觉心上好像有一百只小蚂蚁在爬。
刚才她问的是什么问题啊?会不会显得她太自作多情?
终于,手机扬声器里传出一个熟悉的声音,但音量很小,轻飘飘的:"是挺在意。"
周之越轻咳一声,语气不太自然地说:"你去看电视吧。我大概周末回来。"
许意这会儿脑子已经不在线了,僵硬地应了声:"好,那我先挂了。"
等视频挂断,她站起身,绕着客厅走了五六圈,又坐回沙发上,深呼吸三次。
他刚才是说,挺在意她会生气的吧?
以许意对周之越的了解,周之越这人是不大会在意不相干的人的心情的,那他现在在意她生气,是不是意味着她在他心里还是比较特殊的存在?
许意把电视打开,综艺节目上的人在玩什么小游戏,一群人笑得前仰后合。可她的心思完全没在电视上,也不知道那些人在笑什么。在客厅东想西想,脑子里却又没个核心问题,有时想到以前谈恋爱时的画面,有时又想到周之越最近的态度。
开着电视坐到快十二点,她还不觉得困。又过了一个小时,节目放了三四期,她终于站起身,把电视关掉。
算了,有什么可想的,只是说在意她生气而已,她至于脑补这么多吗?
令许意没想到的是,接下来连续两天,她虽然见不到周之越的面,但每天都会收到他的几条消息。有时就是单纯发错消息,有一次是问她想吃什么味道的点心,再者就是每天晚上都会让她拍段凯撒小帝的视频。
许意看见周之越的聊天框一直挂在她的聊天列表首位,越发觉得他们这联络频率好像略微有些高。但真的去看聊天记录,感觉又没什么不正常的内容。

周五这天下班，许意刚回到家，换了衣服坐在床上，许思玥就打了个电话过来。

"姐，你生日是下周二，我下午没课，去陪你过生日吧！"

"啊……下周二吗？我生日？"

许意最近工作忙，乱七八糟的心思又多，完全忘了生日这回事。

许思玥说："是啊，你虽然年纪大了，但也得过生日吧？"

许意没好气道："说谁年纪大呢？不能只看人的实际年龄。前几天我去北阳科技大学，还有人叫我学妹。相由心生，证明我心态和长相都还很年轻。"

许思玥笑了声："好好好，学妹，那我去给学妹过十七岁生日。"

"这还差不多。"许意想了想，"不过我周二要上班，最早也要五六点下班，我们吃晚饭吧，你看看想去哪家餐厅。"

"我能去你住的地方吗？外面好吃的餐厅都要排队，这大冷天的，冻死了。我们可以在家点比萨和奶茶外卖，而且，我有点想看上次见到的那只小猫。"

"下周二啊……也不是不行，但是我室友可能也在家。"

"在就在呗，我反正社牛，你问问他介不介意我过去？"

"好，那我问问。"

"对了，学校三食堂新开了个做西点的窗口，便宜又好吃，每天排长队，我去给你抢一盒巧克力芝士挞吧。"

许意眨了下眼，克制地说："少带几个，太长胖。"

许思玥笑了："那个就是整盒卖的，没事，吃不完就分给你那室友，刚好促进一下室友关系。"

"……好。"

许意挂断电话，给周之越发了条消息。

许意：下周二我妹妹想来找我，可以吗？

等了半个小时，都没收到他的回复。

她顺便又往上翻，看了一遍他们前两天的聊天记录。

许意在床上坐着坐着，上下眼皮开始打架，不知什么时候，手机被扔到一边，她直接睡了过去。

她前两天晚上吃了褪黑素，都睡得很不踏实，半夜容易心慌。

这次也是几乎刚合上眼就做了个噩梦，居然还被"鬼压床"。

梦里，是周之越收到她最后一条消息时的画面，她没真的见到，但也许想象过。

他的手机屏幕上，只有她简短的一句话：真的很对不起，我们分手吧。我已经回苏城了，祝你未来一切顺利。

周之越好像是在手机上打了什么字，但消息发送失败。

绿色的气泡框旁边多了一个醒目的红色感叹号，显示他们已经不是好友。

他打电话过去，却也只能听见忙音。

待周之越比赛结束，回到北阳，直接去了学校对面那套公寓。

打开门时，他便看见屋里所有属于许意的东西都不见了，而他们互送的礼物、共同的物品还都在。仿佛是她人已经走了，却把所有回忆都留给了他。

周之越看了一圈，默默转身出门，去楼道里打了个电话。

没过多久，有搬家公司的人上楼，把所有属于他们共同的东西都装到了一个巨大的黑色垃圾袋里，然后带下楼，整个丢进脏兮兮的垃圾箱。

许意全程都是旁观者的视角，定定地站在旁边。

她动也动不了，喊也喊不出声，身体像是被什么东西压住了一样，只能干看着。

垃圾袋的袋口没扎紧，里面的水杯、睡衣、玩偶、浴巾、香薰蜡烛、摆件一件件掉出来，再掉到垃圾桶的底部，不断发出尖锐的碎裂声。

许意每听到一声，就好像心脏也摔出一道裂痕，鼻子很酸，眼泪像脱线的珍珠似的往下掉。

不知过了多久，她看见周之越下楼，径直走向另一个远离她的方向。

"周之越——"

许意用尽全力喊他回来，他却像完全听不见一样，头也不回地往前走，消失在远处的拐角。

许意猛然惊醒，眼睛还酸痛着，脸上和枕头上湿漉漉一大片，全是泪痕。

她缓缓睁开眼，就发现自己好好地躺在床上。

周之越一身黑色的西装外套和西裤，衬衫扣子松了两颗，他就站在她的床边，正看着她。

他薄唇微张，语气比平时温和不少："梦到什么了？叫都叫不醒，还一直在喊我名字。"

许意看见这张脸，先是吓了一跳，回过神后，忍不住又开始哭，哭得比刚才还要伤心。

周之越一时有些不知所措，从床头柜上拿了包抽纸递过去。

许意撑着胳膊坐起身，抽了好几张纸擦眼泪。

她吸了吸鼻子，呼吸间全是他身上熟悉的香味，莫名就更觉得难过。

周之越声音低低的，像是哄人般的语气："别哭了，做梦而已，这不是已经醒了吗？"

许意心情还未平复，好一会儿后才哽咽着问出声："你什么时候回来的？"

周之越看着她说："刚回来，一开门就听见你的声音。"

许意错愕一瞬，又问："你刚才……能听到我叫你名字？"

周之越点头："可以，隔着门都能听见。还以为你叫我有什么事。"

许意呆呆地坐在床边，眼睛红红的，里面还盈着眼泪，在灯下闪着光，眉头皱成一团，看起来可怜极了。

周之越心中一阵闷痛，低声问："你是梦见我才哭的？"

许意一边擦眼泪，一边点点头："差不多……"

周之越犹豫地抬起手，放在她头顶，随后很轻地摸了一下。片刻，他嗓音沉沉，缓慢地说："所以说，梦都是假的。我什么时候惹你哭过？"

也许是刚才梦里的情景太令许意难过，现在醒来，这一时半会儿的，也没法完全停止哭。

就好像是一种生理反应，只是坐在那里，眼睛就酸酸的，泪水不自觉地不停往外冒。

许意低垂着脑袋，一边哭，一边思考周之越刚才问她的问题。

之前他们在一起三年，他好像确实一次都没把她惹哭过。

她抬头看了眼周之越，只能含混不清地说："就、刚才。"

周之越见她又哭成了小花脸，从纸巾盒里抽了两张纸，折了两折，抬起手，轻轻擦她眼下的泪痕。

"这么不讲道理？自己梦里的事也要赖到我头上。"他声音清淡，但并没有任何责怪的语气。

许意往床头挪了挪，膝盖蜷起来，被角拉到腰以上，整个人缩成一小团，没说话，就安静地坐在那里。

周之越看她片刻，垂下手，把纸团扔进垃圾桶，准备先回房间换身衣服。

他刚走到门口，身后传来抽抽搭搭的声音："周之越……"

他又转头："嗯？"

许意身子往前倾了些，咬了下唇，很小声地说："你能不能……先别走？"

闻言，周之越眸光闪动，又回到她床边的位置。

他随手把桌前的椅子拉过来，坐下，改成 个差不多能和她平视的高度。

空气安静了会儿，许意房间里的浆果甜香渐渐将他包围，跟他身上淡淡的冷杉香混合在一起。

床头的加湿器不间断地喷着水雾，模式开到最大，两人周围像是被朦朦胧胧的潮湿包裹住。

周之越先开口："那来说说，刚才梦见我什么了，哭成这样。"

许意捏着被角，并不想把梦里的画面说出来，但是刚才一冲动，都让他别走了，她现在如果什么都不说，好像会把气氛搞得更奇怪。

许意吸吸鼻子，决定只说最后的部分："就是梦到……我怎么叫你，你都听不见，就像……就像聋了一样。"

周之越眉头微动："所以，你哭，是因为我聋了？"

许意咬了下唇，小声说："也不完全是……大概就是想叫你帮忙，但是你听不见，做梦嘛，乱七八糟的，我也说不太清。"

她生硬地转移了话题："你不是说周末回来吗？今天才周五。"

周之越:"嗯。今天下午工作结束了,在那边也没什么事,就早点回来。"
许意点点头。

可能是刚睡醒,再加上哭过一场,许意现在脑子反应很慢,想让周之越陪她多待一会儿,却一时间又想不到什么话题。

好在凯撒小帝大概是听到了动静,迈着小短腿从客厅进来。

有几天没见到周之越,它先用脑袋顶了顶他脚踝,在他脚边绕了两圈,又蹦上床,然后跳到他腿上,很乖地趴下。

不知什么时候,许意就不掉眼泪了,反倒扯扯嘴角:"凯撒小帝好像想你了。以前你在家的时候,它都不怎么理你的。"

周之越手指修长,在小猫的背上有一下没一下地顺毛摸着。

片刻后,他淡淡地说:"它想我有什么用?"

许意心脏"怦怦"直跳,然后在脑子里又把这句话重新过了遍,才觉得好像没什么问题。

就,很正常的一句话。

大概是她做贼心虚,刚才居然听出了一点点暧昧的意思。

男人与猫和谐共处的温馨画面并没有持续多久。

猫以食为天。不到两分钟,凯撒小帝就从他身上跳下来,走到旁边的猫碗前埋头干饭。

许意歪着脑袋看了会儿,也随口问:"对了,那你吃饭了吗?"

周之越自动忽略了前不久吃过的飞机餐,整了整衬衫领口:"没吃,你呢?"

许意:"我也没吃。"

两人再次对视,两秒后,几乎是同时出声。

周之越:"有想吃的吗?"

许意:"你想吃什么?"

许意有些不好意思地别开头:"我都行……不过不太想出门,随便叫个外卖吧。"

"好。"周之越站起身,"那等我一下。"

许意很乖地点点头:"嗯。"

周之越出去时没关门,只是虚掩上。

许意坐在原位发了会儿呆,听到外面窸窸窣窣的响声,然后穿鞋下床,准备去洗个脸。

刚到洗手间,她就看见了镜子里的自己。

眼睛肿得像灯泡,红得都有些发紫,两边脸颊上都是泪痕,头发也乱得不行。

许意叹了声气,默默整理起自己。

眼睛已经没得救,也就只能洗把脸、梳梳头发之类的。

大概五分钟后,许意推门从卧室出去,看见周之越还穿着刚才那身西装,坐在沙发侧面,正在给手机充电。

她轻缓地走过去，装作若无其事地坐在与他相距一人远的位置。
周之越侧头看她一眼："怎么出来了？"
许意回道："……躺得头晕。"
不多时，周之越的手机开机了。
他先点好了两人常吃的外卖，随后切到微信。
周之越："回来路上手机没电了，现在才看见你的消息。"
他顿了顿，思忖着问："你妹妹，是不是已经上大学了？"
许意："对，今年刚上大一。"
周之越轻"嗯"了声，把手机熄屏："可以来。以后你妹妹，或者朋友过来找你，都不用问我。"
紧接着，他轻飘飘地补充四个字："同性朋友。"
许意点头答应，不带异性回家，很正常的合租规则。
吃过外卖，两人各自回了自己房间。
许意先躺在床上，往左滚了一圈，又往右滚了一圈，正准备去洗澡刷牙，许思玥发来消息。
许思玥：姐，你问你室友了吗？
许意：问了问了，你来吧，我给你再发一遍地址。
许思玥：太好了！
许思玥：那我大概五六点到，赶在你下班的时间，吃完晚饭和蛋糕坐地铁回去，应该正好能赶在熄灯之前回宿舍。
许意：好，你自己看好时间就行。
许思玥：到时候你室友会在家吗？我看生日蛋糕订几寸的，他在的话就订个稍微大点的，可以三个人一起吃。
许意：在也不用管。其实他不怎么吃甜的，就按两人份订吧。
她又发了个熊猫头的谢谢表情包过去。
放下手机，许意躺在床上，想到一件事。
今天周之越看到她的微信消息，好像也没提下周二是她生日，应该是早都忘记了。
她到现在都清清楚楚记得周之越的生日。因为在一起的三年，他们都把手机密码设置成对方的生日。
许意突然有些失落，但又觉得这失落来得很不应该。
早都分手了，还有什么必要记得她的生日？

周日这天，许意临时接到以前客户的电话，想约她见面谈新的项目合作。
于是，她收拾之后就出发去了北阳主城区的CBD。
吴乔乔就住在这边，两人已经有段时间没见，和客户谈完事，许意便给她发了条消息，约她一起吃午饭。

吴乔乔很快发了语音过来："行啊，正好我男朋友今天出去玩了，那我现在出门找你！"

大概半个小时之后，两人在餐厅见面。

吴乔乔放下包："你总算是想起我了，上上周约了你两次，你都说没时间。我还以为你这搬去开发区，又要失联了。"

许意解释说："前两周确实是没空，我们公司差不多就这样，一阵忙一阵不忙的。"

吴乔乔："有不忙的时候就行。"

她叹了声气："我男朋友最近也特别忙，工作日天天加班回家晚不说，周末也全天都在公司。"

"那这也太忙了。"

"是啊，感觉最近谈恋爱谈了个寂寞，明明是同居，话都说不上几句，搞得跟合租室友似的。"

说到这里，吴乔乔又好奇地问："对了，你跟你前男友合租得怎么样？你俩复合了吗？"

"怎么可能复合？"许意想了想，"跟他合租，比想象中好点，比跟陌生异性合租好很多，偶尔还能说上几句话，而且他现在……性格比上学的时候好点了。"

"那肯定是好很多啊，你前男友那条件，万里挑一，再找一万个合租室友都找不着他这样的。"

许意笑了声："这也太夸张了。"

"真的，虽然概率是我瞎编的，但肯定没有夸张。所以，你们现在就真的像合租室友一样相处，都不觉得奇怪？"

"……有时候会有一点点吧，就是说到往事的时候。"

吴乔乔又问："那你没想过跟他复合吗？你大学的时候那么喜欢他，现在又每天见面，真的一点感觉都没有？"

许意沉默几秒："其实，我没太想过……也不太敢想。

"你应该知道吧，我这人容易恋爱脑上头，一旦开始琢磨这个问题，可能就停不下来了。万一我又不小心上头，结果他不想复合，多尴尬，我还得打包东西搬家走人。"

吴乔乔笑着说："这我肯定知道。你大一看上周之越之后，每天张口闭口都是他，更别提后来谈恋爱的时候。"

"当时真的是年轻。"

"那你觉得他对你的态度怎么样？说不定他也想跟你复合呢？我感觉，你前男友这种人，如果完全没意思，是不可能跟前女友住在同一个屋檐下的。"

许意回忆了会儿，反驳道："可那时他太忙，让其他人帮忙找的合租室友，我都住进去了他才知道是我。"

"那他完全可以在见到你之后,让你另外找房子啊。"

许意忍不住仔仔细细想了想。

她甚至还想到前天她做噩梦醒来,周之越答应在旁边陪她一会儿,好像还帮她擦眼泪,摸过她的头。

许意觉得自己不能再照这个思路脑补下去,双手捂住脸:"救命,我们还是别聊这个了。"

吴乔乔边笑边说:"好。那我们先聊别的。"

被吴乔乔这么一说,回家之后,许意大脑有点不太受控制,总是不自觉地从记忆里寻找一些周之越对她态度特殊的片段。

但转念一想,她又能想到很多能证明周之越对她没意思的片段,这也没法做量化的比较。

开着电视,在沙发上发呆到晚上七点多,门口传来输密码的声音,许意侧头看过去。

周之越神情冷倦,穿着一身黑风衣,缓步从玄关处走进来,扫了眼电视上的画面。

"看的什么东西?"

许意这才把注意力转移到电视节目上,不由得愣了愣。

播放的是一部都市偶像剧,只看一秒就知道是烂片。滤镜厚到看不清演员的长相,说台词也像是在诗朗诵。

现在正播到一段车祸镜头,女主角被车撞飞,十分狗血地在空中飞跃旋转了至少半分钟。

许意默默拿起遥控器,换了个台。

"刚在看手机来着,没注意是什么电视。"

周之越径直走回卧室,过了会儿,换了身睡衣,推开门。

他往沙发这边扫了一眼,似是漫不经心地走到许意身边的位置,说:"一起看吧。"

许意:"……好,你想看什么?"

周之越身子往后靠:"就之前没看完的那个。"

许意点了几下遥控器,把那部悬疑片调出来。

周之越看了两分钟,眉梢抬了下:"怎么还是这里?"

许意眨了下眼:"上次不就是看到这里吗?这个老奶奶的儿子失踪了,去报警。"

周之越:"我出差那两天,你晚上看电视看的不是这个?"

许意转回头:"那两天我看的是综艺节目。"

她停顿片刻,试探性地小声开口:"我是想等你回来跟你一起看这个。"

说完,许意心跳加速,十分忐忑不安,甚至不太敢转头去看周之越的表情。

但很快,他的声音飘过来:"哦,想让我提醒你哪里有恐怖镜头是吧?"

许意:"应该吧。"

周之越轻哂:"我就知道。"

许意盯着电视屏幕,撇撇嘴,只觉得刚才紧张了个寂寞。

于是,这一集接下来的半个小时,两人虽然坐得近,但全程毫无交流,都在安静地看电视。

直到这一集播完放片尾曲,许意也懒得选跳过,就这么自动播放,然后自动跳转到下一集。

片尾曲结束,下集还在加载的时候,客厅陷入短暂的安静。

这时,周之越情绪不明地开口:"对了。后天下午,我也可以早点回家。"

许意怔了一瞬:"啊,为什么?"

天色已黑,先前为了看电视,她只留了几盏小灯。

昏暗的环境中,周之越声音很低:"后天不是你生日吗?"他轻抿了下唇,"不需要就算了。"

周之越话音刚落,电视上下一集正好加载完。

片头曲前奏,是一段节奏感很快的清脆鼓点,许意坐在他旁边,一时分不出是自己心跳快,还是背景音中的鼓声更快。

大概过了有四五秒,她才张口,可是声音就像是未经大脑发出的:"可以啊……"

遥控器就在许意手边,但她没有选择跳过片头曲。

片刻后,她又强作镇定地说:"反正就我和我妹妹,她买了蛋糕过来,两个人也吃不完。"

周之越身子往后靠了靠,神情也明显放松下来。

"你妹妹买了蛋糕?"

许意点点头,心跳还没恢复:"对。"

忽然,她想起许思玥买的蛋糕好像是两人份的,那也不存在两个人吃不完这回事……

她正琢磨着要不要让许思玥换个稍大点的尺寸,还是自己少吃两口,突然听见周之越说:"哦,她买的哪种?"

许意:"好像是奶油草莓的。"

周之越"嗯"一声:"知道了。"

几句话说完,电视剧的片头还没有播放完。

许意深吸一口气,侧头瞄了眼,声音很小,但还是问出了口:"你……还记得我生日啊?"

周之越别开头,语气轻轻的:"有什么问题吗?"

"……没。"许意听到这句反问,突然就感觉心里痒痒的,还怎么都没法挠。她站起身,去厨房冰箱里拿喝的。

矿泉水还剩下最后两瓶，她想了想，把两瓶一起拿出来，回到沙发上，扔给周之越一瓶。

片头终于结束了，这一集开头就隐隐有些恐怖的氛围。是主角追凶手的场景，差点就抓到了人，但最后还是被凶手给跑了，只找到他藏新尸体的地点，一个废弃的罐头加工厂。

许意"咕咚咕咚"喝了半瓶水，然后，虽然眼睛盯着屏幕，但半点心思都没在这电视剧上。

周之越手机上收到助理的消息，跟他确认调整几个工作安排。待回复完，他把手机扔一边，刚抬起头，就看见屏幕上的画面十分血腥，脏兮兮的机器上，到处散落着断胳膊断腿。

他赶忙看向许意，却发现她正目不转睛地看着屏幕，嘴角还浅浅弯了起来，似笑非笑的表情，看起来非常诡异。

周之越："……喂。"

身边的人没出声。

周之越伸手在她面前挥了两下："看什么呢？"

许意猛地回过神，看见电视屏幕上血淋淋的画面，瞳孔和心脏同时经历了一次地震。

"啊！"她赶紧把头扭到一边，"你怎么不提醒我？"

周之越眉梢微扬："我看你刚才看得挺专注，还以为几天不见，你口味变得这么重了。"

许意瞪他一眼："我就是走神了而已。"

周之越随手摸过遥控器，把电视的音量调小了些，淡声问："看这个也能走神，你想什么呢？"

许意大脑飞速运转，随口瞎编："哦，我在想凯撒小帝的生日是什么时候，可以用猫罐头给它做个小蛋糕的形状。"

周之越面无表情地说："那还早，明年夏天。"

他顿了顿，语气悠悠道："我生日倒是比较近，就在下个月。"

许意："知道。"

周之越听到这两个字，眸色深深地盯她一眼，随后移开目光："你转回来吧，没什么吓人的了。"

许意忐忑地"哦"了一声。

翌日明明是周一，要早起上班，但她半点都没觉得困，反而越来越精神。

两人坐在沙发上，又连着看了好几集电视。

凌晨一点多，凯撒小帝从她卧室出来，"喵喵"叫着催了一趟。

许意看了眼周之越，轻声问："你困了吗？"

周之越："还好。"

许意："我也还好……那就再看会儿？"

周之越："嗯。"

第二天早上，周之越要和赵柯宇一起去跟下个项目的投资方谈事。先把许意送到公司之后，他便和赵柯宇一起出发。

昨晚，周之越严重睡眠不足。这周还轮到他早起准备早餐，前前后后的时间扣掉，估计睡了还不到四个小时。去浩源资本的路上，周之越靠在后排座椅上休息。

偏偏赵柯宇精力充沛得很，在旁边聒噪地说八卦："你知道浩源资本的老板江总吧，小时候见过好几次。他前段时间结婚了，老婆居然是我前女友之一。那女生不是啥好人，当时就被我发现拿着我的钱另外租房子包养男网红。

"你说我要不要给江总提个醒啊？不过人家现在都已经结婚了，俗话说，宁拆十座庙，不毁一桩婚？"

周之越对这些乱七八糟的事毫无兴趣，眼睛都没睁，语气很困倦："随便。"

赵柯宇叹了声气："唉，真是个艰难的选择。算了，那我还是不说吧，说了对我也没啥好处。"

好不容易安静一会儿，赵柯宇又开口："如果那女生现在还这样，江总可真是倒霉，也不知道他签没签婚前协议。我前阵子听朋友说，江总这人有时候挺憨的……"

周之越被吵得头都痛了，睁了下眼，皱着眉打断他："你能安静会儿吗？"

赵柯宇一愣："啊，你要睡觉吗？

"你今天怎么回事，大清早的就困了？是昨晚有什么活动？"

周之越懒得解释，重新闭上眼。

赵柯宇想到今早还在环金大厦的地下车库看见周之越和他前女友一起上班。依稀记得他那位叫许意的前女友好像也挺困，边走路边打哈欠，在电梯里遇见，好像看到她眼下还有点乌青。

赵柯宇恍然似的笑了声："兄弟，你跟你前女友这是已经复合了？"

周之越还是没理他。

赵柯宇顺着自己的思路往下说，委婉地提醒："知道你单身五年不容易，但也稍微克制点。毕竟快三十岁的人，不比年轻的时候。"

周之越瞥他一眼，眼神冷得像刀子："没复合，就是熬夜看了个电视。现在你能闭嘴了？"

赵柯宇哑然一瞬："那我就不理解了，你们都能一起熬夜看电视了，还没复合？"

他拖着长音评价："不行啊，兄弟。"

周之越烦躁地戴上蓝牙耳机，调了音乐出来，把降噪模式打开。

赵柯宇没注意到，像个爱操心的大妈似的，在旁边喋喋不休地帮他支招。

后排座椅就那么大点位置，耳机的降噪功能也不能完全屏蔽他的声音。

周之越还是听到一些莫名其妙的言论——"表白这事就讲究快、准、狠三个字""你直接给她买个钻戒，看她收不收"……

周之越闭着眼，想到昨天赵柯宇又跟他的新女朋友分手了，本次恋爱时间不足半个月，他便默默关掉降噪模式，把赵柯宇提过的做法全部划入反面教材的范围。

许意已经很久没有这种对生日有所期待的感觉。抛开小时候不谈，上大学时，每年临近生日，她都会暗暗在心里倒计时。

周之越每次都不告诉她会给她送什么礼物，整得神秘兮兮的，任她怎么问都不说。于是，对礼物的好奇就会一直持续到生日当天。不论收到什么，她都觉得很惊喜。但遗憾的是，后来那些礼物她一件都没有带走，留在北阳，最后被周之越扔了。

周二这天，许意心不在焉的，加上没什么非要在当天处理的工作，收到许思玥的消息，她就拎着包先回家了。

许思玥从学校过来大概要一个多小时，许意提前订了比萨，又把自己的卧室整理一遍，换了身睡衣等她过来。

从昨晚开始，微信里不断收到朋友、老同事或者老同学的生日祝福，但今年，第一个祝她生日快乐的人是周之越。

昨晚零点时，他们正在客厅看电视吃夜宵。电视机旁边放着一个电子钟，数字变到00：00的时候，周之越看她一眼，语气淡淡地说："生日快乐。"后面又跟着补充，"礼物白天给你。"

许意霎时眼睛就亮了，忍了又忍才没有喜形于色。

但是，现在两人这关系，她又不好意思直接问礼物是什么，而且周之越既然说了白天给，她就算问，他也肯定不会提前说。

于是，有了这茬，许意从昨天夜里就心神不定，盼着时间赶紧跳到白天。

大概下午四点，许意的手机又响了几声。

终于，是周之越的消息。

周之越：我现在可以下班。

周之越：地下车库见？

许意：那你直接回来吧，我已经在家了。

周之越：你回去怎么不叫我？

许意：怕你还没忙完。

周之越没再回复。

十多分钟之后，玄关处传来响动。

许意探着脑袋往门口看，见周之越手里拎着一个蛋糕盒，一看就很精致的那种，光盒子就像是件能单卖的艺术品。

许意站起身，犹豫着走过去，随口说："你回来了。"

周之越垂眸看她，心情不错的语气："第一次听到这四个字。"

许意抿了下唇。

周之越把盒子递给她，简短道："蛋糕。"

许意接过来，小声说："不是跟你说过，我妹妹已经买了蛋糕来着？"

周之越把风衣外套脱下来，随意地挂在胳膊上。

他一边往卧室走，一边淡声说："她是她的，我是我的。"

闻言，许意感觉悬着的心又往上提了提。

这会儿时间还早，外面天还大亮。

又赶上今天天气好，柔和的阳光从落地窗外照进来。

大概是一会儿许思玥要来，周之越没换睡衣，从卧室出来时，还穿着刚才那件衬衫。

细碎的黑发垂在额前，眉眼冷俊，五官被屋里的自然光映得更加精致立体。

许意别开头，摸了下鼻子："对了，我妹妹大概还有四五十分钟才到。"

周之越点点头："嗯，也不急。"

沉默了片刻，许意还是忍不住想问礼物的事，试探着开口："你不是说，今天送我礼物？"

周之越很浅地笑了声："晚点。又不会不给你，每年都这么催。"

许意下意识反驳："……也没有每年。"

话一出口，两人之间的气氛又有些古怪。

周之越很快收敛笑意，恢复了平时那种冷冰冰的表情，语气比刚才淡了不少："你说得对。"

他想到他们一起过第一个生日时，许意说以后每年的生日都要一起过，如果从十九岁过到九十九岁，就能攒满八十个礼物。

但后来，她不再跟他一起过生日，不会跟他互送礼物，连十九岁至二十二岁的几个礼物都不要了，就扔在学校对面那套公寓里，甚至都不愿意带走。

许意观察到他的表情，小声道："我不是那个意思……"

周之越站起身，没什么情绪的语气："知道。我先去书房加会儿班。"

片刻后，看见书房的门关上，许意叹了声气。

唉，本来好好的，怎么突然就被她搞成这样了？

又等了一会儿，许思玥到了。进门的时候，她手里拎着小礼物和蛋糕盒子。

"姐，生日快乐！"

许意扯出一丝笑，接过许思玥手里的东西，有气无力地说："谢谢啊，你换鞋进来吧。"

许思玥看她一眼："过生日，你怎么皮笑肉不笑的？谁惹你不高兴了？"

"啊？哪有不高兴，就是上班有点累。"

"要是生日也是法定休息日就好了。我生日也不在寒暑假,每次生日还要上学,就觉得活得好痛苦。"

一边聊着,许思玥一边进了许意的卧室,去找凯撒小帝玩了会儿。

"它长大得好明显啊!上次来还是超小一只。"

"明显吗?可能我天天看着,都感觉不到它长大了。"

玩得差不多了,外头门铃响了声,比萨送到了。

许思玥问:"姐,你室友呢?我们用不用等他一起?"

许意抿抿唇,不知道周之越还想不想一起过生日了。

"他在加班,我去问问吧。"

许意踱着小步走到书房门口,屈指敲了敲门。

周之越:"进。"

许意打开门,看见他坐在桌前,电脑也没开,正随手翻着一本书,不像是正在加班的样子。

她不太有底气地问:"比萨到了,出来一起吃?"

周之越走出来:"好。"

三人坐在餐桌旁,许意和周之越坐一边,许思玥坐他们对面。

许意给他们互相介绍了一下。

周之越很礼貌且官方地打了个招呼:"许思玥,你好。"

看到周之越的脸,许思玥很直接地说:"你好你好!你长得真的好帅啊!"

之前不小心说错话,许意正好借机找补,附和道:"对啊,我也觉得他特别帅。"

周之越侧过头,盯她一眼。

许意被这眼神看得很不好意思,赶忙夹了块比萨,低头开始吃。

许思玥又说:"姐,你每天跟这么帅的室友住一起,心情都会变好吧?"

许意咽下一口比萨,含混不清地说:"嗯,是挺好的……"

许思玥笑了:"其实,我一直以为你生活里没什么帅哥呢。"

许意不明所以地问:"为什么?"

许思玥:"因为你很久都没谈恋爱了啊。"

许意一脸无语:"噢,那你的意思是,身边只要有帅哥,我就得跟他谈恋爱啊?"

许思玥想了想:"好吧,你说得有道理,但这是本颜控能想到唯一的不谈恋爱的理由。要不就是你那个传说中的前男友立的标杆太高,你还一直对他念念不忘。"

许意差点被一口比萨噎死,赶忙伸腿去踢许思玥,想暗示她别说这个话题。

结果,一脚踢了个空,自己的椅子还险些往后翻过去,还好被周之越扶了一把。

许思玥继续往下说:"你当时反复告诉我,你男朋友是个千年难遇的绝世大帅哥。"

"哦,我想起来了。你分手之后还经常在网盘里翻跟他的聊天记录截图,光我看过的就有好几次。"

许意尴尬得想当场离开,并且想立刻爆捶许思玥一顿。她下意识侧了下头,发现周之越正看着她,眸中情绪翻涌。

许意只觉得周之越这眼神就像是漆黑夜色下,暴风雨来临前的海面,距离很近,仿佛随时要把她卷进去,让她越沉越深。她赶忙转回头,拿起饮料"咕咚咕咚"喝了几口,却没想到喝得太猛,又把自己呛个半死。

强行把半口饮料咽下去,许意感觉肺都快炸了,抽了几张纸捂着脸,坐在那里疯狂咳嗽,咳得眼泪都出来了。

许思玥:"啊啊啊,姐,对不起,我不说了,你没事吧?"

许意这会儿顾不上理她,突然感觉一只有温度的手在轻拍自己的后背,力道很轻,一下又一下。这个位置,只能是周之越。这动作对她的症状没有半点缓解效果,她反而咳得更厉害,而且背上痒痒麻麻,很不舒服。许意好不容易才终于停住咳嗽,但脸还是通红的,也不知究竟是咳嗽咳的,还是被周之越给拍的。

她深呼吸平复心情,听见耳边传来低沉的声音。

"都多大个人了,喝个水还能把自己呛成这样。"

许思玥刚才看到周之越拍许意后背的画面,这会儿又听到这句话,左看一眼,右看一眼,莫名感觉有点嗑。

她眨巴着眼睛说:"哇,你们比我想象中还要……熟一点呢。原来一起住就可以这么熟的?"

许意已经不想说话了,但觉得还是有必要解释一句,免得一会儿许思玥说出什么更尴尬的话。

她轻描淡写地说:"其实,我们本来就是大学同学。"

许思玥恍然般地点点头:"噢,原来我们三个都是校友。那你俩能合租,还真挺有缘的。"

周之越弯了下唇,语气清淡:"是的吧。"

许思玥看向他,忍不住说:"那你上大学的时候,应该也有很多人追吧?"

周之越还真摆出一副在思考的模样,随即缓慢地说:"记不太清,但是,好像还真有一个。"

许思玥一惊:"哇,你就记得一个,那肯定是她追人的方式很特别吧?"

想到她还没追到的帅哥学长,她讨教地问:"那你记得她是怎么追的吗?"

"每天在我周围晃悠,这算吗?"周之越抬了下眉,就好像在说一件和在座的人都无关的事。

许思玥表情略有些失望:"……算是算,但就只是这样吗?"

周之越身子往后靠了靠,侧头看一眼许意:"差不多吧。"

许思玥:"好吧。那后来呢,她追到你了吗?"

周之越:"追到了。"

许思玥眼中闪过一道亮光:"原来这样就真能追到。那现在呢,你们还在一起?"

周之越低声说:"没。"他情绪寡淡地补充,"毕业就被甩了。"

许意一边听,一边觉得这生日过得就像是在做梦一样。

怎么有人会这样!当着她的面说跟她有关的事情,却把她当空气。更奇怪的是,偏偏她还不去制止,居然还想听听周之越会怎么说。

许思玥很好奇地问:"为什么啊?"

周之越语气平平:"我也不知道。"

许思玥虽然不知道前因后果,但还是义愤填膺地安慰道:"估计就是始乱终弃吧,追到之后就不珍惜了。没事,渣女也不值得留恋!"

许意被"渣女"两个字砸得头都抬不起来。之前许思玥说要过来的时候,许意还庆幸之前谈恋爱的时候没给她看过周之越的照片。

那会儿许思玥还是一个中学生,印象里,许意也就跟她说过几次自己有男朋友,而且男朋友很帅的事。结果小孩子嘴上完全没个把门的,没过几天,连隔壁阿姨都知道她在学校谈了一帅哥男朋友的事。

许意吃一堑长一智,坚决不给许思玥看照片,也尽量不跟她提自己的感情生活。

餐桌上突然冷场,许思玥以为是自己说错话了,试探着问:"难道,你也对前女友念念不忘,被甩了还想着她?"

周之越掀起眼皮,沉默几秒后,轻描淡写地说:"偶尔吧。"

闻言,许思玥喝了口水,一时不知道说什么来安慰,于是尴尬地"哈哈"两声:"那你跟我姐还挺像。不过……大学谈的恋爱,如果还是初恋,那就是白月光嘛,忘不掉应该也正常吧。"

许意已经彻底凌乱了,明明喝的是橙汁,却觉得脑袋昏昏沉沉的,像是喝多了酒一样。

她站起身:"你们先吃,我去趟洗手间。"

片刻后,许意卧室的门"砰"的一声关上。

餐厅里只剩下许思玥和周之越两个人。

许思玥望了眼许意卧室的方向,挠挠头,后知后觉地说:"怎么感觉……我姐这生日过得好像不是很开心?"她又看向周之越,"是不是因为我今天话太多了啊?唉,我一说起话就停不下来。"

周之越:"没事儿。"

许意还没出来,许思玥安静不到一分钟,开始找话题闲聊:"你以前是哪个学院的啊?"

"微电子。"

"哇，好厉害，这个要考好高分才能进的！那你现在也在干这行？"

"嗯。"

许思玥叹了声气："真好，我是学中文的，毕业后还不知道干什么呢。毕业的学长学姐基本都没在做跟本专业相关的工作。"

又说了几句，周之越把话题转移回去。

"对了，你刚说，你姐分手之后还在看她和她前男友的聊天记录截图？"

许思玥点点头："对啊，而且边看边哭。被我发现，她还说她没哭，是因为哈欠打多了，所以看起来像是哭了一样。这不骗小孩儿吗？当时我都高中了。"

周之越眉梢微动，又低声问："那她为什么……"

说到一半，许意卧室的门开了，她缓步走过来。

周之越摸了下额前的头发，改口："没事。"

许思玥不明所以地继续："你是想问她为什么骗我？那肯定是不好意思呗，别人分手都恨不得把前男友祖宗十八代都骂一遍，就我姐还……"

许意没想到自己去个洗手间的工夫，这两人又开始说她的事，而且不知道刚才还说过什么。

她忐忑地打断，带着威胁的语气："许思玥。"

许思玥："啊，好，我错了，我不说了！"

比萨吃得差不多了，三个人把桌子收拾了。许思玥提议："那我们切蛋糕吧，点蜡烛，许愿！"

周之越"嗯"了声，去茶几上拎了个蛋糕盒子过来。

许思玥睁大双眼："这是你给我姐买的吗？好好看啊，要不还是先切你这个吧，感觉比我这个大点，也比我这个好吃。"

周之越淡淡地吐出一个字："行。"

他抬起手，把盒子推到许意面前："你来拆。"

"噢……"

许意心不在焉地拆开盒子，闻到一股浓郁的榛子奶油香。

很快，过去的记忆也随着气味涌入脑海。

大四那年的生日，周之越给她买的也是这个口味的蛋糕。

那天许意吃过之后，"惊为天糕"，说榛子蛋糕是世界上最好吃的蛋糕，然后当天把一整个八寸蛋糕全部吃完，半夜差点被撑吐。

周之越应该是记得，才会买这个口味的蛋糕吧？五年了，他居然连这种小事都记得……

正出神，许思玥就一边赞叹好香，一边点上蜡烛，还把餐厅的灯关了。

许意闭上眼，一时竟不知道该许个什么样的愿望。直到许思玥那首《生日快乐歌》都唱完了，她睁开眼，却还是没许愿。

年纪小些的时候，总觉得这种仪式感是必不可少的，也许是因为对未来的生活充满期待。后来，知道有太多的事与愿违，好像连期待的勇气都没了。

蜡烛吹灭，许思玥好奇地问："姐，你许的什么愿望啊？"

许意敷衍道："不告诉你。"

许思玥："好吧，听说愿望说出来就不灵了，那你自己藏着吧。"

晚饭时，许意为了缓解尴尬，一直不停地吃比萨，这会儿看着蛋糕，胃口也不是很好，只吃了一小块。

三人又转场去沙发那边看了部动画电影，许思玥说："那我差不多该回去了，不然又要被宿管阿姨骂。"

许意也站起身："我送你。"

许思玥摆手："不用不用，小区门口就是地铁站。你今天过生日，好好待着吧，有空我再来找你玩。"

到门口换好鞋，她又朝周之越也摆摆手："哥哥再见。"

周之越："嗯，路上小心。"

大门关上，空气瞬间安静下来，和刚才的热闹形成鲜明的对比。

许意和周之越都站在玄关处，偌大的空间，只剩下他们两人，气氛变得微妙起来。

在原地站了几秒，许意轻咳一声，先开口："……我去把蛋糕放冰箱。"

她刚走出一步，突然，周之越拉住她的手腕。

许意感觉自己的心像是要跳出来，缓慢地转过头，小声问："怎么了？"

周之越松开手，声音低低的："一起。"

许意咬了下唇："好。"

她攥了下拳，另一只手伸过来，摸了摸刚才被周之越抓过的地方。也不知道是不是错觉，那一圈皮肤的温度好像变高了。

等两个蛋糕都放进冰箱，许意犹豫着是回卧室，还是在客厅坐一会儿。最终，她决定还是回房间吧，刚才被许思玥乱七八糟说得太过尴尬，她一时间不知道应该怎样面对周之越。

走到房间门口，她却被叫住。

"许意。"

"啊？"

周之越看着她，情绪不明地说："礼物还没给你。"

许意心跳更快了，抬手摸了下鼻子，语言功能都好像出现了障碍："啊……噢，那我……噢，谢谢。"

周之越看见了她慌乱的表情，很浅地笑了下："急着回去做什么？才九点多。"然后指了指沙发。

许意还真像是接到了指令一般，顺着他指的方向去到那个位子坐好。

周之越走进卧室，应该是去给她拿礼物。

等待的时间，许意感觉十分漫长，而且心里乱糟糟的，甚至开始演练一会儿收到礼物时应该做出什么样的表情。

凯撒小帝蹦到她身上，抬起脑袋，朝着她缓慢地眨了下眼。

许意揉揉它的脑袋，自顾自地说："这是猫咪的亲亲吗？"

凯撒小帝："喵——"

许意终于露出笑容："收到亲亲，就当是你送我的生日礼物了。"

她话音刚落，周之越也出来了，手里拎着两个袋子，一大一小。

他走到许意旁边，坐在离她很近的位子。

许意又慌了一次。两人的距离是真的很近，比前些天一起看电视的时候坐得还近。

周之越把两个袋子放在她面前的茶几上，声音很轻："打开看看。"

许意伸出手，先拆了大点的袋子。

里面是一个兔子玩偶，一只耳朵上戴着紫色的蝴蝶结，跟前几天她从周之越柜子里要走的那个是同一牌子，这个好像还是今年才出的新款。

她又打开小点的袋子。

里面有个盒子，盒子里放着条项链，也是见过的品牌。

应该是大二那年，他们一起过的第一个生日，周之越也送过这个品牌的项链，她戴了很久。

她把项链拿出来，盯着看了会儿，也忘了刚才演练过的表情。

周之越扫了她一眼，眉心微蹙："不喜欢？"

许意："……喜欢。"

周之越直接把她手里的项链拿过来，身子往后靠，从身后帮她戴上。

许意清晰感觉到温热的呼吸洒在她的后颈，无比熟悉，却又有些陌生。

戴好之后，周之越看了眼，简单评价道："挺适合你的。"

许意下意识低头，却发现这个角度她看不见脖子上的项链。

她叹了声气，极其小声地嘀咕："可是之前的都没了。"

周之越还熟悉她说话的习惯，加上距离近，听得很清楚。

他沉默几秒，淡声说："如果喜欢原来的，我可以想办法再买。"

许意别开头，也许是今晚的气氛使然，她咬了下唇："那不一样。"

空气又凝固了一会儿，正当她觉得自己好像不该这么说，琢磨着应该怎样找补时，耳边传来周之越的声音："既然今天你过生日……"他顿了下，语气不太自然，"告诉你一件事吧。"

许意看向他："什么？"

周之越垂眸看她脖子上的挂坠，薄唇轻抿，声音低沉地说："我没扔。"

客厅里，一点多余的声音都没有，头顶的灯散发着明亮的白光。在这样安静的环境中，许意仿佛能听见自己的心跳声，每一声都很重。她攥紧拳，又松开，鼓起勇气和周之越对视。

这个距离，她能看清他眼中自己的倒影，模模糊糊，像是已经沉入底端。

许意大概知道他说的什么,但还是想确认,小声问:"没扔……什么?"

周之越看起来也很紧张,或者说有些局促,下颌线紧绷着,看她一眼,随即就移开视线:"你觉得……还能是什么。"

又安静了几秒,许意犹豫着先出声:"之前的礼物?"

周之越低垂着眼眸,很轻地"嗯"了一声。

闻言,许意一时还是有些不敢相信,之前至少有两次,周之越都说以前的东西他早就扔了,什么都不剩下。

许意突然感觉有些缺氧,深吸一口气,喃喃问道:"你不是说,都让搬家公司扔了吗?"

周之越看她一眼,嗓音沙哑:"哦,之前记错了,我刚想起来的。"

许意不太相信他是真记错了,又在这个时间节点上突然恢复记忆,但她也没想揪着这个问题不放。

她咬了下唇,问:"那你放在哪里了?"

"就——"周之越停顿了很久,才低声回答,"学校对面,那套公寓。"

电视屏幕还暂停在刚才的画面,是许思玥选的一部动画电影,定格在小男孩飞奔跑向小女孩的一个镜头。

周之越等了半晌,都没听到许意再说话,侧了下头,目光再次落在她脸上。

他问:"如果你还想要……我抽空拿回来给你。"

许意幅度很小地点了下头,然后又摇头,问道:"那套公寓……我能去看看吗?"

周之越看着她,眼神似乎很是犹豫,几秒后才缓缓回答:"我得考虑一下。"

闻言,许意感觉像是有一口气堵在喉咙里,上不去也下不来。她不合时宜地想到之前看过的古装电视剧里面那种突然中毒,捶着胸口吐血的小人。

此刻,她觉得自己就很适合当场表演吐血。

周之越见她眉头都快拧成一股麻花,缓慢地抬起手,轻轻碰了下:"又不高兴了?"

许意扭开头:"……没有。"

周之越身子往后靠了靠,用商量的语气说:"那这样吧。我也问你一件事,答了就带你去看。"

"什么?"

周之越眉梢微抬:"分手之后,你真的翻过我们的聊天记录?"

许意想了想,这事反正刚才都被她坑人的妹妹曝光了,也没什么好隐瞒,她轻轻"嗯"了一声。

周围的空气中流转着一股莫名的暧昧氛围,也许是他身上的香味,再混合她的,再加上榛子奶油蛋糕,融成这种特别的味道。

"我还以为你一点都不会想。"没头没尾的一句话后,周之越扬了扬下巴,说,"有空带你去。"

许意脱口而出，问："明天？"

周之越很浅地笑了下，看着她："这么着急？"

她声音更小了："……其实后天也行，或者周末。"

说完，等了好半天，周之越都没出声，没说行，也没说不行。

许意觉得再这么待下去，她就真要吐血了，心跳速度快得要破纪录，"扑通扑通"的。

她站起身，轻咳一声，说："那等你有空吧……我先回去了，昨晚没睡好。"

周之越这才张了张口："那就明天吧，等你下班之后。先去睡吧。"

"好。"

许意急需回去平复心情。走向卧室前，她没忘拿起茶几上的兔子玩偶和旁边装项链的包装袋。她快步回去，不好意思再回头看周之越。

门锁发出清脆的一声响，把两个空间分隔开。

许意捏了捏手里的兔子，拉开衣柜，把它放在头戴粉色蝴蝶结的那只兔子玩偶旁边。一左一右，一个戴紫色蝴蝶结，一个戴粉色蝴蝶结。

她盯着两只兔子玩偶看了会儿，像是想到什么，拿起粉色那只，又开门出去一趟。

周之越还坐在沙发上，保持刚才的姿势，也没拿手机，一副若有所思的样子。

看见许意又出来，他站起身："嗯？不是要回去睡吗？"

许意快步走过来，低着头，把兔子玩偶塞他手里，感觉声音都不是自己发出来的，小得像蚊子一样："那这个……还给你吧，本来就是送你的……"

话音刚落，她急着转身。刚走出一步，手腕又被人从身后拉住，力道不大。

许意慢慢转头："怎么了？"

周之越另一只手中还拿着兔子玩偶，盯了她片刻，忽地弯了下唇，嗓音低沉好听："没事。"

他松开她的手，说："还是先睡吧。生日快乐，晚安。"

许意摸了下鼻子，小声回道："哦……晚安，那你也……早点休息。"

周之越："嗯。"

再次回到房间，许意去冲了个澡，把水温调得比平时低些。可是，从浴室出来，她还是感觉心里有股小火苗"嗖嗖嗖"地往上蹿。她又想出去跟周之越再待一会儿，又不敢出去，觉得自己还是该冷静一下。

躺在床上又翻来覆去很久，许意拿出手机，往下划着列表。

工作之后，能随时分享心事的朋友不多，不像上学时，随便就能从列表里找到一个人。划了半天，许意还是决定去"骚扰"她的大学室友吴乔乔。毕竟吴乔乔是唯一一个知道前因后果，且比较了解她的人。

许意：啊啊啊，我跟你说件事！

许意：我觉得我有可能，只是有可能哈，会跟周之越复合。

许意：今天他陪我一起过生日，还送了礼物给我。

许意：应该不是我的错觉，我觉得他好像也对我还有意思。

许意：大三的时候我不是跟他一起搬出去住吗，后来分手，我好多东西都没带回来，大概就是一些我们互相送的礼物之类的。

许意：刚我才知道，那些礼物他都还没扔。

许意：五年了呢。

许意：但是我又不太敢问。

许意：我担心我们重新在一起的话，会不会就没有当年那种感觉？

许意：天哪，我好凌乱，快救救我。

一连串消息轰炸过去，收到一条回复。

吴乔乔：哦。

许意：啊！你怎么就一个"哦"？

又等了一会儿，吴乔乔发来几张聊天记录的截图，九年前的。

她这人有换手机一直迁移保留聊天记录的习惯。

许意翻了下这几张图，尴尬得脸都黑了。

那是大一末那段时间，她和周之越在一起之前，偶尔一起吃饭，经常一起自习或是参加志愿活动，但还没确定恋爱关系。

她当时也是像这样，隔三岔五发消息轰炸吴乔乔，让吴乔乔帮忙分析。

许意发了个"抱拳"的表情包。

吴乔乔：我还是持跟九年前一样的态度。

吴乔乔：你这就是当局者迷。

吴乔乔：只要他不是渣男，或者说，过了这么多年还没变成渣男，你俩肯定会复合。

吴乔乔：别想这么多，他要是还喜欢你，喜欢的肯定是你这个人，又不是以前谈恋爱的感觉。

许意：可是我感觉我这个人……也已经变了。

吴乔乔又转发了一遍刚才的截图。

吴乔乔：有没有半点区别？

吴乔乔：而且就算变一点，也是正常的，都快十年了。

这天晚上，许意意料之内的又没睡好。

好在吴乔乔本来就是阴间作息，陪许意聊到好晚，聊完周之越的事，她开始吐槽自己的男朋友，让许意也帮忙梳理一下思路。

睡前，许意突然感觉，回到北阳之后，生活就像回到了上大学的那几年。

第 八 章
流星

次日早上,许意醒来之后困得要命。

她吃完早餐之后,例行跟周之越一起上班。也许是因为太困,虽然他就在身边,许意也实在没什么精力再胡思乱想分析揣测。

这天上午的工作主要是给一家食品企业做营销前期的数据分析,许意坐在工位上,看着各种图表和数字,一个哈欠接着一个哈欠。

陈句刚见完客户回来,路过她的位子,"啧啧"两声:"你怎么困成这样?昨晚干吗去了?"

许意随口说:"日常失眠。"

陈句笑了:"你这样能行吗?要不还是回家睡吧,咱们工作时间灵活,没约客户见面的话,也不急这一会儿。"

许意又掩面打了个哈欠:"算了吧,照这个思路,我每天都不用上班了。"

又坚持一会儿,她点了杯咖啡。

她下楼拿的时候,在电梯里遇到了陈艾文。没几天的时间,他把蓝色头发又染成了粉色头发。

许意礼貌性地夸赞一句:"新发色,不错。"

陈艾文笑着说:"好久不见啊,正好跟你分享个好消息。我脱单啦!"

许意还真没想到会这么快:"哇,恭喜啊。"

陈艾文:"同喜同喜,前天我去参加了个同学聚会,遇上高中时候的女神,她刚好跟前任分手,我这不就转角遇到爱了。"

出门的时候,他又看向许意:"也祝你早日找到真爱,要是跟前任复合没希望的话,我看你那个姓周的室友也还行,看着像是个好人。"

许意尴尬地笑了下。

这一天过得格外漫长,好不容易熬到下午六点,许意把工作处理得差不多了,收拾收拾准备下班。

像是有心灵感应一般,她刚把最后一样东西塞进包里,手机就响了一声,是周之越发来的消息。

周之越:下班?

许意：嗯嗯。

周之越：地下车库等我吧，老位置。

许意发了个"小兔子点头"的表情包。

她背着包下到车库，在车边等了没多久，身后飘来淡淡的冷杉香，熟悉的味道。

周之越看起来心情不错的样子，经过她身边时，还在她脑袋上揉了一把："上车。"

许意拉开副驾驶的门，坐上去。

听到另一边的门响，她侧头看了眼，犹豫着问："对了，今天好像挺早的，要不要……"

周之越看向她，语气懒散："去学校那边是吧？"

许意点了下头。

周之越笑了声，发动车子："行。那就现在去，不然怕你每天都催我一遍。"

许意小声嘀咕："我哪有催……"

这个点是下班的晚高峰，路上很堵，原本一个小时的路程，导航显示要接近两个小时才能到，于是，从开发区去北阳大学的路程变得更加漫长，一路走走停停。奇怪的是，这一路上，两人的话反而比平时更少些。

大部分时间，车里狭小的空间里，只有车载音响中的音乐声。

许意看着导航显示的距离越来越近，突然有点近乡情怯的紧张，她忍了又忍才没跟他说"不然我们还是改天再去吧"。

车子驶进小区时，已经七点多，天色变得很昏暗。直到车停在那栋熟悉的楼门口，她跟周之越并肩上电梯时，恍惚间有种错觉，就好像他们从来没有分开过，或者时间又回到了五年前，他们只是一起出了趟远门，然后周之越开车载她回家。

这趟电梯里只有他们两人，过分安静的环境，让许意更觉得忐忑。

她张了张口，轻声问："你是不是也……很久没来过？"

周之越语气中情绪不明，先"嗯"了声："我一个人过来做什么？"

许意抿抿唇，没再说话。

"叮"的一声，提示他们已经到了要去的楼层。

周之越先出电梯，许意紧跟在他身后。她低头，看见周之越输入门锁密码。连密码都没换，还是五年前那个，他们的生日拼凑组合出的一串数字。

许意还清楚记得，他们上大学那会儿，密码门锁还不像现在这么使用广泛。这公寓的门锁本来是用钥匙开的那种，但她总是忘带钥匙，后来才被周之越换成了密码锁。

门开了。

周之越往旁边挪了一步，让许意先进。

许意一只脚迈进去，感觉虽然一直有人打扫，但屋子里还是透着一股久无人居的清冷气息。她开了灯，又弯腰打开鞋柜，发现连以前的拖鞋都还在，是他们一起买的，她挑的情侣款。她的是粉色，另一个是卡其色，上面有两个立体的小熊图案，当年还被周之越嫌弃过幼稚。

换上粉色那双，许意穿过玄关往里走。走到客厅，她环视一周，看见所有东西一件都没少。除了她带走的那些空出了一部分位置，其他所有都还在原位。就像是时间凝滞在五年前，有人一直在等她回家。

这套公寓并不算大，一室一厅的格局。客厅电视旁边摆着一个有透明玻璃门的书架，里面放着他们大学时的各种书。刚搬来的时候，许意还跟他商量，说左半边放她的书，右半边放他的书。可住着住着，两人的书就开始乱放，懒得分什么左右，都混在一起。

她搬回苏城前带走了一部分，剩下的都是些以后再也用不到的大学课本，现在还放在那里。越看这套房子里的东西，回忆就越发清晰。这沙发不大，她想起周末或是都没课没事的晚上，他们会坐在沙发上，她歪七扭八地靠在周之越身上，随便找一部电影，或是当下热播的电视剧，悠闲地看到深夜。

许意深呼吸，把脑子里乱七八糟的画面清出去，又缓步往前走，推开卧室的门。

卧室里，连床单都还是五年前她挑的那款淡黄色的，上面印着小熊图案。但走近之后可以看出，也许是这么多年过去，被阿姨反复洗过很多次，再铺到床上，颜色和质感都已经略显陈旧。靠近卧室阳台的位置还有一张不大的桌子，以前周之越经常会晚上在这里加班准备比赛、看专业书，或是开着电脑敲敲打打。她就靠在旁边的床上等着，偶尔抬头瞅他一眼，再催促他赶紧过来睡觉。

许意又绕了一圈，走到衣柜前。

她抬手准备打开时，身后传来很轻的脚步声。她正低着头，看见身后有另一双卡其色的小熊拖鞋，和她穿的这双是情侣款。

周之越先她一步抬起手，骨节分明的手指挡在衣柜把手前。

他嗓音有些沉哑，低低地说："不是来拿东西的吗？怎么哪儿都要看？跟视察工作似的。"

许意转回头，距离太近，她有点不好意思直视他的眼睛，视线往下了些，落在他的喉结上。

她咬了下唇，小声说："反正来都来了……"

周之越眉头微动，片刻后，把手移开。

于是，许意打开了衣柜的门。

她看见，不止有他们以前买的那些情侣睡衣，连她当时没来得及带走的衣服都还在。

有些款式现在看来已经有些土，还原原本本挂在那里。衣柜下半部分还有个单独带门的小柜子，她弯腰拉开。

忽然，里面一堆四四方方的盒子涌了出来，噼里啪啦落在地上。

周之越赶忙把她推开，轻咳一声，语气不太自然："别看了。你要拿的东西应该都不在这里。"

许意不听他的，从地上捡起一个盒子。

包装也是无比熟悉——是那款"孤岛苔原"的香薰蜡烛。

印象里，他们好像没买过这么多……堆满了一整个柜子。

她又拉开旁边的柜门，发现里面也全堆这个香薰蜡烛。

她想起来，去年还是前年的双十一，自己还在购物网站上搜过这个牌子，发现已经没再卖。

她当时还觉得可惜，但更可惜的是，和她一起用这款香薰蜡烛的人已经不在身边，就算真买到了，也是徒增伤感。

许意转头，茫然地看了眼周之越："怎么会有这么多？都是你买的吗？"

周之越捡起掉在地上的几盒，胡乱塞回柜子里。

好半晌后，他语气清淡地说："前几年这个牌子的老板不做了，在清货，我当时还没回国，就找人全买回来放这儿了。"

许意听得目瞪口呆，缓缓眨了下眼："你买这个做什么？"

周之越没说话，沉默着关上柜门。

许意又问："那所有的都放这儿了？"

周之越淡淡道："没。一共大几千盒，放不下，还买了个仓库堆着。"

许意一时不知道该说些什么。有点想说"还好你买了"，但又觉得几千盒的数量，恐怕这辈子都用不完；又有点想说"你这行为就是浪费钱"，可又觉得也不完全算是浪费。

周之越抓过她的手腕，往出门的方向拉："别看了。"

他力道挺大，许意几乎是被拉着往外走。

"哎……我还没看完呢。"

"又不是参观博物馆。"

还有好几处没看，许意这会儿心烦意乱，没过脑子地说："那要不今晚就睡这儿吧……我还想再……"

说到一半，正好走到房门口，两人同时看了眼卧室唯一的那一张床。

许意顿时脸色烧红，她甚至还用余光看了一眼左边的床头柜。

记得那柜子的第一层抽屉，原来是他们放安全用品的位置……

安静的空气中透着莫名其妙的尴尬，许意马上清清嗓子，语气慌张地岔开话题："我、我瞎说的，对了，我要拿的东西在哪里？"

周之越松开手，低头看着她，缓慢地问："你还想再什么？"

许意低垂着脑袋，把刚才那两个字补上："再……看看。"

"哦。"周之越顿了顿，看向别处，"……下回吧。"

许意起先没太理解，明明都答应让她过来看，为什么看了一半又不让她看了。

随后，她抬了下头，看见周之越耳根微微发红，薄唇紧抿着。

这表情，明显就是不好意思了。许意突然有点想笑，又一阵心软，内疚的感觉更甚。

她离开北阳，扔在这里的东西居然都被他保存下来，连他们喜欢的那款香薰蜡烛，也被他全都买下来。

许意戳戳他的胳膊："那回去吧……也不早了。"

"嗯。"周之越看了一眼被戳到的位置，低声说，"东西应该在那边的小柜子。"

许意："算了，下次一起拿吧。"

他刚才说了"下回"，也许，现在他们的状态又变成了来日方长。她想到随时能再回来，就并不着急带走这里的任何东西。

周之越眉梢轻扬了下："确定？"

"确定。"许意想了想，"但是那个'孤岛苔原'，我能……带两盒回去吗？"

闻言，周之越盯她片刻："行，那你去拿吧。"

许意扬起嘴角，像是突然被同意吃巧克力的小朋友，小跑着回到刚才的衣柜前，拉开那扇柜门，抱着六盒香薰蜡烛出来。

周之越低头看了眼："不是说拿两个吗？"

许意像从前一样开始瞎扯："我刚说的'两'是虚词，'几个'的意思。"

"而且你都有几千盒了，我拿两盒跟拿六盒有什么区别吗？"

周之越也弯了下唇，下意识想去拉她的手。

靠近的时候，他又停住，改成接过她手里的盒子。

"走吧。"

回到车里，已经快八点了。

许意靠在副驾驶的位子上，低头看着腿上的六个蜡烛盒子，心情好得有点复杂。她突然迫切地想说点什么、做点什么，来弥补之前没在一起的五年，可在心里措辞排练了好几遍，却又觉得说什么都显得没那么郑重。

路上，她正琢磨着，肚子突然叫了几声，声音大到压过了车载音响的音乐声。

周之越手搭在方向盘上，微微侧头瞥她一眼："饿了？"

许意："……有点。"

周之越抬手改了导航的位置，转道去附近一家商场。

吃完晚饭，再次回到九里清江，已经临近十一点。

许意吃得很撑，加上刚才在那套公寓里情绪波动过大，一迈进门就感觉困到不行。

她还是没先回卧室，总觉得心里还有件事。

两人坐在沙发上，看了不到十分钟的电视，许意一个哈欠接着一个哈欠。

周之越本来不怎么困,听得都困了,说:"去睡觉。"

许意摇摇头:"……我不困。"

周之越有些不解。

过了会儿,又听许意打了三个哈欠,他蹙了下眉:"你这叫不困?"

许意:"……不困。"

周之越看她几秒,像是能看出她的想法,语速很慢地问:"你是,有什么想跟我说的吗?"

许意犹豫着,还是小声承认:"对……但是我得再想想。"

周之越很浅地笑了下,抬起手,毫无章法地揉揉她头顶本就有些凌乱的头发,语气温和了些:"别想了,先回去睡。

"我人就在这儿,也不急这一天。"

许意困到思维僵滞,呆了片刻,才觉出他说得挺有道理。

她站起身,又掩面打了个哈欠,才很勉强地说:"那好吧,那你……"

她本想说"那你等我想好",可话到嘴边,又觉得有点不好意思,改成:"那你也早点休息。"

周之越"嗯"了声。

许意回卧室,临睡前,看到手机上弹出一条微博消息:关注!#一年一度的狮子座流星雨将于北京时间11月10日迎来最佳观赏时间,据悉,今年狮子座流星雨不排除有小爆发的可能性!

于是,她好不容易睡着后,梦到了八年前,一件跟流星雨有关的事。

那是大一下学期,期末考试前。

5月,春天刚过,夏天已经来临,北阳的气温忽然就升上去,热得没一点预兆。许意在自习教室痛苦地复习马克思主义基本原理,周之越在一旁看专业课视频。她中途摸鱼刷微博,看到今晚有宝瓶座流星雨。

她开始还以为是新闻打错了字,应该是"水瓶座"流星雨。

搜了半天才发现,"水瓶座"也叫"宝瓶座"。"Aquarius"在天文学上译成"宝瓶座"。

她截图,发给周之越,然后手指轻点他的桌子,朝他晃晃手机。

周之越拿起手机扫了眼。

周之越:想看?

许意没在手机上回复,朝他疯狂地点头。

周之越:好,一起。

许意低下头,完全控制不住疯狂上扬的嘴角。

微博上写的时间是5月24日,也就是三天之后。

那天,他们也约了在教室自习,天黑之后,许意发消息叫他出去。她已经提前踩好了点,带着周之越去了一栋废弃的实验楼天台。

没想到的是,这天晚上,北阳是个大阴天,空气闷热得要命,满天都是乌云,别说流星雨,甚至连月亮都看不见。

许意站在天台上,愁眉苦脸地看着天上的乌云,心情比乌云还要黑。

周之越看到她的表情,淡笑着安慰:"没事,下次再看。"

许意长长地叹了声气:"唉,本来还想许个愿的。"

周之越问:"想许什么愿?"

许意看他一眼,闷闷道:"说出来就不灵了。"

周之越直言:"今晚看不见流星雨,你本来也许不了愿。"

许意垂下脑袋,小声说:"反正是跟你有关的愿望……"

"嗯?"周之越沉默几秒,缓缓问,"那为什么不对着我许愿,要对着流星?"

许意看向他,试探着问:"直接对你许愿,会灵吗?"

周之越笑着说:"不然你试试看?"

许意攥着衣角,不知道是哪儿来的勇气,也许是云层后面的流星给的。

她又抬头望了眼乌云,很轻地说:"那我想……你当我男朋友。"

说完,她偷偷瞅了眼周之越的表情。

几乎是同时,耳边飘来一个字:"好。"

许意愣了好久:"这就答应了?你是听到了,还是就直接答应了?"

她追了快一年,这一个轻飘飘的"好"字,让她觉得幸福来得太突然,以至于有点不太真实。

周之越:"你觉得呢?"

许意眨了下眼,已经管不住表情,笑出两个小梨涡。

"我还想说,你如果这次不答应,就当是我对流星许的愿,你没听到,然后我找机会下次再提。

"不行,我还是感觉太简单了。周之越,其实我还计划过很多更浪漫的表白方式,比如在电影院做那种结尾字幕,或者摆爱心蜡烛什么的,在操场给你放飞气球什么的。"

周之越顿了下,委婉地说:"我觉得今天这样就挺好的。"

其实,他所有室友和同学都早就以为他和许意是在谈恋爱了,就差一句话的事,她如果今天没说,等期末考过去,他也会说。

许意睁着星星眼看着他:"那你是我男朋友了?"

周之越点头:"嗯。"

许意紧张地问:"那我能抱抱男朋友吗?"

周之越喉结微动,声音很低地说:"那你过来一点。"

许意挪了一步,然后抬起头,超级用力地抱住他,快把他勒窒息的那种力度。

扑面而来全是他身上的香味,全身上下都能感觉到他的体温。

或许是因为整晚都在做梦,虽然睡得不算晚,但许意还是很困。次日被闹钟吵醒,她挣扎了几秒,决定再赖会儿床。

这周轮到周之越准备早餐。

许意把手机摸过来，睁开眼半眯着，解锁，点开他的聊天框，迷迷糊糊地戳着屏幕打字。

另一边，周之越刚洗漱完出门，看到手机屏幕闪了两下。

他昨晚失眠到后半夜，大清早就看见有微信消息，莫名有些烦躁。

待拿起手机，点开微信，他发现小红点在许意的头像上，心情又不自觉地好了许多。

点开之后，他扫了眼消息内容，眉心重重跳了几下。

许意：好困，我今天不吃早餐了。

许意：如果八点四十分我还没醒，你进来抱我一下，我们没锁。

许意：谢谢。

周之越在原地停住脚步，把这三条消息看了好几遍。好一会儿后，他才把手机熄屏，揉揉眉心，缓步去了厨房准备早餐。

以前一个人住时，他没有吃早餐的习惯，大多时间就是去到公司，让助理随便准备些面包、三明治之类的冷食，再冲杯咖啡就算解决。

许意搬过来之后，他才重新开始好好准备这些。

按照往日的规格，周之越烤了几片吐司，又煎了培根和鸡蛋，拌好生菜鸡肉沙拉，最后给许意单独冲一杯甜豆浆。

他把盘子都摆上餐桌，拉开椅子坐下，盯着手机屏幕，八点二十一分，时间一分一秒地过去，直到八点三十九分，还没听到卧室那边有任何动静。

周之越站起身，走到许意的卧室门前，又犹豫几秒，缓慢地扭开门把手，推门进去。

正是清晨，她房间的窗帘没有拉紧，中间留着一条小缝。柔和的阳光从那条小缝里钻进来，形成一道光束，直直照在她被子上。

许意睡了一夜，空气中充满了她身上的味道，一种甜甜的浆果香。

周之越走到床边，低下头，看见她侧躺着，半条腿露在外面，手脚并用地抱着被子。

他很浅地弯了下唇。记得许意睡觉的时候，总有抱着什么东西的习惯。

以前，偶尔他不在的时候，她就是抱着被子或者玩偶。其他时候，她都是像八爪鱼一样紧紧抱着他。

周之越轻轻喊她一声："喂，八点四十分了。"

许意睡得很熟，连手指都没动一下。

周之越又伸手推了推她胳膊："该起床了。"

许意皱了下眉，哼哼唧唧两声，然后又没任何反应了。

周之越敛住嘴角，去扯她抱在怀里的那截被子。

许意终于睁开眼，眼神极为迷茫地看向他，拉起被子，盖住半张脸，嗓音带着刚睡醒的沉哑："啊……你什么时候回来的？"

闻言，周之越愣了下："……我什么时候走过？"

许意又茫然地瞥了瞥四周，看见凯撒小帝睡在床尾。

她这才反应过来刚才是在做梦。梦里是他们在学校对面的公寓同居那段时间，周之越去外地参加一个什么交流会，她一个人在家。

许意揉揉眼睛，半撑着身子坐起来些："……噢，没事，我刚还没睡醒……几点了？"

"八点四十三分。"

周之越平静地看着她，慢悠悠道："你早上给我发消息说，如果你八点四十还没醒，让我进来……"他抿了下唇，继续说，"抱你一下。"

许意坐在床上蒙了半分钟，脑袋上冒出一个大大的问号。她想起来，第一次醒的时候，好像是有给周之越发消息这回事，但当时她太困了，发的内容到现在都不太有印象。

许意摸过手机，解锁屏幕，准备查看她发过去的消息。

看到内容，她单边的眉毛动了动，捏了捏被角，小声解释："我可能是打错字了。"

"不是，是肯定打错字，你看，这不止一个错别字……"

"哦。"周之越顿了顿，"我还以为，你这么着急，想……"

许意打断他，掀开被子下床："我哪有着急？真的就是早上太困了。"

周之越扬了下眉。

许意推着他出门："哎，要迟到了，你先出去，我要洗漱。"

周之越没再说什么，就这么被她一路推着出门。随后，清脆的落锁声响起，他被隔在了门外。

房间里，许意背靠着门，长长地舒了口气。一瞬间，她脑子里居然冒出一个神奇的想法——确实是打错字，但是周之越刚才如果真的抱了她，好像也挺好的。

这么想完，许意意识到她好像真的有点着急，没名没分的，就想让人家抱抱。

唉，吴乔乔果然没说错，已经这么多年过去，自己好像跟大学那会儿一点儿变化都没有，还是那么没出息。尤其刚才睁眼的一瞬间，看到那张清俊精致的脸就在眼前，心里就像被小猫抓了一样，痒痒的。

时间已经不早了，上午还约了时间要见一个新客户，许意迅速去浴室洗漱化妆，出卧室时，已经过了九点。

餐桌上已经空了，她正拎着包走到门口准备换鞋，周之越递过来一个纸袋："不小心做多了一份，你带着吧。"

许意接过，忍不住笑了下。一次两次不小心，她还姑且相信，但现在都第几次了？

两人前后脚出门的时候，她装作认真地问："你是不是已经不会做一人份的早餐了？"

周之越瞥她一眼，也一本正经地回答："对，两人份做久了。"

许意低头看了眼手里的纸袋，闻到了烘烤过的吐司香味，扬着嘴角，下了电梯。

上车之后，她坐在副驾驶座位上，想起昨天晚上看到的那条新闻，便打开微博，又搜索了一下"狮子座流星雨"这个关键词，想确认这不是她做梦梦到的。

片刻后，她把手机塞回包里，侧头看了眼周之越："那个……这周五有狮子座流星雨，有空去看吗？"

许意咬了下唇，声音小了些："我查过天气预报，周五是晴天，应该能看到……如果去远点的郊外或者山上，看得应该更清楚。"

正巧遇到一个红灯，车停在路上。

周之越看她一眼，眼神中情绪不明。

许意心跳又开始变快，突然还有些担心他会嘲讽地来一句"怎么还是老套路"。

结果，等红灯过去，周之越发动车子，只简短地说："可以。"

许意松了口气，看向他："那就……约好了哦。"

周之越："嗯。"

九里清江去环金大厦的距离太近，即便路上有些堵车，也很快就到了。

车子停在地下车库时，许意一边解安全带，一边小声嘀咕："希望这次能真的看见流星雨。"

进电梯，快到19层的时候，许意突然有种依依不舍的感觉，望了眼周之越。

平时，她都是招呼都不打就下去，最多说一句"下班给你发消息"或者是"今晚我可能会加班"。

这次，许意看电梯里没她认识的人，偷偷扯了扯周之越的袖角，在他耳边小声说："那我去上班了，晚上见。"

"嗯。"周之越低头看她，对视片刻，"如果下班早，一起吃晚饭？"

许意已经抑制不住疯狂上扬的嘴角，笑着说："好啊，那我提前给你发消息！"

周之越弯唇："好。"

许意今天心情特别好，一路开心地走到COLY门口。

快到的时候，旁边消防通道的门突然开了，吓她一跳。

董菁牵着一个穿格子衫、戴黑框眼镜的男人出来，口红还是花的，衣摆也有些皱皱巴巴。许意怕引起尴尬，马上转回头，目不斜视地进了公司。

上午见完客户，回公司时已经过了饭点，她点了份酸汤肥牛外卖，味道偏大，便拎着袋子去休息室吃。碰巧在休息室里又遇到了董菁，董菁正在跟Miya一起吃饭，许意加入她们。

董菁先开口:"许意,你早上是不是看见我和我男朋友了?"

Miya笑着说:"你可真是,逢人就先说你男朋友。要不你俩直接请我们大家吃个脱单饭得了,广而告知一下,省得你挨个人说。"

董菁:"这不是她正好看见了嘛,而且我正有这个打算,估计等谈一个月之后,稳定下来。"

许意笑了下:"好像看见了,但是没太看清。他来送你上班吗?"

董菁点头:"对啊,但也不全是。他自己就在楼上上班,哦对了,就之前你们合作过的那家公司,柯越。"

许意很惊讶:"啊?"

董菁:"没想到吧,我就是喜欢这种理工男!原来我都找的是同行,不知道理工男这么香,表面上看看呆呆的,其实是闷骚款,这反差我真的是太爱了!"

许意和Miya都不知道该如何接话。

许意突然想到,某种意义上,周之越也算是个理工男。

似乎这种反差他也有,平时看着冷冷淡淡,然后,在某种时候很……

她控制住思绪,没再往下想。

Miya:"那你们同居得了,也别在公司门口谈恋爱,人来人往的,就杀我们单身狗。"

董菁叹了声气:"我们这层人多,又不止COLY一家公司。他们28层倒是挺空的,就柯越一家。

"但是没办法,那家老板不让他在公司门口谈恋爱。"

Miya:"什么老板啊,这都管?我记得他们是不是有两个老板来着?富二代创业,一个巨帅,另一个吧,也还行,就是穿搭有点土。"

许意默默在心里想了想,赵柯宇应该是那个长得还行,但是穿搭有点土的。

反正她见的这几次,赵柯宇都喜欢穿那种花的、带暗纹的港风西装。其实也不能叫"土",就是跟他这人的气质不太搭。

董菁:"就是那个巨帅的,姓周那个。我也觉得很无语啊,我们老板从来不管这些,工作做好了,爱干啥干啥。

"我觉得那个姓周的纯粹就是忌妒!肯定是自己单身,或者婚姻不幸福,见不得别人谈恋爱!"

许意差点一口饮料喷出来。

忌妒……应该不至于吧?

董菁摆摆手:"不提了,反正也不是我老板。我继续跟你们说我男朋友。

"他以前居然没谈过恋爱,敢想吗?二十六七岁,一次都没谈过呢。我年轻的时候好像喜欢那种感情经验丰富,比较会的,现在年纪上来了,反而觉得他这种挺好,就……怎么说呢,好生涩、好清纯!"

许意一边听,一边埋头吃饭。

十多分钟,董菁就没停下来,几乎能看见她头顶冒出的一个个粉红泡泡。

许意出了休息室，回到工位，突然在想，她之前和周之越谈恋爱的时候，在吴乔乔她们眼里，她不会也是这个状态吧？

唉，是就是吧，但是她好像比董菁稍微收敛点……

许意最近总觉得白天过得格外长，明明工作压力不大，却好不容易才熬到下班时间。尤其是下午，她几乎隔半个小时就要确认一下时间，在心里倒计时下班。

终于，六点了，她去策略部开完讨论会，又接完最后一通客户电话，放下手机，找出周之越的聊天框。

许意开始打字，"我下班啦"，打完又觉得这样显得太活泼，跟前阵子的聊天风格相差太大，她于是改成"下班了"，然后发送出去。

五分钟之后，收到对面的回复。

周之越：稍等一下。

周之越：我还有个会没开完。

周之越：大概二十分钟。

许意回了个"小兔子点头"的表情包。

她又打开一个策略部那边刚做好的广告方案初稿，从头开始浏览，看到第十页的时候，终于又收到消息。

周之越：会开完了。

周之越：下楼吧。

许意迅速合上电脑，拎着包快步去电梯间。

电梯从楼上下来，停在第19层。

门打开，她就看见一张熟悉的脸。

"哇，好巧！"

她走进去，在周之越旁边的位置站好。

周之越看她片刻，很煞风景地来了句："我出门前给你发了消息，在这里遇到很正常。"

电梯里只有他们两人，许意忍住没再说话，安静地下到地下车库。离周五还有三天，她开始琢磨到时候应该怎么开口。九年前那种表白方式，好像也挺不错，但是不是能想点新鲜的？毕竟，她现在是广告人，虽然是客户岗，但也多少跟创意行业沾点边。

她一边想着，一边往固定的停车位走。身后开来一辆车她都没注意。那辆车"嘀"了两声，周之越看见，搂了下她的肩膀，把她往旁边拉。

许意转头："啊？"看见身后有辆车，"噢噢……"

周之越垂下手，淡声提醒："别走神，看路。"

他在环金大厦有两个车位，一个大部分时间都空着，另一用来日常停车。今天，走近之后，许意看见平时空着的那个位置停了辆明黄色的跑车。

"这是你的车吗？好像早上还没在这里。"

周之越回道："不是。"

他话音刚落，黄色跑车的门被打开，赵柯宇从里面下来。

赵柯宇拍了下周之越的肩膀："用下车位，我那儿停满了。"

周之越没有情绪地"哦"了一声。

许意抬眼看过去，有了今天 Miya 的话，她多注意了一下赵柯宇的穿搭。

他今天又穿着西装，藏青色带蝴蝶暗纹的，呢绒面料，看着略显老气……

赵柯宇朝着她笑："别一直盯着我看啊，周之越就在你旁边呢，我怕他暗杀我。"

许意摸了下头发，瞎编道："没……我在看你的衣服，之前好像在网上刷到过。"

赵柯宇眼睛一亮，忍不住开始炫耀："好看吧？Valen 的秀款，全亚洲只有四件。"

许意点了下头："嗯……挺好看的。"

闻言，周之越瞥她一眼，语气凉飕飕的："喜欢这样的？"

许意跟赵柯宇不熟，当着面也不好说什么，只能强行说："对，有设计感，复古风格。"

于是，周之越上下打量了几眼这件西装。

赵柯宇刚才远远看见周之越似乎是抱了许意一下，笑着说："恭喜啊，你俩终于复合了。"

许意脸瞬间红了，赶忙说："还没呢。"

赵柯宇很用力地挑了下眉，重音放在前一个字上："还——没。"

"那就是快了的意思？"

许意正准备否认，周之越就"嗯"了一声，语气轻飘飘地说："这周五吧。"

闻言，赵柯宇明显怔了下，似乎是完全没想到周之越会这么说。

大约两秒后，他笑了："听说过订婚挑日子、结婚挑日子，你们这是什么说法？连复合都要挑日子？难道说，周五有什么特别的，还是你俩查过皇历？"

许意看到周之越微张了张口，赶忙推推他的胳膊，催促道："快走吧，不是还要约会吗？"

话一说出口，她更想给自己脑门上来一下，立刻改口："吃饭，是吃饭。"

周之越侧头，深深盯了她一眼。

赵柯宇笑出声，手指挂着车钥匙转了两圈："行，约会去吧，不打扰你们。周五复合是吧？那下周有空一块儿吃饭啊。"

周之越看起来心情不错的样子，但对赵柯宇说话的语气还是淡淡的："哦，看情况吧，我们不一定有时间。"

赵柯宇又拍了下周之越的肩膀："走了。"

一阵"叮叮嘟嘟"的转钥匙声中，他越走越远。

许意松了口气，又偷偷瞥一眼周之越，拉开车门上去。

因为刚才那段对话，许意心跳很快，紧张兮兮地坐在副驾驶座，目视前方。

不一会儿，旁边的车门打开，一阵清淡的冷杉香飘过来。

周之越也上车了。

他发动车子，随后很缓慢地问："你想去哪里，约、会？"

如果许意没听错，他还特地放慢了后两个字的语速，像是在强调一样。

她尴尬地咳了声："不是约会……我说错了，口误。"

"哦。"周之越不咸不淡地问，"那你想去哪里吃饭？"

许意这会儿完全不在意吃什么，开口随便说了家店。

周之越说了声"行"，设置好导航，转动方向盘倒车。

车内的空气陷入寂静，一直维持到车子驶出地下车库。

许意想起刚才周之越跟赵柯宇说他们周五复合，在心里长叹一声气。有这么明显吗？她只是约他周五一起看流星雨而已，他怎么就默认是那天复合了？

这个时间正是下班的晚高峰，去餐厅的那条路比平时回九里清江更堵。

车子一路走走停停，又到了一个红灯前，许意犹豫片刻，小声开口："你刚才说，周五……"

"周五怎么了？"周之越认真看着前方的红绿灯，一副自己什么都没说过的语气。

许意眉心跳了下，闭上眼，靠在座椅上，嘀咕："没事，那就……周五吧。"

周之越没说话，看她一眼，悄无声息地弯了下嘴角。

　　

许意刚才说的餐厅是一家烤肉店，她大学时就很喜欢这种日式烤肉，经常拉着周之越一起去吃。

只是周之越不喜欢吃东西的时候有人一站在旁边，而许意懒得自己动手烤肉。两相权衡之下，每次都是周之越负责烤，许意只负责吃。

今天也不例外。到了餐厅之后，服务生带着两人去了包间，肉和菜都上桌，许意就抱着双手坐在那里。

周之越很自觉地夹起肉，一块块摆上烤盘，再把烤好的分到她面前的碟子里。

许意优哉游哉地吃完一碟，又安静地坐着，等他烤下一波。

他今天穿了件黑色的卫衣，这会儿袖口挽起来一截，加上手在用力，能看见小臂流畅的肌肉线条。

他烤肉的动作也挺美观，慢条斯理的，一切都很赏心悦目。

许意笑了下，手臂撑在桌上，看着他："周之越。"

周之越："怎么了？"

大概是太多年没说过这种话了，许意低下头，音量也不自觉小了些："你真好。"

闻言，周之越眉梢微动，掀起眼皮看她一眼："帮你烤肉，就'真好'了？"

许意点点头："对啊。"

片刻后，周之越翻出一笔旧账，语气悠悠道："也不知道是谁，以前说我没服务生烤得好吃，还非要自己烤，满身怪毛病。"

许意忍住笑，故意说："怎么会有人这么说？反正，肯定不会是我。"

周之越抬了下眉，没说话，把一块烤好的肉夹进她碟子里。

两人边吃边聊，一顿饭就这么过去了。

许意记得，前不久她才和同事吃过这家店，印象里也没这么好吃。难道真的是五年不见，周之越烤肉技术见长，还是说他"秀色可餐"？

乱七八糟想着，外面天色已黑，周之越开车载她回九里清江。

进门时，凯撒小帝趴在玄关处的架子上。大概是闻到了他们身上的烤肉味，一跳一跳地过来，凑到脚边，伸长脖子闻来闻去。

许意单手把它抱起来，用手指戳戳它的鼻子。

凯撒小帝打了个喷嚏，一脸嫌弃地从她怀里跳下去。

许意笑了起来："周之越，你看见了吗，它打喷嚏好可爱啊，傻乎乎的！"

周之越"嗯"了声，没看凯撒小帝，目光落在许意脸上："你今天……"

他顿了下，评价道："好像很开心。"

许意换好鞋往里走，敛住笑意，问："很明显吗？"

周之越："很明显。"

记得很多人都说过，她基本没有表情管理的能力，尤其是在心情好的时候，就好像浑身上下都洋溢着一种欢乐的气氛。

许意重重地抿了下唇，看着他说："也就……一般开心吧。"

她试探着问周之越："那你呢？"

周之越静了几秒，随即低声说："还不错。"

许意走到房间门口，本来打算约他换完衣服之后再看会儿电视，但现在又觉得自己这个状态好像更适合稍微冷静一下。

她笑着说："那今晚早点睡吧，正好我们都心情不错，应该能睡个好觉。"

周之越也没说什么，把凯撒小帝从架子上抱下来，过去递给她："行，回去睡吧。"

回屋之后，许意还是按捺不住激动的心情。她突然感觉这种有倒计时的复合比突如其来的确定关系更让人期待。今天是周二，还有三天，往后的三天，大概每一天都会充满期待。

晚上实在睡不着觉，许意把凯撒小帝摇醒，抱到她枕头旁边，对着它脖子亲了又亲。

凯撒小帝挣扎失败，"喵"了好几声，又抗议失败，只能生无可恋地躺在那里，任她摆布。

许意好不容易放过它，小猫跳下床，小跑着去门边，用小爪子拍门，又跳起来去够门把手。

于是，许意下床去给它开了门。客厅的灯还亮着，乍一看还有些晃眼。适应了光线，她就看到周之越靠在沙发上，正在看笔记本电脑。

听见开门的声音，他抬眸看了眼。凯撒小帝跳上了沙发，在他身边的位置站住，瞪着圆眼睛朝许意又叫了几声，声音很像是在告状。

周之越看向许意，嗓音淡淡地问："你把它怎么了？"

"没怎么，就……多亲了它一会儿，可能嫌我烦了。"

"哦。"周之越眼神很凉地扫了眼凯撒小帝。

许意抿了下唇，低声说："你也早点睡，晚安。"

周之越点头："好，晚安。"

第二天上午，柯越有个小组会议，赵柯宇和周之越都参加。

事情的起因是上周一个入职挺久的员工犯了个很低级的错误，导致项目的整体进度拖延。

赵柯宇这两天在工厂和投资方之间东奔西跑，也基本就是因为这事，今天这场会，主题就是总结这次事件的经验教训。

因为赵柯宇和周之越两人的性格和处事态度，从公司成立开始，就默认谁唱红脸谁唱白脸。

赵柯宇今天开会之前就已经在想，等周之越骂完人，他应该怎样措辞安慰。

毕竟，上一次发生类似的事件，情形还没这次严重，周之越在会上劈头盖脸地把负责人一通批评。二十大几的人，当场眼睛都红了，搞得场面还挺尴尬。

令赵柯宇没想到的是，今天那员工忐忑不安地做完一番自我检讨之后，周之越连句重话都没说，只微领了下首，扔出四个字："下次注意。"

搞得他不得不临时转换角色，板起脸，严肃地批评几句。

会议还要讨论之后的工作计划，持续了几乎半个上午。

会后，赵柯宇去到周之越的办公室，看到他打开电脑，亲自上手解决这个简单的技术问题。

赵柯宇笑了声："哟，准备谈恋爱，脾气都变好了啊。"

周之越没工夫看他，视线仍在电脑屏幕上："我脾气一直挺好。"

赵柯宇嘲讽道："你这叫脾气好，那我就是天使。"

周之越冷笑："哦，哪位天使刚刚开会的时候让人趁早收拾东西走人，走前还要赔偿公司损失？"

赵柯宇没好气地说："那还不是因为你什么都没说？而且，我说的是，如果下次还不注意，趁早收拾东西走人，你不要偷换概念。"

周之越敲着键盘，没再理他。

赵柯宇径自去沙发上坐好，跷起腿："对了，昨天问你的你还没说呢，你俩为什么非要等周五复合啊？"

周之越漫不经心道："我们想什么时候复合都行。"

赵柯宇揉揉眉心："行行行。"

话题又转回工作上，说了一会儿之后，赵柯宇站起身，准备往门口走。

周之越抬了下头，看见赵柯宇今天穿了件酒红色的西装，上面印着蓝花。

他盯着瞧了很久，眼神让赵柯宇毛骨悚然。

"你别这样看着我啊，小心我告诉你那准女朋友……"

周之越："滚。"

赵柯宇推开门，正准备"滚"，又被周之越叫回去。

"对了，"他淡声问，"你衣服哪儿买的？"

赵柯宇低头看了眼自己的西装，随即笑开："可以啊，跟那个许意待久了，眼光也变好了。

"身上这件吗？这个是我去国外玩的时候买的，一个设计师自己开的小店，手工制作的，每款就几件，你可能买不到。"

周之越想起今天早上，他拉开衣柜门，里面全是单一色调的衣服，别说这种花的，连衣服上印图案、印字的都没有。

他想了想，又问："那昨天的呢？"

赵柯宇说："昨天的？昨天那件我不是说了吗，全亚洲就四件，你也买不到。你肯定也不想穿我穿过的吧？"

他转回头，笑着说："正好明天我让助理去帮忙买今年秋冬的衣服，顺便帮你买几件类似风格的？"

周之越眉心舒展开，薄唇微张："行，谢谢。"

赵柯宇："那借我辆车开开呗？"

周之越手指僵了下，还是答应了。

周五之前的这几天，跟许意想象中有一定差距，期待确实是挺期待，但就是过于期待周五，导致她过得度日如年。就好像一直有个半成品的榛子奶油蛋糕每天在她眼前晃来晃去，明知道就是她的蛋糕，但是因为还没做好，她只能闻到香味，就是吃不到。

周四这天，许意一大早收到姜凌的消息，说有个在桐市拍摄的宣传片，客户和拍摄团队都比较难搞，想让她跟着一起去协调，明早出发，周日回来。

许意深吸一口气，答应下来，但心里很不情愿。

闲下来之后，她马上给周之越发了条消息。

许意：唉，我明早要去桐市出差，大后天才能回来。

大约过了一个小时才收到周之越的消息，就一个"好"字。

许意顿时更加失落。周五本来是约好一起看流星雨的日子，而且他们大概率还会在这天正式复合。

唉，也许是时机还没到。

她开始安慰自己，多一天少一天好像也问题不大，反正这个榛子奶油蛋糕已经被她预定下来，迟早都能吃得到。

晚上下班，许意心情不太好，坐在周之越的车上，闷闷不乐的。

周之越看向她："不高兴？"

许意幅度很大地点了下头，委婉地说："明天要出差了。"

周之越目视前方，语气平静道："没事，不是周日就回来了吗？"

路两旁的景物变换着，许意看向窗外，心情还是好不起来。

她小声说："可是流星雨……"

片刻后，她才听见周之越的声音，他似乎对此没有半点失落："我查了天气预报，周五，桐市也是晴天。"

许意："晴天也没什么用……"

周之越："晴天应该能看见。"

许意总觉得说来说去都没说到问题的关键，她叹了声气，突然也不那么想提这件事了，不然显得她特别着急。

其实，也不是一定要等流星雨那天。而且流星雨说不定还有哪次会是什么小爆发，适合观测的，运气好的话，下个月也许就有。

车子很快就到了地下车库，周之越停好车，侧头看了眼许意的表情。

她眼皮耷拉着，嘴角也微微向下，几乎把"不开心"三个字写在脸上，眼睛直直盯着一个方向，不知在琢磨些什么。

许意低头解安全带的时候，周之越伸手过去，很轻地揉了下她的脑袋。

"明天，看情况吧。"

闻言，许意没什么情绪地应了一声。

上电梯的时候，她边想边说："大一那次就没看到，这次也不能一起看。我记得大一那次是水瓶座的，这次是狮子座的，是不是要等我们自己星座的流星雨小爆发才能有机会看见？"

周之越："大一那次……"他顿了下，不太自然地说，"没看到，所以愿望没有完全实现。"

许意下电梯，先是以为他在说她的愿望，开门那一瞬间，突然意识到什么，转头问："那次……你也有愿望吗？"

周之越："嗯。"

许意好奇问："什么愿望？"

周之越换好拖鞋，往自己卧室方向走，很清淡的语气："不记得了。"

许意想翻他个白眼，没好气道："……你扯吧，刚还说没完全实现，你肯定记得。"

"砰"的一声，他卧室的门关上了。

次日，许意航班的时间很早，姜凌帮她叫好了车，她便没麻烦周之越送。北阳离桐市不远，飞机一个多小时就到。许意上飞机后，一觉还没睡醒，就已经降落桐市。拍摄时间都安排在白天，否则还要另外增加成本。客户的要求确实很多，几乎要求随时远程跟进拍摄进度，一直在提要求和意见。摄制团队也有点难沟通，拍摄时总有自己的想法。

好在冬天白昼时间短，四点那会儿拍摄就暂时结束，但从早盯到晚，已经把许意累个半死。结束后，摄制团队的几个人约着许意他们一起吃晚饭。为了联络感情方便明后天的沟通，他们都去了。

许意又刷了下新闻，看到今晚的狮子座流星雨会出现在凌晨一点多。明天还要早起拍摄，这顿饭必然吃不到这么晚，她还是有机会许个愿的。

饭局快结束的时候，许意收到一条消息。

周之越：在哪儿？

许意：桐市啊。

周之越：具体位置。

许意正在跟摄制团队的人寒暄着说再见，顺便委婉提醒明天要加快进度，于是，她心不在焉地在手机上发了个定位过去。又过了大概二十分钟，饭局终于结束，姜凌去结账，许意和其他人送摄制团队的人出门。刚走到门口，许意远远看见一个熟悉的身影，穿着一身黑色的大衣，缓步从路对面过来。

许意眼睛瞬间亮了，心里一阵激动，嘴角疯狂上扬。但身边还有人，她忙先控制住表情，拿出手机给周之越发了条消息。

许意：啊啊啊！你等等我！

隔着半条马路，许意看见周之越拿起手机。几乎是同时，她手里的手机也振动了一下。

好不容易送走这几人，她又跟同事打了招呼让他们先回酒店。终于，门口没有"乱七八糟"的人了。

已经快到零点，这家餐厅又离市区较远，门口已经没什么人了。

许意环视一圈，在楼边的阴影里看见周之越。她快步跑过去，来到他面前时，及时刹住脚步，笑着问："你怎么过来也不跟我说一声？"

周之越低头看她，近处正好有一盏路灯，幽黄的光照在她脸上，她眸中就像是在闪着光。

他也弯了下唇："本来晚上跟投资方有个饭局的，昨天还不确定能不能推。"

许意"啊"了一声，正准备问他有没有耽误工作。

周之越别开头，语速很慢："你刚才那样朝我跑过来，我还以为……"

他声音低了些，继续道："是来抱我的。"

听到这话，许意已经忘了自己刚才本来想说什么。

她眨了下眼，捏捏袖角，小声问："可以吗？"

好一会儿后,她才听到周之越的声音,很轻:"嗯。"

桐市的气温跟北阳差不多,天寒地冻的,前些天还下过一场大雪,旁边的灌木丛、树枝上还都积着雪。

许意怕冷,这种天气裹得很厚,今天她穿了身浅黄色的羽绒服,短款,鼓鼓囊囊的那种。

太久没有抱过周之越,而且现在两人的关系应该还不能算是男女朋友。许意站在原地纠结,心想:他都已经同意了,那不抱白不抱,就当是提前享受权利了,大不了以后再还。

她缓慢地抬起手,上半身往前倾,手臂环在他腰的位置,鼻子和额头贴着他胸口的衣料,冰冰凉凉的。因为她没太用力,而且穿得实在太厚,虽然抱住了,但总觉得中间还隔着好远的距离。

她只有脑袋离他很近,不止能闻到他身上的冷杉香味,还能清楚闻见洗衣液的味道,跟她身上的是同款。

许意抱了三四秒,感觉有些脸热,抬起头看他,还随便扯了句听起来自然的话:"你穿得好少,不冷吗?"

周之越摸了下她的头,只说:"冷。"

就一件风衣,虽然扣上了扣子,但大冬天的,确实看着都冷。

许意也不想一直在这饭店门口站着,先松开他,赶忙说:"那我们先回酒店吧。"

周之越垂眸看着她,重复其中几个字:"回酒店?"

许意霎时脸更红了,马上解释:"我的意思是……你如果没订酒店,可以订我们住的那家,虽然离市中心远了点,但是装修和服务什么的都挺好……"

"哦。"周之越直接拉住她的手腕,往路对面的停车场走,"那就住那里吧。"

饭店离酒店并不远,十多分钟的车程。

开到酒店门口时,天上居然飘起了雪,大片大片,鹅毛般的,被路灯光一照,还挺有偶像剧里那种冬日恋爱的氛围。

下车之后,两人并肩走进酒店大门。

周之越的风衣并没有帽子,虽然停车场到酒店门口只有不到一百米远,但他的发丝上还是落了很多雪。

酒店大厅里暖气很足,进去没多久,雪就化成了水,浸得他头发湿漉漉的,还有几缕潮湿的黑发垂在额前。

周之越要了间顶层带全景落地窗的套房,和许意一起上电梯。

许意思忖着,装模作样地看了眼手机,像是很自然地提议:"我看网上说,今晚流星雨的峰值时间是凌晨一点,差不多也快了。我们一起看了再睡?"

周之越"嗯"了声,没什么情绪地反问:"不然我是来做什么?换个城市自己看?"

许意安静片刻，小声嘀咕："也是。"

已经很久没跟周之越一起来过酒店，刷卡开门的那一瞬间，许意还有种莫名其妙的紧张。

但想来今晚又不会发生什么别的，也就是看个流星雨而已。至于别的……就算她想，明早六点还要继续拍摄工作，实在不能熬那么晚。

门被打开，许意跟在周之越身后进去。

映入眼帘的就是那面全景落地窗，整整两面墙都是透明的，西边的月亮和远处高楼大厦的灯光尽收眼底。

她刚走到窗边，就看见第一颗流星从天边缓缓滑落。

许意睁大眼，立刻转头去扯周之越的衣袖，语气惊喜道："啊，你看见了吗？流星！一颗！"

周之越顺着她的力道走过去，抬眸看过去："看见了。"

第一颗流星还在下落，逐渐变成一道浅浅的痕迹。

许意抿了下唇，看向周之越："我想现在就许愿。

"不知道之后会不会真的看见流星雨。不过现在至少看见一颗流星了，对着流星许愿，应该也可以。而且，我这次就只先许一个愿望。"

趁着那颗流星没完全消失，许意扬起下巴，对着那个方向，闭上眼，双手合十。

大概五六秒之后，她就睁开眼，随后转过身。

"周之越。"

"许好愿了？"

许意点点头，很小声地问："那……我的愿望能实现吗？"

周之越弯了下唇，看着她问："你都没告诉我什么愿望，我怎么知道能不能实现？"

许意别开头："你不是早就猜到了吗？"

空气凝固了半晌，直到窗外那颗流星完全不见踪迹，连痕迹也看不见。

许意对这件事本来是胸有成竹的，并不是因为前段时间周之越对她的态度，以及他保留那间公寓里的东西。

最大的确信是周之越前几天跟赵柯宇说的那句话。

刚才进门时，周之越随手关了顶灯，只留门口一盏幽黄的廊灯。昏暗又寂静的房间中，许意感觉好像能听到自己心跳的声音。

她正忐忑地想着要不要再说些什么，突然，感觉手被牵住。与此同时，周之越低沉的声音响起："可以。"

许意感觉心脏快悬到了喉咙，他话音刚落，远处的天边隐约出现了很多流星，一颗颗同时滑落。

她抬头看周之越，轻声问："那……你现在是我男朋友了？"

周之越喉结微动，轻"嗯"了一声。

许意看着他的脸，不自觉地扬起嘴角，想再抱一下他。可身上还穿着极其厚重的羽绒服，这样抱过去，连温度都感受不到，拥抱体验感直线下降。于是，她一言未发，低头拉开羽绒服的拉链，开始脱衣服。

周之越看见，眉梢抬了下："这是做什么？"

床和落地窗有段距离，许意一边把羽绒服扔向床上，一边应道："抱你呀，衣服太厚，抱着不舒服。"

周之越沉默一瞬，没什么情绪地"哦"了一声。

许意刚才那么一扔，没想到把羽绒服扔地上了，只好走过去捡。

她随口提议："不然你也把外套脱了吧，这房间的暖气还挺热的。"

等许意捡完羽绒服，挂好之后，转回头，就看见周之越把那件黑色的风衣外套脱了，挂在手臂上。他里面穿着一件深棕色的西装，还搭了件红色的花衬衫。从她认识周之越开始，就没见他穿过这种风格的衣服。

许意盯着看了半天，觉得他穿这种衣服倒是跟赵柯宇的感觉不同，配上精致的五官和身高腿长的身材，还真有点二十世纪港圈贵公子的气质。

她快步走过去，笑着问："你怎么穿这样？是不是赵总帮你挑的衣服？"

"直接叫他名字就行。"周之越语气不冷不热的，"你不是说喜欢这样的？"

许意回忆了好一会儿才想起自己什么时候说过这话，随后笑出声："那是当着他的面啊，我总不能说丑吧？"

听到"丑"这个字，周之越皱了下眉。

但随即，许意抱住他，声音轻轻地说："不过，你穿就还挺好看的。你穿什么都好看，我都喜欢。"

虽然听起来就像是哄人的话，但周之越还是眉头舒展开，抬手回抱住她。

他低下头，在她耳边很轻地说："许意。"

"嗯？"

他似乎是不太习惯说这种话，停了许久才重新开口，声音闷闷的："既然回来了，就别再走了。"

许意攥了下他背后的衣料，却没吭声，不敢再像小时候一样，很轻易说出什么保证的话。

她手臂用力了些，抱紧他，胸口能感受到他呼吸的起伏。

好半晌后，许意才松开手，拿出手机看了眼时间，已经过了凌晨一点。

微信上有几条消息，是这次出差工作群里的。通知大家明天早上五点半在酒店大厅集合，一起打车去拍摄地点。

许意本来不困，计算了一下自己的睡眠时间余额，发现最多也就四个小时，突然就感觉困了。

她看向周之越，又瞄了眼旁边不远处的那张大床，捏了捏周之越的指尖："那，我先下楼去睡觉了。"

周之越："还要下楼？"

许意咬了下唇:"是啊……明早大概五点就要起床,没几个小时了……等这次出差结束,回北阳再跟你……"

她本想说"一起睡",话到嘴边,突然又不太好意思,转身去衣架上拿她的羽绒服,随后走到门口。

"哎,我先走了,你也早点……"

话说到一半,她突然感觉腰上一紧。周之越从身后抱住她,下巴抵在她肩上。好一会儿后,他声音低沉地说:"明天工作结束之后,给我发消息。"

许意深吸一口气,在他怀里转过身,飞快地在他脸颊上亲了一下。她甚至没敢看他的表情,迅速打开门,迈出去,然后关上。

今天本就起得很早,又熬夜到这个时间,再加上周之越突然过来,以及刚才发生的一切,下电梯的时候,许意觉得头脑有些发晕,浑身都轻飘飘的。

等洗漱完,躺在床上,许意头已经很晕了,太阳穴一跳一跳的,但感觉神经还是保持着活跃状态。

最后,翻来覆去很久,她才终于睡着。

第二天早上,五点的闹钟响起时,许意极不情愿地从床上爬起来,拖着沉重的步伐去浴室收拾整理。因为昨天甲方和摄制团队总是有意见冲突,已经耽误了拍摄的进度,许意他们得集中注意力盯着。如果再赶不上进度,就没法在商定时间内把脚本内容拍摄完。

一整天的时间,跑了三个场地,好在三方沟通比昨天顺利,该拍的镜头都没少。结束的时候,许意和姜凌他们都松了口气。

姜凌说:"这导演真是心里没点数,就拍个商业宣传片,还以为自己在拍电影吗?刚才演员在片子里就是个背景里的小点,还非要抠人家表情,浪费这么多时间,敢情不是他们出钱。"

有同事在旁边附和:"是啊,你说他,他还跟你急,说我们什么都不懂。怕不是在搞笑吧,我们又不是第一次跟这种项目。还好许意跟我们一块儿过来,不然我们几个这脾气,估计说着说着能跟他们吵一架。"

许意笑了下,礼貌性地说:"其他我也帮不上忙,也就能帮着传个话沟通之类的。"

姜凌把胳膊搭在她肩上,提议说:"才五点,还挺早的。这边离市区近,要不一块儿吃个晚饭再回酒店?"

许意迟疑了几秒,想到周之越应该还在等她,便说:"我就不去了,昨晚没睡好,我想快点回去补个觉。"

其他同事也说:"我也想回去睡觉。昨晚回去都快十二点了,没睡几个小时又起床,我现在全靠一杯热美式续命。"

姜凌撇撇嘴:"行吧,那我也回去呗。你们这帮人真是,明明二十多岁,整得跟四十岁的人一样,就浅浅熬个夜而已,第二天就成这样。"

几人一边说着,一边来到路边打车。

很快就叫到一辆,他们一共四个人,正好打一辆车就够。

许意第二个上车,坐在了后排正中间的位子。

她拿出手机,终于有时间点开周之越的聊天框。

也不知道他这会儿在做什么,许意想了想,先双击他的头像。

  你拍了拍"周之越"。

没过多久,对面就发来消息。

周之越:怎么了?

许意:我忙完了,你在哪里呀?

周之越:刚出门办点事,现在准备回酒店。

许意控制不住地弯起嘴角。

许意:好巧,我也准备回酒店。

周之越:那一会儿来找我?

许意回了个"小鸭子点头"的表情包,把手机熄屏。

姜凌坐在她旁边,侧头看了眼她的表情,笑着问:"你是不是谈恋爱了啊?"

许意脱口而出:"你怎么知道?"

姜凌一惊:"还真谈了?什么时候的事啊?不声不响的。你看董菁,脱单第一天就发了朋友圈,然后昭告整个策略部。"

许意如实说:"就昨天才谈的……"

话毕,许意突然想起之前姜凌还让自己把周之越介绍给她的事,自己那时找的什么借口拒绝来着?好像是说周之越现在忙工作,没打算谈恋爱。

那这事得暂时先隐瞒一下,否则估计还挺尴尬。

她正想着这事,姜凌重重地在她腿上拍了一把,惊道:"昨天我们不是一早就来桐市,然后忙到晚上十二点才结束?你居然能抽出时间脱个单!"

许意摸了下鼻子,随口解释:"……其实,也就一句话的事。"

姜凌想了想,说:"也是,微信上互发条消息就能确定关系。"

另一边的同事也转过头,八卦地问:"哪儿找的对象啊?我们认识吗?"

许意犹豫了一瞬,讪讪道:"……不认识。就是,以前的同学。"

又聊了几句,姜凌突然想到上次出去喝酒时玩的真心话大冒险,又重重拍了下许意的大腿,音量提高了一个度:"你是不是跟你那个前男友复合了啊?"

许意心想他们也不知道周之越就是她前男友,承认这个应该问题不大,于是点点头:"……对,就是他。"

姜凌笑了声:"那我要赶紧告诉董菁,我们那天还打赌来着。"

许意问:"赌什么?"

姜凌一边在手机上打字,一边说:"你们复合的时间啊,我赌半个月,她赌一个星期。"

大约二十分钟后，车停到酒店楼下。

四人一起进门等电梯，正在讨论明天的工作安排，以及和甲方约会议时间的事。

许意正说着话，听到身后传来一阵缓慢的脚步声。

电梯正好到达一楼，她先一步迈上去，转回头，发现站在她身后的是周之越……旁边还有包括姜凌在内的三个同事，而且在车上刚聊过她和前男友昨天复合的问题。

五个人就这么猝不及防地出现在同一空间，许意一时不知道应该作何反应。

还没等她说话，姜凌就眼睛一亮，先开口："哎，许意，这是你室友吧？"

许意沉默了三四秒，才说了个"对"字。

她脑袋一时短路，抬眸看向周之越，顺着姜凌的思路，对他说："好巧，你也来桐市出差吗？我都不知道。"

周之越没理她。

姜凌："这么巧的吗？还能订在同一家酒店？"

一个谎言总要用无数个谎言来圆，许意硬着头皮说："确实……不过，估计是这家酒店在这个区比较出名吧。"

周之越瞥她一眼，没拆穿她，黑着脸说了句："是的吧。"

还好，他们四人的房间在六层，这段尴尬的对话没持续太久。

许意没急着跟着周之越上楼，先在六层下了电梯。

姜凌赶忙挽住她，小声说："天哪，有阵子没见，你这室友好像更帅了！

"对了，你跟你前男友复合了，那你要搬去跟他住吗？那你这个室友需不需要找新室友？我可以立刻把现在的房子退了！"

许意揉揉太阳穴，只觉得这关系被扯得越来越混乱。

"我不搬的。"

好不容易回到酒店房间，许意从包里拿出手机，看见锁屏界面显示有一条微信消息。

是周之越发的一个问号。

许意：我上去找你吧。

周之越：哦。

许意蹙了下眉。

许意：不要发"哦"！

几秒后，上面显示"周之越撤回了一条消息"。

许意抿唇笑了下，出门去电梯间。上顶层，又走到周之越的房间门口，她敲了下门。

很快，房门从里面被打开。

周之越站在门口，已经脱了外套，恢复往日的穿衣风格，里面是一件纯黑色的衬衫，扣子解了两颗，依稀看得见锁骨。

许意迈进去，把门关上，先一头扎进他怀里，抱住他的腰。

周之越眉梢微动，手还垂着，慢悠悠地问："刚在电梯里不是还说不知道我在这里？"

许意松开手，扯住他的胳膊往房间里走，笑了下，搪塞着说："我们昨天才……在一起，我不想那么快就跟同事说嘛。"

周之越抬抬眼，显然不想轻易放过这事。

"不想说，是因为我很见不得人？"他顿了顿，音色沉了些，"还是，你觉得我们的关系还不够稳定？"

听到这两个选项，许意不合时宜地想起之前看过的古装权谋剧里面那种选A选B都是死的送命题。

于是，许意决定还是照实说。虽然名义上已经复合，但她总觉得现在他们的关系似乎还没那么坚固。

倒不是像那种闪婚闪恋的，担心第二天就会分手，而是周之越昨天很轻易就答应了，甚至也没追问五年前她提分手，抛下他回苏城的原因。

许意觉得自己还挺奇怪的。即便周之越真的问了，她现在也不一定想说，但他一句都不问，她又隐隐担心。不知他是真的对过去的事释怀了，还是把这事当作一根刺，只是暂时先埋在心里。

许意捏了下他的手，解释说："不是啊。就，你记得刚才电梯里站我左边的那个女生吗？我同事，姜凌。上次我聚餐喝多了，送我出去的也是她。"

周之越回忆片刻："有点印象。"

许意食指弯曲，在他掌心轻画圈圈，继续道："她对你有点意思，之前让我把你介绍给她来着。"

看见周之越表情变得凝重了些，许意马上说："不是那种特别有意思的有意思啦，就是普普通通的，看见帅哥想泡的那种有意思。"

闻言，周之越掀起眼皮，慢悠悠地问："哦，那你对我是哪种有意思？"

似是没想到他会这么问，许意抿住笑意，说话的音量也小了些："我当然是，特别特别、很不普通的那种有意思。"

许意看向他，眨了下眼："那你呢？"

周之越握住她在他掌心划来划去的手，低声反问："你不知道？"

许意低下头："就是想听你说嘛……昨天都没想起来问，你……还像以前一样喜欢我吗？"

周围的空气安静了好一会儿，她才又听到周之越的声音，就在耳边，又低又沉："嗯。一直喜欢你，以前和现在。"

周之越并不是个喜欢说情话的人，即使是五年前他们每天腻腻歪歪谈恋爱的时候，他直白地说这种话的次数也屈指可数。

许意马上抬头去看他。

周之越现在的表情特别不自然，耳根也有些泛红。

许意有点想笑，但又完全不敢笑。如果她不小心笑了，大概率他以后再也不会说了。

许意反握住他的手，怕自己喜形于色，便把话题转回去："哎呀，都跑题了，同事的事我还没跟你说完呢。"

周之越这才抬眸看她，语气和表情恢复如常："哦，那继续。然后呢？"

"然后……"许意组织了一下措辞，"我没给她介绍，我说你现在还不打算谈恋爱，只想趁着年轻专心工作拼事业。要是转眼我就跟你在一起，那得多不好意思……"

周之越再次抓错重点，问："我什么时候说过，现在不打算谈恋爱，要专心工作？"他缓缓地说，"我觉得这两者没有任何冲突。"

许意摸了下鼻子，小声回道："我那不是随便扯了个理由嘛……不然我怎么说？总不能真把你介绍给她吧？"

这次，周之越终于反应过来，看着她笑了下。

"什么时候的事？"

"……几个星期之前吧。"

"可以。"周之越心情不错的样子，"坐近一点。"

许意目光下移，看见两人几乎已经贴上的距离，不明所以："已经很近了，再近就得坐你身上了。"

周之越没说话，微扬了下巴。

许意站起身，挪到他腿上侧着坐下。

周之越握住她的手，片刻后，低声道："对了，跟你说个事。"

许意转头："什么事？"

周之越："我今晚回北阳，明早公司还有事。"

许意眉头马上皱起来："啊？这么着急？你怎么没早点跟我说？"

周之越摸了下她头发，声音温和了些："怕影响你工作。没事，你这边不是也快结束了？等明晚，我去机场接你。"

许意往他怀里靠了靠，问："你几点走？"

周之越："凌晨一点的飞机，十一点出发吧。"

许意伸手抱住他："那也没几个小时了，凌晨一点，那你到北阳，再回家，都得三四点了，也太折腾了。"

她拿起手机看了眼时间，现在是六点："只有五个小时了。"

周之越看着她，缓缓地说："五个小时，还能做很多事，先吃晚饭，然后看个电影？"

许意点头："好！"

两人从沙发上起来，给前台打电话，直接叫酒店送餐到房间。

吃完晚饭后，许意找了部电影。

不论是哪里的酒店房间，总有种不同于家里的味道，莫名就让人觉得暧昧。

她找的电影还是个爱情片，富家小姐和穷小子的剧情。

两人坐在床上，周之越靠着靠枕，许意靠在他身上，心思都没太放在电影剧情上。

许意一会儿去勾勾他的手指，一会儿又去捏捏他的掌心。

没想到的是，剧情突然变得狗血起来。本来前半段都是男女主在谈恋爱，亲亲抱抱秀恩爱什么的，突然，女主的家人就开始疯狂反对，还给女主介绍了门当户对的对象，用男主的前程逼迫她回家。

更离谱的是，女主还真的因此跟男主提了分手。

许意正准备吐槽几句，一转头，就看见周之越的表情比刚才还认真了些，目不转睛地看着电视屏幕。

好半晌后，他悠悠开口："还会有这种事？"

许意："这就是电影桥段，现实中肯定不会发生的。"

周之越看着她："确定？"

许意点点头："当然。"

她抿了下唇，暗示说："反正不会发生在我身上。我家里人也不会给我安排什么结婚对象……21世纪了，自由恋爱，自由婚姻。"

周之越神色缓和了些，拿起遥控器："那换个别的看吧。"

许意："好。"

五个小时，过得比想象中快。大部分时间，两人都在心不在焉地看电影。后来找的是个悬疑片，两人偶尔针对剧情走向讨论猜测几句。不知道是不是错觉，或是已经过去五年，记忆模糊的原因，许意总觉得现在他们谈恋爱的状态好像暂不如以前那么亲密。

可仔细想，又想不出有哪里不对劲。最后，许意得出一个临时性结论——只是她还没习惯这种突然的关系转变而已。

快到深夜十一点了，许意和周之越一起起身。

周之越推着一个黑色的行李箱走到门口，说："我自己下楼就行，司机已经在楼下等了。外面冷，你早点睡，就在这里睡也行，房间是订到明天的。"

许意摇摇头："我回去睡吧，这里已经有你的味道了，我在这儿肯定睡不着觉……你到了给我发个消息。"

周之越看她片刻，手从行李箱的拉杆上移开，双手环抱住她。

许意感觉到耳边有温热的呼吸，是熟悉的气息，一下一下的，挠得她心里都发痒。

周之越声音很低："明晚见。"

随后，他低下头，很克制地在她额头亲了一下。

第二天早上,周之越去到公司,困倦极了。

他坐在办公室,看到置顶的头像发来几条新消息。

许意:呜呜,不好了,我可能要再晚两天回。

许意:公司又安排我明天去见一个客户。

许意:今晚不用去机场接我了。

许意:等晚上再跟你说,我先去忙了。

周之越眉头微蹙,又把这几条消息看了遍才回复。

周之越:好。

他盯着屏幕等了五分钟,许意没再发消息过来,大概是正在忙工作。

周之越切出聊天框,又破天荒地刷了下朋友圈,还真看到许意早上发的朋友圈,有四张照片。

他一一点开看,发现都是拍的别人,她自己没出镜,配文:合作很开心,顺利完成本次拍摄任务,期待成片!

后面还跟了两个"庆祝"的表情。

周之越点了个赞。

他又往下划了一段,看见赵柯宇也发了朋友圈。

一张图,图里只有一只沙皮狗,上面写着"我儿子",还有个向下指的箭头。

他想了想,点开赵柯宇的聊天框。

周之越:你养狗了?

赵柯宇:对啊,可爱吧?

赵柯宇:有了狗,我从此断情绝爱。昨晚新认识个女的,一直在撩我,结果我刚才知道她是程世嘉的现女友!

赵柯宇:是不是很尴尬?我差点给兄弟戴绿帽子。

周之越:哦。

周之越:对了,跟你说一声。

周之越:我有女朋友了。

赵柯宇愣了愣,发来一条语音,很无语地说:"你们不是本来就约好周五复合?今天都周日了,那还有什么好说的吗?"

周之越放完语音,没再发消息,直接把微信从后台退出。他也不知道有什么好说的,可能就是单纯想分享这件事。

第九章
甜蜜

第二天一早,许意就从酒店出发,按约好的时间去了客户的公司。这是一家做奶制品的企业,前几年才刚发展起来,想找 COLY 做新品酸奶的营销方案。

到达公司之后,发现一楼的闸机需要刷卡进入,许意便站在侧面,拿出手机给跟他们对接的负责人打电话。

第一通电话没人接,她正准备打第二通时,身旁有个人叫她名字。

许意转头,看见一个老同学。

"乔宇川?你怎么在这儿?"

乔宇川也毕业于北阳大学,法学院的,跟许意同届,两人又都是苏城人,在老乡会上认识的。

毕业之后,他也是直接回了苏城,在一家律所工作。

乔宇川笑着说:"我现在在这里上班,去年跳槽过来的,当法务。你呢?"

许意:"哦哦,我是过来谈事的。"

乔宇川帮她刷了下卡:"是要进来吧?"

许意迈过闸机:"对,谢谢。"

正是上班时间,电梯间人很多,许意他们等了一趟没能上去,站在门前等第二趟。

乔宇川问:"对了,你还在苏城那家公司吗?"

许意:"没在了,现在在北阳。"

乔宇川笑着说:"那挺好的,又回到上学的城市了。你家里的事现在怎么样了?"

五年前出事时,许父有想过找律师处理,随便找了一家咨询,就正好是乔宇川工作的那家律所。

问过之后,许父被律师费劝退,但乔宇川得知是许意家里的事,友情提供了些建议。

许意简短道:"后来人找到了,法院那边的判决也下来了,但是没有可供强制执行的财产,就先裁定终止执行了。"

乔宇川点点头,说:"也只能这样。等以后看情况,如果发现有新的财产,可以重新申请执行的。不过,亲戚之间的事,确实麻烦。"

"嗯……之前的事,还是谢谢你啊。"

"当时你都说过多少次谢谢了,都是一个学校的,别这么客气,而且我也没帮上什么忙,诉讼程序都是你们自己跑的。"

又等了会儿,两人上电梯。

乔宇川问道:"对了,你回北阳,那你大学时候那个男朋友还在那儿吗?"

许意"嗯"了声:"我们已经重新在一起了……"

乔宇川笑了:"那真是挺不容易的,唉,珍惜缘分吧。我大学时候谈的女朋友,去年都跟别人结婚了,婚礼还给我发了请柬。虽然早就分手了,但看着还是怪伤感的。"

说完,他也快到该去的楼层。

"先走了哈,要是待得久,给我发微信,请你吃饭。"

许意礼貌地说:"行啊,不过要请也是我请,你先上班。"

等她下了电梯,也接到负责人的回电,约了在会议室见面。

沟通过程比想象中顺利,大概说了报价,看了之前的营销案例,就把合作的事敲定下来。

许意原本以为还要继续在桐市留几天,细谈方案要求、预期效果之类的,但对方说他们也还在讨论中,可以等过几天在线上开视频会,也不用麻烦她一直在这里等。

于是,她估计了下时间,订了下午返回北阳的机票。

离开这家公司时,许意打开周之越的聊天框,边走路边打字,说自己今天下午就回去。

打完之后,她又全部删除,想了想,决定突然回去,给他一个惊喜。

等待登机时,周之越倒是先发消息过来。

周之越:确定了吗,什么时候回?

许意:后天吧。

许意:别太想我。

她也是随口说了个时间。

周之越:哦。

刚看到这个字,对话框就闪了一下,消息已经消失,旁边显示"周之越撤回了一条消息"。

手机又振动两下。

周之越:好。

周之越:我还在公司,下午有个会,结束了给你发消息。

机场广播传来登机的通知,许意拎着包上了飞机,一路都激动地看着窗外的云。这次回去,她和周之越就是同居关系了,而不是像之前一样的合租室友。

她越想越期待立刻就能到北阳。

一个多小时后，飞机落地。许意出了机场乘地铁，打算直接回九里清江。开发区离机场很远，一南一北，加上换乘时间，一共两个多小时，她才再次从地铁站出来。

中途还赶上下班晚高峰，最后一程没抢到座位。

这会儿，天色已经有些黑了，地铁站离小区又有段距离，许意推着行李箱往回走。

走到一半，手机响了两声，她点开屏幕来看。

周之越：我开完会了。

周之越：你工作结束了吗？

许意抿唇笑了笑。

许意：结束啦。

几乎是消息发出的同时，对面就打了视频电话过来。许意怕暴露行踪，切成语音通话接听。

周之越："回酒店了吗？"

许意假模假样地说："快了，刚到酒店楼下。"

周之越："你那边怎么这么吵？"

许意低头看了眼，行李箱在路上滑动，发出的声音还真挺大的。

"哦，可能是周围的人吵吧。你准备回家了吗？"

周之越声音清淡："过会儿吧。"

许意轻咳一声，说："你没什么事就早点回去，不然凯撒小帝一个人在家没意思。它今天……"

说到一半，突然，路边的灌木丛里窜出一只黑色的、脏兮兮的狗，看着像是流浪狗，长得还很凶。

许意当场就吓得忘记要说什么，大脑控制不了自己的腿，还没反应过来，就条件反射地拉着行李箱开始跑。那狗本来没注意到她，看见她开始跑，"汪汪汪"叫着开始在后面追。

许意连行李箱都丢了，左手拎着包，右手拿着手机，在人行道上狂奔。

电话里，周之越问："有狗吗？有人牵着还是？"

许意边跑边断断续续地说："啊啊啊，不是，流浪狗！好凶，怎么办！"

周之越："你别跑，不然它会追你。"

许意慌得要命："可是我已经在跑了啊，它正在追我！"

周之越："你找个路边的店先进去，或者赶紧进酒店。"

许意已经一路被追到了九里清江。

小区门口有保安，她直接奔着保安室跑过去，准备开门那一瞬间，那只流浪狗也到了她脚边，在她脚踝处重重咬下去。

恐惧大于痛感，许意忍不住尖叫。还好有两名保安及时过来帮忙，把那只狗拉开关了起来，又打电话找人过来处理。

"姑娘，你看看咬破皮没，破了得去医院打狂犬疫苗。"

许意穿得很厚，但脚踝还是被咬得特别疼，不用看都知道被咬破皮了。

电话里，周之越的声音还在："现在什么情况？"

许意声音带着哭腔："周之越，我被狗咬了——"

周之越："我现在去桐市，你先……"

许意打断他，语气很可怜："我没在桐市，我回来了，现在就在小区门口，九里清江……"

许意坐在周之越车上时，仍哭丧着脸。周之越今天没自己开车，司机坐在驾驶位上，两人都坐在后排。车里有其他人，许意也不太好意思说什么，就捏着周之越的手，闷闷不乐地坐在那里。本来想给他个惊喜的，现在搞成这样，还怪丢人的。

周之越又看向她的脚踝，问："还疼吗？"

许意正准备说"不疼"，张了张口，欲言又止，还是轻点了下头："……刚才真是太吓人了。"

周之越眉头蹙了下，表情看起来有些冷："你应该跟我说一声的。就算没遇到狗，机场那么远，你一个人回来也很麻烦。"

许意推推他的胳膊，小声说道："哎呀，就别说我了，我今天已经非常非常可怜了。"

"而且，我就是想给你一个惊喜嘛。提前见到我，你应该还是挺惊喜的吧？"

周之越想了想："嗯，如果你没被狗咬，可能'喜'会更多一点。"

许意狠狠瞪他一眼。

周之越看她片刻，没再说什么，很轻地在她脑袋上摸了一下，随后牵着她的手往自己这边拉，声音低低的："还好没出大事。"

许意原本也想靠在他身上，但不知前面这司机什么来头，是不是他们公司员工之类的，她没好意思做出什么亲密举动。

她没动，看了眼前面的司机，在周之越耳边低声说："还有其他人在呢。"

周之越很平静地说："不用管。"

许意"噢"了一声，上半身倒过去，靠在他肩上。闻到他身上熟悉的味道，她感觉安心许多。没过多久，车便开到了最近的一家医院。

许意从下车开始就搀着周之越的胳膊，由他带着去这儿去那儿。

她小时候被狗咬过一次，也打了狂犬疫苗，但时间太过久远，加上当时还没太记事，早就忘了具体的流程。进到诊室，医生先给她消毒清理伤口。

周之越一直看着她脚踝上那道暗红色的牙印，脸色又沉了下去。咬得不算深，处理伤口的环节很快就结束。而后，一针疫苗打完，医生告知这疫苗一共得打五针，还把余下四针的具体注射时间写在一张字条上。

医生看向周之越："家属也得记时间啊，要五针打全才行，千万别忘记了。"

周之越点头，把那字条接过来："会记得的。"

许意又挽着他的胳膊，一瘸一拐地走出诊室。她脑袋里一直飘着刚才医生说的"家属"两个字，以及周之越点头的样子，心情比先前好了不少。

司机还在停车场等着，刚上车，周之越手机响了。

是赵柯宇打来的。

"你人呢，刚不是还在公司？"

"现在不在了，有事？"

"啊，不是公司的事。何睿刚叫我们今晚去喝酒，还有程世嘉，我把地址发你微信上了。"

周之越抬了下眉："他不是有女朋友，而且快结婚了吗？怎么三天两头组局出去喝酒？"

赵柯宇笑了："有女朋友怎么就不能出去喝酒了？我女朋友还基本都是在酒局上认识的呢。"

周之越身子往后靠了靠，懒得再多说。虽然他和赵柯宇、何睿从小一起长大，但性格和部分观点相差很多。

"我不去，挂了。"

"哎，别啊，知道你要陪女朋友，但是你女朋友这不还在出差吗？正好你过来跟我们一块儿喝酒，打视频聊微信的话，在哪儿不能打对吧？"

周之越看了眼许意，对着手机说："哦，不好意思，我女朋友提前回来了。"

他顿了顿，缓慢地说："给了我一个惊、喜。懂吗？"

"呵呵。"赵柯宇咬牙，"再见。"

旁边，许意直勾勾地盯着周之越打电话，一副十分稀奇的表情。她还记得周之越只有跟特别熟的人才是这么说话，对其他人都是冷冷淡淡、十分疏离，再加上一点点客气。

以前谈恋爱谈久了，他跟她说话时也慢慢转变成"熟人模式"，偶尔很欠揍的发言能把她气得不轻。现在，周之越对她的态度好像还挺谨慎的，没像之前一样，也许是才复合不久，他还没完全恢复状态。

许意正琢磨着，周之越看她一眼："又发什么呆？"

许意回过神，扯了个别的话题："赵柯宇刚才是叫你出去玩吗？"

周之越："嗯，叫我去喝酒，还有其他两个朋友。"

许意看着他，眨了下眼："这样啊，那你怎么不去？"

周之越："你不是都听到了？"

许意笑着说："我只听到你说我提前回来了，给了你一个惊喜。"

"哦。"周之越顿了半秒，语气不太自然地说，"因为，我要在家陪你。"

他又补充："而且我本来也不是很喜欢去这种局，你忘了？"

许意其实就是想听"陪她"这句，满意地扬起嘴角，说："没忘，但是以前我还挺喜欢参加同学朋友之间这种聚会局的,你还经常陪我去。"

周之越"嗯"了声:"现在也可以。"

回家后,许意先回房间去换睡衣。她又仔细看了看脚踝上的伤口,看着没有很吓人,但想想当时的场景,还是觉得后怕。听到外面有脚步声,大概是周之越换好衣服出来了。

她也正准备去客厅,手机振动了几下。

许思玥:姐!跟你宣布一个重大的好消息!

许思玥:你亲爱的妹妹,我,告别单身了!

许思玥:简而言之,那帅哥被我追到啦。

许思玥:嘿嘿,而且是他跟我表白耶!

许意看着消息,不由得笑了下。不愧是一家人,亲姐妹,连谈恋爱都是如此同频。不过,她这才一学期都不到吧,追人的效率比她当时倒是高了不少。

许意:语音?

很快,许思玥打了语音电话过来。

许意问:"什么时候的事?"

许思玥的声音里都充满快乐:"就今天中午,然后我就告诉你了,嘿嘿嘿。不过我们最近有几门结课考试,然后就期末季了,考完再请你吃饭啊。"

"行。他是哪里人啊?家里做什么的?哪个专业?之前有谈过恋爱吗?"

"……姐,你好像查户口的。"

"我这是关心你!爸又不管这些事,那只能我多操心点。"

"哎呀,行行行,不过你就先别问了,反正不管怎么样,都是我占他便宜更多。姐,你放心吧。"

许意忍不住再多说两句:"我不是说谁占谁便宜的问题。其他都无所谓,就是你小心点,别跟他去没人的地方,离开学校过夜记得跟我报备一下,安全第一。"

她想了想,又委婉地提醒:"还有,如果要出去住,记得做安全措施。"

话音刚落,门被敲了两声。

许意对着电话说:"你先等一下。"然后从沙发上起身去开门。

周之越已经换好了衣服,站在门口,声音清淡地问:"想吃什么吗?我叫外送。"

许意:"啊,我都可以!"

"行。"周之越看了眼她的手机,"在打电话?"

许意点点头:"对,我妹妹。"

周之越:"那你先打。"

许意虚掩住门,又坐回沙发上,把手机拿起来:"刚说到哪儿了?"

许思玥拖着长音重复:"安全措施。"

许意:"对,安全措施,你知道我在说什么吧?"

许思玥:"知道啊,这我初中就知道了,你放心啦。"

许意揉揉眉心。

周之越还在外面等,许意把该叮嘱的话说完,就挂断电话。

出去客厅,她还在想许思玥刚才说的。

初中就知道了?

她怎么不知道许思玥初中就知道这些了?而且,她回忆了下,自己可能是上大一才知道,高中时对这种事都还有点懵懵懂懂的,也就知道个大概。

周之越正好抬起头,看她一眼:"怎么这个表情?"

许意坦言:"哦,我妹妹刚才说她谈恋爱了,我有点担心。"

周之越坐在她旁边:"为什么担心?她都上大学了,也不算是早恋。"

许意叹了声气:"唉,怕她遇到坏人呗,或者渣男什么的。"她看向他,"如果你弟弟谈恋爱,你会担心吗?应该不会吧?"

"会。"

"看不出来啊,原来你还挺关心你弟的。"

随后,周之越继续说:"怕他祸害别人。"

许意先愣了半秒,随后笑出声:"不至于啦,感觉你弟人还不错。"

等外卖送达还需要一段时间,许意打开电视,随便调了个台,靠在周之越身上,一边看电视,一边与他有一句没一句聊着。

聊天也没个主题,就是想到什么说什么。结果,周之越时不时看一眼她的脚踝。许意本来都快忘了这事,不主动去想,也就感觉不到有多疼,现在硬是被他看疼了。

她拍了下周之越的胳膊:"你别看了,真没什么事。"

周之越收回视线,淡声说:"我刚才给物业打过电话,让他们注意一下小区里流浪猫狗的问题,以后应该不会再遇到。今天咬你的那只,他们说可能是小区里的人弃养的,已经被送到附近的救助站了。"

许意眼睛一亮,握住他的手:"哇,你也太好了,还记得帮我说。"

周之越:"现在觉得我好了?"

许意低下头,不太好意思地轻声说:"我一直这样觉得啊,不止现在。"

不知是想到什么,周之越沉默片刻后,没什么情绪地"哦"了一声。

许意正思考应该说些什么,门铃响了。

话题便就此中止。

等这顿晚饭吃完,又看了会儿电视,已经快到夜里十二点。

次日是周二,工作日,许意也要上班,前两天出差在路上奔忙,多少有点缺少睡眠,不能再熬夜。

她掩面打了个哈欠,眸中有些湿润,看向周之越:"睡觉吧。"

"好。"

许意把电视关掉,随后站起身,习惯性朝自己卧室走去。

快走到门口时,她转了下头。

周之越还在刚才的位子坐着,也没回自己房间,静静看着她。

许意咬了下唇,这才想到一个重要问题。

"对了……"她很小声地问,"今晚,你想怎么睡?"

客厅的空气凝固了片刻,周之越抬眼,嗓音低沉地问:"你想怎么睡?"

他顿了顿,缓慢道:"我听你的。"

再次陷入安静,许意仿佛能听见自己的心跳比平时快一些,也更重一些。想来也是奇怪,之前明明在一起三年,其中有一年的时间都是睡同一张床的,现在重新变成男女朋友关系,她却觉得做什么都不好意思起来。

年纪见长,脸皮倒是薄了,胆子也小了。

许意轻咳一声,站在原地,手还放在门把手上,要开不开的动作。

她小声说:"还是听你的吧……这也算是你的地方,我听你的……"

两秒后,周之越缓缓站起身,问:"那你想睡哪儿?"

许意深吸一口气。这不又把皮球踢回来了?她虽然很困,但此刻脑袋飞速运转,还真想出一个很好的方式。

"其实睡哪儿都行。"许意咬了下唇,轻声提议,"要不然,我们微信掷骰子吧?一二睡你房间,三四睡我房间,五六……就各睡各的?"

周之越眉梢微动,轻飘飘地说:"可以。"

于是,两人同时拿出手机。

周之越问:"你来?"

许意觉得自己在这种事上向来运气不太好,三分之一的倒霉概率,说不定还真让她遇到了呢。

她说:"还是你来吧。"

"行。"

话音刚落,她和周之越的微信聊天界面里出现一个转动的骰子。

过了几秒,她还没看清骰子上的数,这小图标就消失了。

界面上显示"周之越撤回了一条消息"。

许意挠了下头发:"哎,你怎么撤回了?"

周之越没抬头看她,语气不太自然:"不小心碰到,我重新发一次。"

许意:"……好。"

聊天界面再次出现一个骰子,这次转动停止后,许意看清了。

六个点。

周之越沉默半秒,语气还是平静地问:"是一局决定,还是三局取平均数?"

许意眨了下眼:"……三局吧。"

周之越又扔出两个骰子。

终于，天遂人愿，他扔了一个"一"，还有一个"三"。

周之越很快说出了这三个数字的平均数："三点三，四舍五入，三。"

许意微微有些脸热，音量也不自觉小了些："那，睡我那儿？"

"嗯，可以。"

周之越把手机熄屏，嘴角抿成一条直线，垂着手臂走过去。

进门之后，许意才想起还有洗漱这回事。

两个卧室都有卫生间，也没必要在一个房间排队，或者挤着用。

于是，周之越刚进去就低声说："我洗澡之后再过来，如果你困了，就先睡。"

许意站在洗手台前，满嘴牙膏泡沫，含混不清地应了声"好"。

刷完牙之后，许意关上浴室的门，迅速冲了个澡，随后把头发吹干。她忐忑地打开浴室门，房间里还空着，只有凯撒小帝眯着眼睛趴在枕头旁边。

许意想了想，从衣柜里另拿出一个枕头，换上枕套，放在自己枕头旁边的位置。

衣柜最下层还有一床被子，她低头看了会儿，还是决定不拿出来，把柜门重新关好。她去关了顶灯，只留床边一盏小夜灯，躺进被子里，靠在床头，随意地划着手机。

凯撒小帝在床上伸了个懒腰，迈着猫步走到床头，闻了闻刚放在这里的枕头，随后舒舒服服地趴在了上面。

进屋前原本就很困，掷骰子和洗澡时短暂清醒了一会儿，她现在看着公司工作群里的消息，困意再次上头。

她正掩面打第五个哈欠时，周之越终于进来了。

霎时间，他身上的沐浴露香味一路从门口飘到了床边。

他没换睡衣，还是穿着那套深灰色的轻薄睡袍，腰间的系带很松，隐约露出胸前的肌肉线条。

他头发没有打理，看样子也刚洗过，黑色的碎发蓬松，看起来格外慵懒。

周之越缓步走到床边，嗓音沉哑："不是说，你困了就先睡？"

许意放下手机，轻声说："……想给你留个灯的，开着灯我也睡不着。"

周之越低头看了眼旁边枕头上的凯撒小帝，面无表情把它拎起来，放在阳台那边的猫窝里。

小猫很不满意地朝着他"喵"了两声，完全不想屈居猫窝自己睡，再次小跑着跳上床。

周之越看它一会儿，坐在床边，先它一步躺在枕头上。

凯撒小帝只能去床角，委屈巴巴地找了个空位趴着。

周之越把枕头立起来些，靠在床头，检查好手机上的闹钟，微微张口："关灯吧。"

许意："好。"

/231/

她抬手，把那盏夜灯熄了。

卧室陷入一片黑暗。视觉短暂消失的同时，其他感官更加清晰。她闻到了他身上熟悉的冷杉香，还听见窸窸窣窣似乎是在脱浴袍的响声。

她记得周之越晚上睡觉的时候是不习惯穿衣服的。

那也就是说……他现在全身上下只穿着一件。

许意也滑到被子里，捏住被角。眼睛还没适应光线，但她能明显感觉到被子里有另一个人的体温。

"周之越。"

"嗯？"

许意深呼吸，小声问："你困吗？"

半秒后，周之越说："还好。不过明天要上班，早点睡吧。"

许意："……好。"

她纠结了会儿，还是选择捞过床头柜上的毛绒玩具抱在怀里，翻身背对着周之越。

安静了会儿，又听见周之越的声音。

"以后早餐都由我来准备，你不用定闹钟，到时间我叫你。"

"噢……"许意攥了攥拳，"之前不是说好轮流的吗？"

周之越声音很轻："之前我还不是你男朋友。"

疲惫加上神经紧张，许意感觉自己脑子反应有点慢，好半天才憋出一句："当你女朋友……福利还挺好。"

许意听到旁边没声音了，侧躺着发呆，想些有的没的，很快就睡过去了。

周之越看着天花板，不知过了多久，声音很低地开口："你怎么不抱我？"

等了五六秒，回应他的仍是沉默。

周之越动作很轻地坐起来些，低头看向许意那一侧。她侧身躺着，两只胳膊露在外面，怀里紧紧抱着一个毛绒玩偶，好像是只泰迪熊。

周之越抿了抿唇，小幅度倾身过去，缓慢地把那只毛绒泰迪熊从她怀里抽走，放在一边。然后，他又若无其事地躺回去。

没过多久，许意翻了个身，往他这侧挪了些。她先是拉了拉被角，随即手伸进被子里抱住他，脑袋也抵在他胸口的位置。

周之越嘴角稍弯，低下头，很轻地在她额头上亲了一下。

他动了动唇，声音微不可闻："晚安。"

第二天早上，没等周之越叫许意起床，许意就先醒了，是被他的闹钟震醒的。要是放在平时，她翻个身就继续睡了，但今天，情况实在有点特殊。

许意不太明白，昨晚她明明是抱着玩偶睡的，为什么现在醒来，自己像个八爪鱼一样，手脚并用地抱着周之越。

她松开手，把腿也挪开，试图移远一点。

没想到，周之越把闹钟摁掉，手一伸，又把她拉回来，抱进怀里。

他嗓音很哑，一听就是刚睡醒，懒洋洋的："跑什么？"

许意不太好意思，把头埋在他怀里，强装淡定地说："没有……你不是要去做早餐吗？"

周之越下巴抵在她头顶，很轻地蹭了下，语气困倦道："不急，再睡五分钟。"

许意："噢……好。"

这个姿势……两人实在贴得太近。

她声音很小，委婉地说："你要不要去洗个澡？早餐我来弄也行。"

周之越没说话，又安静地抱了她一会儿才松开手："没事，时间来得及，你继续睡，我一会儿叫你。"

说着，他就下床，直接出了她的卧室。

许意缓慢地眨了下眼，听着他的脚步声。他没走太远，随后是一声门响，好像是回了他自己的卧室。

许意再次醒来，是被周之越叫醒的。

这天在餐桌上，两人话都很少，甚至比没在一起时还要少。快吃完的时候，周之越低头看了眼她的脚踝，再次问："有好些吗？"

许意："什么？"

周之越："被咬的地方。"

"啊。"许意也顺着他的视线低头看，"已经不怎么疼了。"

去公司的路上有些堵车，她拿出手机看日程表上的工作安排。看日期的时候，她忽然想起周之越的生日也快到了。大学时，她就很庆幸他们俩的生日都不在寒暑假，所以都可以一起过。

于是，许意开始琢磨今年要给周之越送什么生日礼物的问题。

另一边，环金大厦28层，柯越创新。因为昨天睡眠质量极佳，周之越今天心情很不错。

午饭时，赵柯宇一个人吃没意思，拎着外卖来了周之越的办公室。

"哎，正好，一起吃饭。"

周之越抓起眼皮，凉飕飕地说："是最近都没人陪你吃饭了？"

赵柯宇无奈地笑了下："可不是吗？上次不就跟你说了来着，我最近处于恋爱应激反应中，除了家里的狗，就只有你们这些兄弟陪着。"

周之越淡淡地说："哦，确实挺可怜。我跟你就不一样了，每天都有女朋友陪着。"

赵柯宇忍不住白他一眼："你能消停点吗？我真是服了，你之前单身五年，我有在你面前秀过吗？现在轮到我单身，'女朋友'这词你每天至少说十遍！"

周之越瞥赵柯宇一眼，懒得说赵柯宇之前在他面前具体是怎么秀的——就差把女朋友的照片怼他脸上给他看了。

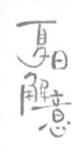

赵柯宇吃到一半，突然抬头："对了，你们之前到底是为什么分手？"

周之越语气淡淡的，没什么情绪："不知道。"

"啊哈？"赵柯宇难以置信，"之前不知道就算了，你现在都跟她重新在一起了，怎么还不知道？"

周之越没说话，视线移向电脑屏幕。

赵柯宇又问："她也没告诉你吗？"

周之越皱了下眉："也没必要知道，不管因为什么，也都是以前的事。"

赵柯宇"啧啧"两声："要说你还是恋爱经验不丰富呢。我不是咒你啊，就是友善提醒，能分手一次，就很可能因为同样的原因再次分手。

"我以前有个女朋友，好像是因为她家里不同意吧，当时觉得麻烦就分了，后来又复合，结果最后还是分了，还是因为她家里不同意。"

周之越脸色沉下去，只扔给他两个字："不会。"

赵柯宇看周之越的表情，也没再多说什么："没事，你觉得过去了就过去了，也行，我这也就是一家之言，就当我没说吧。"

等赵柯宇离开办公室，周之越拿出手机，点开唯一置顶的那个聊天框，低头看了会儿。

正好，许意发来一条消息。

许意：我今天可能晚一个小时下班，有个会要开。

周之越：行，我等你。

许意又发了"亲亲"和"爱你"的表情包。

周之越看着屏幕上的两个表情包，刚才短暂的坏心情瞬间烟消云散。

本来也没什么可想的，赵柯宇那都是失败的例子，完全没任何值得借鉴的经验。

周之越回了个一样的表情包，把手机熄屏，继续电脑上的工作。

到了下班时间，周之越又多等了一个小时，许意发来了消息。

周之越让她去地下车库。

他先离开办公室，去了电梯间。

电梯在19层停了一次，周之越抬起头，没看到许意进来，倒是看见一个十分刺眼的紫脑袋。

他没准备搭理，低头接着看手机上的邮件。

陈艾文先开口，笑着打招呼："好久没见啊。"

周之越极为冷漠地"嗯"了一声。

陈艾文："你还跟许意一起住？我能八卦一句吗，你的好人卡到账没？"

这时，周之越的手机响了声，是许意发来的消息。

许意：我刚收拾好，现在下楼。你到了吗？

周之越刚打了一个字，想起身边还站着个碍眼的人，把那个字删掉，改成发语音。

这趟电梯人不多,除了周之越和陈艾文,就只还站着两个人。

刚才没其他人说话,空气很是安静。周之越发语音消息的声音清晰传进了每个人的耳朵里,其余三人齐刷刷地朝他看过去。

陈艾文的目光在他脸上停留的时间最长,几秒后,又向下转移到他的手机屏幕上。

随后,陈艾文笑了声:"兄弟,要装也装得像点儿啊,你这手机屏幕都是黑着的,你刚是在跟空气说话吧?"

周之越很鄙夷地看他一眼,虽然懒得解释这种弱智问题,但他还是开口了:"你知道有种产品叫防窥屏吗?"

陈艾文的笑容变得十分尴尬,轻咳一声:"哈哈,抱歉啊,你这防窥屏效果还挺好。"

周之越没说话。

陈艾文今天也是开车来的,电梯在大厦一层停了一次,其余两人都下去了。于是,狭小的空间中,只剩下周之越和陈艾文两人。

陈艾文又问:"你这是不打算追许意,有新女朋友了?那我们倒是挺同频的,我也是最近刚脱单。

"没事,许意心里有她前男友,你放弃也是情理之中的决定,也不能算是咱们善变。"

陈艾文停车的位置离电梯很近,说完,他就走向自己的车。拉开车门时,他还朝着周之越挥了下手:"走了,兄弟。"

周之越继续往自己的车位方向走,路上,手机又振动两声。

许意:啊?

许意:要不是你发的是语音,我都要怀疑你手机被别人偷了!

周之越回了个问号。

对面没再回复。

大约五分钟之后,许意也到地下车库,拉开副驾驶的车门。

她坐上车,赶忙看向周之越:"你刚才叫我宝贝呢!"

周之越轻"嗯"了一声,表情与平时无异:"不喜欢我这么叫?"

许意抿住笑意,她当然是喜欢这个叫法的。其实大学他们谈恋爱的时候,这种十分亲昵的称呼周之越只有在床上的时候说过。其余时间,许意有提过很多次要求,说都在一起这么久了,多少得改个称呼吧,总不能一直叫她大名。

可无论她怎么哄,周之越都不改,也不知道是什么原因。

周之越的手搭在方向盘上,正准备倒车出去,被许意按住。

她笑着说:"那你再叫一次。"

周之越看向她,沉默两秒,语气清淡地说:"回家了。"

许意手没松开:"就叫一声,不然不让你开车!"

僵持了片刻,周之越垂下眼眸,声音很低:"宝贝。"

许意扬起嘴角,松开手,然后身子前倾,快速地在他脸颊上亲了一下。

这次,周之越倒是没着急开车,手搭在方向盘上,没其他动作。

许意有些不好意思,转回头,轻咳一声:"不是要回家吗?走吧。"

周之越若有所思地悠悠开口:"不然,我再叫一声?"

他顿了顿,继续说:"你是不是会再亲我一下?"

路上,两人去超市买了些食材,回家做饭。

像往常一样,周之越换了睡衣,在厨房忙活,许意就抱臂站在墙边"欣赏""观摩",边看边闲聊。

中途,周之越突然提到一个人。

"你公司同事,紫色头发那个,最近有女朋友了?"

许意点头:"是啊,你怎么知道?"她想起上次好像看见陈艾文跟周之越在路边说过话,"你们不会是互加微信了吧?哇,他真的很社牛。"

"没。"周之越淡淡道,"电梯里遇见,他说的。"

许意:"噢噢。"

周之越静了几秒,似是漫不经心地问:"他以前是不是喜欢过你?"

许意一愣:"啊?这你也知道啊?"

周之越的脸色不自觉地黑了两度。

许意笑着解释:"就是很短暂的那种喜欢,应该也不是很认真。"

周之越把洗好的菜放进篮子里沥干,没什么情绪地说:"以后离他远点,他不是什么好人。"

许意笑了声,往旁边走了几步,开始捣乱式地帮忙。没过多久,她就被周之越赶到餐桌那边坐着。

她这会儿精神正好,完全闲不住,坐了没几分钟又站起来,去厨房动动这个,动动那个,锲而不舍地扰乱周之越的做饭进程。

等这顿晚饭做好,两人吃完,再把桌子收拾了,碗筷丢进洗碗机,已经晚上十点多。

之前那部悬疑剧一直断断续续看着,后来也没太多空闲的时间,导致直到现在结局那两集还没看完。

许意拉着周之越去到沙发那边,把电视打开。她刚开始坐得还算端正,后来就歪七扭八地靠在周之越身上了。

周之越低头看她一眼,说:"你可以躺着。"

许意:"可以躺你腿上吗?"

周之越:"嗯。"

她挪了挪位置,终于,像五年前初看这部电视剧时一样,她躺在沙发上,头枕在周之越的腿上。

早知道这部剧评分不太高，但没想到结局烂尾那么严重。前面提到的很多铺垫也没圆回来，就像是为了结局而结局。

许意直起身，坐在沙发上，深深地叹了口气："早知道不看完了，不然一直都有期待，这结局也太垮了。"

周之越很浅地笑了下："那不是也得看完才知道。"

许意活动活动胳膊和肩膀，思忖着说："也是。"

她音量减小，缓慢地说："而且，我想把以前跟你没做完的事，都补上。"

周之越眉梢微动："补上之后呢？"

许意笑了："补上之后，当然就没什么遗憾了啊。"

周之越看了眼电视，那部烂尾的悬疑片正在播放滚动字幕和片尾曲。

他正准备说些什么，许意打了个哈欠："十二点了，我们睡觉吧。今晚……还一起睡吗？"

周之越"嗯"了声，抬手摸摸她的头顶："我今天快点洗澡。"

躺在床上，许意没着急关灯，靠在床头看了会儿手机。

周之越好像也有什么工作，拿来笔记本电脑，浏览着一个文档。

许意看困了，撑着脑袋凑到他身边，下巴压在他肩上："还要看多久？"

周之越侧头看她，问："困了？"

许意点点头："不过没事，我可以等你忙完。"

周之越关上电脑，放在床头柜上，随手把卧室的灯也关了："不忙，本来就是在等你看完手机。"

许意笑了下："那你叫我啊，我就是胡乱刷刷微博啥的。"

周之越脱掉睡衣，躺下去，声音比刚才更加低沉了些："也不着急。"

许意翻了个身，本来打算去拿旁边的毛绒玩具，手伸到一半，又缩回来。

她咬了下唇，很小声地说："周之越。"

"嗯。"

"要不要……抱抱睡？"

周之越的声音很轻，似乎带了笑意，但很不明显："你昨晚不是已经抱了一晚上，现在还要征求我的意见？"

许意翻身回来，在黑暗中面对着他。

她回忆着说："早上都忘了问你，我昨晚怎么会抱着你的？我记得我抱着'卡卡'，就是我的小泰迪熊玩偶，早上它居然在地上了。"

"不知道。"周之越低声道，"可能是你觉得抱着我睡更舒服。"

许意觉得这个理由很有道理，在被子里勾勾他的手指，说："那抱抱。"

她没听到周之越说话，但感觉他离自己近了些，缓慢地伸手，按在她的后背上，然后扯进怀里。

这天晚上，又是十分单纯的一起睡觉。

许意第二天醒来时,周之越没在身边。早餐倒是已经准备好,摆得整整齐齐放在餐桌上。

去公司的路上,她突然有个想法。

不然以后还是请个阿姨做饭,或是早餐随便对付对付吃点算了。

以前,她感觉谈恋爱最幸福的瞬间之一,就是早上醒来时,周之越就在身边,一睁眼就能看见。

可现在有了每日早餐任务,岂不是工作日的五天,她每天都不能重新体验这种幸福?

这么想着,车子已经到了环金大厦楼下。

许意心不在焉地上电梯,在19层下去。到工位时,她才发现自己手机不见了,回忆片刻,觉得估计是落在周之越车上了。

电脑的微信要手机扫码才能登。

许意想了想,借旁边陈句的手机给周之越打了个电话。

周之越:"哪位?"

许意:"我。"

周之越:"哦,怎么了?"

只一个字就听出她的声音,许意笑起来。

因为手机是借的,她直接切入正题:"我手机好像落你车上了,我现在上去找你拿车钥匙可以吗?"

周之越停顿两秒,说:"我去拿吧,十分钟之后在COLY门口给你。"

许意:"好。"

十分钟后,她准时出门,还没看到周之越过来,倒是看到了旁边消防通道门口的两个人。

董菁和一个穿姜黄色毛衣的男人站在那里,正手牵着手,一副难舍难分的样子。

董菁:"不是还有十五分钟才上班吗?再陪我待一会儿嘛,就十分钟。你昨晚就加班,都没陪我去看电影。"

男人:"宝宝,我真的该上楼了,九点半就有个会要开,我要提前准备一下,不然我们周总要骂人的。"

董菁眉头皱起来,不满地说:"你们这个周总怎么这么烦人啊,老是影响我们谈恋爱。"

男人:"别这么说,宝宝,周总可厉害了,他一直是我的偶像。优秀的人,总是会对别人要求更严格,他也是看重我的能力才会这样。"

董菁:"你这明显就是被他PUA了!你听我的,远离职场PUA,从你开始!"

男人:"真不是,而且,就算是被周总PUA,我也认了。"

许意没刻意去听,但两人说话声音实在不算小,加上距离不远,听得十分清楚。

董菁还准备继续说周之越的坏话,许意就远远看见当事人周之越从电梯间那边走来。

为了避免尴尬,她重重咳了两声,以示提醒。

董菁和那男人同时回头,看到周之越的脸,瞬间噤声。趁周之越离得还不算近,董菁看向许意,用口型跟她说了声谢谢。

许意笑了下,余光看到董菁男朋友的长相,突然觉得这张脸有点眼熟,似乎是之前在哪里见过。

她正想着,周之越已经走到她面前,把手机递给她,随口说:"丢三落四的,手机也能忘。"

许意撇撇嘴:"就落了这一次。"

他们刚说了两句话,旁边,董菁的男朋友挠挠头,先开口:"周总好。"又看向许意,"啊,学姐好!"

许意眨了下眼:"哎,请问你是?实在不好意思,年纪上来了,大学的事情又太久远,真的记不太清。"

董菁的男朋友十分憨厚地笑了下:"学姐,我是王志强啊,北阳大学15级的,加过青协组织部!就前段时间,我们还在微信上联系过,租房的事。"

周之越凉飕飕的眼神瞥向王志强。

王志强被吓得一愣,想起之前答应好的事,马上改口:"啊,学姐,我们没联系过,没有租房的事,是我记错了!"

周之越脸色一沉。

许意有点蒙。她看看王志强,又扭头去看看周之越,在原地愣了五六秒。

大学青协组织部已经是将近十年前的事,但租房的事倒是没过两个月,她就算记性再差,也记得是这个叫王志强的人做中间人发的租房信息。

只是后来事情太多,她也没想起来问王志强为什么会帮周之越发招租信息。现在才知道,他原来不仅是校友,还是柯越的员工,那就说得通了。

许意眨了下眼,看向王志强,不明所以地说:"抱歉哈,太久没见过了,你这一说,我才把名字跟脸对上。但是如果我没记错的话,当时我确实就是跟你联系说租房的事吧?"

王志强噎了一下,求助的眼神看向周之越,小声问道:"周总,是我联系的吗?"

周之越轻"嗯"了一声,别开头,表情似乎也不太自然:"是。最近着急赶项目,工作压力大,可能你忘了?"

王志强恍然般点点头:"对对,想起来了,是我找的。"

他挠挠头,又补充说:"嗨呀……这都是小事,我确实没放在心上来着,那……"

他话没说完,被周之越冷声打断:"十分钟后开会,你要汇报的内容都准备好了?"

王志强一惊:"啊,准备得差不多了……周总,那我跟您一块儿上楼。"

转身去电梯间前,周之越的视线落在许意身上:"先去上班了。"

许意扬起嘴角:"好。"

待周之越和王志强的背影消失在电梯间,董菁挽起许意的胳膊,"啧啧"两声:"他们这老板,真是白瞎了这张脸,虽然长得帅,但就是个名副其实剥削劳动人民的资本家!"

许意轻咳一声,说:"应该……还好吧,毕竟是科技公司。这个周总,好像个人能力挺强的,不是那种只会对员工指手画脚的老板。"

董菁:"呵!我跟你说,人不可貌相。我男朋友在他们公司天天加班,周末能有单休就不错了,连约会的时间都挤不出来。"

许意随便附和一句:"这样啊,那我倒不太了解。"

根据这段时间的观察,她感觉周之越平时虽然忙,但空闲时间还是不少,至少每天上下班时间正常。

她正想着,董菁又问:"对了,你们刚说租房?租什么房啊?我男朋友好像没跟我说过这事。"

许意:"噢噢,就是周总之前想招个合租室友帮他照顾猫,王志强帮他转发的朋友圈,我正好看到。"

董菁一脸震惊:"所以你跟他们老板住一块儿啊!"

许意:"……是。哎,姜凌知道这事,她没跟你说过吗?"

董菁摇摇头:"没,我们不怎么聊这些。

"那你也太悲惨了,我开始同情你了。许意,你跟我男朋友同病相怜!一个在公司被他剥削,一个下班时间被他剥削!"

许意摸了下鼻子,声音不大地说:"也还好……"

已经进到公司,董菁一边叹气,一边往工位上走,最后说:"那看来他们这个周总还没交女朋友,也挺好,不然这世界上又多了一个被美色冲昏头脑的可怜人。"

许意没说话。

楼上,柯越创新。

周之越这会开了半个上午,结束时,对总体情况还算满意。

上个月,王志强来找过他两次,毛遂自荐做新项目的小组负责人。

周之越原本看王志强没有类似的项目负责经历,拒绝了一次,想让王志强再多积累点经验。但后来选定的负责人临时离职,王志强又来找他,表达了对这次机会的热切渴望,他就答应下来。

于是,前段时间,王志强为了让项目顺利进行,每天起早贪黑,非常珍惜这次机会。

会后,周之越回到办公室,刚打开电脑,手机铃声响了,是他弟弟周亦行打来的电话。

周之越随手接起来:"什么事?"

周亦行:"哥,你生日快到了,今年我陪你一起过吧。"

周之越皱了下眉:"什么?"

周亦行:"我已经想好了,你生日那几天降温,你公司没什么要紧事的话,咱俩去夏威夷玩一趟吧,刚好我这学期的课也都结了。"

周之越看了下来电显示,淡淡地说:"你没吃错药吧?缺钱了?"

周亦行:"什么啊,我这不是想陪你过生日嘛,你是我最最亲爱的好哥哥。"

周之越快吐了,冷漠道:"有事赶紧说,再不说挂了。"

周亦行叹了声气,语气也变了:"我是真想叫你出去找个地方散散心。我前两天失恋了……"

周之越抬了下眉:"失恋?"

周亦行:"对,我看上一个大一的女生,是我们球队的经理,长得甜了,声音也甜,我正打算正式开始追她,结果她跟我们校队里另一个人官宣了。

"唉,我太伤心了,想换个地方待一阵儿,换换心情。"

闻言,周之越问:"那你找你同学、朋友就行,找我做什么?"

他们虽然是亲兄弟,但年龄、性格差异偏大,各有各的圈子,从小基本就不怎么一起玩。

电话里,周亦行狠狠地说:"他们都有对象!知道我失恋了,不安慰我,反而都嘲笑我!

"哥,你跟他们不一样,你单身,而且曾经被甩过,肯定很能理解我现在悲伤的心情。"

周之越沉默两秒,轻飘飘地说:"哦,理解。

"但是呢,我现在有女朋友,生日肯定是要跟女朋友一起过的。所以,你去找别人吧。"

周亦行震惊了:"哥,你哪来的女朋友?什么时候的事?"

周之越缓慢地说:"也就最近,你……"

正说着,手机又振动了一下,是许意发来的消息。

他对着电话,语气敷衍:"挂了,我要去回女朋友的消息。"

周之越径直按了挂断键,手机切到微信。

许意:要一起吃午饭吗?

许意:外卖吃腻了,楼下好像新开了一家意大利简餐,听说味道不错,我同事昨天去吃过。

周之越弯起嘴角,心情颇好地打字回复。

周之越:好。

周之越:出发前叫我。

许意：嗯。

后面还跟了个"抱住"的表情包。

临近中午，每隔十多分钟，周之越就要将手机屏幕点亮一回。

终于，许意发来消息，叫他直接去餐厅见。

周之越去洗手间整理了头发和衣服，从办公室的柜子里另取了一件外套穿，下电梯。

路上碰到赵柯宇。

"哎，一会儿吃饭去啊？"

周之越瞥他一眼："不去，我女……"

赵柯宇一个白眼过去，没等周之越把话说完，快步离开："再见。"

许意到达餐厅时，里面人已经不少了。

好在今天天冷，没人在门口排队等位。她取了个号，马上就有一桌吃完，服务员叫她进去。

她坐了没一会儿，周之越就进来了。

跟早上出门时不同，他不知什么时候换了件深灰色的大衣，更显得身形颀长，肤色冷白，大厅里其他桌的女客人都频频抬头看他。

到了座位旁，周之越拉开椅子坐下："等多久了？"

许意笑着说："我也刚到。"

她也盯着周之越的脸看了几秒，由衷地评价："你今天好帅。"

周之越抿了下唇。

许意拿起菜单，按铃叫来服务生，把昨天同事推荐的菜点了一遍。等上菜的时间，两人闲聊了几句，她手机弹出一条购物App的提醒，显示最近浏览过的什么东西降价了。

许意拿起手机来看。最近刷购物软件，都是在给周之越选生日礼物。

跟五年前一样，每年给他的生日礼物都很难挑，得买他本人能用得上的。不像纪念日、情人节这种日子，她可以"假公济私"，买个自己喜欢的摆件之类的，就当是送给两个人的礼物。

她正刷着购物软件，周之越低声说："12月8日，是周日。"

许意正在针对一款男士香水货比三家，计算着毫升数和价格，心不在焉地"噢"了一声。

周之越沉默片刻，又悠悠开口："我生日，是12月8日，周日。"

许意这才抬起眼，笑了下："我知道啊。"

周之越语气缓和了些："嗯。怕你忘记，提醒一下。"

许意："怎么会呢？之前我手机密码一直是你生日。"

说到这里，她想了想，犹豫着问："我们要不要再把手机密码设成对方的生日？"

周之越简短地说:"可以。"

许意迅速切到设置界面,把手机密码改好,推到周之越面前,说:"好啦,你试试?"

周之越低头,随手点了那几个数字,界面显示"已解锁"。

许意把手机拿回来,撑着脑袋等了好半响,也没等到他任何动作。

"……你怎么不设置?"

周之越面无表情,像她刚才一样,把手机推过去。

许意不明所以地"啊"了一声,随即反应过来,点亮屏幕,用自己的生日试了一下,果然能解锁。

她扬起嘴角:"你什么时候改的?也不跟我说一声。"

周之越本想说他就没换过,可话到嘴边,莫名就变成了:"前几天吧。"

片刻后,许意敛住笑意,想起刚才他说的话。

"你生日是周日,那,你想怎么过?"

"都可以。听你的吧……如果你跟我一起。"

"当然要一起。"许意思忖着说,"我看到新闻说那几天降温,不然还是在家过,除了生日蛋糕,我再煮个火锅。"

周之越挑了下眉:"你煮?"

许意很认真地点头,说:"对啊,火锅还是很简单的。就是买好汤底,放在小锅里……食材超市也都能买到现成的,我应该可以。"

"就这么决定了,到时候你不许帮忙!"

周之越:"……行。"

他顿了半秒,补充说:"那我让阿姨下次去打扫的时候顺便带个灭火器。"

许意瞪他:"哪有那么夸张!"

午饭吃得很快,餐厅离环金大厦只有一小段距离,周之越没开车,也是走路过来的。

两人走出餐厅时,虽是中午,但开发区周围空旷,风还是很大,扑面而来,甚至感觉有点喘不过气。好在许意穿的羽绒服有帽子,戴上之后,再拉紧绳子,个全十被风吹得脑袋疼。

回去的路上,周之越很自然地牵过许意的手,放进自己大衣口袋里。

许意扭过头,看着他说:"你下次能不能穿件羽绒服,或者棉衣之类的,这种大衣也太薄了。"

周之越轻捏了下她的手:"没事,我不冷。"

许意静了两秒,还是开口:"但我手冷……你这个大衣薄,口袋也很薄……"

周之越脸色沉了些,默默把她的手松开,推到她的外套口袋旁边。

许意看见他的表情,重新握住他的手,笑着说:"冷也要牵着你。"

周之越:"不用。"

许意:"那我就要牵!"

两人一边走着,手一边推来推去,许意笑得很开心,最后紧紧抓着他的手不放。

正打闹着,她抬起头,忽然看见正前方有三个熟悉的人正朝着他们的方向走来。

是陈艾文、董菁、姜凌。

三人同时沉默,目瞪口呆地看着她和周之越牵在一起的手。距离越来越近,这条人行道又窄,谁也没法装作没看见。

于是,许意停住脚步,表情和语气都控制不住地尴尬:"啊……嗨……你们……出来吃饭?"

十目对视,气氛比此刻空气的温度还低。

最后,陈艾文先开口:"我的天!我没看错吧?这是什么情况?"

姜凌:"是啊……这是什么情况?"

董菁:"我也想知道。"

许意突然有点感谢今天这气温。她已经能想象到被这三个人问完,自己此刻脸憋得有多红,但刚才本来就被风吹红了,所以,应该也不会很明显……

她原本也没打算瞒着这些同事,只是之前没确定关系时,也不好直说她跟周之越的事,每次都是瞎扯,模棱两可地糊弄过去,从而演变成今天这个局面。

许意扯出一丝尴尬的笑容,拖长音"嗯"了两秒:"就……重新给你们介绍一下,这是我……对象。"

周之越弯了下唇,语气颇为轻松地打了个招呼:"嗯,你们好。感谢你们平时对我女朋友的照顾。"

这次,是姜凌第一个忍不住,都等不到回公司再问,拉过许意的胳膊往远离周之越的方向走了几步,满脸震惊,压低声音问:"你不是跟你前男友复合了吗?这么快就换人了?"

陈艾文附和一句:"我前天还看到他在电梯里发语音叫别人宝贝,你们不会都是无缝衔接吧……不对,他那天叫的不会就是你吧?"

许意摸了下头发,破罐子破摔,坦言说:"……其实,他就是我大学时候那个前男友。"

陈艾文回忆着她那天玩真心话大冒险时对前男友的描述:"有钱、学霸、长得帅……绝了,好像还真有点符合!"

一瞬间,许意甚至想原地挖个洞把自己埋起来,然后从这美丽世界消失。

她看向姜凌,很诚恳地说:"对不起啊……我不是故意不告诉你,就是当时,我跟他还没复合,关系也挺微妙的,怕说了之后引起更多误会……"

姜凌深吸一口气,静了两三秒,在她肩膀上重重拍了一下:"没事……问题不大。天下帅哥这么多,我去找别的。你跟他在一起也挺好,肥水不流外人田。"

董菁叹了声气:"唉,原来那个悲惨的女人是你,深表同情,加油。哦,那是不是能找机会跟他说说，让我男朋友少加点班？老板都带头谈恋爱了，也体恤一下普通劳动人民啊。"

四人围成一个小圈，跟组局打麻将似的，站在那里窃窃私语说了半天。

周之越孤身一人站在远处，等了一会儿还没等到许意回来，便拿出手机看工作上的消息。

又过了好几分钟，他抬眸看了眼，四个人还在聊天。

他正准备继续看手机，迎面又走来两个女生，她们低声说了几句话，随后在他面前停住脚步。

其中一人小声问道："你好……方便加个微信吗？"

周之越淡声道："我们认识吗？"

女生："不认识……但你长得好帅，我们可以认识一下。"

周之越沉默半秒，朝着另一个方向扬扬下巴："不太方便，我已经有女朋友了，就在那里。"

女生红着脸说了声"抱歉"，尴尬地拉着朋友离开。

姜凌看到这一幕，笑着推了推许意："快过去吧，我们回公司有空再聊。不然，你家周总杵在这里，一会儿又得被人盯上。"

许意讪讪地点头，不太好意思地说："行，那你们快去吃饭吧。"

说完，她快步回到周之越身边，重新牵住他的手："我们走吧。"

周之越摁灭手机，"嗯"了声。

再次擦肩而过，陈艾文多看了周之越一眼，经过他身边时，扔给他几个字："兄弟，你牛。"

周之越没搭理，反握住许意的手，和她一起往前走。

等走远了些，许意长舒一口气："天哪，太尴尬了，我本来打算过段时间找个机会慢慢告诉他们来着，没想到就这么被撞见了。"

周之越看她一眼："你本来打算什么时候告诉他们？"

许意被噎了一下，说："没想那么具体……就看情况，找机会……"

周之越眉梢微动，很低地冷哼一声。

许意用力握了下他的手，细声说："哎呀，我不是不想告诉。你看到我那个短头发的同事了吧？王志强的女朋友，她今早还跟我吐槽你压榨公司员工，搞得王志强都没空跟她谈恋爱……我总不能那时候告诉她，你是我男朋友吧？不然她也尴尬……"

周之越不明所以地问："我什么时候压榨公司员工了？"

许意眨了下眼："她说王志强天天加班……天哪，不会是骗她的吧？"

周之越："哦，那倒不是。不过不是我让他加班，是他自己主动要求的。"

"好吧，那我不懂了。"许意说完，像是突然想到什么，看向他，"我告诉你这些，你不会对王志强有意见，然后在公司给他脸色看吧？"

周之越很无语："在你心里，我这么小心眼？"

闻言，许意还很认真地点了下头。

"对啊。大三的时候，我跟一个喜欢我的学弟去吃了顿饭，你知道之后，不高兴了好几天，还对我阴阳怪气的。"

而且当时她还不知道那学弟喜欢她呢。

周之越回忆片刻，笑了下："你不说，我都忘了这事。你觉得谁更小心眼？而且，后来因为你觉得我阴阳怪气，还反过来跟我发脾气，拉黑我微信。"

许意摸了下鼻子："还有这事？那我就不记得了。"

想到之前的事，虽然是与吵架相关，但许意心里还是泛起一阵莫名的甜意。她双手挽住周之越的胳膊："周之越，突然觉得，我们还在一起真好。"

周之越揉了下她的脑袋。

已经快走到公司楼下了，许意想了想，随口说："我好像有点相信缘分了。当时王志强发朋友圈帮你找合租室友，肯定还有很多人看见，偏偏就我先租到你的房子。"

她又扯扯周之越的袖子："对了，当时你挂的价钱那么低，有多少人去你那里看房子啊？"

周之越回道："就你一个。"

许意好奇地问："怎么会？你都不知道，这边房子可难找了，你这种应该特别抢手才对。"

周之越抿了下唇，声音低了些："可能……正好是你第一个看见吧。"

许意笑了声："那倒是真有可能。当时好像他发完没多久，我就马上去私信他了！"

周之越点点头："嗯。"

许意下午的工作主要就是分析一个项目的产品前期数据，然后把结果发给策略部那边，工作量不大，只半个下午就完成，暂时没别的事做。

她去了趟茶水间，又遇到姜凌也出来冲咖啡。于是，中午在路上没聊完的话题又继续下去。

姜凌感慨："真好啊，你有帅哥谈恋爱。对了，你们大学的时候谈了多久来着？上次说三年还是四年？"

许意一边接水，一边应道："三年。大一我还追了他一年，四舍五入也能算是四年。"

姜凌叹了声气："真好啊，要是我上大学的时候有这种品级的帅哥，我肯定也追，就算是只谈几年校园恋爱也值了。"

许意回道："我当时也是这么想的……不过，确实还挺难追。"

"那肯定难追，好追的帅哥到最后都成渣男了，不值得。"姜凌靠在墙边，"前几天我还听隔壁部门的人说，你每天上下班都有豪车接送，猜你是傍大款了。看来，是周总的车啊？"

许意："对，他还挺喜欢买车的。"

姜凌拿上杯子往门外走，临走前说："酸死我了。那我先去开会，下次我们聚会，你把男朋友也叫上。你俩一起去，养眼。"

许意笑了下："好。"

回到工位上，她拿出手机，打开购物软件，没在意有同事说闲话这件事，又看了好久的礼物。

最后选中的是一款香水，檀木香的，她觉得喷在周之越身上应该别有一番味道，清冷禁欲，想想就觉得诱人。

只是周之越没有喷香水的习惯，平时身上的香味大都来自沐浴露、洗衣液之类的，但她希望他能尝试一下。

这天差不多也是准时下班，许意例行在地下车库和周之越碰面。今天没打算回家做饭，两人在外面的餐厅吃过晚饭，一起回九里清江。

还不到八点，他们各自换好睡衣，坐在沙发上。许意提议说，时间正好够看部电影。

为了应景，她没找悬疑片，而是挑了一部今年情人节上映的爱情片。

电影开始前，她把客厅的灯熄了，靠在周之越身上。

电影节奏意料之内的慢，且没什么意思。

偏偏这电影有将近三个小时，看到后半段，许意实在觉得没意思，又懒得再换别的看，眼睛眯了起来，身子往下滑，困倦地侧躺在周之越腿上，面朝电视，一个哈欠接着一个哈欠。

大概是看到男女主第五次吵架时，周之越听到了她均匀的呼吸声。他动作很轻地拿起遥控器，把电视声音调小了些，然后低下头，静静看着许意。

她睡着的样子跟平时不同，很乖、很安静，肤色透白，睫毛很长，有几缕鬓发落在侧脸上，在玄关处的灯光照射下，形成一道阴影。

周之越缓缓抬手，把她脸上的头发拨到耳后。

许意眉头微动了下，在他腿上翻了个身，换成仰躺的姿势。

又过了会儿，电视屏幕上，男女主冰释前嫌，在雨中紧紧相拥，男主举着伞，低头去吻女主。

周之越喉结微动，低下头，犹豫片刻后，很轻地在她嘴角吻了一下。

他正准备抬头，许意突然睁开眼，眼神极为清醒地看着他。

"周之越。"

"……嗯？"

许意扬起嘴角，看着他的眼睛，一字一顿地说："你，居然，偷亲我。"

屏幕上的电影已经完全沦为背景音。四目对视，谁的注意力也没在电影上。

周之越坐直身子，耳朵微微泛红，低头看着她："你在装睡？"

许意也撑着胳膊，脑袋从他腿上移开，坐起身。

她表情无辜，淡笑了下："我没有，本来是睡着的，被你亲醒了。"

周之越默默别开头，心不在焉地重新把目光转到电视上。

许意侧头看着他，静了几秒，很认真地问："周之越，你为什么偷亲我？"

周之越声音很低："不可以吗？"

许意："如果，我说不可以呢？"

周之越搭在沙发上的手指微僵，眼神黯淡下去，下颌线紧绷着，一脸凝重的表情，不知在想些什么。

霎时间，客厅里的空气变得很安静，只能听到电视音响里突兀的"你爱我""我爱你"之类的台词。

许意又勾住他的手指："开玩笑的，我的意思是，你想亲我，也不用偷亲。以前，你想亲我的时候，都是直接……唔……"

她话说到一半，后脑被按住，一只手大力地将她脑袋压过来，很突然。

她的唇和周之越的撞在一起，还隐隐有些痛。

随后，他的舌尖探入，吻得很重，却毫无章法，显得比他们第一次接吻时还要生涩。让许意没想到的是，这一吻持续了很久。唇齿间全是他的气息，熟悉又陌生，温柔又蛮横，像是溺水的人，要完全掠夺走她口中的氧气。

后来，许意逐渐有了些窒息的感觉，他的手也从脑后下滑，抚过她的背，而后紧紧揽住她的腰。

她推了周之越好几次，没法离开，也没法说话，只能发出闷闷的声音表示抗议。

也不知到底过了多久，反正许意觉得至少得有几分钟，周之越才终于离开她的唇。

这个吻结束时，他还是像从前一样，有个不自知的小习惯——退出前，轻勾一下她的舌尖。

很奇怪，刚才明明感觉已经亲够了，这一下，又让她有点意犹未尽。

周之越声音很沉："之前，你是说，像这样？"

两人的距离仍然很近，鼻息可闻，几乎鼻尖贴着鼻尖。

许意一时没从刚才突然又激烈的亲吻中缓过神来，就保持这个姿势和距离，静静看着他。

此刻，周之越的神色也并不清明，眸色幽深，像夜色下的一汪潭水，里面有她小小的倒影。

视线再向下移，他变得绯红的唇色和唇角湿漉漉的痕迹，格外性感诱人。

扑面而来的，全是他身上清淡的香味，很近，很清晰，伴随着每一次呼吸，钻进她的心里。

许意微微前倾，又很轻地在他唇上碰了一下。

周之越眉梢微动，或许是被她盯得不自在，又或许是在克制什么冲动。他稍别开头，下巴抵在她肩膀上。

他没说话，许意只能听到耳边有沉重的呼吸声。

片刻后，他才很轻地叫了声："许意。"

许意："怎么了？"

"就是想叫叫你。"周之越手上力道松了些，但还是没让她看见自己的表情。

不知不觉间，屏幕上的电影也结束了。片尾曲响起，黑色的背景上播放着滚动字幕。

周之越站起身，声音低沉沙哑："差不多该睡了。我先去洗澡。"

许意点头："好。"

她揉揉小猫的脑袋，小声说："你刚才没偷看吧？你还没满一岁，少儿不宜哦。"

片刻后，她又嘀咕："好吧，只是亲亲，好像也没什么少儿不宜。"

周之越洗完澡后，将头发吹干，进许意的房间。房间里面只留了一盏夜灯，许意躺在床上，闭着眼，怀里抱着那只泰迪熊玩具。

有了刚才那次，周之越看她半晌，也分不出这是真睡、装睡，还是睡得很浅。

于是，他没像之前一样抽走那只泰迪熊，抬手把夜灯熄了，掀开被角，躺在她身边。

熄了灯，看见两片窗帘之间还有微弱的光透进来，他懒得去拉上，也怕吵醒身边的人。

睡到半夜，周之越做了个梦。倒也不是什么不好的内容，就只是梦见那天的流星雨，许意问她的愿望能不能实现。

乍然醒来，他恍然一瞬，先翻身看了眼身边的人，良久之后才放下心。之前几年，他也经常梦到与她的各种画面，曾经的、或是完全没发生过的，半夜醒来，身边却空无一人。

这个视角，正好能看见窗外。好像下雪了，月光映在莹白的雪花上，纷纷扬扬，光线似乎比刚睡时还要亮。

记得分手前的那个冬天，许意还和他约好了，下一年冬天去附近的山上看雪。

那年，也许是全球气候变暖，或是空气污染愈加严重，北阳没怎么下雪，也就是零星飘了一点被她比喻成"头皮屑"般的小雪粒。

可是没想到，才到夏天，他们就毫无预兆地分手。

许意睡着，总感觉哪里不对劲，突然醒来，缓缓睁开眼，发现周之越正静静看着她。

她浑身一激灵，把怀里的小熊都扔了，哑着嗓子喊："周之越，你要吓死我了！"

几秒后，周之越声音低沉，随口说："你……没抱我，我睡不着。"

"睡不着？"许意揉揉被吓到狂跳的眉心，带着点起床气，"那我没抱你，你就不能过来抱我吗?什么毛病。"

周之越伸手,把她捞进怀里。

许意一时没了困意,找了个舒服点的位置躺着,也看到窗外透进来的那束光。

"好像下雪了。"

周之越:"嗯。"

许意问:"之前我不在这儿的时候……北阳冬天下雪了吗?"

"不知道。"周之越顿了顿,"除了刚毕业那年的冬天,我都在国外。"

许意顺着他的话问:"那,刚毕业那年下了吗?"

周之越记得很清楚,答道:"下了的,但不大。就像你说的那样,好像满天在飘头皮屑。"

许意忍不住笑了几声:"这你都记得。"

周之越没说话。

许意翻了个身,面对着他:"这你就别记了,不然以后看到,想想还挺恶心的。"

周之越终于也笑了下,说:"还好。是不是太亮了,要把窗帘拉上吗?"

许意:"不用,就这样吧。"

开始,她枕在周之越的胳膊上,后来又觉得硌得慌不舒服,身子往下挪了些,躺在他胸口。这个位置,能听到他心跳的声音,"扑通扑通"的,好像频率比她的快一些,但又没法确切地比较。

许久之后,她才重新酝酿好睡意。将将要睡着的时候,她听见耳边有很低的声音。

"啊……"许意迷迷糊糊地问,"什么?"

夜色的掩盖下,周之越环在她腰上的手紧了紧,又低头,下巴蹭着她头发:"以后,别再说分手了。

"好吗?"

很久都没等到回答,周之越低头,见她眼睛已经闭上,呼吸好像也变得平缓。他抬起手,轻轻撩开她的头发,在她额角吻了一下。

第 十 章
原因

周五这天上班,许意突然忙了起来,并被姜凌拉着,周末也去他们那边加班。

因为临近年末,突然又有几个曾经合作过的品牌急匆匆找他们做新的营销方案, 连几天,许意忙得脚不沾地,加班到深夜,回家倒头就睡。

周之越也都是在公司等她,凌晨接她一起回家。

这天策略部开会,中途短暂的休息时间,董菁拉着许意感叹:"真是服了,好不容易我男朋友那边忙完,我又开始忙,我们这恋爱谈得……"

许意冲了杯咖啡,也是一脸苦涩:"忙过这阵就好了。唉,年年都是这样,没办法。"

董菁压低声音:"对了,你是不是跟你们家周总提过我男朋友的事?"

闻言,许意心立刻悬了起来,周之越不是说好不在这种事上小心眼的吗?他不会真的因为她那两句话压榨无辜员工吧?

紧接着,董菁又说道:"他今早跟我说,上个月奖金翻了一倍,还升成了小组长,以后工资也涨了。"

许意松了口气:"我也没说什么,肯定是因为他自己工作能力强。"

董菁笑了下:"那你家周总还算是有点眼光,我暂时撤回上次吐槽他的那些话。"

又聊了会儿,有同事过来叫她们回去继续开会。

董菁拖着沉重的步伐,生无可恋般地挽着许意回去:"啊啊,等这阵子忙完,我要好好休几天假!"

连续忙了几天,终于,在周一这天,工作提前结束,可以正常时间下班。

这周日就是周之越的生日,为了留出时间,许意又带了些工作回家,想趁着今晚空闲多做一些。

临下班前,收到周之越的消息。

周之越:我今晚有个应酬要去。

许意:好,那我自己回家。

平心而论,周之越虽然是柯越的老板,算是个生意人,但应酬局很少。大概是除了必须他本人去的,其他都推给了赵柯宇。

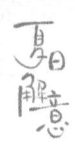

几分钟后。

周之越：不用。

周之越：你大概几点下班？

许意：今天早，六点！

周之越：好，那我先送你回家再去。

周之越：也不差这一会儿。

许意笑着回了个表情包。

于是，下班之后，两人在地下车库见面，周之越载她回去，换了身衣服就又准备出门。

他出发前，许意坐在沙发上，抱着电脑问："那你会很晚结束吗？"

周之越看向她："你想我早点回，还是晚点？"

许意笑着说："看你啊，你想早点还是晚点？"

"哦，那就早点。"周之越抿了下唇，低声说，"等我。"

说完，他转身开门出去。

许意继续看电脑屏幕上的表格，心情愉快地放了首歌，边听边整理数据。

做到一半，她突然想起有个文件要寄。在公司那会儿，快到下班时间，快递员没及时赶到，她就带回来准备从家里寄。

预约了取件，没过多久，门铃就响了。

许意拿着文件过去，经过玄关，看见凯撒小帝四仰八叉地趴在架子上睡觉。

打开门，快递小哥把文件装进纸袋，看了眼地址："啊，您这个收件地址的城市寄件需要出示身份证。"

"噢噢，好的，稍等，我去拿。"

许意的证件都在包里，回房间之后翻了一会儿，拿出去给快递小哥扫描。

"好嘞，运费在小程序上推给您。"

关上门，许意又回沙发上工作。终于，几个表格整理完，已经是晚上八点多。

她伸了个懒腰，在客厅溜达一圈，准备给凯撒小帝喂个猫条。结果，去到玄关，没看见小猫的影子。她拿着猫条，又整个屋子转了一圈，都没找到凯撒小帝。

她顿时有点慌了，突然想起快递员过来，她去取身份证的时候，门开了一会儿。

许意立刻给刚才取件的快递员打电话，问他有没有看见一只猫从家里跑出去。

快递小哥想了想，说："好像没有……不过我也不太确定，我那时候在看手机，也可能没注意。"

许意挂断电话，睡裤都没换，披上羽绒服就出门去找。

她先在上下几个楼层找了一圈，又乘电梯下楼，打着手电筒在几栋楼绕了好大一圈。

大冷天的,一只没有流浪经历的小猫,在外面也太危险了!

许意急得想哭,给周之越打了个电话。

电话很快就接通了,周之越那边闹哄哄的。

她声音带着哭腔:"周之越,凯撒小帝好像走丢了。"

"怎么丢的?"

"都怪我。刚才我寄快递,拿身份证的时候,它可能从门口跑出去了。我找了一大圈都没找到,你什么时候回来啊,能不能帮我一起找?"

"我现在回。你别着急,也别在外面站着。"

许意挂断电话,但没听他的话,还在打着手电筒转圈找。

大概十多分钟后,司机载着周之越和赵柯宇一起出现在楼下。

周之越先下车,看见许意单薄的睡裤,眉头蹙起:"让你先别在外面。"

许意抬眸看他:"可是我着急……"

周之越揽过她的肩,推着她去楼里:"你先上楼,我和他们一起找。"

又争了几个来回,许意勉为其难地说:"那我换条裤子再下来。"

周之越也让步:"行。"

不多时,她换了条加绒的裤子,又下楼。

司机再加上赵柯宇,又联系了保安和物业,有很多人一起帮忙找。

可是半个多小时过去,别说凯撒小帝,小区里连只流浪猫都没看见。

周之越一直跟许意一路,他停住脚步,侧头问:"你确定它出门了?"

许意咬了下唇:"不确定,但是家里也没有……"

周之越想了想:"会不会是你没看见它?"

许意皱着眉,义正词严地说:"我又不傻!它经常在的地方,还有床底下、沙发底下、桌子底下,我都看过一遍了。"

她语气很着急:"完了,不会真找不到了吧?怎么办?"

周之越沉默半秒,想到许意以前上大学时的种种操作,心里还是有疑虑:"我们还是回家再找一遍,反正楼下已经有这么多人,他们也在找,它跑不远的,肯定能找到。"

许意破罐子破摔地点头:"好……"

两人走了一段,乘电梯上楼。

周之越也跟刚才许意说的一样,各处角落和家具底下看了一遍,都没见有猫。

最后,他正准备出去,看见书柜底层的柜子开了一条小缝。

许意也正好过来,愁眉苦脸地说:"真的不在家。"

她话音刚落,周之越拉开柜门,然后看见凯撒小帝瞪着大眼睛,趴在柜子里看看他们,满脸无辜地"喵"了一声。

许意快被自己蠢笑了:"这么小一条缝,它也能进去?"

周之越:"应该……能钻进去。"

之前这个柜子没开过,好像是他昨晚拿什么东西打开的,没关紧。

许意把凯撒小帝抱出来,对着小猫脑袋亲了很久:"你怎么藏在这儿了?吓死我了。"

周之越默默拿出手机,给赵柯宇发消息。

周之越:猫找到了。

周之越:你帮我跟物业和保安说一声吧,辛苦他们了。

赵柯宇:找到了?

赵柯宇:哪儿找到的?

周之越:家里,柜子里。

赵柯宇:无语!

周之越:谢了。改天请你吃饭。

他摁灭手机,还在不断振动,猜也知道是赵柯宇变着法轰炸骂他。

"对不起啊,麻烦了那么多人在外面帮忙找。"许意轻叹一声,"唉,好吧,我好蠢……"

周之越突然觉得好笑,在她脑袋上用力揉了一把:"没事,而且也正常。"

许意理亏在先,又差点弄丢猫,这会儿不太好意思怼回去,一脸乖巧地把凯撒小帝递给周之越:"给你抱抱。"

周之越把猫拎过来,没多久,小猫就从他手里跳下去了。

他今天穿的还是件黑色大衣,没来得及换衣服,这么一抱,衣服上粘满了白花花的猫毛。

周之越的手机还在振动,打开看了眼,果然还是赵柯宇骂他的消息。

他把手机暂时设置成勿扰模式。

许意看着他衣服上那一片猫毛,似是突然想到什么,缓缓说道:"你以前说过,猫会掉毛,你衣服都是深色的,会粘得到处都是。"

她摸了下鼻子,小声问道:"所以,你到底为什么养猫啊?我现在好像有点不信,你会在路边看到宠物店就随手买了一只。"

底层那扇书柜门还开着,许意问完后,弯下腰准备关上。

她犹豫半秒,尝试留了跟刚才一样窄的小缝,然后拉周之越去不远处站着,守株待兔。

没过多久,凯撒小帝果然迈着小猫步走过来,先把脑袋塞进去,然后身子也像液体一样钻进去。

整个猫都进了柜子时,柜门还被带得又往里收了些,看起来那条缝就更小了。

破案了。

许意看向周之越,催促道:"哎,怎么不说话?问你呢。"

周之越低垂着眼眸,视线也落在书柜门上。

"真的想知道?"

许意笑了下:"你还学会吊人胃口了。我当然想知道,不然问你做什么?"

片刻,周之越缓缓地说:"之前几年,我晚上经常做梦,梦到你突然回来了,然后我们重新……"

他顿了顿,表情不太自然地说:"如果真有这样一天,你回来,家里也正好有猫,这种白色的、小圆脸,你应该会喜欢。"

闻言,许意感觉心里一阵酸涩,声音也随之变得柔缓:"那……这房子的装修,也是因为这个?我记得,你以前也说过,你喜欢那种灰色调的现代风。"

周之越很轻地"嗯"了声。

许意咬了下唇,先拉住他的手,握紧了些,又觉得不够,伸手拥住他。

周之越没反手抱她,静了好半响后,才低声地说:"是不是有点……"

他还是没能想出一个贴切的形容词,但总之不是什么好的形容。

许意似是能明白他想表达的意思,额头抵在他胸前,声音有点闷:"没有。我只会觉得,还好我回来了,还好我找房子找到你的。唉,你说这会不会是天意?"

听到"天意"两个字,周之越没敢应和,只是也抬手抱住她。

拥抱最终被猫叫声打断。

凯撒小帝大概是想出来,从柜子里拱了拱门,结果没拱开,门反而回弹了一下,彻底关严实了。

许意松开手,去把柜子门给它拉开,顺便教训几句:"你不要哪里都钻,万一我们刚好不在家,你说不定一整天都出不来。"

凯撒小帝明显不是会乖乖听教训的那种猫,小跑着就走远了。

许意正准备关上门,看到里面放着几盒药,有的就是常规的退烧、消炎药,布洛芬、头孢什么的,但有一盒的名字从来没见过。

她一边拿出来,一边念:"佐匹克隆,这是什么药?"

说着,她出于好奇,拆开包装,打算拿说明书出来看看。

取出说明书的同时,她也看见里面那板药片缺了一大半。

周之越伸手抢过来,全部装回盒子里。

许意就只看见了作用功效的头两个词——镇静、抗焦虑。

她紧张兮兮地抬起头,盯着周之越,眉头拧得像麻花:"你……是有什么精神问题吗?怎么也不告诉我啊?你怎么了?"

周之越看到她着急又担心的表情,只好坦言道:"不是,这就是安眠药的一种。我之前偶尔睡不着觉,去医院开的。"

许意眉头舒展了些,但还是不大相信。

因为在这一点上,她和周之越有点像,都是逢大事不喜欢报忧的性格。

她观察着他说话的表情,问:"真的?你不能骗我。"

周之越眼神倒很是诚恳:"真的。"

许意:"骗人是小狗。"

周之越:"……嗯。骗人是小狗。"

许意还是不太放心，伸出手："不行，你得给我看看。"

周之越略有几分无奈，把盒子重新递给她。

许意又拿出说明书，果然看到了作用功效后半段还写着"催眠……适用于失眠症的短期治疗，帮助患者快速入睡，延长睡眠时间，减少夜间觉醒次数"。

她这才松了口气，把药放回去。

"什么时候吃的啊？"

周之越关上柜门，牵着她出去。

他语气清淡地说："刚回国的时候，时差原因。"

许意看向他："那之前……你有失眠过吗？"

周之越正要开口，她又厉声补充："不许骗我，不然你死定了。"

"嗯。就刚毕业的时候也……"他顿了下，"偶尔。"

事实上，刚分开的那两年，周之越夜里失眠的频率要比他说的"偶尔"更高一些。

刚开始失眠，吃褪黑素就有用，但睡着之后，尤其到后半夜，也总是觉得睡不安稳，神经依旧在活动，一个梦接着一个梦，都跟许意有关，醒来也觉得很累。

后来吃褪黑素也睡不着了，失眠的程度开始影响白天的状态。

他不能接受因为这事让生活浑浑噩噩，除了感情，他还有许多课题和研究工作必须完成。

于是他去看了医生。时间不能治愈一切，但的确也是剂良药，近两年，他睡眠状态稍微好转了些。

可回国之后，北阳这座城市到处都是他们一起走过的痕迹，他又开始失眠，直到许意住进来。

出了书房，许意看向周之越，回忆着说道："那现在好了，感觉这几天晚上……你睡得也挺好的。"

周之越握着她的手用力些，低声说："因为有你一起。"

许意叹了声气，正准备说点什么，突然感觉小腹有些坠痛。

"我回下房间，好像……来姨妈了。"

周之越松开手："好。"

许意回到房间，几步路之后，疼痛感就加剧。

好巧不巧，她刚才还只穿一条睡裤去冰天雪地里转了一圈。

从卫生间出去后，她干脆躺在床上，喊周之越。

她刚叫了一声，周之越就端着热红糖水和止痛药进来，坐在她身边。

"是不是肚子痛？刚才在外面着凉了。"

许意很是乖巧地点头，接过他递来的药，就着红糖水吃下去。

她把杯子放回床头柜，周之越又端给她："多喝一点。"

"噢，好。"

许意又喝了半杯。

安静一会儿后,她说:"好像还有点饿,刚才在楼下走太久了。"

周之越摸了下她的头发,问:"想吃什么,外卖还是?"

许意马上说:"小馄饨,热热带汤的那种,冰箱里好像有速冻的,还有紫菜蛋花汤料。"

说完,她眼巴巴地看着他。

"好。"周之越笑了下,站起身,"我去煮。"

等他出去后,许意躺在床上,莫名感觉这次来姨妈,肚子都好像没那么痛了。

过了不到二十分钟,周之越就拿着碗和小勺子进来,他把煮好的小馄饨放在床头柜上。

许意斜着身子坐起来,靠在床上喝汤吃馄饨。

周之越又拿来平板,放了集《蜡笔小新》给她看。

许意吃到一半,用星星眼看向他:"周之越,我觉得好幸福啊,就像公主一样。"

周之越挑了下眉:"之前不就是这样?"

许意笑着,小声说:"当时不知道珍惜。"

从小到大,她也是被父母当小公主一样宠着,直到家里出事,一切都变得不一样,也没人会再像这样照顾她。

她又抬头望了眼周之越:"我想拍张照。"

周之越说:"……你都快吃完了。"

碗里的馄饨没了,汤都快见底了。

许意抿抿唇:"没关系,就是想记住现在。"

万一以后又没这样的日子了,还可以翻出来看看。

周之越把她的手机拿进来。

她拍完照,忽然想起被她上传到网盘的那些照片。

还好有备份。

等哪天时间充足,她得把全部照片都从网盘下载回来。

这天晚上,两人很早就洗漱完上床。

一来是许意生理期,本就不想动;二来是想跟他多躺一会儿。

熄了灯,许意想到刚才的安眠药,翻身去抱周之越,很小声地说:"其实刚毕业回家,我也偶尔会睡不着。"

但当时家里事多,睡眠时间本就很少,大多时候都是累到睡着。

周之越搂着她的腰:"有原因吗?"

许意只说了一部分原因,声音比蚊子还小:"有时候,会很想你……"

周之越呼吸一滞,静了片刻,最终还是问道:"那为什么会要分手?还分得挺洒脱彻底。我一直以为,你完全不会想的。"

许意深呼吸，不太有底气地说："以后有机会……再告诉你。我现在，不是很想说……可以吗？"

周之越："当然。"

又抱了一会儿，许意有些明知故问地出声："那你失眠也是因为我吗？"

周之越眉头微动，虽然他很不喜欢、也不习惯这么直接表达，但借着夜色，还是想告诉她一次。

他声音很沉，就在她耳边，越来越小："嗯。我也会，很想你。"

许意心跳很快，就像有根弦被拉着似的，胸中有一种奇怪的冲动。她撑起胳膊，压在他身上，然后吻下去。

很快，天旋地转，她被换到了下面，吻也变得被动。周之越反客为主，是跟上次一样激烈的吻。

大约两分钟后，他从床上起来，出卧室，进了隔壁房间的浴室。

他再回来时，夜也已经深了。

旁边的位置陷下去一块，闻到熟悉的沐浴露香味，许意默默挪到他怀里，合上眼："晚安哦。"

周四这天，同时赶上三个"大日子"——

许意打狂犬疫苗第三针、凯撒小帝打妙三多疫苗第二针、周之越的祖父过八十大寿。

因为要打疫苗，许意请了半天假，周之越上午也没去公司。原以为能趁机睡个懒觉，不承想，一大清早，七点刚过，周之越的手机就一直响。

许意睡得迷迷糊糊，半眯着眼，语气幽怨："闹钟吗？你怎么不关？"

周之越这个点被吵醒也有点心烦，摸过手机看了眼："家里的电话。"

许意"噢"了声："那你接吧。"

他躺在床上，按下接听键，听筒靠近耳朵。

传来父亲周伯靖的声音："昨天给你发微信怎么不回？你弟也没回，都没看到吗？"

周之越蹙了下眉："我没看到，周亦行我不知道。"

周伯靖命令的口气："今天老爷子八十大寿，下午四点，你去家里老宅，叫你弟一起来。"

周之越："我下午开会，晚上过去。"

周伯靖："不行，把会取消了。老爷子最重视一家团圆，他生日，我们一早就过来了，你们小辈最迟也得下午到，晚上才来算怎么回事？"

周之越回家次数不多，也懒得扯皮，左右就是去一趟的事："行吧。"

周伯靖又提醒："别忘了叫你弟，我这边还忙着，挂了。"

电话漏音，里面说话声音不小，许意也听得很清楚。

她翻了个身面对周之越，困倦地问："你爷爷过生日？"

周之越："嗯，我下午得去一趟。"

许意应了声"好"。

大学的时候，她就听周之越说过，他们家亲人之间关系很淡薄，基本就是些利益关系。父母也没空管他，他很小的时候就被丢给保姆和家庭教师。

家族企业，生意又大，股权基本还都掌握在祖父手里，叔伯姑妈一群人互相算计来算计去。

又睡了两个小时回笼觉，吃过早饭，周之越身负重任，先载着许意去医院打狂犬疫苗，又带凯撒小帝去宠物医院打疫苗。

都搞定之后，他打电话通知周亦行，随后叫司机载他回周家老宅。

房子在北阳郊区，独栋三层别墅，加起来有上千平方米，装修也走浮夸奢华风。

老爷子当年是白手起家，年轻时日子很难过，现在事业有成，年纪又上来之后，衣食住行都讲究排面。

周之越和周亦行差不多同时到，不早不晚，下午四点整。他俩在一楼大厅遇见时，一大群亲戚正虚情假意地寒暄，话里话外都在试探。

周之越还好，平时就没什么表情。周亦行就不一样，明显笑得很假，跟人说完话，差点没忍住翻个白眼。

安静了没一分钟，周之越的叔叔周季军又走过来，笑着拍拍他肩膀："回国了。前阵子听你爸说，你最近跟朋友创业搞芯片？"

"对，公司刚起步。"

"芯片好啊，高新技术产业，到时候做大了，你把公司给朋友管，还能去接管你爸的宏峰建设。"

周之越淡淡道："暂时没这个想法，芯片行业的发展近几年也不如以前了，精力有限。"

"那周亦行这不是过两年就毕业了，到时候你们两兄弟联手，把我手里的金信能源也接手过去，我也能退休享清福了。"

"您还年轻，也不怕没人接手公司，何况还有堂弟堂妹在。"

"周佯啊？你爸没跟你说吗？他毕业之后就去基层了，打算从政呢，等回北阳之后，对家里是能有帮助，但具体经营管理这些肯定指望个上他。周辰还在上高中，以后也未必是这块料。"

几个小时过去，一直到晚上的饭局，大家都是在说这些，周之越感觉比写了一整天程序还累。

终于到晚上了，祝寿的饭局结束，周伯靖又把周之越和周亦行叫过去，严肃地说了让他俩趁早回家里公司的事。

两人都跟以前态度一样，毫不犹豫地拒绝，然后再由周亦行笑嘻嘻地吹几句"彩虹屁"，说"爸还年轻，公司有您就够了"。

只是说了二十多分钟，还是没少挨骂。

好不容易从老宅离开，周亦行蹭周之越的车，让周之越的司机顺道送他回学校那边。

车里，周亦行忍不住先吐槽："每次说来说去就是那么几句，我对未来还不能有点自己的规划了？还上纲上线的。"

周之越靠在座椅上，语气困倦："听过就算了，反正腿长在自己身上。"

周亦行笑了声："哥，你现在特别像那句俗话说的，死猪不怕开水烫。"

周之越冷冷地瞥他一眼："会说人话吗？"

周亦行："反正就差不多这个意思，你能意会就行。"

老宅离市区太远，车开到半路，司机停到附近一个休息站上洗手间。

车里空调暖气太闷，周之越和周亦行也下车透气。

周亦行从口袋里摸出一盒烟，递给周之越一支。

周之越看向他："什么时候学的抽烟？"

周亦行："就最近。"

周之越也懒得跟他说什么抽烟有害身体健康的话，接过烟，低头点燃。

一支烟抽完，司机也回来了，继续开车往市区走，先把周亦行送回北阳大学，又送周之越回九里清江。

周之越进家门时，已经快晚上十一点了。

许意躺在沙发上，手里拿了包薯片，电视上放着一部新上映的动画电影。

听到动静，她转回头，扬起嘴角："你回来了。"

"嗯。"

周之越在玄关处看见许意，积攒了一下午的烦躁心情顿时就没了。换鞋进去，他没着急换衣服，先坐到她旁边。

他表情也温和了些，看着她，问："几点下班的？"

许意放下薯片，捏了下他的手："九点多。"

周之越摸摸她的头："困了吗？"

许意点点头："有点，不过等我把这个电影看完吧。"

"好。"周之越靠近了些，低声说，"抱一下。"

许意扬起嘴角，侧身去抱他的腰，然后抬头，很轻地亲了下他的嘴角。

突然，许意和他拉开些距离，松开手，眉头皱了下，脸色一沉："哼！"

周之越有点不明所以："怎么了？"

许意瞪他一眼，没好气地问："你是不是抽烟了？"

从休息站回来有一个多小时的车程，烟味应该早就散得差不多了才对。除此之外，周之越还吃了两颗薄荷糖来试图掩盖，但没想到还是被她闻出来了。

大学那会儿，许意就说过，她小时候家里父母都不抽烟，所以她对烟味很敏感。

周之越薄唇抿了下，眼神和语气都小心翼翼的，低声承认："就抽了一支。"

许意冷笑一声："你还嫌少？"

"……没有。"

周之越不太敢说话，先在心里反复组织措辞，顿了几秒后才又说："以后一支也不抽了。"

许意盯着他看，用眼神"嗖嗖嗖"地朝他发射小飞刀。

好一会儿，她目光下移，突然伸出手，在他腰间和大腿摸了一圈。

周之越呼吸一滞，捉住她的手："这是做什么？"

许意："搜身，烟放哪儿了？"

"身上没有。"周之越如实说，"不是我的烟，是周亦行的，回来路上他给了我一支。"

许意眯着眼，表示疑惑："啊？他才多大，怎么就会抽烟？"

周之越顺口说："他也不小了，十九岁，都大二了。"

许意："哦，你不提我都忘了，某些人也是人一大就学会抽烟的吧？"

周之越没说话，表示默认，但有点后悔提了这么一句。他想了想，补充说："后来你不喜欢，我不就没抽过了。"

想起这事，许意心里稍微舒服了点，但她还是板着脸说："不是我喜欢管你，是抽烟确实对身体不好。"

周之越握住她的手："嗯，我知道。"

许意："要是跟我没关系的人，我还懒得管呢。"

周之越被批评，心情反而还有点好，手上的力道紧了些："你想怎么管我都行。"

许意强行压住快要上扬的嘴角，轻咳一声，还是觉得这事不能轻易过去。

她外祖父就是因为吸烟，五十多岁就患了肺癌，化疗效果不佳，饱受病痛折磨。

记得大学的时候，她跟周之越说过，以后再发现他抽烟，就一星期不跟他说话，也不跟他见面。但现在同住一套房子里，许意不太忍心赶人出去，当然也不想自己出去。如此，这惩罚措施不可行。

许意思忖片刻，扬起下巴说："那我们分开睡三天，以后你如果再抽烟，就分开睡一个星期。"

周之越的心情突然就不那么好了。

他表情凝重，半晌后，试探着问："从下次开始行吗？"

许意看他一眼，挑眉："下次？"

"没有下次。"周之越顿了顿，"但这次就先不算了好不好？我们重新在一起，规则也应该重新定才对，法不溯及既往。"

许意看他这一本正经讨价还价的表情，实在忍不住想笑，别开头，压住了笑意："那就一天，不能再少了。"

"好。"周之越眉心跳了下，把半笔账暂时记到递烟给他的周亦行头上。

许意捏了下他袖口："那你先去洗澡换衣服吧……哦，对，你家里有放着烟吗？"

她伸出手："没收。"

周之越站起身，去房间的抽屉里取出之前刚拆封、还剩下大半条的烟，递给她。

许意一愣："哇，这么多啊！

"周之越，你还好有我，不然你弱小可怜又无助的肺就要被你摧残、迫害。"

周之越抱住她，下巴轻蹭过她的肩膀："嗯，还好有你。"

等看完电影，许意也回屋去洗漱收拾。晚上躺在床上，又是孤零零一个人，她翻来覆去睡不着，望着天花板叹了声气。这是在惩罚她，还是在惩罚周之越啊？

酝酿了半天睡意，忽然又想起书房柜子里那盒安眠药，她瞬间又清醒。

周之越不会也失眠吧？失眠会不会又得吃安眠药？安眠药也会多少对身体健康有损害吧？

但刚才都说过，"一天，不能再少"，现在朝令夕改，哦不，夕令夕改，是不是显得她的话太没分量？

实在睡不着，许意拿起手机看了会儿，顺便又搜了搜安眠药的副作用、抽烟对身体的伤害，结果越刷越精神。

手机电量不多了，她打开手电筒，去桌上拿充电器。

再次躺回被子里，她突然感觉哪里不对劲，好像床单上有一块湿漉漉的。

许意开了盏夜灯，掀开被子一看，姨妈弄床上了。

已经十二点多了，这大晚上的……

她打开衣柜，却发现没有能换洗的床单了。好像是上次阿姨过来，洗过床上用品之后，都晾在周之越房间的阳台。

因为直到现在，家里还是只有他那一台洗衣机能用。

许意正发愁该怎么办，突然灵光乍现，这不就是给她送上门的台阶吗？

她拆下床单，抱在怀里，去敲周之越房间的门。

敲了两下，里面就传来低沉的声音："进，不用敲门。"

许意推门进去，就看见床边的阅读灯还亮着，周之越靠在床头，手里拿了本什么书在看。

她走进去，问："你怎么还不睡？"

"睡不着。"周之越看向她手里的一坨布料，"你抱着床单做什么？"

许意："弄脏了……我先放洗衣机里，另一套床单也在你这儿晾着。"

周之越神色黯淡下去："哦。先放着，下次再洗吧，今天太晚了。"

许意咬了下下唇："知道。"

她走去阳台，作势要把床单从顶上的晾衣杆上取下来。

她刚抬起胳膊，听到周之越说："换床单也挺麻烦，不然……今晚你就睡这儿吧。"

许意放下手，转回头，故作犹豫和纠结的表情。

于是，半秒后，周之越又张了张口："我去睡沙发。"

说完，他还真合上书，放在床头柜上，从床上下来。

许意揉揉眉心，三两步走过去，把他推回床上。

"算了算了，也别折腾了，就这么睡吧。"她语气又严肃了些，"但你以后真的不能抽烟了。"

周之越眸中似有光闪过，微不可察地弯了下唇："好。"

许意回屋拿了个枕头过来，直接把阅读灯关了，躺在他身边，拉过被子。

睡在他卧室，感觉还是有些不同的，到处都是他的味道，就像是整个人都被包裹起来，不自觉地心跳加快。

她还没体会多久，就被身边的人一把扯进怀里。

周之越低声说："现在睡得着了。"

这周余下的几天，许意满门心思扑在工作上，力图能在周日空出一整天的假期。

她买给周之越的生日礼物已经到了，有清清淡淡的檀木香。

终于，时间一晃到了周日。

许意成功完成手头所有限期内要完成的工作，空出一天的时间。她提前订好了生日蛋糕，中午时，有配送人员送了过来。

许意拎着蛋糕走到周之越身边："第三遍生日快乐！蛋糕晚上再吃？"

前两次祝福，分别在昨晚零点，还有今早刚醒的时候。

周之越接过蛋糕，放进冰箱里，心情颇好地说："嗯，晚饭的时候一起吃吧。"

许意又问："那礼物呢？晚上给你还是现在？"

他说："现在？"

"好啊。"许意也迫不及待想给他，快步走进卧室，拉开衣柜门，又拉开小抽屉，把上面盖着的衣服掀开，拿着盒子出去，递到他手里。

周之越低头看了眼，问："香水？"

许意重重点头，睁着星星眼看向他："快拆开试试！"

周之越笑了下，知道她也想闻，把封条划开，取出里面的香水瓶。

他远远往睡衣上喷了一下，顿时，空气里也弥漫着檀木香，味道的确不错，虽然是檀香，但并没有特别清冷的感觉，反倒有些像冬日暖阳照在檀木上的味道，带着一点点暖意。

一会儿之后，许意问："对了，我以前送你的那瓶，还在吗？"

"嗯。"

"在哪儿啊？我都有点忘了是什么味道了。让我对比一下，看哪个更适合你。"

"在学校对面那套公寓。"

"怎么没拿过来?"

周之越被噎了一下,一副"你应该知道为什么"的表情。

许意心虚地摸了下鼻子,片刻后,提议说:"反正今天就是陪你过生日,要不我们再过去一趟吧?刚好拿点东西回来。"

周之越扔出一个字:"远。"

许意挑眉:"没事,我开车。"

不多时,他们换了衣服去地下车库。

许意拉开驾驶座的车门,周之越坐上旁边的副驾驶。车子开出地下车库,行驶了不到一千米,周之越忍着不说她,但又过了一个红绿灯,实在忍无可忍:"靠边停车吧。"

许意正襟危坐,目视前方看路,眉头一直没松过,紧张兮兮地问:"怎么了?没交警啊。"

周之越深吸一口气说:"我来开。"

许意也放弃了,承认自己的技术没法支撑这么远的路程,甚至一千米都很费劲,也不知道当年是怎么拿到驾照的。

周之越换到驾驶位之后,车内的气氛终于轻松起来。

他笑了下,缓慢地说:"以后还是我开吧,再不行还有司机。"

许意:"噢。"

大约四十多分钟后,车子停到了公寓楼下,两人轻车熟路地上电梯、输密码、进屋。房子里的陈设还是跟上次来时一样,四处干干净净的,卧室的床单倒是跟上次不同,应该是阿姨来打扫的时候有换过。

周之越换好那双情侣拖鞋,径直去卫生间,从柜子里拿出以前许意的那瓶香水。

许意没喷在他身上,只是喷在了空气里。

也许是人对气味的记忆更加深刻,几乎是闻到的一瞬间,她就想起大二送他这瓶香水时的情景。

说好是她请客吃饭,但周之越也没让她花钱。在不远处商场的一家西餐厅,他们吃了战斧牛排,饭后,她把装香水的礼品袋递给他,也是迫不及待地让他试试。

她正想着,周之越从身后抱住她,低声问:"对比出来了吗,哪个合适?"

话到嘴边,许意又改口:"'孤岛苔原'。"

发现她也能拿这事开玩笑了,周之越低头看她,语气漫不经心的:"有一仓库,改天也给你搬回家?"

许意笑了:"那还是不用了,先把这柜子里的点完吧。"

周之越愣了愣:"一次性点完?"

许意立刻说:"不不不,我不是老板,也不是富二代,对烧钱可没兴趣。"

周之越莫名被内涵,但又没法反驳。

出卫生间,许意四处转悠了一遍,收了一包东西,有以前买的情侣睡衣,还有曾经两人互相送过的礼物。

奈何东西太多,一次搬不完,她就挑了些可能会用到的。

周之越问:"回去吗?不是说晚上还要煮火锅?"

许意想了想,看向他:"我们今晚住这里可以吗?日常用品应该都不缺,缺什么也可以点外卖。"

周之越迟疑着说:"明天上班……"

许意打断他的话,试图说服他:"可以早点起床。哎呀,就是你的蛋糕没带过来,不然我再买一个给你,送到这里!"

说着,她就拿出手机。

周之越把她的手摁回去:"别。也不是非要生日当天吃蛋糕。"

许意抬头看他:"可是,生日当天许愿才会灵呀。"

周之越牵着她的手,拉去沙发那边:"我不用许愿了。"

因为,唯一需要靠许愿来达成的事,已经实现了。

心血来潮般地改变计划,让火锅也泡汤了。

其实,这边也能煮,以前的锅具碗盘之类的都在,食材可以去附近超市现买,但许意坐在沙发里,整个人懒洋洋的,完全不想动弹。

她靠在周之越身上打了个哈欠,说:"火锅也先欠着你的,等我忙完这阵子就煮。"

周之越揽着她的腰,说:"那还是我煮吧。你煮,我也得在旁边盯着,不然真担心你把房子烧了。"

许意转头瞥他:"我哪有那么弱智。"

周之越不咸不淡地说:"以前有个人,做蒸蛋没放水,碗和鸡蛋都烧黑了。我再晚点发现,估计锅底也能被烧穿。"

许意恶狠狠地瞪他:"不许翻旧账!而且,那是我不小心忘了,纯属意外。"

周之越笑了笑:"行,意外。"

最后,晚饭是点外卖解决的,吃过之后,他们又看了会儿电视,差不多天也就黑了。

许意先洗完澡出来,吹干头发,想了想,从柜子里拿出一盒香薰蜡烛点燃。

床边烟雾袅袅,烛光摇曳,雨水混杂着青草的味道在空气中扩散开来,无比熟悉,又有些陌生。

周之越洗过澡出来,正擦着头发,就看见床头的蜡烛,喉结微动。

许意已经在床上躺好,灯也关了。

他头发还没擦干,碎发湿漉漉地垂在额前,有细小的水珠滴到锁骨处,在微弱的火光下反着光,十分诱人。

他还没换睡衣,上半身只松松披了条纯白的浴巾,腹部的肌肉线条一览无余。

周之越胳膊用了些力,将她翻身过来,低头去吻她的唇,然后逐渐加深。并不是第一次了,刚接触的时候,从前的感觉就回来了。

一切顺理成章地以两人最习惯的方式进行,就像是潜意识里还保留着对彼此身体的记忆,没有任何抵抗和排斥。

许意感觉他们的呼吸都变得很烫。

周之越眸色也不太清明,情迷意乱之时,他嗓音低哑地说:"这里……什么都没有。等我先买一下。"

许意咬了下唇,声音很小:"我下午收拾东西的时候看见床头柜的抽屉里好像有一盒……不是你提前买的?"

周之越顿了半秒,胳膊撑在床上,从上方越过她,去拉开那个抽屉。

他眉头微蹙,语气沉沉地说:"这是五年前我们用剩下的,肯定过期了。"

两人在外卖软件上叫了一对一直送的跑腿代购。

于是,下单之后,两人并排枕在床头的靠枕上,中间隔了半人宽的距离。

以前也不是没出现过这种情况,等待送达的这段时间,让她心里有一种复杂的期待。

就好像是在倒计时,知道马上就要发生什么,虽然暂时没做,但心照不宣。

许意忍不了这样的安静气氛,先开口:"对了……"

她顿了下才继续说:"怎么连之前用剩下的那个,都还在?"

周之越低垂着眼眸,低声回道:"我没动过,也让阿姨打扫的时候别乱扔东西。所以就什么都没扔。"

许意咬了下唇,忍不住转头盯着他看。

似是察觉到她的注视,周之越也侧过头,和她对视片刻,把她拉进怀里。

"别这么看着我。"

许意很小声地挤出三个字:"对不起……"

周之越语气沉了些:"也别再说对不起。"

当时分手那条消息,开头就是这三个字,他永远也不想再看见,甚至不想回忆。

身体接触,刚才好不容易攒下来的冷静又荡然无存,他低下头,再次封住她的唇,带着某种失而复得的情绪。

外卖送达时,是周之越去拿的,因为还要确认取货码。他再次回到卧室,走去床边,把床头的那盏夜灯关了,只留下香薰蜡烛微弱的火光。

许意抬起头,看见他近在咫尺的脸和滑落在床上的浴巾。

一开始,许意还沉浸于此,久违的体验甚至让她想将时间无限延长。但不知过了多久,她开始呜呜咽咽地推周之越,用各种方式催他,可他什么都没说,只用行为拒绝她的要求。

窗帘没拉紧,外面又开始落雪。今年北阳下雪的次数格外多,就像是专门下给她看的一样。

次日早上,六点的闹钟,差点没把许意送走。

她困倦地睁开眼,感觉生无可恋。

昨晚体力消耗太大,加上只睡了几小时,现在是真的身心俱疲。今天还是周一,市区到开发区的早高峰估计会很堵车,不得不提前起床。

周之越看着她哭丧着脸,哈欠连天,像个木偶人一样从床上起来,提议说:"不然今天就别去了。"

许意又打了个哈欠,半开玩笑的语气:"那你给我发工资啊。"

周之越认真地回答:"可以,你想要多少都行。"

许意:"……算了吧,我还是要争取事业爱情双丰收的!"

说完,关门进了浴室去洗漱。

周之越也很困,但昨晚忘记提前叫司机过来,只能自己开车回环金大厦那边。

有许意坐在旁边,他还是打起十二万分精神开车。

一路堵堵停停,终于到了公司楼下。

他们比平时上班时间还早到很多,进到电梯,也只有他们两个人。

许意虽然不太有精神,但感念周之越辛辛苦苦开了两个小时车,在到达19层之前,飞快地亲了下他嘴角,细声说:"我走啦,晚上见。"

"嗯。"

等她出去,周之越抬手摸了下被亲的嘴角,心情颇好地乘电梯继续上楼。

到了柯越门口,周之越又看见王志强和他的女朋友牵着手依依不舍的,商量晚上几点下班、晚饭和夜宵分别吃什么。

正说到一半,王志强看到了自家老板,立刻松开手,像早恋被家长发现的中学生一样,表情也紧张兮兮的:"周、周总早!"

周之越瞥他一眼:"嗯,早。"随后,目不斜视地进了公司大门。

周之越在办公室坐了没多久,正喝着加浓黑咖啡,王志强敲门进来:"周总,给您汇报上周的项目进展。"

周之越淡声说:"一会儿开会的时候再说就行。"

"好的。"王志强笔直地站在办公桌前,摸了摸裤缝,很没底气地说,"对了,周总,刚才我不是故意在公司门口谈恋爱……刚好我女朋友上楼给我送早餐,顺便聊了两句……"

周之越看向他,语气懒散道:"你们随意就好。还没到上班时间,不用什么事都跟我汇报。工作时间之外,想做什么是你的自由。"

之前不是还跟他说，禁止在公司门口谈恋爱，担心会影响公司其他员工？

但王志强没傻到真的这么问，心怀感恩，重重地点头："谢谢周总，那我去工作了！"

许意今天工作不少，上午出门见了两个客户，下午又去跟一场活动策划。再次回到公司，已经过了晚饭的点。考虑到一会儿还要加班做数据分析，她点了个外卖。

正吃着，手机铃声响起，是许父打来的。

"小意，在忙吗？"

"没在忙，你呢？前阵子太忙，也没顾上给你打电话。"

许父平时忙着出车攒钱，不常主动打电话，也就是微信上偶尔问许意一句近况。

电话里，许父说："我还好，就是有个事还是跟你说一下，免得你担心家里这边。

"之前官司赢了之后，你大伯不是一直没能强制执行吗？然后法院那边先中止执行了，你还记得这事吗？"

许意应了句："记得。现在是有新情况了吗？"

许父说："对。你伯母前段时间脑梗去世了，他们没孩子，遗产都留给你大伯了，就是他家那栋小别墅。之前法院说，那是你伯母的婚前财产，不能强制执行过来。"

许意大概已经听明白了："那现在他继承了，房子所有权就是他的，就可以恢复执行？"

"我找人问了，是这个意思。我最近正忙着这事呢，他那套别墅值不少钱，算上这几年的利息，我能把之前欠朋友的钱也都还上，再把咱们家老房子买回来。"

许意一拍桌子："太好了！那你需要我帮忙吗？或者我看看苏城那边有没有老同学能帮你。"

"不用你帮。我打电话就是跟你说一声，让你放心，以后生活上别再委屈自己，也别再给我卡里转钱了。之前转过来的，我一会儿全都给你转回去。"

又聊了几句，许意挂断电话。这几年，她每月收到工资都会转一部分给父亲，虽然他说不用。头几次，许父都给她原样转回来，但她又转回去。后来，许父也懒得转来转去，就当是帮她先存着，放在那张卡里分文未动。

许意站起身，伸了个懒腰，很久才回过神，心情无比舒畅。

没想到，家里的困境就这么突然解决了。

近几年，虽然情况有好转，不如五年前刚出事时那么糟糕，但总归是还欠着一笔债，许父五十多岁了，还要住在出租房里奔波赚钱。

许意心里也时常绷着根弦，想到这事就发愁。她拿起手机，先给许思玥发消息分享了情况，又点开周之越的聊天框。

许意：周末请你吃饭啊！

十多分钟后，收到周之越的回复。

周之越：是有什么想吃的？

周之越：不用你请，等周末我们一起过去就行。

许意：我就是想请。

周之越：行。

周之越：是有什么好事？

说好事，就得先从之前的坏事说起。许意这会儿开心着，更不想提那些糟心事。

许意：有！

她想了想，决定简单概括。

许意：我有钱了！

周之越以为是发年终奖之类的，虽然对他来说，发多少都是小钱，但还是很捧场。

周之越：那是得好好庆祝一下。

许意：嘿嘿，那我顺便把下个月的房租转你！

说完她就转了2800元过去。

许意：对了，上个月水电燃气费是多少？我也转你！

看到聊天框顶上闪了好久的"对方正在输入"，周之越愣了愣，然后将转账退回。

周之越：还跟我算这么清？

许意没想到，因为这个转账的举动，当天晚上体验了一把腰酸腿软……

次日许意一早去到公司，各种工作接踵而至。

她昨天收到父亲的转账，数额比她之前转过去的总数竟还多了不少。她发了条消息过去问，父亲没回复。

到下午，她刚和一个客户通完电话，微信里弹出一条消息。

陈叔叔：小意，你爸这两天跟你联系了吗？

许意愣了下，这陈叔叔是父亲的朋友，她高中毕业那年的升学宴上加的他微信，之后一直没在微信上直接联系过她。

她心里顿时升出不好的预感，就像大学毕业那年一样，她突然收到父亲的微信，问她最近学校还有没有事。

而后她就被告知家里出事了，妈妈和许思玥也出了车祸，躺在医院，都没脱离生命危险。

许意手指都控制不住地有点发颤。

许意：我爸昨天早上还给我转了钱，怎么了，陈叔叔？

陈叔叔先发来一个苏城本地公众号的链接，随后发来几条语音。

"你爸跟你说过，准备强制执行你大伯家那栋别墅的事吗？"

"你看里面的视频。"

"你爸前几天一直在跑医院，还有公安局的人过去调查。昨天他从医院回家，我们就联系不上他了，还怕他自己待着出什么事。"

"他早上联系过你就好。不过，小意，你要是有空的话，还是回家一趟。"

许意心悬到了嗓子眼，回消息之前，先点开了那个公众号链接。

标题就已经让她有种触目惊心的感觉——

亲兄弟因债务纠纷反目成仇，弟弟苦苦相逼，兄长年近六十，无奈跳楼！

那篇文章，点进去顶头就是一段视频。

一看就是路人视角拍摄的那种，画质也很差，自下而上的视角，放大拍摄。画面背景许意很熟悉，是大伯家那套别墅，灰瓦白墙的三层小楼。

大伯站在楼顶边缘，手里举着一张大纸，上面用红字写着"留条活路"。

楼下聚集了很多人，还有警察、救护车，各种声音十分嘈杂。

她先听到大伯的声音，带着明显的苏城口音，歇斯底里地大喊："我老婆就是被你们家人咒死的，现在就留给我这一套房子，你也要抢过去！

"催了五年还不够，那我现在把命也给你要不要啊！

"到时候去了下面，你有脸见咱们爹妈吗？"

接下来，没看到许父的脸，但听到了他的声音。

"房子我不要了，你先下来，我们好好说。"

大伯在楼顶喊："光说不算，谁知道你明天是不是又去法院告我！你白纸黑字写个字据给我送上来！

"不然我现在就跳下去，反正也是烂命一条。今天不是死在这儿，就是饿死在大街上！"

许父还没说话，画面里，只见大伯从楼顶上探着脑袋往下看。

突然，也不知道是脚没站稳，还是身体重心偏移，大伯整个人从楼顶栽倒下去。

楼下哄闹一片，视频也到这里戛然而止。

许意拧着眉头，回了个"好"字，又给父亲打了好几个电话。

都是无人接听。

她又发短信和微信过去，也没回复。

许意从工位站起来，去张总办公室请了假，订最快一趟航班，打车去机场。

路上，她又点开那个公众号链接，拉到最下面的评论区。

意料之内，骂声一片，只有寥寥几条评论在说"欠债还钱天经地义"，也没几个点赞，被压到底下。

其实，单从视频看，大伯这行为的目的很明显，就是为了威胁许父，不执行他这套别墅。

否则什么方式不行，非得站在自家楼顶上？就三层楼高度，还招来一群人围观。

许意又给陈叔叔发消息问后续。

陈叔叔："你大伯没抢救过来，正好头朝地。唉，这事也是你爸倒霉，碰上这种亲戚。不过他也老说，没遇上事都看不出来什么，从小一起长大的兄弟，也是知人知面不知心。

"虽然是你大伯理亏，但你爸实心眼，又心软，到底是亲兄弟，我就怕他自己瞎想，转不过来这弯。我们几个朋友这几天也在劝，但这种事，谁遇上也一时半会儿走不出来。"

许意头疼地揉揉太阳穴，回了感谢的话，继续想办法联系父亲。

她还问了一圈去找父亲现在住的出租房的房东、小区门口的商店阿姨，直至到机场候机，也还是没联系到父亲。

登机后，许意给周之越发了条消息。

许意：家里有点事，我回趟苏城。

一条消息发出去，便有空姐过来提醒她，飞机即将起飞，要把手机关机或调成飞行模式。

许意开了飞行模式，又打开相册，反复播放了几遍下载下来的公众号链接里的视频。

飞机升空，她靠在座椅上，心烦地闭上眼，脑子里全是大伯喊的那些话。别说许父，她从视频里听着都觉得糟心。

另一边，北阳。

周之越刚结束一个会，拿出手机，看见许意发来的消息，皱了下眉。

周之越：我陪你一起？

发出之后，周之越时不时看一眼手机屏幕，十多分钟都没收到回复。

周之越：事情麻烦吗？

一会儿后，周之越叫助理进来，匆匆交代了把接下来一段时间的工作安排取消或延后，先回了趟儿里清江。

开门之前，他内心就总有不安。

打开门，看见凯撒小帝趴在门口的架子上，朝他"喵"了一声。

周之越先进卧室，打开衣柜。还好，她的衣服和其他生活用品都在。

冰箱里，还有她吃得剩下一半的点心、周末买了没吃完的米布丁、看网上推荐买来的火锅底料。

与此同时，手机振动一下。

周之越立即去看，发现是新闻通知，说最近的哪部电影票房又创今年新高，正是他们约好这周末去看的那部爱情片。

他还想到，前几日，许意还在跟他讨论求婚结婚的事。

比如昨晚，许意让他千万别搞网上那种老土的求婚，电影院、演唱会、热气球什么的，她说不定会原地尴尬，婚礼倒是可以好好办办，得请很多大学同学。

所有画面都跟五年前很相似，一切都处在未完待续的状态。

周之越站在厨房冰箱前喝了半瓶冰水，但还是没能冷静下来。他生怕过不了多久，就像当年一样收到她提分手的消息，然后看到自己发出的消息旁边多出一个红色感叹号。

他打电话给助理让对方订票，随后开车去往机场。

到达苏城时，许意微信里有无数条消息，除了周之越的，还有她起飞前联系过的各种人。

另外，还有许父的。

许父：我这儿没事，你不用担心。

许父：你好好工作。

许意打了电话过去，大概十多秒，父亲接起来。

"你现在在哪儿啊？在家吗？"

"在家。是老陈联系你的吗？他也真是。我就想自己待会儿。昨天去你爷爷奶奶乡下的老房子住了一晚上，去给他们上了坟，回去买了点酒喝。"

许意语气有些急躁："那你也该说一声啊，我还以为……"

许父说："以为我想不开吗？这你放心，还有你和思玥，我怎么可能扔下你们俩不管？"

许意鼻子一酸，平复了下心情："我回苏城了，你在家等我，哪儿都别去。"

下了飞机，她直接打了辆车，直奔父亲的住处。

门虚掩着，许意进去，看见了父亲的一众朋友，陈叔叔也在。

许父为人老实，一直人缘很不错，当年家里出事，就有这些朋友忙里忙外帮衬，还借给他一笔钱，解决燃眉之急。

陈叔叔："小意回来了。你爸刚才还说我呢，但我也骂他，这么老大不小的人了，去哪儿也不知道打个招呼，玩失踪，我这也是着急才叫你回来。"

许父："你也知道我老大不小了，又丢不了，还把小意给我叫回来。"

许意走进门："还好陈叔叔跟我说，不然我都不知道出这么大事。"

另一个叔叔插话："是啊，这不是怕你想不开吗？行了，小意回来，你们父女俩聚聚，我们就先撤了。"

许意一一道了遍谢，把一众人送出去。

屋里就剩下父女两人，许父不善言辞，沉默了会儿，先问："请假回来的？"

许意找了把椅子坐下："对。你也不告诉我一声，吓死我了。"

许父问道:"没跟许思玥讲吧?"

许意摇头:"没有。"

许父点点头:"那就行,前阵子跟她打电话,她说在准备期末考呢。她要是知道,肯定也跟你一样跑回来。"

许意叹了声气,看了眼屋里这乱糟糟的景象和父亲掩盖不住的愁容,安慰说:"你别瞎想。大伯这事……怎么说都是我们占理,那视频我看了,他也压根没想跳楼,就是想威胁你。"

许父回道:"我知道,而且我提前还跟他说过,他那别墅卖了,除了还咱们家的钱,还能多出一部分,他身体也没毛病,再打点工,也够他养老。

"再不济,乡下还有你爷爷奶奶那套老房子呢,他搬去那儿住也可以,不至于睡大街。"

许意附和:"谁说不是呢,五年前他就这个样,欠钱还理直气壮的。"

许父:"唉,这人都是会变的。你大伯以前也不这样。"

又聊了会儿,家里的事说得差不多了,两人又一起把房子收拾一遍。

许父说:"行了,我这边没啥事。你工作要紧,赶紧回去吧。"

许意:"我先请了三天假,不急,刚好陪你几天。我也没那么忙,以后你有啥事记得跟我说一声,不然我从别人口中知道了更难受。"

眼见着快天黑了,许意来的路上连飞机餐也没想起来吃,估摸着父亲也没吃晚饭,她从手机上点了外卖送过来。

等待的时间,许父又说:"对了,你在北阳还没找个男朋友?工作是要紧,但男朋友也要找,总得找个人陪着你。我年纪大了,没法陪你一辈子的。"

怎么话题突然就说到这儿了?

许意张了张口,正犹豫着要不要把谈恋爱的事告诉他,电话就响了。

来电显示是周之越。

她这才想起,刚才一路上光顾着父亲的事,和苏城这边各种联系过的人发消息回电话,忘了回复周之越的消息。

许意接起来。

周之越的声音听起来很僵硬:"你在哪儿?"

许意回道:"我在家。刚才忙着,忘了回你消息了。"

"我去找你。"

"不用不用。我过几天应该就回北阳了,没什么事。"

周之越语气似是轻松了些,缓慢地说:"我已经在苏城了。"

"啊?"许意想了想,"那我微信发你地址。"

周之越:"嗯。"

等许意挂断电话,许父问:"谁要来?"

许意突然有点不好意思,安静了两秒才小声说:"我男、男朋友。"

说完,她偷偷观察父亲的表情。

但许父完全没表情,也没说话,坐在那里沉默了好一会儿。

许意试探着问:"那你要见见他吗?"她越说声音越小,"……是准备结婚的那种,男朋友。"

许父坐在椅子上,喝了两口水,才看向许意问:"什么时候谈的?"

许意先说:"上个月,"又马上补充,"也不是上个月。就是我大学的时候谈了三年那个男朋友,上个月重新在一起了。"

当时,许意没跟父母隐瞒自己谈恋爱这件事,但他们除了提醒她注意保护好自己、注意安全,只问了周之越大致的情况。他们想着她年龄还小,学生时代的恋爱,能走到最后的可能性有限。

后来毕业,许父很长一段时间都无暇问及此事,再问时就听她说已经分手了。

原因他大概也能猜到。

许父问:"这么快就考虑结婚了?"

许意眼巴巴地看着他:"你刚才不是还说让我赶紧找个男朋友陪着我吗?"

许父一时无言。

许意看他表情不太好,眉头也微微皱了起来,立刻说起周之越的好话。

"他对我特别好,什么事都先想着我,我跟他在一块儿也很开心。而且算上大学,我们在一起都三年多了,性格、人品、习惯什么的都很了解,考虑结婚也不算快吧?

"还有……之前分手是我提的,他其实不想分,也没再找过其他女朋友,一直想着我。"

许父还没说话,许意的手机就先响了一声。

周之越:地址?

许意看向许父:"他还等着呢。你要是这次没心情见,那我就不让他来家里,直接给他找个酒店住下。"

许父环视一圈自己乱糟糟的小房子,说:"别让他过来了。"

"好……"许意有点失落地垂下眼。

很快,许父又说:"出去找个饭店吧,给他发饭店的地址。"

许意眼睛马上又亮了:"可以哎!"

她拿起手机,给周之越发了个附近饭店的地址,让他直接去那里,随后提醒。

许意:我爸也在哦。

许意:我们三个一起吃顿晚饭。

许意:你不会介意吧?

聊天框顶上一直显示"对方正在输入",二十多秒后才收到一个"好"字。

周之越:我尽快到,大概四十分钟。

周之越:会不会太迟?

许意:迟又能怎么办?你还能瞬移过来是咋的?

许意又把"四十分钟"这话传给了父亲。

许父说:"正好,我去洗个澡。"

一会儿后,许父利利索索地从卫生间出来,还换上了去年过年时许意买给他的新毛衣,把胡子也刮了一遍。

提前点好的外卖则被"发配"去了冰箱。

许意好几年都没看到父亲这么精致了,笑着说:"可以啊,爸,你现在这样一收拾,看着比刚才年轻了至少十岁呢。"

许父看她一眼,淡淡道:"这哪叫收拾?我就洗了个澡,不然让你男朋友看见,以为你爸邋遢、不爱干净。"

许意笑着哄他:"就算你真邋邋遢遢不爱干净,他也不敢说什么的。"

许父最后在门前照了遍镜子,轻咳一声:"那不行,还是得注意点形象。"

其实,许父现在住的这房子离机场不远,开车开快点,也就十多分钟的路。

当时找房子的时候,一方面是因为位置偏,房租便宜;另一方面也是方便能接到机场的单,多拉点客人赚钱。

许意和许父提前十多分钟到饭店,周之越则是在快四十分钟时,正正好踩点进了包间。

许意正想问是不是路上堵车,又觉得这个时间应该也不会,就看见了周之越。他手里提着大大小小的礼品袋,保养品、首饰、糕点、烟酒茶,什么都有。

许意看着他笑。就这么点时间,他动作倒挺快。

周之越进门,站在原地,毕恭毕敬地叫了声:"叔叔好。"

许父也站起身,打量他片刻,往他那边走了几步:"小周啊,先坐。"

周之越把一堆礼品袋放在旁边柜子上,轻抿了下唇:"这次我来得太着急,也没提前问您喜欢什么。"

许父看了眼:"不用带这么多东西,就是一起随便吃顿晚饭。

"快坐吧,小周,别拘束。"

许意安安稳稳地坐在那儿,笑着说:"是啊,你俩快坐,不然我也得站起来了。"

许父问道:"小周这次来苏城有事要办?"

周之越:"不是。许意发消息跟我说家里有点事要回来,我怕她一个人处理不过来,就过来帮忙。"

许父语气无余:"没什么事,前几天我都处理得差不多了,剩下都是些琐碎的,不用帮忙。"

许意笑着说:"我也说没什么事,消息发出去,没想到他就过来了。"

许父默默喝了口茶:"小周在北阳工作?"

周之越回道:"对,叔叔。我今年刚回北阳,现在跟朋友一起开公司。"

"什么公司?"

"做芯片设计的,我大学就学的这个,算是专业对口。"

许父点点头,又问:"以后,你们怎么打算的?"

许意张口,正要说话,被周之越抢先:"看许意怎么打算。我在北阳还是在苏城都可以。如果要来苏城,我可以在这边重新开家分公司,经济上没问题,您放心。"

许父看向许意:"你呢?"

许意笑了:"我工作可没那么容易变,好不容易升职加薪调过去的。不出意外的话,应该就在北阳待着了。要不把你也接过去?"

许父撇撇嘴:"我不去。你们年轻人自己安排,不用考虑我。我跟你陈叔叔他们几个约好了,他们的孩子也没留在苏城,我们组团养老。"

又说了会儿,菜也上桌了。

许父不是话多的人,想到什么问什么,大多数时候也就是沉默地吃饭,由许意来活跃气氛。

吃得差不多了,许父看向周之越:"小周抽烟吗?"

周之越下意识看了眼许意:"我不抽烟,叔叔。"

许意一愣:"爸!你什么时候开始抽烟了?赶紧戒了,年轻时候你都不抽,年纪上来开始抽!"

许父忙说:"我不抽。我就是问问他。"

许父又问:"喝酒吗?"

周之越顿了下,说:"喝得不太多,如果您想喝,我可以陪您。"

许父思忖着:"那喝两杯吧,时间还早。"

许父酒量也很差,和周之越差不多,而且都是喝了酒话也不会多的类型。两人加起来喝了还没半瓶,就都看着有些醉了。

许意笑了:"行了,都不能喝就别喝,不然都喝多了,我可照顾不过来。

"爸,你赶紧回家睡觉去,小周也累了一天了,大老远飞过来。"

听到"小周"这个称呼,周之越侧头盯了她一眼。

许意笑嘻嘻地朝他眨了两下眼睛。

送父亲回家之后,许意和周之越并排坐在出租车后座。

周之越握住许意的手,好半晌后才低声问:"……叔叔这算是同意了吗?"

许意笑了笑,故意看着他问:"同意什么啊?"

周之越没说话,一副"你说呢"的表情。

许意歪头靠在他肩上,这才说:"应该是。我爸很好说话的,从小就不会干涉我什么。而且,你对自己没信心吗?"

周之越握着她的手紧了些。

他还真没什么自信,从机场过来紧张了一路,生怕许意的家人会不同意。每个可能问到的问题他都提前在脑子里过了一遍,但没想到许父也没问什么。

许意轻声说:"放心吧。根据我对我爸的了解,他应该是挺满意你。"

周之越刚才喝了些酒,带着酒气的呼吸洒在她耳畔,热热的,有点痒。

他低声说:"以后我们多回来看叔叔。

"对了,今天怎么没见阿姨?"

许意眼眸垂下去,很小声地说:"我妈她……不在了。"

周之越侧过头,沉默了一瞬:"什么时候的事?"

记得大四的时候,许意还经常跟妈妈打电话。

许意看向窗外:"毕业那年……"

周之越揽住她的肩,几秒后说:"你当时回苏城也是因为……对不起,你如果不想说,那我不问了。"

许意缓缓转过头,看着他的眼睛:"我现在想说了。一会儿到酒店,我就跟你说。"

周之越握着她的手用力了些,把她的脑袋压到自己肩上:"好。"

坐飞机回苏城的路上,许意就想清楚了,等这次回去,要把之前的事都告诉周之越。从前,她一直认为,这种不高兴的事没什么分享的必要,不然也只是多了一个人跟她一起不高兴。

来的路上,她一直在想父亲的事,想他为什么不告诉自己,最近家里发生了那么多事,就像当年一样。大概许父也是出于跟她差不多的心理,觉得没必要,也不想说了让她担心。

但什么都不知道的状态,只会让人更担心,生怕下次又发生什么事,父亲还是瞒着不告诉她。

这道理,对周之越也是一样。

许意大概能猜到,他为什么会急匆匆来苏城找她。

想到这儿,她抬头看他:"你是不是……挺没安全感的?"

周之越本想下意识否认,但最后还是别开头,"嗯"了一声,坦言说:"怕你会像以前一样,突然回家,然后再也不回来了。"

许意有点想哭,重重抿了下唇,很认真地小声说:"我以后再也不会那样了。"

"嗯。"

来到酒店前台,许意和周之越十指相扣。

周之越低头看她:"一间还是两间?"

许意无语,反问:"小周想要一间还是两间?"

周之越语气平平地说:"小周想要两间。"

许意正要奓毛,就听见他继续说:"你男朋友周之越想要一间。"

本来她刚在车里还被那气氛搞得很伤感,突然又被他逗得有点想笑:"之前我怎么没看出来,你还挺幽默。"

周之越眉梢微抬:"那你今晚要小周,还是……"

前台深夜被喂狗粮，露出礼貌的微笑，看着这两个人打哑谜。

许意摇头："不要小周。"

周之越这才看向前台的工作人员："一间行政套房。"

行政套房在顶层，一进门就能看到不远处一整面的落地窗。窗户朝南开，能俯瞰交错的公路和周边的商圈、住宅区。

许意在苏城很少住酒店，之前家里和公司的楼层都不高，印象里，几乎没从这个角度看过苏城的夜景。

她隔着窗子往外看，一条笔直的公路向北延伸，虽然隔得很远，但她也一眼就看出这条路是通往苏城火车北站的，不远处是苏城第二人民医院，她妈妈就是在那家医院去世的。

许意没多看，按下了旁边的按键，窗帘自动关上。

周之越走到她身后，从还未完全合上的缝隙里看了眼窗外："外面的光晃眼吗？"

许意转过身，把头埋进他怀里。

周之越抱紧她，安抚般地摸着她的后背。

他身上还是干净的冷杉香，闻到就让她觉得很安心。

好半响，许意抬起头："我先给我爸发个消息。"

周之越："嗯，好。"

报完平安之后，许意脱了羽绒服外套，挂在门边，去沙发坐下，随后朝周之越伸了伸手，示意他过来。

两人的腿紧贴着，她靠在沙发背上，深呼吸，声音很轻地说："大四快毕业的时候，你在国外参加比赛，我接到我爸的电话，他告诉我，我妈和妹妹出了车祸，情况都很危险，让我尽快回家一趟。

"我也是那次回家才知道，我爸和我大伯合伙做生意失败，赔了很多钱。"

许父一直是个本分的人，他会答应和大哥一起投钱做生意，也是因为许意。

大三开学的时候，同学都开始规划毕业后的未来，基本就是出国读研、国内读研、工作这三条路，许意不想那么快工作，就只考虑国内读研和出国这两个选项。

假期回家时，她跟父母提了一句。

许父和许母分别是国企员工和幼儿园老师，工薪阶层，要抚养两个女儿，家里存款本就不多。许父四处问了圈，得知出国读书花销不小，尤其是好一点的国家，即使有奖学金，生活开支也不少。

前几年，他已经因为个人原因提前退休，便考虑要不然再找份工作，或是做点小生意。

也就在这节骨眼上，大伯找上了门。大伯年轻的时候赶上下岗潮，之后拿伯母的钱开了家小超市维持生计。

他找到许父，说想跟许父一起投钱承包一个工程，是老城区改造的项目，稳赚不赔。

许父一开始有些犹豫，可架不住大伯一直劝，说是可以找银行贷款，拿两家的房子抵押就行，虽然是投钱，但也不用拿他们手里的现钱，影响不到生活。等工程干完，验收结束，能回收至少两倍资金。

许思玥当时也才上初中，以后要花钱的地方多的是。于是，许父和许母商量过后，就把这事答应下来。

一切安排得差不多了，到了抵押贷款的环节，大伯却说自己家房子没法抵押，因为那房子是伯母结婚前家里给买的，现在不愿意拿出来做抵押，但大伯又说，其实影响也不大，他找在银行工作的老同学问过，光抵押许父家这套房子，也足够这工程的前期投资了。

就算是他出人脉，许父出资金，到时候赚的钱，他们二八分。

后来，一切本都很顺利，直到六月份，施工进行到一半，大伯突然告诉许父手续办不下来。

许父东奔西跑，麻烦了很多朋友，最后还是没能解决，还被责令停止施工、限期整改。工程算是白干，除了施工材料各种费用，还欠下了工人很多钱。

许意蜷起双腿缩在沙发上，继续说："他们之前也签过协议，约好有债务也一起分担，但是等我爸去找我大伯的时候，已经找不到他人了。"

许父还去他们家找过，被伯母一通骂，说她也不知道大伯在哪里，还骂他们不知道自己几斤几两，敢学人家做生意，说许家没富贵命，就知道做富贵梦。

许意说："我妈也很着急，跟着我爸一起到处帮忙找人。后来某个周五，我妈开车接许思玥放学，隔着一辆出租车窗户，看到了大伯，而且好像在往火车站走，我妈就追过去。

"大伯也认识我们家车牌号，发现之后，让出租车司机也加速。

"我妈追得着急，撞上了拐弯的一辆货车。

"我回苏城之后，她一直昏迷不醒，住了好几天的ICU。我妹妹伤得也挺重，视神经受了损伤，当时医生说，能不能恢复要看具体治疗情况，也不排除失明或者视力障碍的可能性。"

妈妈和妹妹都在医院躺着，医药费也像流水一样往外花。除此之外，还有施工的工人拉着横幅，在他们家楼下催逼许父还钱。

说到这里，许意一阵鼻酸，眼睛也红了。

周之越把她揽进怀里，声音很低："别说了，都过去了。"

许意声音发哽："让我说完吧。我一直没跟别人说过，在我爸那儿也不敢说什么，怕他太责怪自己，也怕他以为我怨他。

"跟你说完，这事就真的算是过去了。"

周之越手上用力了些，把她抱得更紧。

"后来没过几天，我妈就去世了。我妹妹的眼睛也还没好，她很害怕以后都看不见，我和我爸都不敢告诉她实情。

"我爸办手续把家里房子卖了,但还是不够。我妹妹治眼睛还要继续花钱,他又问几个朋友借了一些。

"我妹妹还小,就算治好了也需要人照顾,我爸一个人忙不过来,还要忙着赚钱还朋友的。"

许意没忍住掉了眼泪,低头看着周之越的手:"我肯定得回家了,也不能按原计划读研,需要赶紧找个工作赚钱,还要照顾我妹妹。我也不知道这情况要持续几年,也可能压根就不会好起来。

"那段时间我情绪很差……我不想拖累你,也不想告诉你这些……就在你回国之前,回北阳收拾了东西……然后……"

许意抽了张纸,实在没勇气把当时自己所有的想法告诉他。

那时,周之越在国外的比赛获了奖。她之前就听过他学院的老师跟他说国内微电子专业的水平赶不上国外,建议他出国去读研,以他现在的成绩和获奖经历,能申请到很好的学校。

除此之外,她还听到周之越跟家里打电话,好像是他父亲劝他接手家里的公司。

许意想就算拖着不分手,于他而言她也只能是拖累。

周之越的选择是出国深造、留校读研,或是继承家里的公司。而她,当时考虑的是回苏城找一份快递员、外卖员之类相对来钱快的工作,还是正常找一份企业的工作,帮家里还债的同时,还能有时间照顾到妹妹。

大学谈恋爱时,她不是不知道她和周之越之间的条件差距,但当时觉得以后日子是他们两个人的,只要她努力,虽然追不上他,但也不妨碍一起生活。

但突如其来的变故让一切都不同了。他们大学的恋爱太美好,如果非要画上句号,她希望是在一个相对美好的时候,而不是拖到最后,让彼此的感情都消耗殆尽。

周之越脸色也很差,满眼都是心疼,还有懊悔。

他抬手,轻轻擦掉她眼下的泪水,尽量语气温柔:"你应该告诉我的。

"我是你男朋友,有些事没办法,但有很多事我能帮你解决。"

许意不是没想到跟周之越求助。许父最后借朋友的钱加起来有几十万,但对周之越来说,也许只是一笔很小的金额。

她转头,埋到他胸口,闷闷地说:"可是我不想欠你的……那样,我们的感情就没那么纯粹了。"

二十多岁的年纪,还没出社会,她总觉得爱情应该是很纯粹的。如果掺上了家里乌七八糟的事,或是金钱债务这种世俗的东西,感情也会变质。

但后来工作几年,许意也明白了,爱情不仅仅是两个人看对眼,那只是爱情的开始,如果决定一直在一起,是要互相肩负对方的未来,对彼此的一切负责任。

只不过,她明白的时候,一切都已经晚了,她跟周之越早就各奔东西。

周之越抱着她，缓慢地说："我和你之间没有什么欠不欠的，就算你真觉得找我帮忙就会欠我什么，那我也只想让你欠我的，而不是别人。"

他静静看着她，小声问："懂吗？"

"嗯。"许意重重点头，边哭边说，"之前就懂了，所以我才跟你说……以后都不会再像那样了。以后不管发生什么事，我都不会跟你分开的。"

周之越低头去亲她的额头："而且要第一时间告诉我。"

许意："嗯。"

周之越："不然，就算不担心会分手，也会很担心你。"

许意："嗯……我知道，就像我担心我爸一样。"

她松开周之越的手，站起身："跑了一天了……我先去洗澡。"

周之越抬头看她："要我陪你吗？"

许意："……不用不用。"

片刻后，许意走进浴室，关上了门。

偌大的酒店房间，只剩下周之越一人。他也站起身，走到窗边，把窗帘拉开了一部分。

之前，尤其刚被分手的时候，他一直以为许意只是不想跟他继续谈了，就像大学里很多情侣一样，到了毕业季就分手，原因多种多样，其实本质上就是没那么喜欢。

他没想过许意家里会突然出这样的事，因为毕业前也毫无预兆，甚至在他出国之前，还听到她跟妈妈有说有笑地通电话、聊妹妹期末考没考好的问题。

他看着窗户下面川流不息的人潮，在想，五年前她回家的时候，走在苏城的路上，会是什么心情。

母亲离世、妹妹生病、父亲欠债……许意这么娇气的一个人，大学时连早起占座都起不来床要他帮忙，居然要独自承受这么多。

如果他回国之后没那么轻易同意分手，或是来苏城找她一趟，她也许就不会是独自一人。

那些伤心艰难的日子，许意是怎么熬过来的，他甚至不敢细想，他应该陪着她的，应该主动来找她的。

周之越用力抹抹眉心，转过身，又把窗帘重新拉上。他在房间里走了一圈，最后坐在离浴室最近的地方。

冬天的苏城，室内没有暖气，空调暖风总觉得差了点什么，即使身体表面被吹出一身汗，内里还是有寒气。

许意在浴室冲了很久的热水澡，身子暖烘烘的，再加上刚才像倒豆子一样把过去的事给周之越说了一遍，心情的确舒畅了很多。

无形中，她觉得两人的关系好像更进一步了。

她没着急吹头发，披上酒店的浴袍，用毛巾擦着发尾，从浴室出去，一抬头，看见周之越就坐在床边，身形笔挺，双眼直勾勾地盯着她。

许意被吓了一大跳："你坐这儿干吗？"

周之越薄唇微张，眼底有种说不出的情绪："等你洗完澡。"

同时，他站起身，三两步走到许意身前，用力抱住她，把下巴放在她肩上。

许意手里攥着毛巾，也抬手抱住他："就多洗了一会儿而已……"

许久之后，她才听到耳边男人低沉的声音："以后你就算再说分手，我也不会同意了。我会来找你的，不会再让你一个人。"

许意这次听明白了，咬了下唇，轻声说："都过去很久了……而且，当时就算你真的来找我，我说不定也没心情跟你说。"

周之越还要开口，被许意打断，像广告标语一样说道："好啦，反正都重新在一起了。我们要专注当下，展望未来！"

许意想了想，又说："等有空，我带你去看看我妈。大学的时候，我给她看过你的照片，她还夸你长得很帅。"

"好。"周之越下巴蹭蹭她头顶，"我跟妈妈说，以后都有我照顾你，让她放心。"

许意从他怀里挪出来，拍了他一下："还不能叫妈妈呢，你现在得叫阿姨！"

周之越低头看着她，语气很认真："提前改称呼，显得我很有诚意。"

许意把毛巾扔到他手里，示意他帮忙擦头发，"哼"了声："要是我妈还在，她听到你这么叫她，肯定会偷偷跟我爸说，小意这男朋友，好像油嘴滑舌的，得多观察观察。"

周之越被噎了一下："那还是先叫阿姨吧。"

也许是一刻也不想跟她分开，又不能把她叫进浴室"观摩"他洗澡，周之越今晚这澡洗得飞快，不到十分钟就从浴室出来了。

吹干头发，两人亲亲抱抱腻歪了一会儿，躺到床上，开启盖被聊天模式。

许意枕在他胳膊上，说："你公司那边还有事吗？我跟领导请了三天假，你有事就先回北阳。明天我想再去我爸那边看看，不知道他有没有事要帮忙。"

周之越："我陪你一起。"

许意："那好。"

这些年，许意都没人能说这些事，这次她把大伯威胁爸爸，结果自己真摔死的事也告诉了周之越，又给他看了视频。

许意思考着问："你看下面这些评论，他们都在说我爸狠心。真是键盘侠，明明就是我大伯欠钱不还当老赖，而且他家房子卖了，还能留一部分钱呢。

"你说，会不会因为这个视频，苏城的人对我爸有看法啊？"

周之越回答："你也说了是键盘侠，都是不明事理的人。等过了这阵，他们也就忘了，而且这视频也根本没拍叔叔的脸。"

他虽这么说，但还是琢磨着明天得找人联系这公众号的运营者。

许意翻身抱住他的腰："也是，而且我爸应该不会看网上的评论，跟他相熟的人也都知道事情是怎么回事。"

周之越点点头:"嗯。对了,你大伯之前不是逃去火车站?"

许意说:"他当时就消失了几天,又自己回来了,可能是我伯母跟他说什么了吧。他自己开一家小超市,铺面也是租的,里面的货也值不了几个钱。他家房子没抵押,是我伯母的婚前财产,欠的钱也不算夫妻共同债务,他俩就安安心心住在里面。"

想到伯母这人,许意还是气得牙痒痒,吐槽:"我之前只在狗血家庭剧里看见过这种人,没想到这种人就在我身边!当时我去伯母家里劝她,还被她骂出来,说我对长辈没礼貌,教养不好,气死我了!"

这天晚上,许意像是打开了话匣子,想到什么说什么。

周之越有时安静听着,有时站在她这边发表两句评论,安慰她。

后来说到许思玥眼睛完全恢复,回学校上课,但成绩下滑的事,许意掩面打了个哈欠。

半天没听到动静,周之越侧过头,见许意眼睛闭着,呼吸均匀,已经睡着了。

他抬手,手背很轻地抚过她的脸颊,随后揽着她的胳膊收紧了些。

周之越奔波一天,这会儿居然有点睡不着,又怕吵醒她,也不敢动,只能维持这个姿势,望着天花板。

过了很久,他终于有了些困意。

睡前,周之越拿起手机,打算把闹钟都关掉,刚点亮屏幕,就看见有条微信消息提醒。

半个小时前。

许意爸爸:小周在吗?

今晚吃饭时,许意去洗手间,许父要了周之越的电话,还加了微信。

周之越:在的。抱歉叔叔,刚才没看手机。

他特意等了会儿,等到许父的回复。

许意爸爸:你们明天回北阳?

周之越:暂定是三天后回。如果您有需要帮忙的,我什么时候回都行。

许意爸爸:没什么要帮忙的。不过,要是明天晚上有空,我想找你吃个饭,不叫小意。

周之越紧张了一瞬,马上回复。

周之越:我有空,叔叔。那我来订餐厅,您几点方便?

许意爸爸:六点吧。

许意爸爸:也不早了,早点休息。小意睡了吗?

周之越下意识侧头,看了眼许意,就要回复"她睡了",还好发送之前多看了一秒,把这三个字删除。

周之越:应该睡了,她在自己房间。

周之越盯着这消息,突然从心里升出一种欺骗长辈的愧疚感。

许意爸爸发了个"月亮"的表情包。

周之越：您也早点休息，晚安。

次日，两人睡到了十点多才醒。早餐是直接叫酒店的客房服务，周之越公司还有事，用手机开了一场短暂的视频会议。

周之越开会的时候，许意给父亲打了个电话，问他今天在哪里，她一会儿过去找他。

虽然许父说没什么要帮忙的，但猜也知道他那边事情不少，法院执行的事、大伯去世之后的丧葬事宜，这两样都不是好解决的。

电话里，许父说："我在跟律师说事呢，你就别过来了，陈叔叔他们也在，你不懂这些，过来也没用。"

许意挑了下眉："那不行，你怎么知道我过去没用？我工作这么多年，现在也算是个社会人了。而且我这都回来了，闲在酒店也没事干，你把地址发给我。"

许父那边人声嘈杂，他也是真没时间在电话里跟她推来扯去，说了个律师事务所的名字。

昨天的衣服已经让酒店的人拿去洗好烘干，许意去卫生间收拾一番，把衣服换上，就准备出门。

周之越叫住她："干什么去？"

许意一边换鞋一边说："去我爸那儿看看。"

周之越："我跟你一起。"

许意下意识就想说没必要，但话到嘴边，还是答应下来。要习惯以后身边有他在，无论大事小事。

两人直奔那家律师事务所。

里面有律师是许父朋友的朋友，一群人坐在会议室说案子，这会儿已经说得差不多了。

原本是跟法院那边申请恢复执行，现在大伯人没了，改成走遗产清偿债务的流程。

许意和周之越一到，会议室里几个叔叔就齐刷刷看过来。

陈叔叔有些疑惑："这位是小意的男朋友？"

许意点点头。

陈叔叔笑着看向许父："行啊，老许，女婿看着不错，之前咋没听你跟我们说这事？还藏着掖着呢？我们几个的闺女早都结婚了，没人跟你抢女婿。"

许父轻咳一声："我也是才见到。"

这种时候，大叔不比大妈的话少，几个中老年男人围在周之越和许意旁边，八卦地问了一堆问题。

让许意没想到的是，周之越平时最不耐烦处理人情世故，这会儿倒是礼数周全、面带微笑、对答如流，说话滴水不漏，最终收获一众老大叔的好评。

两人终归就是跑了一趟，什么忙也没帮上。

走出律所，许父说："行了，下午我们几个还有事，你们该干什么干什么去，别跟着了。"

许意点点头："行。"

走之前，许父拍了拍周之越的肩膀："下午到点直接在饭店见。"

周之越答应，把许父几人送上车。

许意站在路边，拉了拉羽绒服，看向周之越："晚上你要和我爸吃饭？我失忆了吗？昨天说的还是刚才说的？"

周之越顿了半秒，低头看着她说："昨晚说的。下午我先送你回酒店，把晚饭给你订好再出门。"

"啊，什么意思？"许意愣了愣，反应过来，"你们不带我啊？"

周之越"嗯"了一声。

许意睁大眼，疑惑三连："为什么不带我啊？你和我爸要说什么？你们什么时候约好的？"

周之越抬手摸摸她的头，又把她衣服拉链拉到顶端："昨晚说好的，不知道要说什么，叔叔应该是有话要单独跟我说。"

许意心有点慌，拿出手机，没等周之越制止，反手就已经一个电话拨过去："爸，你要跟周之越说什么呀？"

许父回道："随便聊聊。你紧张什么？我还不能和你男朋友单独吃个饭？"

许意愁眉苦脸："那为什么不能带我一起啊？"

许父有些嫌弃："你话太多了，我和小周说不了两句你就插嘴，叫上你，我们还怎么好好聊天？"

许意撇撇嘴："那我可以不说话啊，我就坐着旁听。"

许父叹了声气："你听着，我紧张行不行？好了，就这一次，你自己找朋友出去玩，或者在酒店睡觉，别过来了。"

听出父亲下定决心不叫她了，许意也叹气妥协："哦，那你们别太晚，别喝酒啊，有事给我打电话。"

许父："知道。"

挂断电话后，许意恶狠狠地瞪了周之越一眼："昨天约好的，你昨天都没告诉我！你跟我爸才见了一面，现在都有小秘密了！"

周之越牵过她的手："昨天，不知道叔叔让不让我说。"

许意"哼"了声："他不让你告诉，你就不告诉了吗？我跟他，你听谁的？"

周之越笑了下："听你的。"

许意心里这才稍微舒坦点："对，你得听我的，只能听我的！"

周之越重新牵回她的手，安抚般地捏了捏："好。"

午饭后，许意准备带周之越去自己的高中和初中分别转一圈。以前她就说过要带周之越过来看,只是大学假期都用来去没去过的地方旅游了,直到毕业也没能兑现。但是学校的门卫都不让他们进,最终他们只能隔着围墙绕,顺便看看周围的商店和小餐馆。

许意兴高采烈地指指那儿,指指这儿,告诉他哪家店她上高中的时候常去,没想到现在还在,里面的河粉做得很好吃,汤底都是真材实料炖煮的,不像现在好多小店都是用汤料包;哪家店以前开在这个位置,卖精品或者漫画、言情小说,她上学时的零花钱都花在那里了,那些书还被老师没收过不少。

一路逛过去,周之越对没有参与过的、她人生的前十八年,也有了些模糊的画面。

下午五点多,周之越差不多要出发去餐厅见许父了。

"先送你回酒店?"

许意摇头:"不用,我正好去找高中同学吃个饭,我们好多年没见了。今早我还刷到她朋友圈来着。"

随后,两人各叫了车,分头行动。

周之越提前十分钟到达了餐厅,给许父发包间名。

等了一会儿后,门被推开,周之越立刻站起身:"叔叔,您这边坐。"

许父走进去:"你也坐。"

周之越:"您喝点什么吗?"

说着,他把酒水单推过去。

许父:"喝点酒吧,好说话。"

周之越:"行,那少喝点,酒喝多对身体不好。"

按正常流程,点完酒水又点菜,服务员出去,两人沉默地坐着。

许父笑着先开口:"小周,你很紧张吗?"

周之越没觉得这能被看出来,只能承认说:"有点。"

许父笑了:"人真是矛盾啊,想说让你别紧张,又怕你一点都不紧张。当年我结婚前见小意的外公外婆,紧张得话都不会说了,回去之后还一直反思呢。

"那还是放松点,今天叫你出来,就是想问你点事。昨天小意在,我要是问了,她肯定抢着帮你回答。"

"您说,我一定照实回答。"

"那我就直接问了。你们上大学的时候就谈过,后来分手,是因为知道了我们家里的事吗?"

许父顿了顿,继续说:"小周你别见怪,虽然恋爱结婚是你们两个人的事,我不该问那么多,但现在小意妈妈不在了,也就我能操心这些,问了也才好放心。"

周之越眼眸垂下去:"不是的。当时我在国外参加一个比赛,回国的时候,小意就已经回苏城了。我也是昨天才知道具体原因的。不过这事怪我,当时应该多问一句的。再说后悔已经晚了,我跟您保证,以后不会再发生这样的事,无论发生什么,我都会陪着她。"

许父点点头,叹了声气:"当年的事都怪我……不提了。只是,虽然老话说,夫妻本是同林鸟,大难临头各自飞。可是我不希望小意跟这样的人在一起。人生那么长,谁也不能保证一辈子都顺顺利利。"

周之越说:"我明白的,叔叔,我们也已经说好了。"

许父喝了口茶,停了片刻,又问道:"以前听小意说过,你们家里条件还不错?"

周之越思考几秒,还是坦言:"还可以,家里是做生意的,不过我没在家里的公司工作。"

许父问:"什么生意?"

周之越报了家里集团的名字,解释说:"刚开始是房地产发家,现在什么行业都涉及一点。"

许父听到那集团的名字,眉心跳了下。虽然他不太关注商业圈,但这集团太过有名,苏城也有好几个楼盘都是这集团开发的。

许父静了会儿,才又问:"你跟家里说过小意的情况吗?"

周之越抿唇:"暂时还没说。不过我跟家里联系很少,也不会让父母家人干涉这些。"

许父端起杯子喝了口茶,才又说:"早先跟小意说过,让她找个门当户对的对象……"

周之越手指僵住。

许父继续说:"但像我说的,毕竟恋爱结婚是你们俩自己的事。经济条件都是次要的,过得去就行,重点是小意不能受委屈。"

周之越会意,立刻说:"叔叔您放心,我不会让她受任何委屈。家里的事我一定处理好,结婚以后也是我和她单独生活,不会受家里影响。"

好半晌后,许父笑了下:"别那么紧张。

"行了,先相信你。"

周之越暗自松了口气。

许父又问起周之越现在的芯片公司,周之越如实介绍情况,从手机里把财务报表都找出来了。

许父笑着推开:"我不是来查账的。"

后来,酒菜都上桌了,两人边吃边聊,气氛也逐渐轻松,大都是在聊许意。许父喝了点酒,说到女儿,话匣子打开,从小时候的事一直说到后来长大。从六点聊到快十点,许意的电话打过来。

"你们还在吃饭吗?"

周之越"嗯"了一声。

许意小声问:"哦,这么久还没吃完,打算什么时候回来?"

周之越看了眼许父,许父马上问:"小意的电话?"

周之越:"是。"

许父:"跟她说,马上就吃完了。"

周之越跟电话里转述。

许意:"好吧,你们喝酒了吗?"

周之越:"喝了一点。"

许意有些生气:"唉,服了,让你们别喝酒的,男人在一起说话,就必须得喝酒吗?

"那赶紧回来啊,我已经回酒店了。"

周之越:"好,你困了就先睡,别等我。"

许意:"知道。你看着点儿我爸啊,他酒量不好,要是喝多了就帮我把他送回家。"

等他们挂断电话,许父站起身:"差不多了,明天我也还有事要早起,回吧。结婚的事你俩自己商量,记得跟我说一声,到时候帮你们选个好日子。"

周之越扬起嘴角:"好。叔叔,我送您回去。"

纵是许父再三推辞,周之越还是叫车把他送回了住处,然后才转道回酒店。

周之越刷卡进门时,许意正抱着手机玩消消乐。她一抬起头,就发现周之越好像心情特别好。

许意:"可算是回来了,我还以为你们要聊通宵呢。"

周之越脱掉外套,挂在门边,径直走向沙发,抱住她。

"等久了吧?什么时候回来的?"

许意把头埋进他怀里,闻到他身上淡淡的酒气,还带着外面的寒意。

她再次抬眸和他对视,看见他说话时,连眼角都是弯的。

她回忆几秒,发现好像从来就没见过周之越这么开心的样子,连他以前竞赛获了一等奖、金奖,也都没到这个程度。

许意也笑了笑:"跟你打电话的时候,我刚回来。你跟我爸聊什么了啊,这么开心?"

周之越看着她:"你能看出来我很开心?"

许意:"废话,太明显了好吗?"

周之越笑了下:"好吧,我确实很开心。"

许意观察他两秒:"你是不是喝多了?"

周之越摇头:"没有,就稍微有点晕。"

许意:"那你们到底说什么了?快告诉我!"

周之越靠在沙发背上,揽过她的腰:"说了很多,看了你小时候的照片,叔叔还告诉我很多你小时候的事。"

许意侧头,警惕地看他一眼:"比如?"

周之越笑了:"说你小学军训的时候老是同手同脚,被教官拉出去单练,你气得跑回家告状,让叔叔去帮你打教官一顿出气。"

她沉默几秒，揉揉眉心："你们怎么说这些啊？我爸也真是，就不能给我留点好形象。"

周之越亲她一下："很可爱。"

许意挑了下眉："还有呢？算了，都是这种事就别说了。所以，你就是因为知道我的黑历史才开心的？"

周之越摇头："不是。"他不打算再卖关子，"叔叔同意我跟你结婚了。"

许意瞅他一眼："就这？"

周之越抱紧她，很低地在她耳边说："这还不值得我开心吗？"

许意抿住笑意，清清嗓子："好吧。可是他昨天不就同意了吗？"

周之越简短地解释："今天是真同意了。"

明说的那种同意。

才分开了几个小时，两人就好像有说不完的话，抱在一起聊天，还时不时亲对方一下。

等许父这边的事情说完，周之越问："你呢？今晚都做什么了？"

许意捏着他的手指尖，说："也就是吃了个烧烤，聊以前同学的八卦。"

"对了！"她突然一拍大腿，"我听说一件超级离谱的事。"

周之越笑问："什么？"

许意开始兴致勃勃地转述八卦："我有个高中同学，前几年闪婚的，今年又突然离婚了。你知道为什么吗？

"哈哈，因为她和她老公结婚，是因为有天晚上她一个人走夜路回家，遇到一个抢劫的，然后她老公，哦不，是前夫，她前夫正好路过，英雄救美，把那个抢劫犯打跑了！结果她今年突然知道那个抢劫犯其实是她前夫花钱雇来的，专门就去抢她，然后她前夫可以表演英雄救美。"

许意评价道："你说她前夫怎么就这么有心机呢？而且幼稚，这也太好笑了！"

周之越突然笑不出来了，笑容僵在脸上。半响后，他毫无情绪地附和一句："是挺有心机。"

许意突然转身，抱紧他，再次感慨道："周之越，我觉得我们真是好有缘分。如果这个世界上真的有月老，那我们腿上肯定被他牵了钢丝做的红线，剪都剪不断的那种！"

第十一章
相守

在苏城的三天时间过得很快，转眼就已经是最后一晚了。许意和周之越订了第二天一早的机票，返回北阳。

已经是年末，COLY每年最忙的一段时间。许意虽然请了假，但每天都能看见公司的大小工作群凌晨三四点都还在活跃着。

周之越那边也是同样的情况，有个项目快到截止期了，许多工作都离不开他本人。

一回到北阳，两人都变得格外忙碌，但不同的是，每天早上，周之越把许意送到公司门口才上楼。每天晚上下班，他们也不像之前一样约在地下车库见面，而是周之越去到19层接许意一起下楼。

珍惜一切可利用时间谈恋爱，像是地球马上就要毁灭一样。

第一个忍不了的是赵柯宇。

这天，他和周之越见完一个客户，回去路上，开始无情吐槽："大学的时候我没在，还不知道你谈恋爱是这个状态，比我夸张一百八十倍，满楼都是你们恋爱的酸臭味！"

周之越眉梢微抬，靠在座椅上，不以为然地说："那是因为你现在没对象，只有只狗陪着，所以看到我谈恋爱就忌妒。"

"呵呵。"赵柯宇瞥他一眼，"我还用忌妒？我要是想谈，分分钟就能找到好吗？"

周之越散漫地说："哦，那你找。希望这次找的不是别人的女朋友，也不会一个月内就分手。"

"行，你成功激起了我的胜负欲，你等着瞧！"

周之越昨晚等许意加班到很晚，这会儿没什么精神，也没兴趣"等着瞧"，缓缓闭上了眼睛休息。

赵柯宇默默打开手机，开始翻通讯录里在夜店认识的美女列表。

过了会儿，他突然看向周之越："不是。你们这谈恋爱状态转变还挺快。什么情况？你上次去苏城，不会是去见人家家长了吧？"

周之越没睁眼，"嗯"了一声。

赵柯宇激动了:"这也太快了吧?她家里同意了?"

"是的。"周之越缓缓睁开眼,笑了下,"放心,结婚会请你的,但是伴郎名单里有没有你,还得问问我女朋友的意思。"

"周之越!你这重色轻友有点过分了啊!"

许意这一忙,就忙到了元旦。

更悲伤的是,新年前一天是周日,她也没能拥有假期,和策略部的人"同甘共苦"加班。

正好周之越下午要回趟家,两人便各忙各的事。听他说,周老爷子最近身体不好,他爸在内的一众亲戚都很紧张。

午休时,许意正在吃外卖,被策划总监叫去办公室。

策划总监叫谭静乔,是个不到四十岁的女人,工作能力强,平时打扮也很精致,每天上班神采奕奕的,看起来就像现代事业女性的模范代表人物。

谭静乔说:"最近项目多,我们部门实在缺人。听姜凌他们说,你在文案、策划方面有天赋,前段时间有好多主意都是你想出来的。"

许意挠挠头:"也没有……就是跟大家关系好,经常过来一起开会,然后集思广益。"

谭静乔笑了下:"就别谦虚了。我们正好想多招点人,但最近实在忙得没时间,新招来的人熟悉项目工作又得花时间。你如果不排斥部门间的工作调动,我去跟领导说一声,把你调来策略部?"

"平级调动,但薪资待遇上肯定是我们部门更好,这个你可以放心。"

许意早就想转行干策划,压抑住喜悦的心情,点头:"可以的,只是我们总监那边……"

谭静乔:"这个你不用操心,我去沟通。"

许意:"好,那麻烦您了。"

谭静乔还有其他工作,站起身,说:"行,那之后具体的事让人事找你谈,你先去忙吧。"

这种时候也不好表现得太开心,许意抿住嘴角,飘飘然地回到会议室,继续下午的工作。

怎么说也是跨年夜,众人决定早点下班,没人想新年的第一分钟在公司打工度过。

许意打开手机,正好周之越的消息也进来。

周之越:我回来了。

周之越:今天也要加班?

周之越:我也去公司吧,等零点下楼去找你,一起跨年。

许意弯起嘴角。

许意:今天不加班了,现在就可以走。

周之越：等我十分钟，我去门口接你。

许意乐呵呵地放下手机，一抬头，就看见董菁和姜凌在旁边。

董菁笑道："哎哟，给你家周总发消息呢？"

许意敛了些笑意："这也能看出来？"

董菁："那肯定是啊。我不信你跟客户发消息能开心成这样。"

也是。

董菁伸了个懒腰："今天可算是能休息会儿，不过苦难就快到头了，根据我多年的经验，这种状态也就持续到年前。还有一个月，加油！"

姜凌："是的。那等忙完，我们出去喝酒吧，真是憋死我了，一个月没泡过吧了。"

董菁看着她笑道："喝酒可以啊，就是我和许意肯定是要带家属的。到时候五人局，就你一个单身狗哦。"

姜凌冷笑一声："我也有对象了，到时候带上，六人局！"

许意惊讶了："前阵子你好像还说你没空找对象呢。"

董菁附和："是啊，天天加班到凌晨，你哪儿找的对象？"

姜凌笑了声："倒垃圾认识的，新搬来的邻居，长得还挺帅。"

董菁竖起大拇指："牛啊姐妹！那就六人局！约好了啊！"

聊着天，许意手机又响了，周之越说他已经在门口了。于是，三人一起出公司，往电梯间走。

这段时间，许意公司的人也都习惯看到周之越了。

开始还有人说闲话，说她谈了个长得帅的富二代，天天就知道秀恩爱，后来时间一长，那些人也懒得说了。

许意快步过去，牵住周之越的手，笑起来："走，回家吧。"

董菁经过："啧啧。"

姜凌经过："啧啧啧。"

上车之后，许意侧头看周之越："今晚在家跨年吗？"

周之越发动车子："你想去其他地方也行。"

许意想了想，说："那还是在家吧，我们先去超市买点东西，回家煮火锅。上大学的时候，每年北阳市区还有烟花秀。我刚搜了一下，已经停了好几年了，估计是经济形势不好。"

周之越提议："我们可以买来自己放。"

许意："可是现在禁烟，我顺便也搜了，开发区也在禁止烟火的范围内，要到六环外才行，太远了。"

周之越看她一眼："真想看？那我们去六环外，我在郊区也有套房子。"

许意有点心动："那边能住人吗？跨完年再回来，就太晚了。"

周之越改了导航位置，笑着说："可以，平时有阿姨打扫的。"

许意兴奋地说:"太好了!"

路上,聊天没停过,许意在分享自己可以转岗做策划、拿更多奖金的大喜事。

这年头、这时段,卖烟花的店铺很难找,周之越中途停了几次车,问了好些人,才找到一个还在营业的烟花售卖点。

两人买了好多烟花,塞进后备箱,又去超市买了食材,继续出发前往郊区。冬天本来就天黑得早,到达目的地时,天色已经完全黑了。

许意环视一周,发现还是个独栋的小别墅,带院子的那种,正好方便放烟花。迈进门,一层是巨大的客厅和厨房,室内没什么摆件,家具全是崭新的,厨房里的厨具餐具也齐全,也都是崭新的。

他们煮完火锅,又看了会儿电视。

许意坐在沙发上,给许思玥发了个红包。

许思玥已经放假了,没马上回苏城,按计划跟男朋友旅游去了。

三分钟之后,许思玥收了转账。

许思玥:谢谢我的好姐姐!

许意:你在干吗?

她也是随口关心问一句。

许思玥什么都没说,回了个跟男朋友十指相扣的照片。

许意差点想让她把红包退回来。

看了眼时间,已经快到零点了,许意扯着周之越,带上大包小包的烟花去到院子里。她自己害怕,点火的工作就全部交给周之越。

很快,周之越点完火,回到她身边。烟花在天上炸裂,金黄绚烂的光芒从一点火星慢慢延伸展开,最终照亮了半边天。

许意低头看着时间。

11 点 58 分 08 秒……

11 点 58 分 50 秒……

11 点 59 分 30 秒。

"新年快乐!"

她笑着转身,跳到周之越身上,抱住他的脖子。

与此同时,周之越很有默契地吻了过来。

新的一年,身边终于又有他在。

元旦过后没几天,公司的人事便来找许意谈转岗的事。

她离开客户部的同时,张芸小组里也调来了新人,是从别的广告公司跳槽过来的。

许意手里还有不少跟客户沟通联系的工作,去新部门干活的同时,也得把手头工作尽数交接。

这样一来,乱七八糟的杂事也更多。

好在今年春节不算晚,就在一月底,节前赶完了所有事情,谭静乔给部门所有人提前放假。

许意收拾好工位,下班前给周之越发了条消息。他回复说今晚有个应酬的饭局,估计得再晚点才能结束,让司机接她回家。

于是,回到家之后,她换了衣服,坐在沙发上抢春节回家的票。

还没结婚,春节是要各回各家过的。周之越本想陪她一起回苏城,可近日周老爷子病情反复,他平时可以不用经常去看,但春节还是走不开。

许意安慰说没事,以后有的是一起过年的机会。

她正切换着各平台对比飞机票价,微信突然"嗖嗖嗖"地弹出许多消息,她切过去看。

原来是姜凌拉了个小群,现在里面有四个人。除了姜凌、董菁和她,还有个不认识的叫"K"的男生,估计是姜凌倒垃圾时认识的那位男朋友。

姜凌改了群名为"节日狂欢小组"。

姜凌:我买了大后天的票回家,今晚、明晚、后天晚上,你们哪天有空?

许意这才想起,元旦前和她们约了个六人局来着。

她先给周之越发消息。

许意:我两个同事约酒局,你跟我一起吗?

许意:明天或者后天晚上。

过了会儿。

周之越:嗯,跟你一起。

许意笑了下,切回群消息。

许意:我明天后天都可以!

董菁:那就明天吧。

姜凌:好!你们把你俩的男朋友拉进群,他们都一起来对吧?

△"董菁"邀请"王志强"加入群聊。

△"许意"邀请"ZZY"加入群聊。

姜凌:OK,那就这家吧,环境好、音乐好、有包间,没问题我就订座了?

然后是一个链接。

董菁:111。

K:111。

许意点开链接随意划拉了下,关掉退出,就看见王志强很歪楼地发了两条消息。

王志强:周总好。

王志强:学姐好。

但一瞬间,那条"学姐好"被他撤回,改成"老板娘好"。

许意不由得感慨,这王志强可真是中国好员工,进群看到老板在,竟然还会先礼貌问好。

她回复了个表情包，按队形回复"111"。

不多时，周之越也冒出来，在群里回复了"收到"。

许意订好飞机票，又打开电视投屏看了会儿动漫，门口传来输密码的动静。她站起身，走去门边。

门打开，她看见了周之越的脸，他肤色冷白，薄薄的双眼皮，眉眼间稍有些倦意，穿了身黑色的长款羽绒服，身上带着外面的寒气。

许意笑着说："回来还挺早的。"

周之越脱下外套，揉揉她的头："不想让你等久了。"

"要抱抱。"许意走到他身前，环抱住他的腰。

周之越也反手抱了她一会儿，低声说："身上都是酒味，我先去洗澡。"

"好。"

许意拿着手机，也跟着去了卧室。

忘记是从什么时候开始，两人就完全住在一间卧室了。周之越那间空了下来，用来放一些平时用不到的东西。

许意回来之后就忙着抢票，也还没洗澡。

等周之越出来，她也进了浴室洗澡。里面水雾蒙蒙的，全是他常用的那款沐浴露香味，很好闻。

许意洗完，走出浴室，就看见周之越站在她卧室门口的书架前，手里拿着一本什么书。

她瞄了一眼，只看见"广告"两个字。

这时，周之越转回头看她，嘴角挂着一种微妙的笑容。

许意被看得心里直发毛，快步去到他身边。她这才看到他手里的书翻开的那页夹着三张淡黄色的便利贴！是他们还没重新在一起的时候，周之越给她做完早餐留的字条，被她收集起来，顺手夹在书里的。

许意一把全部抢过来，脸色微红，很没有威慑力地瞪他一眼："你怎么随便翻我的书！"

周之越眼神无辜，笑着说："不让我看？那你应该把它锁起来。"

许意把书合上，放回原位："就是不让你看，没锁也不让你看。"

周之越从身后抱住她，贴在她耳边，慢悠悠地说："原来，从那时候你就已经……"

为了不让他太得意，许意红着脸打断他，很没底气地反驳："才没有。我就是收集癖犯了，顺手把它夹在书里。要不是你今天翻出来，我早都忘记了。"

说着，她低头把他的手掰开，头也不回地去床边坐下。

周之越也跟过来，挨着坐在她身边。

提到这事，许意突然有些好奇，侧头看他一眼："那你是什么时候想……重新跟我在一起的啊？"

周之越嘴角弯着,不像是正经回答问题的语气:"跟你差不多时候吧。"

许意瞥他:"你怎么知道我是什么时候?"

她自己都说不上到底是哪个具体时间点。

周之越笑看着她:"你藏便利贴的时候。"

许意气得捶他一拳:"我就是'放','放起来',不是'藏'!"

周之越握住她的手,另一只手揽住她,在她侧脸上亲了一下,哄人般地说:"好,是'放起来'。"

两人又打闹了一会儿,看时间差不多了,周之越拉着她去床上躺好。

许意:"对了,我买了大后天回家的票。"

周之越轻抿了下唇:"我送你去机场。"

许意脑袋在他怀里蹭蹭,应道:"好,你有空就送,没空我自己打车过去。"

周之越手指绕着她的头发,片刻后说:"今年没办法。等明年,过年我跟你一起回苏城看叔叔。"

许意笑着抱紧他:"没事的,正好回味一下大学放寒暑假时我们异地恋的感觉。"

周之越眉梢微动:"这有什么好回味的?"

许意很小声地说:"跟你在一起,什么时候都很开心,都很值得回味。"

闻言,周之越心里一软,倾身去吻她的嘴角:"怎么突然说这么好听的话?"

许意有点不好意思了,别开头,轻咳一声:"就当是……随机奖励。"

周之越笑着问:"明天还有吗?"

许意:"做人不能太贪心。"

第二天晚饭后,两人收拾收拾,出发去往姜凌订好的酒吧。包房里播放着安静的爵士乐。

许意和周之越是最晚到的,他们刚迈进门,原本坐在沙发上的王志强猛地一下站起来:"周总,您来了。您快请坐。"

姜凌笑了声,半开玩笑地说:"董菁,你男朋友在公司被压榨出条件反射了吧?你快让他别这样,不然还以为我今天是组了个公司团建局呢。"

周之越面无表情,简短地澄清:"我从来没有压榨过员工。"

王志强立刻补充:"是的是的,周总平时对我们可好了,是我见过的最好的老板。"

许意笑着打圆场:"我和董菁、姜凌是同事,今天你们俩都是家属,没有上下级关系,放轻松点,就跟平时朋友聚会一样。"

董菁:"就是,你快坐下吧你!"

王志强不好意思地挠挠头,应了一声,终于坐回去。

姜凌揽住身边男人的脖子,说:"介绍一下。这是我男朋友齐可,是个游戏主播,叫他小K就行。"

齐可也是腼腆型，朝着众人点点头："你们好，很高兴认识大家。"

介绍环节结束，姜凌火速点了酒上桌。

除了三个女生，其他人互相都不熟悉，喝了两杯微醺后才能放开点。干喝也不是事，姜凌拿来骰盅，提议大家摇骰子玩。

没想到的是，这游戏没人能玩过周之越。几轮下来，他和许意几乎一口酒都没喝。

姜凌气急败坏地把骰盅扔一边："许意，你男朋友的脑子是怎么长的？每次一开一个准！这种人，你得小心点！"

桌子下面，周之越捏了捏许意的手。

许意靠在他肩上笑道："智商高还不好吗？他只坑别人，不坑我，没看出来呀？"

于是，为了让他们俩也喝点，大家又开始玩抽牌比大小——纯靠运气、不动脑子的游戏。

玩了几轮，确实成功让许意和周之越喝了些酒。只是比大小过于无聊，姜凌琢磨着又要换游戏。

商量来商量去，还是选了最老土的真心话大冒险，聚会必备暖场游戏。

姜凌怕大家不熟，尤其还坐着一对老板和员工，不好意思问什么狠的，她便从手机上找出一个聚会 App，还能选真心话游戏的尺度和场景。

她想了想，把尺度选成最低，场景选成情侣聚会。

第一个被提问的就是董菁，抽到的问题是——你男/女朋友最吸引你的点是什么？

董菁秒答："听话。"

王志强不好意思地笑了下。

第二个是小 K，抽到问题——说出你男/女朋友的三个缺点。

小 K 偷瞄了眼姜凌："……没有缺点、过于完美、美得让人想犯罪。"

姜凌直接给他一掌："拜托！真心话！不许吹'彩虹屁'。"

小 K 沉默几秒，支支吾吾地说："脾气大、爱喝酒、工作忙起来就不理我。"

他这次说的是实话，姜凌狠狠瞪他，眼中写着"你等着瞧"四个字。

她转回头，一秒变笑脸："好了，下一局！"

终于，这次被提问的人是许意，抽到了一个没那么好回答的问题——你为你男/女朋友做过最疯狂的事是什么？

周之越歪着头，好奇地看向她。

许意想了想，小声说："大概是上大学……还没把他追到手的时候……"

董菁一脸吃瓜相："别卖关子啊，继续说！"

许意深吸一口气，决定利用今天这个契机坦白："就是……我看见他在骑自行车，为了吸引他的注意，直接撞了上去……"

周之越还真不知道有这事，愣了下，开始在脑中寻找这段记忆。

董菁"哈哈"大笑:"可以啊姐妹,然后呢?你被撞伤了,他去照顾你?"

许意摸了下鼻子:"不是。然后……他为了躲我,自己撞电线杆上,胳膊摔骨折了……"

包房里安静了一瞬间,其余四人大笑不止,连王志强都没忍住,笑得很大声。

姜凌一边拍大腿,一边说:"哈哈哈,这反转,我实属是没想到啊!"

周之越眼神悠悠看过来,表情有点复杂:"原来,那是你故意的?"

许意垂下眼,很没底气地勾勾他的手指:"都快十年前的事了,当时我太年轻嘛……而且我后来还送你去校医院,给你买了好多牛奶和钙片。"

片刻后,周之越忽然笑了下:"可以。"

许意心虚地偷看他的表情,看到他没生气,不由得松了一口气,在桌下跟他十指相扣。

这一趴过去,轮到周之越被提问。

抽到的问题——说出你男/女朋友身上你最喜欢的部位。

许意的心突突跳了几下。

这问题尺度有点大了吧?虽然她没问过周之越这个问题,但根据网上的说法,男人最喜欢女人的部位,无非就是胸、臀部、腿。

周之越眯了眯眼,扔出两个字:"眼睛。"

姜凌点头评价:"有眼光。我也喜欢许意的眼睛,大大的,水灵灵的。"

接下来,又玩了好几轮。

许意也感叹这聚会 App 的题库有点强大,除了刚才这些传统问题,还有诸如"你绑定过几个游戏 CP""你微信置顶一共几个,分别是谁"这种新题目。

新一轮,王志强又被抽到。他一看到问题,眉头就皱了起来,然后下意识瞄了眼周之越。

"这个……我还是不回答了,我喝三杯酒吧……"

说着,他就打算去给自己酒杯里倒酒。

却不承想,他这个拒绝回答的行为,成功引起了董菁的注意。

她凑过去看手机,读出问题:"你朋友圈里是否有'仅一人可见'的内容。这有什么不能回答的?难道是发给别的女人看的'仅一人可见'?"

王志强一脸愁容:"没有没有……哎,不是不是……我……我不太方便现在说。"

话毕,他又偷瞄了一眼周之越。

周之越也马上反应过来,清清嗓子:"不方便说就算了,按规则喝酒就行。"

董菁这会儿喝得有点上头,一把抢过王志强的手机,口中念念有词:"好啊你,朋友圈设置三天可见,我们认识到现在,一条都没发过,原来还设置权限呢,呵!"

她一边说,一边拿着王志强的手机往下翻。

包房背景音乐的歌曲也正结束,空气突然安静下来。

董菁看着王志强的手机屏幕,愣了好几秒,蹙着眉头:"这什么玩意儿?

"帮转,急急急招合租室友,150平方米平层公寓,豪华装修,家具家电齐全,拎包入……"

王志强去抢手机,奈何实在抢不回来,只能用求助的眼神看向自家老板。

周之越揉揉眉心,准备开口说什么,那边董菁又是一声尖叫:"许意,这是仅你一人可见的!这是在搞什么东西?"

许意像一尊石像一样坐在位子上一动不动好几秒,突然冷笑一声,转头看向周之越。

她皮笑肉不笑,语速极慢地问:"是啊,这是在搞什么东西?"

关键时刻,王志强大义凛然,为老板挺身而出:"学姐,是我帮周总发的时候不小心设置错分组了。

"你信吗?"

毕竟有朋友在,许意还是决定给身边这位心机男留点面子。

她看了看王志强,笑着说:"信。还好你设置错了,不然我肯定租不到这房子。行了,下一局吧,问题不大。"

周之越悬着的心正要落下,就感觉他在桌下的手被许意松开,还被重重甩到一边。

随即,她整个人也往远离他的方向挪了一大步,跟他隔了至少两人宽的距离。

这后半场酒局,许意一直心不在焉,脑中一个个画面闪过,像走马灯似的。

她复盘着她从调来北阳工作、再到住进周之越的房子,以及后来莫名其妙两人的关系越来越近,直至她重新表白提出复合的全过程。

印象最深刻的要数她刚刚住进来的时候,周之越拎着行李箱推门,看见她的时候,那一脸诧异的表情。

呵!可真能演,他可太会演了!

此外,她还想到最近自己好几次激动地抱着他,感慨说她能租到这个房子,他们有机会重新在一起,这都是上天赐的缘分。

周之越当时什么表现?什么表现都没有!他好像还点了点头,对她的说法表示认可。

啧啧,他太会装了。认识都快十年了,她以前怎么就没发现呢?

记得上大学的时候,他们学院的行政老师找他去拍摄一个学院的招生宣传片,许意还去围观过。

拍摄场景是一群人围坐在圆桌前讨论,周之越因为成绩太过优秀,被老师分配了主导者的角色,让他暗示另一个同学起来分享观点。

就这么个镜头,NG了五六次,原因是周之越演得太不像,从头到尾冷着一张脸,像是要点名训斥那同学一样。

最后实在没办法，老师只能换了个人演周之越的角色，让他安静地坐在下面当摆设。

以前，许意的室友经常跟她说，你男朋友这张脸，以后要是家里破产，搞科研也搞不下去，还能出道去娱乐圈发展发展。

她每次都会摇头说，那估计是不行，周之越在这方面一点天赋都没有，唱歌跳舞就不用说了，他完全不会，演技就更拉胯，连学院宣传片里十秒的片段都演不出来。

现在，许意想撤回这个言论。他哪里是没演技？是都攒着用来忽悠她呢！

等今年他过生日，她得去某宝上定制一个小金人送给他。

周之越看了眼许意的表情，一时手足无措，缓慢地往她那边挪过去一点。

许意瞅他一眼，又往更远的方向挪。

正好，这轮真心话轮到许意回答问题，抽到的问题是——你最欣赏你男/女朋友的哪个特质？

许意想了想，阴阳怪气地吐出两个字："诚实。"

周之越愣了愣。

等这个酒局结束，已经快凌晨两点了。许意酒量好，加上今天喝得不算多，这会儿还处于无比清醒的状态。

周之越后来没心情喝，安静地坐了一个多小时，也早就醒酒了。

其他四人倒是都喝得醉醺醺的。

许意把他们送到门口之后，还是没理身后的周之越，直接拿出手机，打开叫车软件。

周之越薄唇轻抿，把她的手机按下去，又帮她把羽绒服拉链拉好："我叫了司机过来。"

许意抬头瞪他："我不跟你回家！"

周之越不太有底气地问："那你去哪儿？"

许意气鼓鼓地说："哼，我今晚住酒店！"

说着，她就又把手机拿起来，装模作样地在打车软件里输入附近的一家酒店的地址。

快准备叫车了，看周之越还没制止她，就静静地站在她面前，许意更气了，几乎要跳起来："我真去住酒店了！"

"好……"周之越低声道，"那我跟你一起住酒店。"

僵持片刻后，许意撩了下头发："算了，浪费钱，不去酒店了。

"不过，今晚我们各睡各的！"

周之越眼神黯淡下来，不说话了。

又等了会儿，司机还没到，他缓缓开口："我……确实是让王志强帮我发了条朋友圈，想你过来跟我住在一起。"

许意瞥他："那你可以直接跟我说啊。"

路边吹来一阵冷风，周之越挪了个位置，帮她挡住风。

他低垂着眼眸："当时我直接说……你肯定不会同意的。"

许意别开头。

道理是这个道理，关于这事她也不是很生气。而且转念一想，周之越从那么早就想跟她住一起，应该是一开始就有想跟她复合的心思。

现在，问题的关键在于——

许意："那后来呢？那么长时间，你也没主动坦白！"

周之越思忖几秒，认真地说："有好几次我都准备告诉你的……但是上个月，你跟我说了那个高中同学离婚的事，我……"

许意："我也要跟你离婚！"

周之越去牵她的胳膊，低声说："那我们得先结婚。"

许意抬头看他一眼。

他正好站在一盏路灯下面，幽黄的灯光把他的轮廓映得更加精致，尤其现在这个认错的表情，看着还有点可怜巴巴的，跟他在外人面前高冷散漫的形象对比十分鲜明。

许意好像又没有很生气了，但觉得还是不能轻易绕过他，要让他记得教训！

司机到了，将车停在路边。

周之越牵着许意过去，她象征性地抽了下胳膊，没甩开他，由着他牵她上车。

有外人在，许意不好说什么，但也不看他，板着一张脸，看向窗外。

酒吧离九里清江不远。

周之越的手先从许意的胳膊往下滑，试探性地轻握住她的手。

大概是看她没抗拒，他又"得寸进尺"地跟她十指相扣，紧紧抓住她。

许意面朝窗外，被他这小动作逗得想笑，偷偷弯了下唇，又立刻强行压回去。

到了家，她把手抽开，径直走向自己的房间。

她听到身后有急促的脚步声，是周之越跟了过来。

他从身后抱住她，几秒后，语气不太自然地问："要我怎么做……你才能不生气？"

许意转过头，想了想，一脸严肃："那你现在坦白，除了这件事，还有什么瞒着我！"

周之越回忆半响，抿了下唇，低声说："洗衣机……当时我是故意没叫人来修，想让你来我的房间洗……"

许意深吸一口气："还有呢？"

"还有学校对面那套公寓没卖，东西也没扔，这个你已经知道了。"周之越又想了会儿，"好像，没别的了。"

许意挑了下眉："那，你把我骗过来住，是因为那时候就想跟我重新在一起了吗？"

周之越低头看着她，嗓音低沉，缓慢地说："其实当时我还没想那么清楚……就只是想每天都能看到你。"

许意抬手捂住嘴，轻咳一声："行吧，知道了。那这事就这样，我回房间了。"

周之越松了一口气，一起走过去："好。"

许意停住脚步，转身："你不许过来！你今晚自己睡！"

周之越顿了下："你刚才不是说，我坦白，你就不生气了的吗？"

许意头也不回地往房间走："我可没答应。"

随后，她"砰"的一声把门关上，还特意重重地拧了下锁扣，让他听见反锁的声音。

门外，周之越看着那扇紧闭的门，在原地静了会儿。

凯撒小帝蹦蹦跳跳地过来，朝着门口"喵喵"叫。

周之越低头看它，冷冷地说："你还想进去？

"我都进不去。你今晚自己睡沙发吧。"

"喵呜——"凯撒小帝眼神委屈巴巴的。

许意一身酒味，进屋之后，就先去浴室洗了澡。出来时，她看见手机上多了几条微信消息。

点开来看，不出所料，果然是周之越发来的。

周之越：宝贝。

两分钟之后，又有一条语音消息："宝贝。"

许意偷笑了两声，把这句语音又放了遍。

周之越：我的睡衣、牙刷、毛巾都在你那边。

周之越：别生气了。

周之越：你大学的时候故意撞我，我都没生气。

许意：以前说好的，吵架的时候不许翻旧账！

许意：而且我本来是想让你撞我，后来纯属意外。

周之越：好。

周之越：你后天就回苏城了，然后我们得有很多天都见不到。

周之越：真的不能一起睡？

他这么一说，许意就真的犹豫了。

她坐在床边，认认真真地考虑好半响，最后轻轻打开门。一开门，她就看见周之越坐在沙发上，连衣服都没换。凯撒小帝趴在他身边，一人一猫，眼巴巴地看着她。

许意差点就绷不住了，清清嗓子："那你进来吧。

"不过你以后不能再骗我了！要是再有下次，你就真的完蛋了！"

周之越嘴角弯起，很快站起身，过去抱她，把头埋在她肩窝，低声说："不会再有下次了，都快结婚了。"

许意笑了下，也懒得再纠正他还没求婚的这个问题，跟他一起进屋。

已经快凌晨三点了,许意看着手机,躺在床上等周之越洗澡。

凯撒小帝也在卧室,圈成一团卧在床角,眯着眼,看起来舒服极了。

很快,周之越就从浴室出来,只穿了条睡裤,掀开被角,躺在她身边,随后伸手一揽,紧紧把她抱在怀里。

许意闭着眼,几分钟后,突然笑了一声:"你当时演得还真挺像。其实我也感觉有点不对劲,但还是没怀疑过你。"

周之越很快就明白了她在说什么,但没应声。

许意睁开眼,在他怀里翻了个身,看着他,问:"那我之前在 App 上举报的那个,也是你吧?"

周之越:"嗯。"

许意还是笑,抬手去捏他的脸:"周之越,没想到你居然是这样的人。"

他微微张口:"我也没想到,你会故意碰瓷,去撞我的自行车。"

许意笑容消失:"说好了的,不许翻旧账。"

"可是现在没有在吵架。"

"那也不许说,都过去十年了。"

"以后不许这样,危险。"

"那当然,早就把你追到手了。"

大年二十九,也就是许意回苏城前的最后一天。

傍晚,周之越的手机响了,他当时正好在拿衣服,便让许意帮忙看消息。

许意点开他的微信,"呵呵"冷笑两声。

周之越转过头,不明所以地问:"怎么了?谁的消息?"

许意两根手指捏着手机,转了一圈,用轻微嘲讽的语气说:"你同伙。"

周之越还是没反应过来,把手机接过来,看到屏幕上是他的好员工兼好学弟王志强的聊天框。

王志强:学姐那边没怀疑吧?

王志强:对不起,周总,那条朋友圈我应该删除的。

王志强:因为一直设置三天可见,我就忘记删了,没想到会被看见……

许意把脑袋凑到周之越旁边,要看他怎么回复。

周之越手指在小键盘上顿了下,侧过头,去亲了一下她的脸颊。

许意躲开,拍他的胳膊:"哎呀,你快回消息。"

周之越:没你的事了。

周之越:新年快乐。

许意"喊"了声,把脑袋移开:"这同伙还挺尽职尽责。"

回完消息,周之越便把手机熄屏扔一边,淡笑着跟她去厨房。

许意打开冰箱,拿出早上没吃完的蛋糕,看他一眼,说道:"我明天就要回家了哦。"

周之越按她最近的新喜好去给她泡无糖的鲜奶茶,搭配蛋糕吃。
"嗯,今晚早点睡,明天我送你去机场。"
许意咽下一口蛋糕,抬眸:"你必须每天都要想我。"
周之越笑了:"嗯。"
许意眨了眨眼:"如果有哪天我没打喷嚏,就证明你那天没有想我。"
周之越眉梢微抬:"这没有科学依据。就算你喷嚏打得多,也只能证明你没有好好穿衣服。"
说着,他把泡好的奶茶放她面前。
许意端起来,喝了一大口,舔舔唇:"那你每天都要给我打视频,一有空就要给我发消息。"
周之越:"当然。"
过年的机票不好买,许意买的是很早的航班。次日天不亮,周之越就叫她起床,开车送她去机场。
为了能陪许意久一点,他也随便买了张今天起飞的航班,跟她一起进安检。
许意昨晚又有点失眠,进了安检,实在没精神说话,在休息室里,靠在周之越肩膀上睡了过去。
工作人员过来提醒登机,许意才迷迷糊糊地睁开眼,眼神还有些迷蒙:"啊?要走了?"
周之越垂着眼:"嗯,时间到了。"
许意静了几秒,也顾不得旁边还有人,伸手紧紧抱了他一会儿。
也不知道是不是错觉,重新在一起之后,他们这恋爱谈得比大学时还要黏糊,真是一天也不想分开。
许意在他耳边轻声说:"等到了我给你发消息。"
"好。"周之越低头吻她的额头,把几个带给许父和许思玥的新年礼物递到她手里,"替我跟叔叔和妹妹问好。"

落地苏城,还不到上午十点。
许意关闭手机飞行模式,先给周之越发了条消息,然后给许思玥发消息。
许思玥直接打了电话过来:"姐,你直接到咱们家老房子来吧。"
许意愣了下:"这么快就买回来了?"
前阵子工作太忙,她都没顾得上问家里的事,但她想,这才不到一个月,遗产清偿债务的流程应该还没走完。
许思玥笑着说:"还没呢。现在的房主正好在边租边卖,咱爸想今年在老房子里过年,就先租过来了。"
"对了,姐夫一起过来了吗?"
许意顿了一下:"没。别乱叫,现在他还不是呢。我现在过去。"
出了机场,许意直接打了辆车,目的地定位到老房子的地址。

这套房子是九几年建的,原本是许父单位的家属院,小区很老了。

已经很多年没来过,环境还是跟小时候差别不大。

唯一的区别大概是附近的住户基本都是老年人了,各家楼前都停着好多车,是子女回来陪父母过年的。节日气氛也很足,一路进去,许意看见好几家在门口贴对联、贴福字的。好多小孩穿着喜气洋洋的红色衣服,嬉笑打闹,在小路上窜来跑去。

许意在这里住了十多年,熟门熟路地走到原先家里那栋楼,上到二楼,敲门。

不到五秒,许思玥就笑嘻嘻地过来开门。

许意把手上的两个礼品袋递过去:"给,新年礼物。"

许思玥眼睛一亮:"哇,姐,你现在对我也太好了,过年还有礼物,往年都没给过。"

许意尴尬地咳了一声:"不是我送的,是你姐夫……哦不,是我男朋友。"

"怪不得。"许思玥站在门口就把礼物拆了。

两个礼品袋,一个是围巾、一个是手链。

许思玥惊喜道:"好看啊,姐夫眼光不错嘛。不过,这两个牌子,好像不便宜吧?"

许意瞧了一眼:"大概吧。爸呢?"

许思玥朝屋里扬扬下巴:"收拾厨房呢。这房子一直都在出租,上一个租户好像不太注意卫生,弄得乱七八糟的,爸都收拾好几天了,现在又嫌厨房还不够干净。"

"那你也不帮着收拾?"

"我帮了,他嫌我碍事!"

许意摇摇头,笑着走去厨房。

许父正蹲在地上擦柜子里的缝隙,听到声音才抬起头:"小意回来了?饿不饿?我卤了点肉,先给你热热?"

许意笑着说:"我吃过飞机餐的,不饿。"

许父点点头:"那行,饿了你们就自己拿东西吃。我收拾完这点就开始做年夜饭。"

许意撸起袖子过去:"我帮你啊。"

许父摆手:"不用,你俩自己玩去,厨房就这么大点位置,你站这里都碍手碍脚的。"

许意撇撇嘴:"行吧。对了,小周给你带了礼物,我搁餐桌上了啊。"

"又带礼物!让小周别那么客气了,上次买的东西还都原封不动放着呢。"

许父又说了几句,许意被彻底赶出厨房,去沙发上坐着,跟许思玥一起看电视节目。

许意侧头看了眼,许思玥正满面春风地看着手机屏幕,手指飞速移动打字。

"跟男朋友聊天呢?"

许思玥头也不抬:"是啊。他爸妈刚才给我发了新年红包,我让他帮我说声谢谢呢。"

许意一愣:"……这么快,你连他爸妈微信都加上了?"

许思玥点点头:"对啊,不止呢,连孩子的名字我们都起了三个了。"

呵,年轻人。

许意:你在干吗?

许意发完这句话,然后对着电视机拍了张照发过去。

许意:我在看电视,我妹妹和我爸都不理我,电视也好难看。

周之越没马上回复。

旁边,许思玥终于舍得放下手机:"听爸说,现在你这个男朋友就是大学时候那个啊?你都没跟我说!"

许意瞥她一眼:"爸怎么什么都跟你说。"

许思玥笑了笑:"我追着问的呗,回家无聊,只想听八卦。咱爸对他好像还挺满意的呢。"

许意挑眉,得意道:"那必须的。"

许思玥笑着说:"姐,好马不吃回头草,你怎么还跟前任搞到一起去了?"

许意没好气道:"请注意你的措辞,是重新在一起,不是搞到一起!而且,我又不是马,凭什么不能吃回头草?"

许思玥:"行行行……"

说着,她突然一拍脑袋:"我上次去给你过生日,是不是还当着他面说你放不下前任?那前任就是他啊!天,太尴尬了。"

许意微笑着看她:"更尴尬的是我好吗?你还好意思提?要不是我心地善良,当时那个社死程度,我肯定把你轰出去。"

许思玥挽住许意的胳膊:"哎呀……我确实话有点多,我后来还反思来着。不过,当时你们还没在一起吧?"

许意面无表情:"嗯。所以更尴尬。"

许思玥笑了声:"那我应该还算助攻呢。姐,你得感谢我。"

许意白她一眼:"那真是谢谢哦。"

另一边,周之越从下午开始就在老宅。老爷子身体不好,有几个专职的家庭医生陪着,加上家里一大群人,守岁到零点才结束。

周伯靖和太太肖琴从老爷子房间出来,找周之越说话。

周伯靖:"刚听你爷爷说了没,你年纪不小了,该考虑成家的事了。"

说完,他看向肖琴:"让你给他介绍几个,介绍了吗?"

肖琴靠在沙发上,没什么情绪地说:"我又不是媒婆。儿子碰到喜欢的,自然会找,都什么年代了,还用我给他介绍?"

周伯靖和肖琴当年就是商业联姻,结婚时没什么感情,为了利益各取所需。

肖琴年轻的时候还帮着操持生意，忙里忙外，后来身体吃不消，生了一场病，痊愈之后就看开了，生意的事懒得再插手，日常除了到处旅游，便是跟几个朋友逛街打牌。

周伯靖眉毛竖起来："那怎么行？你看他像是有心思找对象的人吗？前几年不声不响就出国了，现在好不容易舍得回来，又一门心思扑在他那公司上，不给他介绍，他上哪儿找对象去？"

肖琴打了个哈欠："那就不找了呗。我朋友家几个孩子都是不婚主义者，不结婚又不是活不下去，自己开心就行。"

周伯靖提高音量："成家立业，成家才能立业，什么不婚主义……"

周之越听得头疼，面无表情地打断："爸、妈，我有女朋友了，忘了跟你们说，大概这两年就结婚。"

肖琴来了精神，坐起身："呀？有女朋友啦！有照片没？"

周伯靖："这么大的事也能忘了说？找的哪里人？在哪里认识的？家里做什么的？"

肖琴白他一眼："查户口还是搞背调呢？儿子找对象，又不是你招员工。"又笑着看向周之越，"给我看看照片呀。"

周之越从相册里找了张和许意的合照，递给肖琴。

肖琴放大看了看，笑说："这女孩子长得真好看，笑起来还有酒窝呢。性格应该也很好吧？"

周之越很浅地弯了下嘴角："嗯。我们是大学同学，在一起很久了。"

"不能光看长相。"虽这么说，周伯靖也忍不住凑过去瞄了一眼，"北阳大学的同学？学历倒是还行，家里做什么的？"

周之越淡淡道："不是做生意的。爸，谈恋爱是我们自己的事，我们认识这么久，互相都了解，而且感情一直很好，结婚以后也会过得很幸福。"

肖琴帮腔："就是，你管人家做什么的，两个孩子在一块开心就行。"

周伯靖不满："婚姻人事！我还不能问一句了？"

肖琴打了个哈欠，站起身，推着周之越出去："困了，你先回屋吧。"

周伯靖："我还没跟他说完呢！"

门外，肖琴压低声音对周之越说："你爸那儿我来说，没事。他公司和老头家一堆事忙不过来呢，没工夫管这些。"

"嗯，谢谢妈。"周之越抿了下唇，"你也早点休息。"

"去吧，去吧。"

肖琴回屋，周伯靖朝她"哼"了声："你就惯着他吧，要不是今天我问，他领了结婚证都不一定能通知我们。"

肖琴不以为意："儿子够不容易了，从小到大我们都没时间管他，你现在也就别瞎操心了，他眼光差不了。"

周伯靖叹了声气："想操心也没精力了，真是年纪大了。我就是想让你给介绍个门当户对的,家境差不多才能处得来。"

肖琴扫他一眼:"我跟你,处得很来吗?"

周伯靖被噎住:"什么意思?"

肖琴语气随意道:"好多事,要不是我懒得计较,早跟你离婚了。结婚几十年,你都不知道我爱吃什么不爱吃什么,还有我生病做手术的时候,你忙着出差,一次都没去医院看过我。"

周伯靖沉默了会儿:"我那是真没时间,你也知道,公司……"

肖琴撩了下头发,打断他:"知道。所以说懒得跟你计较,反正这辈子也都过了一大半了,但是我不想儿子以后也过成我们这样。他现在有自己的事业,有自己喜欢的人,就很好,咱们别乱搅和。"

话毕,她走去浴室:"行了,洗洗睡吧。"

周之越回房间之后,给许意发了条消息,便去浴室洗澡。

出来时,他收到许意的回复,还有肖琴发来的消息。

肖琴:你爸没说什么了,等年后有空,我们请你女朋友吃个饭。总归得见一面的。

肖琴发起一笔转账。

肖琴:过年,给她的红包。

苏城。

快凌晨一点了,许意躺在床上,等周之越的消息。

过了会儿,周之越洗澡回来,给许意发过去一笔转账。

周之越:我爸妈给你的新年红包。

许意看到那转账,愣了好一会儿。

许意:这么多?

许意:不太好吧?

周之越:是他们的心意,收着吧。

许意问:打视频吗?

周之越:好,但是我还没穿衣服。

许意:又不是没见过。

这消息刚发出去,对面就打来了视频电话。

她接起来,看到画面只到周之越的锁骨,他头发湿着,冷白的皮肤上滴了几颗水珠,顺着脖颈往下滑落,留下细细的水痕。

许意问道:"你忙到现在吗?"

周之越"嗯"了声:"家里事情有点多。"

许意安静几秒,忐忑地问:"你爸妈……知道我了?"

周之越回道:"我刚跟他们说的。等年后有空,跟他们一起吃个饭?"

许意睁大眼:"啊?"

周之越把手机架在桌上,拿了条毛巾擦头发,随意地说:"不想见也没事。"

许意:"没有没有……就是,有点突然。"

周之越抬眸看她,安慰地说:"别紧张,就是吃顿饭。我妈人挺好的,跟你应该也能聊得来。我爸,可能有点古板,不过没事,有我在。"

许意深呼吸:"那我得准备一下……到时候,你至少得提前十天告诉我。"

周之越笑了:"不用。就算他们真不同意也没事。"他暗示,"我现在是单独一个户口本。"

许意咬咬唇:"那不行,毕竟是你爸妈,我还是想给他们留个好印象。"

周之越放下毛巾,盯着屏幕看了很久。片刻后,他问:"今天你都做了什么?"

许意撑着下巴说:"跟我爸和我妹妹聊天,吃年夜饭,看春晚。"

周之越声音低沉地问:"还有呢?"

许意想了想:"还有,贴对联、贴福字、放鞭炮、啃鸭脖、嗑瓜子。"

周之越扬了下眉:"再没别的了?"

许意反应了一会儿才轻声说:"还有……想你。"

"嗯。"周之越声音很低,缓慢地说,"我也想你。"

许意笑了一声,看着屏幕:"你就是想问这句吧?还拐弯抹角的。"

"……没。"像是有些不好意思,他马上又转移了话题,"今天起得早,困了吗?"

许意说:"看春晚的时候就挺困的,但是想等你打视频给我。"

周之越拿起手机,走去床边:"那今晚别挂。"

年初八上班,许意在苏城住到了初六。

在老房子里过年,感觉生活似乎回到了原先上学的时候。寒暑假在家,没有任何压力,每天和许思玥拌拌嘴、吃吃玩玩,一天就这么过去了。不同的是,每天晚上都会和周之越打电话,先是视频,准备睡觉时切成语音,插上充电器,在枕边挂一整晚。但周之越这个春节过得应该很辛苦,每晚在视频里看到他,眼中都有难掩的疲惫。

许意买了初六下午的机票返回北阳,周之越去机场接她。许意本以为他会在停车场等,却没想到,刚出大门,就看见他站在出口。他戴了个黑色的防雾霾口罩,穿着长款风衣外套,身形颀长,细碎的黑发垂在额前。虽然他跟一群接机的人站在一起,许意还是一抬眼就看见了他,控制不住地嘴角上扬,她拖着行李箱小步跑过去,一头扎进他怀里。

许意笑着在他怀里抬起头:"你怎么上来接我了?以前不都是在楼下停车场的?"

周之越也无视周围人的打量,回抱住她,低声说:"想早点看到你。"

许意眨眨眼:"我下楼也就十分钟。"

十分钟也不想再等,但周之越没说,揉揉她的脑袋,去牵她的手:"回家。"

许意侧头看他,笑着说:"我刚刚还以为看错了呢。"

周之越嘴角也弯着,肉眼可见的好心情,轻飘飘地问:"看错了你还跑过来抱?"

许意:"抱错人就说声对不起呗。"

周之越冷飕飕地看她一眼。

许意改口,笑了下:"开玩笑的,怎么可能抱错?你以为你戴个口罩我就认不出你了吗?周之越,你化成灰我都能把你认出来!"

他们回到家,凯撒小帝就骂骂咧咧地从客厅走过来,像是在埋怨这两人怎么六七天都不见人影。

许意蹲下身,把它抱起来:"怎么啦?宝宝,不是有阿姨陪你玩吗?"

周之越也顺手在小猫头上摸了一把:"它想让你陪它。"

许意看向他:"那你呢?"

片刻后,周之越把小猫从她怀里拎下去,换成自己抱着她,低声说:"我跟它一样。"

凯撒小帝昂着脖子,愤怒地朝着两人"喵喵"叫,着急地在他们脚边转圈圈。

许意笑着推推周之越:"好啦,别欺负小朋友,我先抱它。"

"哦。"周之越低头看她,不甚满意,"猫现在比我还重要,排在我前面了。"

"你幼不幼稚?小动物的醋也要吃。"许意暗示地戳戳周之越的腰,小声说,"明天还不上班,等会儿一整晚都用来陪你好不好?"

周之越扬眉:"你说的。"

许意抱起小猫,心不在焉地答应:"是哦。"

见周之越父母这件事,比许意想象中来得要快。当然,周之越也没能提前十天通知她。

年后大概月余,一个平平无奇的周五,两人正在公司附近的超市大采购,周之越的手机弹出一条消息。

肖琴:这周末你和你女朋友有空吗?

肖琴:你爸下周开始要去外地考察项目,大概率会在分公司待两三个月才回北阳。

肖琴:没空就等他回来再说。

周之越把手机递给许意看。

许意深吸一口气,心想,伸头一刀缩头一套,这种事,准备时间长点好像也没什么区别。

夜长梦多,还不如早点见。

她点点头:"那就后天?我明天下午可能要去公司加会儿班。"

周之越:"行。"

于是，周六加班结束，许意拉着周之越去商场，边走边问："你爸妈会喜欢我穿什么样的衣服啊？我上午看了一下我的衣柜，现在的衣服好像都太偏职场风了，以前的又太学生气。唉，我是不是得买一套晚礼服之类的？"

周之越被她这紧张兮兮的模样可爱到，笑了笑，说："不用，你穿什么都行的。"

许意瞪他一眼："你已经见过我爸了，现在真是站着说话不腰疼。"

说着，她就打开手机搜索"见男朋友家长的穿搭"。

许意从上翻到下，总结出来——要穿那种看上去很温婉的，长裙或者宽松长裤，颜色尽量不太鲜明，但也不要太暗。

她目不转睛地看着手机，差点撞上前面的柱子，还好有周之越及时拉了她一把。

许意进了家女装店，在里面转来转去搭配了快四十分钟，终于选出一套像样的衣服。

出商场时，周之越悠悠地说："见我都没这么认真过，见我爸妈还专门挑衣服。"

许意回道："那是因为每天都会见到你，要是我们也一年见不了几次，我肯定每次见你前也精心准备。"

许意瞥他一眼："大学的时候我体测跑完800米，还有上次醉得不省人事，那么丑的样子你都看过了。而且，按照传统观念，我见叔叔阿姨前好好准备，也体现了对你的重视。"

周之越挑了下眉，似乎被说服，把她揽进怀里，轻声说："就这一次，以后不用这么麻烦的。"

许意点点头："知道啦。"

回到家，她还是觉得紧张，洗完澡之后，躺到床上，有些睡不着，便又拉着周之越聊天到很晚，才终于迷迷糊糊睡过去。

吃饭的餐厅是肖琴订的，装修是中式风，楼内有许多木制雕花，很是精致典雅。到包间门口时，许意深呼吸、再深呼吸，然后被周之越牵着手，推门进去。

正对面坐着两个人，女人的眉眼跟周之越很像，细长的薄内双，脸很小，大概是保养得好，再加上这种面相不容易显老，看着也就三十多岁。

但昨晚周之越说过，他爸妈都已经年过五十了。

男人气质很沉稳，像新闻上那种典型的中年企业家，脸上已经生出许多皱纹，但气场足，不怒自威。

周之越估计是遗传了父亲的表情系统，平时没表情时，显得很冷漠。

两人站起身，肖琴先开口，笑着说："是叫许意吧？快坐。专门从开发区跑过来，累了吧？"

许意很是乖巧，礼貌地说："叔叔阿姨好。开车过来的，也不累。"

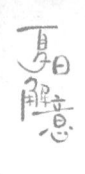

周伯靖领导似的"嗯"了一声,扯出一丝僵硬的笑容,朝着空位扬了扬下巴:"坐吧。"

肖琴从旁边柜子顶上拎了大包小包,衣服、包包、首饰,各样都有,拿到许意身边:"提前看过你的照片,按你的风格选了一些,你回去看看,不喜欢的话我下次逛街再买,再派人给你送过去。"

许意一脸惶恐,又站起身,忙道:"不用不用,阿姨,您太破费了。"

周伯靖扫了眼,淡声道:"收着吧,没什么破费的。你阿姨平时就喜欢买这些。"

周之越帮许意接过来,声线温和道:"坐下。"

许意咬咬唇,笑了下:"那谢谢阿姨了,您眼光一定很好,您挑的我肯定喜欢。"

肖琴看了眼周之越,笑了:"你女朋友比你会说话多了,还爱笑,真好啊。"

这次见面,比许意想象中要顺利太多。肖琴很健谈,而且跟年轻人似乎没什么代沟,话题一个接一个,都是许意能说得上几句的。

周伯靖就很寡言,大多时候都是沉默地坐在那里喝茶,偶尔问个问题说句话,像是领导跟下属讲话一样,比如问他们打算什么时候结婚,又问许意家里是什么意见。

大概两个小时后,周伯靖看了眼腕表:"我下午有个会,晚上还有应酬,差不多就到这儿吧。"

肖琴笑了笑:"还早呢,你忙你的。小意一会儿跟我去逛街吗?晚上我还约了几个朋友去泡温泉,逛完我们一起过去?"

周之越皱了下眉:"……算了吧,妈,我们晚上还有事,明早也还要上班的。"

肖琴撇撇嘴:"行,那改天。"

临走前,肖琴又加了许意的微信。

看着两辆车分别离开,许意长长地舒了口气。

很快,春天也过去了。

但一直有件事,周之越拖到现在都没做。

许意也一直没再催他求婚,一方面,她想保留一点惊喜感;另一方面,家长也都已经见过,两人现在的相处状态跟已婚没区别,只是缺个仪式,缺两本民政局颁发的小红本本。

不过,几个月都没动静,偶尔闲来无事,许意还是忍不住会猜上一猜。

她猜测,会不会是周之越最近太忙,想把这个汽车芯片的研发项目做完,再跟她求婚?

于是,许意去网上搜索一款芯片从开始研发到量产要经历多长时间。

结果显示至少两年。

两年……似乎有点过于久。

她正纠结要不要催催周之越的时候，有一天，偷听到周之越在阳台跟助理打电话，好像是在说什么戒指定做好的事。

许意心里窃喜，戒指都准备好了，他应该不是想等项目结束。

如此，她还是不催了，耐心等着就好。

但是，心里知道要耐心，脑子却不听使唤。

在偷听到那通电话之后，周之越有任何"反常"举动，许意都会悬着一颗心。

譬如，上上周末，他说赵柯宇推荐了附近新开的一家法国餐厅，带她一起去吃，她就全程观察着周边人的反应，吃甜品时也小心翼翼，生怕一口咬到戒指硌到牙，结果，无事发生。

再譬如，上周五，家里的香薰蜡烛用完，周之越和她一起去学校对面那套公寓取，她一直盯着他裤子口袋，想看看有没有装戒指盒之类的东西，后来还引起了他的误会，结果，又无事发生。

直到八月末，周之越还是没跟她求婚。又是一年开学季，这天，许意休假，收到了许思玥的消息。

许思玥：姐，今天学校话剧团有个迎新专场，是你喜欢的《暗恋桃花源》，票特别难抢，我这儿有多的两张，你要不要和姐夫来看？

许意想了想，寻思今天也没事，周之越这会儿正坐在沙发上陪她看电视，好像也不着急工作的样子。

许意：几点？

许思玥：晚上八点，你下午过来就来得及。

许意：行，那我到了给你发消息。

许意：你和你男朋友也去？

许思玥：不去，他今晚有事。

许意：呵，怪不得把票送我。

她转头问周之越："一会儿要不要去看话剧？北阳大学话剧团排的《暗恋桃花源》，应该蛮好看的。"

周之越语气随意道："可以。"

晚饭后，两人便出发前往学校。

七点多，天色蒙蒙黑，周之越把车停在地下停车场，牵着许意去学校礼堂。

路上，许意给许思玥发消息。

许意：我到了。你在宿舍还是哪里？

许思玥：出大问题了。

许意一愣。

许思玥：我看错票上的时间了，迎新专场是9月30日，不是8月30日。

开了一个多小时车才过来，许意气得想冲过去给许思玥两拳。

许意：月份都能看错，你眼睛是怎么长的？

/313/

许思玥：哎呀……对不起嘛，8和9长得太像了。

许意不想回消息了，转头看周之越："我妹妹把9月看成8月了……话剧不是今天，白跑一趟。"

北阳大学今年新生报到的时间要早些，虽还没到九月，学校四处已经是朝气蓬勃。

附近小超市前，学生们拎着大包小包的生活用品跟室友同学有说有笑，憧憬着大学的生活。

周之越看了圈，无所谓地说："没事。来都来了，转转吧。"

许意："……也行。"

两人从学校的主路慢慢走，经过小超市、教学楼、宿舍、礼堂，最后到了图书馆后面。

刚开学，加上已经快天黑了，这里没什么人。

许意想到，大学时，她和周之越经常在这里谈恋爱，牵着手走来走去，就算什么都不说，也觉得很开心。

当然，现在也是。

她指了指近处的一块牌子，职业病发作："周之越你看，那个路标换成新的了，这个设计还挺好看，以前那个太老土了，像高速公路上的交通指示牌。"

待她转回头，眼前猝不及防多了一个戒指盒。

许意在原地愣了好久，忽然笑了出来："原来是你跟我妹妹串通好的！我就说，怎么会有人能把话剧票上的月份都看错，同学也都没提醒她！"

周之越薄唇轻抿，心里不免还是忐忑。他把盒子打开，低头看她，低声问："那，你愿意跟我结婚吗？"

他带她转了一大圈才走到这里。

大一时，周之越第一次看见她，就是在这个位子。

也是开学季，但当年是九月份。那年的夏天迟迟不愿过去，虽是九月，但连日高温，暑气半点未退。

许意那天穿了件浅紫色的裙子，和室友说笑着从这里经过。看见周之越时，她的视线在他脸上停留好久，从他身边经过后，又回头看了很多次。

周之越和她对视几秒，就记住了她的眼睛。她的眼睛像小鹿一样，清澈的眼神中透着对他的一点好奇，但又没有不怀好意的打量。

他当时就有预感，不久之后，他们一定会再遇见。

后来，秋天里，他在青协组织部的例会上看见她。她报名参加了所有他参与的志愿活动，不知是有意还是无意。

冬天，他又频频在他固定的自习教室见到她。她每天都很早过去，一定会坐在他周围的位子。

第二年春天，他在微电子专业的小教室看到她。

她一看就是来蹭课的，全程没看投影，也没看老师，只要一回头，就能对上她看他的目光。

又到夏天,他终于先沉不住气,在自习教室里主动跟她说话。起因是她放音乐忘了插耳机,播放的恰好是他喜欢的歌,但那只是千百个借口中的一个。

那是大一结束前,那年夏天来得格外早,只是六月,窗外便已经有蝉鸣鸟叫,气温也早早升至35℃。也许,夏天对他们来说一直有着特殊的意义,就像是提前为她到来,又为她驻足停留。有诗人说过,世间最留不住的,就是过去美好的青春岁月。

但十年过后,他和许意兜兜转转,在熟悉的季节,又能回到最初相遇的地方。

许意把手抬起来,伸向周之越,控制不住地扬起嘴角:"愿意呀!"

周之越把戒指轻套在她手指上,小心又珍重。未来,不仅是夏天,所有的春天秋冬,他都将跟她一起度过。

许意转头看了看周围,忽然想起一件从没跟他说过的事。

"我第一次看见你,好像就是在这里。"

"我也是。"

番外一
关于大学

第一次看见许意,是大一报到后的傍晚。那天,他跟绝大部分入校的新生不同,没什么对大学生活的憧憬,对周围的一切也都不太有兴趣。

他并不是个喜好交友的人,从小到大朋友也不多,能说上几句话的,基本只有何睿和赵柯宇两人。

何睿高中就去国外读了,而赵柯宇,高中去的国际学校,也一早决定不参加高考,大学出国去念。

周之越原计划也是申请国外的大学,他从小就被家人安排了双语的家庭教师,也早在中学时就确定以后要选择与计算机相关的专业。

想出国,一方面是这类专业在国外的研究水平更高,另一方面,也是想早点摆脱家人的约束。

周伯靖向来没怎么管过他,却在他提出申请出国时插上一脚。

理由是他们出国就学坏了,十几岁的年纪,完全脱离家庭就只会鬼混。他朋友和商业伙伴家的孩子,早早送出国的,没一个干了正经事。

周之越不是没解释过,但周伯靖压根不了解他,也没想了解,只认自己的道理,一口否决了他出国读书的计划,让他随便选一所国内的大学。

这句话一说便更讽刺,周伯靖不止不了解他,连他在学校的成绩、物理数学竞赛的获奖经历这些也都一无所知。

后来,高考结束,周之越以全市前几的名次考进北阳大学最高分的专业。

录取信息出来的那天,肖琴在外面和朋友旅游,周伯靖在参加应酬。晚上,周伯靖浑身酒气地回到家,周之越告诉他自己的录取信息时,周伯靖只是点了点头,脸上也没有任何波澜,随口说:"毕业之后来我公司里帮忙。"

几天之后,周伯靖又替他办了场升学宴。

跟从小他需要到场参加的任何酒局没任何区别,周伯靖也不过是借他的名义请一些商业伙伴,巩固关系联络感情。

明明是为他庆祝,但仿佛有他没他都一样。

那天之后,周之越对周伯靖再也没了任何期待。其实,他早该清楚的,这种家庭,感情早就被利益消耗得分毫不剩,不论是夫妻之间的爱情,还是血缘亲情。

他很小的时候,就看到周伯靖从老爷子家出来一秒变脸,从大孝子变成一副精于算计的商人模样,还私下跟肖琴说:"这老不死的,一把年纪了还捏着手里股权不放,准备带入土里下辈子花吗?"

听到这话时,他大概也就五六岁吧。他们以为他什么都不懂,可他什么都懂。

他中学读的也是私立学校,同学都是些家境跟他差不多的。不论男女,不论接近他或是疏远他的,周之越从他们眼中看到的都是一样的内容:唯利是图、拜高踩低、精于算计……

大学报到那天,他本想跟辅导员申请校外居住。

周伯靖没限制过他的花销,只要他想,在附近买套房,还是租套公寓,都没有任何障碍。

辅导员是个快退休的女老师,对学生很负责,当时笑看着他说:"才大一,尽量还是先住校,能多跟室友同学相处。"

周之越坚持想申请校外居住,反而被辅导员担心他是不是有心理方面的问题,要给他推荐学校的心理咨询中心。

老师讲起道理头头是道,说什么大学是个小社会,要学习人际交往,适应集体生活、独立生活的能力。周之越听着烦得不行,也懒得再折腾辩驳,妥协住校,从头开始置备住宿用品。

他本想去学校的超市买,去了才发现小超市里人山人海,结个账都要排二十多分钟队,于是,他计划先去附近酒店住几天。

离开超市去校门的路上,经过图书馆后面,他遇到了许意。

也的确是奇怪。

他正心烦住校的事,被这完全陌生的女孩一步三回头地盯着看,却没更心烦,反而觉得有点意思。那天之后,持续到军训结束,他都没再见过许意,直到青协组织部第一次例会。

周之越会加这个社团,并不是因为公益心泛滥之类的,只是大学有志愿学分要求,邀请他加入青协的学长说,加入他们部门,就不用担心志愿时长不够,各种志愿活动随他们挑。

青协之外的人,就需要每项活动单独报名,有的还要面试或者抽签。

周之越最怕麻烦,既然有这种好处,那加便加入了。

例会那天晚上没课,他错峰去食堂吃过饭,早早便去了开会的教室。

他正盯着电脑屏幕看专业课的PPT,一个女孩的声音在身边响起。

"同学,你旁边有人吗?"

"没。"

周之越头也没抬,随意应了句。

只是,这细细甜甜的声音有点打断他的思路,好不容易重新集中注意力,他又听到她问:"那我能坐这儿吗?"

周之越无所谓地应了句:"随便。"

片刻,身边传来一阵甜甜的浆果香,跟他以前闻到的女生身上的香水味不同,香味清甜,很自然,并不惹人讨厌。

待看完电脑上的图,周之越才侧头,无意识地瞥了眼身边的人。

几乎只回忆了一瞬间,他就想起这是报到那天傍晚,在图书馆后面遇到的女孩。

后来部门迎新例会开始,点名时,周之越记下了她的名字。

许意。

下一次见面,比周之越想象中要早很多。

青协组织部例会是周五,而这周五他有事请了假。没想到,周六参加一个美术馆志愿活动时,他就遇到了许意。

周之越没太刻意关注,可也发现,一开始组长似乎是给许意安排了门口迎接的岗位,再一转眼,她就跟他一样,变成了厅内的维护岗。

这岗位十分清闲,就是戴着工作牌在场馆里固定的路线走来走去,看有没有人聚众喧哗,或是打算触摸、破坏展览品。

许意的"巡视"路线还恰好跟他很近,就在斜对角,两人时不时还能擦肩而过。

每次到眼前,她都会有意无意盯着周之越看。好几次,周之越都以为她要找自己说话,可视线相撞没几秒,她又低下头,转身返回去"巡视"。

后来,有个美院的男生老是往许意那边凑,追在身边跟她说话。一开始,许意还礼貌性地笑着回答,后来大概是被惹烦了,就板起脸,告诉那男生不要影响志愿者工作。

周之越不经意看到这一幕,嘴角弯了下。

她个子小,眼睛大,头发卷卷的,偏可爱的长相,严肃起来也没什么威慑力。她估计是不喜欢得罪人,实在被烦得紧了,便私下找了组长,让组长帮忙跟那男学生说说。

那次之后,周之越和她见面的次数变得愈加频繁。别说周之越一早就注意到她,就算没注意到,只要他不是个瞎子,也能记住这张脸了。

不知怎么会有这种巧合,为了快速攒够志愿时长,刚开学那段时间,他参加的志愿活动挺多,但每一次,许意都会跟他参加同样的活动,还恰好分到跟他临近的位子。

周之越隐隐觉得这并不是巧合,但奇怪的是,不像学校里其他对他表示过好感的女生,许意不仅没任何明示或暗示的言行,就连话都没主动跟他说过。

他的大学生活,因为许意的存在,似乎比想象中要有趣一些。他对许意是有点好奇和兴趣,但还未到一定要一探究竟的程度,他只是想看看她究竟想做什么。

很快，秋天也即将过去。

那是降温前的几天，周之越的宿舍离教学楼很远，步行要将近半个小时。

那时学校里还没有设校内巴士，他和大部分学生一样，购置了一辆自行车上下课，以便节约时间。

那天，他正骑车从图书馆回宿舍，手机上收到某位任课老师的信息，让他尝试加入一个大学生的创新项目组，为以后积累项目和比赛经验。

他一边划着手机看项目介绍，一边骑自行车。余光突然瞥见面前有人，他急忙抬头，发现那人是许意，而且就在离自己不足三米远的位置。大概是下意识的动作，他赶忙掉转车头。

可距离实在太近，他急于躲避许意，也没注意旁边有什么，便撞上了侧面的电线杆。

眼前没有镜子，但周之越也能想象到自己此刻有多狼狈。

身体侧面着地，自行车压在身上，外衣被蹭得脏兮兮的，手机摔得飞到很远。

周之越感觉胳膊上的痛感越来越强烈，皱着眉打算站起身，眼前的光线被一道阴影遮住。

许意站在他面前，自上而下地看着他，眼神中闪过慌乱："……同学，你没事吧？"

周之越真的很不想说话。

首先，她叫他"同学"，难道这么久，她连他的名字都不知道？

其次，她问他"你没事吧"，显然是句废话，他现在像是没事的样子？

许意大概也意识到这一点，蹲下身去搀他另一条胳膊。

已经是深秋，小姑娘穿得少，冰冰凉凉的掌心贴在他胳膊上，让他心里生出一点奇怪的异样。

她更小声地问："你还能动吗？不然我扶你去校医院吧？"

周之越摔得最严重的是胳膊，腿应该只是蹭破点皮，完全不影响走路，但鬼使神差般，他还是轻点了下头。

去校医院的路上，他倒也没真让许意扶，只是跟她并排走着。

两人不知道能说什么，索性不说话。

也许是许意察觉到他缺乏交流欲望，也不说话了，就一路安静地陪他去校医院。

挂号进诊室，又拍了片子，发现是胳膊轻微骨折。

等待打石膏固定还需要一段时间，许意在原地站了很久，轻声说："我先出去一趟。"

周之越"嗯"了一声。

过了会儿，等许意回来，他已经打好了石膏，胳膊用纱布带挂在脖颈上——更没形象的造型。

许意手里拿着一箱牛奶，还有一个小袋子，吞吞吐吐地说："怎么说你也是因为我摔的,回去记得多补钙,可能有助于恢复。"

她扫了眼他的胳膊,又问:"不然我帮你拿回宿舍?"

周之越想象了一下她这小小个子拎着箱牛奶走在自己身边的画面,语气平淡地拒绝:"不用,我能拿动。"

许意放下箱子,挠了挠头:"那……没什么事我就先走了,一会儿还有节课。"说着,她就转身出门。

在她走到门口的时候,周之越终于开口,声音低沉:"谢了。"

许意转过头,视线在他脸上停留几秒,然后马上低下头:"啊……没事。"

这次之后,周之越本以为他和许意就算是认识了,虽然连微信都没加,他也不确定她到底知不知道自己的名字。但不承想,接下来许意对他的态度和相处状态和先前没有一点差别,还是那种经常见面但完全不熟的陌生同学。

她遇到他时也不主动打招呼,也没跟他搭过话,但又频繁出现在他附近,甚至去旁听他的专业课,跟他在同一个教室自习,每次都坐在离他很近的位子。

已经快到期末,各类社团活动即将暂停,艺术团开始各种专场演出,运动有关的社团也开始举行每学期例行的比赛。

最受瞩目的就是篮球队,而周之越并没有参加。他对这种激烈对抗性的体育运动兴趣不大,他喜欢的体育活动大概只有骑行、游泳这类。有个室友就是院篮球队的,最近各院正在打比赛,有天比赛结束,这个室友汗津津地从球场回来,跟其他室友闲聊。

"今天这场是和管院打的,虐菜局,一点意思都没有。"

"管院啊,听说他们球队的经理还挺好看。"

"还行吧,今天经理那排有个女生长得特别可爱,好像是陪她室友来的,我们队长还问她要微信了。"

"叫什么?难道这学校里还有我不知道的美女?"

室友回忆了下:"好像叫许什么……许意?应该是这名儿。"

周之越正在整理书籍准备出门自习,听见许意的名字,手里动作停滞一瞬,转过头:"然后呢?"

室友有些茫然:"然后?我们院队赢了,大比分赢管院。"

周之越不大耐烦地问:"我是说,你们队长要微信,然后呢?"

室友恍然大悟:"哦哦哦,好像给了吧。我们队长虽然渣,但长得是真帅,不过……好像没你帅。"

周之越没再多说,拿着书和电脑出门,一路骑车过去,听着树丛中各种叽叽喳喳的虫鸣,内心升起一股无名火。

他走进综合楼,来到常去的那间自习教室,推开门,看见许意坐在靠墙的位子,那股火气又莫名其妙地被浇灭了。

他视线没多在她脸上停留,目视前方走过去,坐在她邻桌的座位。

许意似乎是注意到了，看他一眼，把桌上的奶茶、零食挪了挪位置。

大概过了一个小时，他正在看电脑屏幕上的资料复习，身边突然响起音乐声。

更离谱的是，许意全然没有察觉，戴着耳机，脑袋还跟着音乐节奏一晃一晃的，很是投入。

外放的那首歌是他喜欢的一个乐队的作品，很小众，他没想到许意也会听。又过了会儿，整个教室的人都在朝他们这边看。

周之越屈指敲了敲许意的桌子，许意迷茫地转头，对他投以询问的眼神。

他提醒："……你音乐是外放的，耳机没插好。"

许意一脸吃惊，手忙脚乱地暂停音乐，又转过头，看了圈教室里的人。

周之越没再说话，视线回到电脑屏幕上，却破天荒地没能集中注意力。

临近中午饭点，教室里的人一个接一个出门，许意还坐在位子上，埋头抄写英语作义。

周之越想了想，也继续留在教室自习。大约四十分钟后，教室里的其他人全部离开了，只剩下他们两人。

周之越站起身，许久之后，低头看她，终于犹豫着开口："你，不去吃饭？"

许意立刻抬起头，肉眼可见的惊讶神色。她扬起嘴角，声音细细的："打算错峰去吃。"

她又看了眼时间，也站起来："好像差不多了……你也去吗？"

周之越："嗯。"

他顿了两秒，低声说："那一起吧。"

许意明显愣了一下，不自觉地笑出两个小梨涡，又很快刻意地压下去，那表情似笑非笑的，古怪又可爱。

两人并肩出了综合楼，往食堂走去。

路上还是有很多学生，频频往他们这边看。

跟上次不同，周之越先随意找了个话题："你外放的那首歌，我也听过，是我很喜欢的乐队。"

许意惊喜地看向他："你知道那个乐队？听他们的歌的人好少，音乐软件里连评论都没几条！"

周之越点头："嗯。风格可能也比较小众，但是旋律和编曲很舒服。"

许意可能有点慌，偷偷看他一眼，片刻之后才说："原来你也会听歌啊，你看着不像是会关注音乐和乐队的人。"

周之越很浅地笑了下，好奇地问："那我应该是什么样的？"

许意思忖着说："最开始看见你，以为你会是那种喜欢打篮球，喜欢喝酒，跟一群朋友热热闹闹的人。主要因为你长得，嗯……比较帅，所以应该很受欢迎。"

她停顿一瞬，不好意思地笑着说："后来觉得你是学霸，每天宿舍、食堂、教室三点一线，除了学习，没什么业余爱好的那种人。"

周之越眉梢微抬:"听起来,挺没意思的。"

许意愕然,立刻改口,笑道:"怎么会?说不定表面看起来没意思,接触之后就发现其实很有意思呢?就算没意思也没事,每个人都有自己的性格啦。"

他们已经走到最近的食堂,进门之后,话题便结束,转而开始决定吃哪个窗口。

午饭后,他们都没有回去睡觉,又返回自习教室,一直坐到晚上天黑。

一起走到教室门口时,许意侧头看周之越一眼,不太有底气地问:"我们要不要……加个微信?"

她又补充说:"中午跟你说的,我知道一家比食堂的煲仔饭更好吃的店,我找到店名可以发给你。还有……有些类似风格的音乐,也可以顺便分享给你。"

周之越霎时觉得心情非常不错,就像心里有块大石头终于落地。他拿出手机,跟许意互加了微信。

回宿舍之后,周之越洗完澡,从头到尾翻了一遍许意的朋友圈。

她的朋友圈内容非常丰富,大到高考结束的庆祝活动、和妹妹旅游拍的各种照片,小到分享一首歌、一张食物照片、在路上发现的奇形怪状的虫子,什么都有,跟日记似的。

待他从朋友圈退出,已经过了很久,宿舍也熄灯了。

发现许意半个小时前给他发了消息,是一家煲仔饭的店名,还有一份音乐软件的歌单推荐。

周之越不自觉地弯起嘴角。

周之越:谢谢。

许意:原来你还没睡?

周之越:嗯,还早。

许意:那你有空可以听听那个歌单,是我收集了一年整理出来的。

许意:没空就等以后吧!

周之越:有空,我现在听。

他插上耳机听歌,一边听,一边跟许意有一句没一句地发微信聊天,转眼再看时间,居然已经凌晨三点多了。

从小到大,他第一次有跟人微信聊天聊到夜里三点的经历,还是跟一个刚认识不久的女生。

许意确实是个很有趣的人,抛出的每一个话题都让他觉得有趣。她偶尔还会讲一些他听不懂的冷笑话。

也许,是因为她这个人,她的话题才跟着有趣。

从那天之后,顺理成章地,他和许意一起自习,一起去吃饭,还一起去吃了那家煲仔饭。

再一再二就有再三,他们又一起去吃别家店,一起去看新上映的电影,电影结束再去楼下的玩具店夹娃娃……

那段时间过得很快,期末考试结束,就到了大学的第一个寒假。

许意跟他说,北阳冬天下雪很好看,但是太冷了。苏城冬天也很冷,但不是同一种感觉,苏城更像是化学攻击,就算裹着厚羽绒服也没用,希望以后有机会他们可以一起去热带的海岛过冬天,她还从来没有过这种反季节的体验。

从前,"以后""有机会"这种话,对周之越而言,都是毫无价值的客套,但听到许意这么说,他居然真的期待会有以后、会有机会。

寒假,许意回了苏城,但微信上的聊天没断过。周之越感觉自己似乎已经习惯和依赖她的存在。

譬如过年期间,在家里见一些面和心不和的亲戚、应付无意义的人情世故,晚上回到房间,他下意识就会拿出手机点开许意的聊天框或者朋友圈,看看她此刻在干什么——仅是在网络上用文字聊天,也能让他觉得轻松和开心。

许意跟他不同,她很喜欢分享,能从任何一件小事中发现乐趣。

另外,她跟他从前接触过的人都不一样,性格里有着对人不设防的真诚。一个多月,他已经知道她家里有几口人,分别是做什么的,各自有什么优缺点,凑在一起相处是什么状态。

的确,意料之内,她成长在一个幸福的家庭,才会养成这么好的性格。这也是第一次,他想时间能过得快点,因为期待开学后能和她见面,共享她有趣的生活。

一晃眼,大学的第二个学期也即将结束,又是期末复习周。

但最近周之越有些头疼。一整个学期过去,许意也没再跟他提过谈恋爱的问题。他甚至开始怀疑,许意是不是把他当成了一起玩的兄弟、好朋友之类的。

她性格是挺外向,有时周之越去教室等她下课,看她跟同班其他男生也有说有笑的挺开心,那还真不排除她把他也当成普通朋友的这种可能性。

周之越越想越觉得烦,这么长时间过去,他已经很清楚,他就是想跟许意谈恋爱,想以后的生活都有她在身边,而不是想被她当成什么男闺蜜、女性之友。

于是,这天自习结束后,路上,他看了眼许意:"你是怎么想的?"

许意一愣:"什么?"

周之越停顿几秒,语气清淡:"我室友昨天问我,我是不是在跟你谈恋爱?"

许意笑着问:"那你怎么说的?"

周之越:"我说不知道。"

许意停下脚步,站在原地,仰起头看他:"我觉得……还不算吧?"

"我还没表白呢……"

说完,她似乎有点不好意思,很快又转了个方向,继续往前走:"没想到你室友这么八卦。"

周之越把她刚才那句"我还没表白呢"在脑中反复过了几遍,包括她说这句话的语音语调和停顿。

片刻后，他松了口气。

那就是以后会有的意思。

期末考试在即，明白了她的意思，周之越觉得这事不着急了。或许，可以等期末考试之后再改变他们的关系，免得影响她复习。

缺个表白，谁来说都是一样的。

但是，几天之后，自习教室里，他正在看书，许意伸手过来轻点他的桌角，示意他看手机。

周之越点开微信，看见她转发了今晚流星雨的微博消息过来，问他要不要一起去看。如果是他一个人，自然是对这种看星星的浪漫活动没什么兴趣。

不过，如果跟她一起，好像体验感就不同了。

他回了个"好"。

晚饭结束，又自习了一会儿，夜幕降临。

许意戳戳他的胳膊，站起身，要他一起出教室。他们一路聊着，走到教学楼后面的一处空地。

许意抬起头，马上叹了声气："阴天啊，连月亮都看不见。"

周之越看向她，安慰地说："没事，以后还会有的。"

许意耷拉着眼角，闷闷不乐说："可是我原本打算许愿的，看不见流星雨，还怎么许愿？"

周之越并不相信对着流星雨许愿能成真的说法，随口问道："你想许什么愿望？"

许意瞧他一眼，煞有介事道："说出来就不灵了。"

过了会儿，她抿了下唇，很小声地说："不过……是跟你有关的。"

周之越更觉好笑："跟我有关的，为什么不直接跟我许愿，要对着流星？"

许意试探着说："哎呀，我怕实现不了嘛……直接对你许愿，也会灵吗？"

周之越笑了："那你说来听听，我想想看能不能实现。"

许意："不行……万一实现不了呢？"

周之越正考虑应该怎么说，她就很突然地冒出一句："如果，我是想让你当我男朋友呢？"

不远处有盏路灯忽明忽暗的，光线照在了许意脸上，他看见她的脸颊明显红了。

周之越低头看她："好。"

许意跟他对视几秒："……你这就答应了？"

她又叙述了原定的一揽子表白计划，都是些浮夸的方式。一会儿后，周之越还是感觉不太真实，毕竟这种不清不楚、差一点没挑破的关系已经持续了大半年。

许意大概也跟他有同样的感觉，她抬起头，眨了眨眼，跟他确认："那你是我男朋友了？"

周之越认真地应了一声。他之前没谈过恋爱，也没耐心听朋友、室友的什么恋爱细节，实在不知道确定男女朋友关系之后的正常程序应该是什么。

许意安静了一会儿，敢说不敢说的表情，轻声问："那我能……抱抱男朋友吗？"

周之越感觉自己就像是被一阵微弱的电流击中，声音不自觉地变低："那你过来一点。"

许意靠近了些，猝不及防地抱住他的腰。她个子很小，胳膊也细细的，却很用力。

这是周之越第一次跟人拥抱，浑身上下的感觉都无比清晰。她在他怀里很小只，软软的，几根发丝蹭在他脖子上，很痒，一低头，就能闻见她头发上清清淡淡的香味。

两人紧贴在一起，也分不出是谁的心跳这么重、这么快，也是在这时，周之越对谈恋爱有了实感。

虽然是第一天确定关系，也是他们的第一次拥抱，但他不受控制地想，希望以后每天都能抱她，还想跟她更近一步，做更亲密的事。

可另一方面，他又很矛盾，又想让这一切都慢一些，慢慢去体验每一个美好的细节。

当许意在他怀里抬起头的时候，在她的眼睛里，他好像看到了掩盖在乌云后面的流星。

无论过去多少年，他们有过多少次拥抱，周之越永远记得那个初夏的夜晚，在教学楼后面的空地，她第一次抱住他的感觉。

得偿所愿，并且憧憬未来。

番外二
周宜萱

　　许意和周之越结婚的第三年，家里多了一只人类幼崽。
　　如他们所愿，是个女孩儿。两人翻遍了词典，给女儿取了个很有21世纪宝宝风格的名字——周宜萱。
　　有了宝宝之后，为了方便保姆住家照顾，周之越带着她们搬去了一栋之前投资购置的别墅。
　　跟他们同行的，当然还有凯撒小帝。凯撒小帝的性格一直很活泼，作为一只生性懒散的英短猫咪，就连做过绝育之后，也是身体一恢复好就活蹦乱跳的。
　　起先萱萱宝宝太小，免疫力很弱，许意还是不让凯撒小帝近距离去看宝宝的，便在婴儿房外支了个小围栏。
　　凯撒小帝每天就趴在围栏外面，瞪着圆溜溜的大眼睛盯着小妹妹。
　　萱萱再大一点的时候，许意终于放心让两个小朋友接触。凯撒小帝很有当哥哥的自觉，一见面就低下头，用毛茸茸的脑袋去蹭萱萱的胳膊，连晚上睡觉都要守在萱萱身边。
　　许意和周之越看了都十分欣慰。
　　家里有了小朋友之后，日子就过得很快。
　　周宜萱三岁生日之前，许意问："萱萱今年想要什么生日礼物呀？"
　　虽然萱萱还小，长大之后也肯定记不得自己三岁收到过什么礼物，但许意还是觉得应该尊重小朋友的意愿。
　　萱萱坐在儿童椅里，看了眼周之越，又看了眼许意，最后目光落在凯撒小帝身上，奶声奶气地回答："想要小猫咪！"
　　许意歪着脑袋，也学着小朋友奶声奶气地说："可是家里已经有一只小猫咪了呀。"
　　萱萱笑嘻嘻地比了两根手指："再要一只！"
　　凯撒小帝伤心欲绝。
　　这天晚上，许意和周之越回卧室之后，商量这件事。
　　"周之越，我们真的要再给萱萱买一只小猫吗？"
　　周之越毫不犹豫地回答："买。"

许意揉揉眉心,早就知道会得到这个回答。

都说男人有女儿之后会变成女儿奴,周之越完美符合这条定律,从萱萱出生开始,只要她想要的,老父亲没有任何不满足她的。

许意一点也不怀疑,如果某天萱萱想要天上的太阳,周之越可能会买来一把弓箭,化身后羿。

两人洗完澡躺在床上后,许意又拿手机搜了搜,嘀咕道:"可是网上都说,家里已经有一只猫的情况下,后来的猫一般会被'原住民'排挤。"

她进一步解释:"这里说猫不是群居动物,而且领地意识很强。我们再给萱萱买一只猫回来,凯撒小帝会不会不开心啊?"

周之越把她揽进怀里,嗓音有些困倦:"应该不会。家里多了萱萱,它也挺开心的,再多一只猫也没什么问题。"

"……好吧。"

于是,在萱萱三岁生日的当天,周之越和许意下班之后,带着她去了附近的一家猫舍。

萱萱在一众猫咪幼崽中挑了一只雪白的布偶妹妹,三个月大,打过第一针疫苗,可以直接带回家。

一家三口带好了猫包,当即就付过钱,把小布偶带回了家。

凯撒小帝对家里即将入住新猫的事还浑然不知,像往常一样趴在阳台上优哉游哉地舔毛。

它听到门口有动静,迈着小短腿从二楼下到一楼,然后就闻到了陌生小猫的气息。

许意和周之越还没反应过来,就看到凯撒小帝绕到他们身后,冲着猫包里的小崽崽凶恶地哈气。

小布偶被吓得直往后缩,但猫包就那么大位置,它已经无处可躲。

周之越低头看着凯撒小帝的模样,皱了皱眉,冷声道:"你凶什么凶?"

凯撒小帝明显怔了下,整张小脸都好像委屈起来了。

许意揉揉眉心,蹲下身,小心翼翼地去摸了摸凯撒小帝的脑袋,温柔的语气和周之越形成鲜明对比:"猫包里的小猫是我们家的新成员,跟萱萱一样,也是你的妹妹。你要和它好好相处。"

萱萱也在一旁学着妈妈的样子跟凯撒小帝讲道理:"对,凯撒小帝,这是我们的妹妹哦,以后我们要一起照顾它。"

凯撒小帝小脑袋转来转去,看看这对夫妻,又看看被自己宠着长大的人类幼崽,然后委屈巴巴地上二楼去了。

只有它一只猫受伤的世界达成。

新猫到家,刚开始还是需要跟"原住民"隔离的,以免哪一只会有应激反应。许意暂时把新的小奶猫安置在了一楼的保姆间,让阿姨帮着照顾。

这只新猫既然是萱萱小朋友的生日礼物,那自然应该由她来取名。

当许意问起萱萱要给新的小猫取什么名字的时候,萱萱认真思考了很长时间。周之越就在一旁看着,虽然看似没什么表情,但满眼都是慈爱。

好一会儿后,萱萱撑着下巴说:"就叫粑粑吧!"

周之越愣了愣。

布偶猫叫"爸爸",那他叫什么?

许意听到这句话就歪在萱萱身边笑,完全没有要她改个名的意思,纯粹看热闹的心态。

周之越叹了声气,语气尽量和缓地说:"不可以叫这个名字,萱萱,再换一个?"

好在小朋友跟周之越的关系一直很好,连反驳的话都没有说,乖乖点头:"哦,好吧,那我再换一个。"

许意站起身去厨房倒水,尽量降低自己的存在感,防止萱萱再一拍脑袋想给小布偶猫取名叫"麻麻"。

最终,她担心的事并没有发生,萱萱在周之越的提醒和引导下,参考了小布偶猫的颜色,给它取了个可爱的名字——雪糕。

凯撒小帝还算是一只性格比较好的小猫,经历过最初一周的无力抵抗,逐渐接受家里多出了一只小生物的事实。

但雪糕跟凯撒小帝比起来,年龄太小,完全没心眼,长得又很白,是一只彻头彻尾的傻白甜小猫。它不仅不害怕家里的"原住民",而且被放出来之后,每天就追在凯撒小帝身后,把凯撒小帝磨得一点脾气都没有了。

这样一来,两只猫也勉强算得上和平共处,萱萱也拥有了两个毛茸茸的伙伴。

雪糕快一岁的时候生了一场病,一向不喜欢带它玩的凯撒小帝居然也关切地守在它身边,一发觉有不对劲就跑去许意面前"喵喵"叫,要她过去看。

许意也是从那次开始才发现,原来凯撒小帝也是一只心口不一的小猫咪。

不过,也可以理解,因为猫随主人,凯撒小帝应该是随了周之越的性格。

萱萱被送去上幼儿园的时候,场面堪称"天崩地裂"。

许意至今还记得,阿姨抱起萱萱的时候,萱萱双手就扒在大门的门框上,哭声响彻整个小区,怎么劝都不愿意去幼儿园。

周之越见状心软了,在许意耳边低声建议:"不然晚一年再送去幼儿园?或者我们给她请家教,等小学再送她去学校?"

许意一掌拍在他胳膊上,坚决反对:"不行!这幼儿园必须得去!"

萱萱就是从小被他们,尤其是被周之越宠得太过了,现在就是个人小鬼大的典型窝里横,出门见到其他小朋友害羞得连话都不太敢说,在家里就是一副小霸王的样子,天不怕地不怕。

周之越抿抿唇，不敢再说什么，去一边给小朋友讲道理。他们努力了将近一个月，还是成功送萱萱去了幼儿园。

三年弹指一挥间，萱萱第一天上幼儿园时扒在门框上暴哭的画面还历历在目，萱萱就已经从大班毕业了。

暑假期间，许意请了年假，周之越也安排好公司的事务，把大部分事情都推给了赵柯宇处理，他们俩终于有时间带萱萱一起去旅游。关于旅游的目的地，当然也是遵照萱萱的意愿——小朋友毫不犹豫地选择了游乐园。

七月初，一家三口就踏上了旅游的征程。他们出门前，凯撒小帝和雪糕都在他们三人脚边疯狂地转圈圈。

周之越："带你们不方便，快进屋去。"

许意："好好在家待着哦，不许拆家，我们会用监控盯着你们俩的！"

萱萱："等我们回来，给你们带猫条和罐头！"

也许还是猫条和罐头对两小只更有吸引力，听到萱萱的话，两只小猫终于肯乖乖进屋了。

三人落地海市后，直接入住游乐园的酒店，周之越订了里面最贵的魔法师套房。

周宜萱小朋友最喜欢的就是童话故事，突然来到了童话里才会有的世界，整个人高兴得都要飞起来了。她一手牵着周之越，一手牵着许意，兴高采烈地参观套房。她一边参观，还一边安排房间："粑粑住这间，麻麻住这间，萱萱住这间！"

周之越摇了摇头，对她的安排第一个表示不满意："爸爸要和妈妈住一个房间。"

萱萱掰着小手指数了数："1、2、3，1、2……那粑粑和麻麻住一间了，多出来的房间怎么办呀？"

周之越随口道："可能会有幽灵什么的过去住吧。"

许意瞪他："不许吓小朋友。"

但孩子们眼中的世界都是梦幻的，尤其萱萱没看过什么恐怖片、鬼故事之类的，闻言，她满眼期待地猜测："哇，那是公主的幽灵吗？那太好了。"

"嗯。"周之越看向许意，眼中有些得意。

可没想到，过了会儿，萱萱又思考着说："不知道幽灵公主有几个，那不然萱萱也跟粑粑麻麻一起睡吧，这样就可以给幽灵们再空出一个房间啦。"

周之越沉默了下，一本正经地说："不用。幽灵有规定，一个套房只能进一只幽灵。"

许意实在憋不住笑，把脸埋进袖子里。他唬人向来都是有一套的。

当天晚上有烟花表演，萱萱虽然舟车劳顿累了一天，但仍吵着要去看。

看烟花的人很多，周之越站在中间，一手牵着一个，去了园区门口。

烟花在空中炸裂的瞬间，萱萱很大声地"哇"了一声。

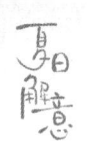

周之越趁着小朋友专注地看烟花，侧头在许意脸颊上亲了一下。

许意嘴角都翘起来了，但语气中还是带着埋怨："你干什么呀？这么多人呢。"

周之越看着她，也弯弯唇，眸色无限温柔。

萱萱看烟花之余，抽空看了看她的粑粑麻麻。小朋友虽然还没学过暴殄天物这个词，但也明白意思。她简直无法理解在有这么漂亮烟花的情况下，她的粑粑麻麻居然都不往天上看！

萱萱扯了扯周之越的袖子，又叫了声"麻麻"，嗓音甜甜地提醒："你们再不看就要结束了！就看不到了哦！"

许意伸手过去摸摸小朋友的头，装作什么都没有发生的样子，笑着说："好啊，我们现在就看。"

周之越转回头，也笑了下："嗯。"